T0244062

UNA NOVELA CON MONSTRUOS Y PANQUEQUES

GRANTRAVESÍA

Antonio Malpica

UNA NOVELA CON MONSTRUOS Y PANQUEQUES

Ilustraciones de
Rubén Darío Rodríguez

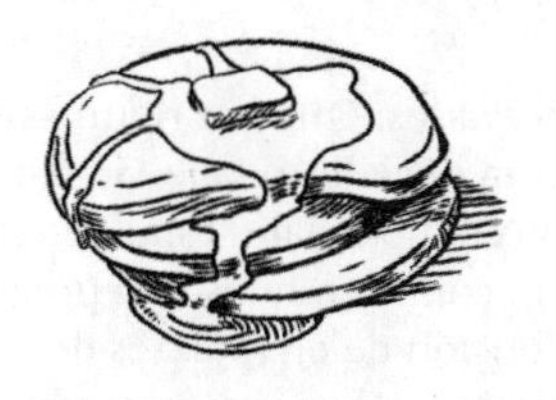

GRANTRAVESÍA

Esta novela fue escrita con el apoyo de una beca del SNCA.

FRANKIE. Una novela con monstruos y panqueques

Ilustración de portada e interiores: Rubén Darío Rodríguez

Guillermo Barroso 17-5, Col. Industrial Las Armas
Tlalnepantla de Baz, 54080, Estado de México
www.oceano.mx
www.grantravesia.com

Primera edición: 2021

ISBN: 978-607-557-447-9

IMPRESO EN MÉXICO / *PRINTED IN MEXICO*

Para Juan, Javier, Quique y Roger.
Por el tiempo de las películas
de Boris Karloff y las casas de espantos.

Y para Mary, antes de Shelley.

Una cosa alentadora que la *Guía* tiene que decir con respecto a los universos paralelos es que no hay ni la más remota posibilidad de comprenderlos. En consecuencia, puede decirse "¿Qué?" y "¿Eh?", incluso quedarse bizco y ponerse a hablar por los codos sin temor a quedar en ridículo.

Douglas Adams,
Informe sobre la Tierra: Fundamentalmente inofensiva

Carta I

A la señora Saville, Inglaterra

*San Petersburgo, 11 de diciembre de 17***

No sé si te alegrará saber que NO ha ocurrido ningún percance al inicio de una aventura que siempre consideraste cargada de malos presagios. Pero es así. Todavía no ocurre nada horrible, para tu posible desencanto.

En este momento estoy ya en San Petersburgo, Rusia, y NADIE HA MUERTO.

(Sé perfectamente con qué funesta palabra debes haber completado esa frase de allá arriba: "AÚN". Pero permíteme dibujar una sonrisa sardónica. Y hasta emitir un ligerísimo *Ja*. Seguido por otro *Ja*. No tengo intenciones de hacer el caldo gordo a tu pesimismo, Margaret. Principalmente porque el mío ya está bastante a reventar, así que NO necesito más ayuda.)

Oh, sí, es verdad, querida hermana. Todos los días, desde que me propuse esta expedición, me despierto pensando: ¿Qué demonios hago, empujando esta necedad, pudiendo estar disfrutando de mis ahorros de otra manera?

No lo sé. Es como si no pudiera evitarlo.

¿Te has sentido alguna vez así, Margaret? ¿O todo contigo es hacer comentarios puntillosos y soltar risitas explosivas? ¿Te has sentido alguna vez en tu vida como si tuvieras un deber al que no pudieras sustraerte? ¿Como si debieras tu vida a una misión, un mandato... y negarte a obedecerlo fuera como negar tu esencia?

No, supongo que no.

Te imagino ahora mismo llevándote un polvoroncito a la boca mientras lees esto. Y acariciando al gato. Y torciendo la boca en tu propia sonrisa sardónica.

Bueno. Igual eres la única a quien puedo escribirle, así que no te librarás tan fácilmente de mis noticias y mis reflexiones.

Te decía que estoy en San Petersburgo y, aunque tú sabes que lo mío no es el frío, no tengo miedo a continuar con mi cruzada. El "inútil" de tu hermano Robert está a punto de fletar un barco para conquistar el Polo Norte. ¿Te parece suficientemente buena esa misión de vida? Seguramente para estas mismas fechas, el año próximo ya habré descubierto el misterio de la atracción magnética que ejerce el Polo y mi nombre estará en la primera plana de todos los diarios científicos y las revistas de expedicionarios. MI nombre y NUESTRO apellido (aunque ahora, claro, seas la señora Saville y vivas en East End y reniegues de aquel tiempo en que ambos ordeñábamos codo a codo las vacas del establo; por cierto, salúdame a Jeremiah, dile a ese esposo tuyo que no he olvidado que hizo trampa en el cricket la última vez).

Con todo, a decir verdad… me espanta un poco el imaginar esas tierras heladas a las que pronto llegaré. Heladas y eternamente iluminadas. ¿Sabías que el sol NUNCA se pone allá? ¡NUNCA! (Dicen que una vez por año pero, para el efecto, no cuenta.)

Por suerte traje mi antifaz para dormir. El mismo con el que hago menos tediosos los viajes a Kent en diligencia.

Pero la verdad es que he tenido que trabajar mentalmente la idea. ¡Una tierra COMPLETAMENTE blanca y CIENTO POR CIENTO iluminada! He intentado quedarme viendo una pared de yeso con las cortinas corridas durante el día y sin apagar las lámparas durante la noche para hacerme a la idea. Es aterrador, créeme. Sobre todo cuando te das cuenta de que ya quieres largarte a la taberna más cercana y apenas han pasado quince minutos.

Tampoco hay tabernas en el Polo Norte, por si te lo preguntabas.

Y quita esa sonrisa de la cara.

Seguramente será una experiencia completamente novedosa. Nada que haya vivido antes se le parecerá, de eso no tengo duda. Ni siquiera la vez que me encerraste en el sótano durante aquella nevada será remotamente cercano. (Por cierto, nunca te lo agradecí, pero aprecio que hayas llamado a nuestros padres cuando mis dedos de los pies empezaron a ponerse como berenjenas.) Ni siquiera esa hermosa experiencia será parecida a lo que me espera. Tampoco esa fría tarde en que me enterraste en la arena de Black Pool hasta el cuello. (No te lo dije pero igualmente agradezco que hayas llamado a la tía Gertrude cuando empecé a ponerme, todo yo, como berenjena.)

Por cierto, estoy siendo sarcástico, hermanita (aunque espero, de corazón, que tú y el gato estén pasando un buen rato a mis costillas).

Es verdad que podría decirse que me he estado preparando para algo así durante toda mi vida. Leyendo, jugando y fumando en vez de ir a la escuela. ¿En qué esperaban mis padres que terminaría? ¿Académico en Oxford? Si antes de que me saliera el bigote ya estaba haciéndome a la mar con balleneros que podían dormir de pie sin soltar el timón y sin soltar la botella por semanas enteras.

¡Y todo por mi mala poesía!

¡Quién iba a decir que sólo embarcándome hacia el mar del Norte iba a poder silenciar en mis oídos las risas de aquellos que asistieron a mi único recital poético! (Aunque, si somos completamente honestos, en realidad dejaron de sonar cuando por fin eché por la borda a Tommy Chapman, quien se empeñó en seguirme, pero por favor no se lo cuentes a sus padres.)

Podría decirse que me sometí al hambre, al frío, la sed, la falta de sueño y los avances románticos de sujetos de doscientos cincuenta libras que no han visto a una mujer desde que sus madres los echaron de sus casas. ¡Y por voluntad propia!

Pero bueno… al final, todo valió la pena.

Aún recuerdo cuando aquel ballenero groenlandés me ofreció ser el segundo de a bordo. ¡Cuán orgulloso me sentí!

(Ni se te ocurra mencionar que sólo éramos tres en el barco (después de todo era una decisión difícil para él (el tercero era su cuñado (¡por supuesto que también te lo conté!))))

Lo cierto es que ahora tendré mi propio barco y mi propia tripulación. Sólo lamento no poder contar con un amigo, un verdadero amigo, aunque sea para quitarle lo aburrido al ajedrez, que ya me cansé de jugar frente al espejo.

He de decirte también, querida hermana, que aquí al menos no hace tanto frío como esperaba. A los buenos habitantes de San Petersburgo no les importa echarse un oso encima (muerto y despellejado, se entiende) y eso ayuda bastante a combatir las temperaturas de punto de congelación. No hay frío que pueda contra un buen abrigo de oso de quinientos kopeks, liquidado en cómodos pagos mensuales (que, aquí entre nos, tal vez nunca termine de pagar por completo, pues... ¿qué terco abogado ruso seguiría a un científico inglés moroso hasta el Polo Norte?) Así que ya lo sabes. Planeo partir hacia el puerto de Arcángel en unas semanas, cuando el invierno ya vaya de salida, para encargarme del barco y de los valerosos marineros cuyos nombres han de ser ligados al mío cuando al fin sea citado en los libros de historia de las aulas inglesas.

No te estás burlando, Margaret...

¿O sí?

Eso me pareció.

Bueno. Ya te escribiré.

Con cariño,

Robert Walton

P.D. Di a Jeremiah que tampoco he olvidado aquella apuesta que se negó a pagar. Dile que si no honra su palabra, tal vez lo mencione en los libros de historia.

Carta II

A la señora Saville, Inglaterra

*Arcángel, 28 de marzo de 17***

Bien, pues no hay fecha que no se cumpla ni plazo que no se venza, como dicen por ahí. Y he de decirte, querida hermanita, que la frase me ha venido a la mente justo ahora porque, no bien llegó el día de cierta fecha de pago, llamó a la puerta de esta maloliente hostería en la que me estoy quedando, uno de esos cobradores rusos carentes de escrúpulos. Honestamente, estuve a punto de devolver la piel de oso. Pero también es cierto que cuanto más avanzo hacia el norte, más se hace necesaria una frivolidad como ésta, así que...

Como sea.

Vayamos a lo que es digno de celebrar. Y es esto:

He alquilado un barco y he contratado tripulación.

Lo diré de otra manera por si no te ha quedado claro.

SOY EL CAPITÁN DE UN BARCO.

No el primer oficial. No el contramaestre. No el grumete que pela las papas y lava los bacines. No.

EL CAPITÁN.

Estoy seguro de que en este preciso instante estás sintiendo cómo el remordimiento te hinca los dientes hasta horadar tu piel. "Oh, nunca debí decirle a Bobby que era un inútil cuando éramos niños. ¡Me siento tan mal por ello que tal vez acabe con mi vida!"

Bueno. Tampoco es para tanto. Pero me parece bien que te corroa la culpa. Sobre todo por aquella vez que dejé escapar las vacas y tú te reíste durante semanas. O por aquella que puse a la abuela a tomar el sol sobre un hormiguero y tú te reíste por días. O esa otra en que incendié las cortinas. Y la habitación. Y media casa. Y tú...

Oh... ya veo tu juego. Me haces decir estas cosas para volver a tus burlas. No lo lograrás, Margaret. ¡No les daré el gusto a ti y a ese gato luciferino!

¡Y deja de desviar la atención hacia cosas sin importancia!

Te decía que alquilé un barco y contraté un buen puñado de hombres. Todos ellos, lobos de mar. Gente decente y trabajadora. Para empezar, puedo contarte con gran satisfacción que el lugarteniente es un excelente sujeto inglés de largas patillas y recta espalda. Y lo conseguí por menos de la mitad de lo que cobraría cualquier otro hombre. Por otro lado, el primer oficial es un sujeto sin tacha. Sólo para que te des una idea, este muchacho estuvo hace tiempo enamorado de una chica rusa y, aunque tenía la aprobación del padre de ella, antes de la boda tuvo a bien preguntarle si en verdad lo amaba, a lo que ella, hecha un mar de lágrimas, repuso que no, que amaba a otro. La nobleza del que ahora es mi primer oficial lo llevó a buscar a aquél, cederle su escasa fortuna y hasta apadrinar la boda subsecuente. ¿No es el acto de mayor nobleza que hayas escuchado en toda tu vida? Naturalmente, para olvidar, este buen muchacho ha decidido acabar sus días sobre la cubierta de un barco. Mi barco. El *Piggyback*. (Sí, ya sé, pero el *S.S. Rule Britannia* costaba una fortuna.)

Bien. Historias como ésta son comunes entre mis valerosos hombres.

Y antes de que empieces a pensar que en estas cartas hay demasiado parloteo y muy poca acción, he de decirte que sólo estoy esperando a que mejore el clima para levar anclas. De pronto, la lluvia, la nieve, la ventisca y el latigazo del frío se han vuelto constantes aquí en Arcángel. Aunque todo el mundo dice que es la forma que tiene el invierno ruso de despedirse. Ojalá así sea.

En todo caso, no te escribiría tantas y tan sentidas letras si no fuese porque la vida de un capitán es, creo habértelo dicho ya, resignadamente solitaria. Ni un amigo tengo. (Ahora juego al póker de prendas frente al espejo, lo cual resulta un poco penoso. Sobre todo si el ama del maloliente hostal en el que te hospedas abre la puerta de tu habitación sin llamar primero.)

No. Ni un amigo tengo. Y no creo poder tener uno solo en los días por venir porque tampoco puedo dar demasiada confianza a mis subordinados. Eso puede redundar en una camaradería que me reste autoridad. Tiemblo de imaginar que alguno de ellos me pida licencia para ausentarse a media expedición, guiñándome un ojo, sólo porque hicimos migas durante el almuerzo.

O quizá sólo sea que detesto que me llamen Bobby.

En fin.

Tal vez ésta sea mi última carta y también la última noticia que tengas de mí. ¿Te hace sentir mal eso? Lo siento mucho pero no puedo evitarlo. Tal vez no haya modo de hacerte saber cómo va la aventura en cuanto abandonemos el puerto, porque nos adentraremos en lo más ignoto de las inexpugnables murallas del hielo septentrional. (Espero que aprecies esa última frase porque la estuve pensando durante un par de horas (el aburrimiento es mortal cuando, para pasar las largas jornadas, no te tienes más que a ti mismo y una cabeza de alce disecada).)

Pero no se diga más.

¡A sotavento, que nadie mira atrás! ¡Desplieguen las velas! ¡La gloria nos espera!

Ummh...

¿Te estás burlando?

Bien. Eso me pareció.

¡Por Dios, hermana! Sólo el creador sabe lo que me espera en esta locura que, a cada minuto, siento más como su mandato que como una decisión propia. ¡Es toda una insensatez! ¡Pero es mi misión en la vida! Acaso muera de la más terrible manera. Acaso no halle más que frío y desolación. Acaso…

Acaso…

Acaso todo esto te importa un bledo, ¿no es así?

Me parece que no has dejado de abanicarte con el sobre de esta carta mientras la lees, sin quitar esa sonrisita tan irritante y sin dejar de tomar el té ni acariciar a ese fofo y diabólico felino al tiempo que…

Oh. En realidad no importa.

Como dije, eres la única persona a la que puedo escribir. Y así lo seguiré haciendo mientras haya oficina postal o algo parecido.

Con cariño,

Robert Walton

Carta III

A la señora Saville, Inglaterra

*7 de julio de 17***

Mi estimada hermana:

Si te llega esta carta, que espero sea así, será porque Johnny Bloomberg ha pedido licencia para ausentarse indefinidamente. Por si te lo preguntas, Johnny es un sujeto con el que hice migas durante el almuerzo el primer día de viaje.

Sé lo que estás pensando, pero no es así. Es un buen tipo.

Y seguramente me reintegrará las quince libras que le presté.

En todo caso, se ha mostrado como todo un caballero al ofrecerse a volver a Arcángel y echar la carta en el correo, aprovechando el paso de un barco mercante con el que nos hemos topado.

Como verás, son éstas unas breves líneas apresuradas que te escribo sólo para apaciguar tu inquietud por saber de la suerte de tu pequeño hermano.

O tal vez no.

De cualquier modo, en este momento los muchachos celebran una fiesta de despedida a Johnny Bloomberg y yo he aprovechado para contarte, rápidamente, cómo van las cosas.

Ahora al menos vamos en la dirección correcta, pues el contramaestre apuntó la proa por equivocación hacia el sur. (Sí, de acuerdo, ahora veo por qué aceptó cobrar un sueldo menor, pero es un buen cristiano, después de todo, jamás dice una palabrota y da forma a sus patillas diariamente.)

Y ahora que estamos platicando, el primer oficial ya no está con nosotros. A las dos horas que zarpamos nos dio alcance un buque de la policía rusa para invitarlo cordialmente (en realidad, lo sometieron entre cuatro) a contestar algunas preguntas. Resulta que el muchacho era un estafador de poca monta y era perseguido desde hacía varios años por enamorar muchachas inocentes y huir con sus ahorros. Así que ahora debe estar picando piedra en Siberia.

Lo cual no es, en absoluto, una tragedia. Los ocho que seguimos a bordo estamos convencidos de nuestra misión y actuamos como un solo equipo. Eso queda claro, principalmente, a la hora de abrir una botella de vodka (aunque no tanto al momento en que se agota).

Estoy convencido de que el espíritu de los muchachos es inquebrantable.

Ahora es cosa de todos los días ver pasar a nuestro lado enormes témpanos y ninguno de los muchachos se ha amedrentado por ello. Ya se nos rompió un mástil y también fuimos atacados por dos horribles temporales. Y los muchachos han respondido valerosamente a todo. Aunque es verdad que se la pasan haciendo chanzas en ruso que no alcanzo a comprender y que todo el tiempo están pidiendo que aumente la ración de licor, son buenos muchachos en general. (Sí, un par de ellos ya tuvieron avances románticos hacia mi persona pero los he puesto en su lugar fácilmente; basta ponerles el abrecartas que me obsequiaste al cuello para que vuelvan a sus labores sin chistar.)

El frío arrecia. Y el sol ya sólo se pierde en el horizonte por breves minutos.

La sensación de que algo terrible nos espera es muy poderosa.

En más de una ocasión he pensado que debería abandonarlo todo, volver a Londres y dejar que se me vaya la vida asistiendo al teatro y a las casas de juego. Pero la necesidad de ir en pos de mi destino me lo impide por completo. De hecho, para serte muy sincero, ahora estoy completamente convencido de que es el creador quien comanda mis actos. ¿Que cómo puedo asegurarlo con tanta contundencia? Pues bien, la prueba está en que, siempre que anoto la fecha de mi carta, me es imposible fijar la fecha exacta. ¡¿POR QUÉ TENGO QUE PLASMAR ESOS MALDITOS ASTERISCOS?! ¿POR QUÉ, SI TANTO TÚ COMO YO SABEMOS QUE ÉSTE ES EL AÑO DE 17**?

¿Lo ves? Volvió a ocurrir.

Misterio.

En fin. No me arredro, al igual que mis hombres. Llegaremos a donde tengamos que llegar.

Da mis saludos a todos allá en Inglaterra. Y dile a Jeremiah que por fin conocí a alguien con una tripa más prominente que la de él. El sujeto se llama Dimitri y seguro tiene más años que Jeremiah de no poder mirarse los pies.

Me voy porque hasta acá se escucha cómo la fiesta de despedida se transforma en trifulca de borrachos; nada que no haya ocurrido antes; de hecho, ayer mismo. Así que pierde cuidado, hermana. No pasa de que algunos terminen siendo arrojados al agua, lo cual es en cierto modo benéfico pues pone a todos sobrios en dos segundos.

Me despido.
Espero que no por última vez, querida Margaret. Pero si así fuera, ¡entérate de que aquella vez que mis padres te descubrieron besándote en el granero con Waldo Stevenson, sí fui yo quien te delató!

(No podía con eso en mi conciencia.)

(O tal vez sí.)

Con cariño,

Robert Walton

Carta IV

A la señora Saville, Inglaterra

*5 de agosto de 17***

Mi estimada hermana, nos ha ocurrido un suceso tan extraño que es imposible no plasmarlo aquí, aunque es muy probable que cuando te llegue esta carta, yo ya haya vuelto a casa y hasta nos hayamos visto las caras en la fiesta que alguna asociación de científicos o expedicionarios o científicos expedicionarios haya celebrado en mi honor.

¿Te estás burlando?

Bien. Eso me pareció.

El caso es que, no sé si tú lo sabes pero el Polo Norte no es sino hielo y más hielo. Si alguien te quiere hacer creer que por acá es posible encontrar tierra firme de algún tipo te está queriendo tomar el pelo. Y te lo digo porque el otro día escuché a tus hijos hablar de un supuesto rumor en torno a un sujeto que vive en estas latitudes y que se está preparando para, en pocos años, llevar regalos en Navidad a millones de niños en un trineo volador. Bien, pues déjame decirte que es más fácil creer lo del trineo volador que lo de levantar una casa en este barrio, con sótano, calefacción y agua en la letrina.

Hielo y más hielo. ¿Estás escuchando?

(Leyendo, pues.)

¡Hielo y más hielo! Oh... para volverte loco. Miras en una dirección y ¿con qué te encuentras? Hielo. Y miras en otra dirección para encontrarte... ¿con qué, exactamente? Hielo, exacto. ¡Sólo hielo! Y el sol, caminando por la línea del horizonte como vigilándonos por todos los flancos. Hielo, hielo, hielo. Y el sol dando vueltas en círculo frente a nuestras caras. Hielo. Sol. Sol. Hielo.

¡Para volverse loco!

Llevábamos casi una semana completamente varados en el mismo lugar porque el hielo nos había cercado por completo. El barco no podía moverse ni una pulgada en dirección alguna. Hielo a babor. Hielo a estribor. Hielo en la proa y (supongo que ya lo adivinaste) hielo en la popa.

Además de inmovilizados, estuvimos todos esos días cegados por una niebla ultradensa que lo pintaba todo de blanco. TODO. DE. BLANCO. ¡Como flotar en la nada! Estando en cubierta sentías la necesidad de palpar tu propio cuerpo y así asegurarte de no haberte convertido en humo.

¡Para volverse loco, Margaret!

No creo exagerar si te digo que hubo un momento en que el pánico cundió por toda la embarcación. Tal vez fue a partir del instante en que grité: "¡Oh, Dios de los mares, toma todas las vidas que quieras, pero déjame volver con bien a casa!", grito que, vale la pena aclarar, no fue tomado de una forma muy positiva por la tripulación. Empezaron a hacer planes para amotinarse frente a mis narices. O tal vez sólo fuese que la niebla no les permitía saber que me tenían a dos palmos de distancia. Justo frente a sus narices.

Afortunadamente ayer por la tarde levantó la neblina. Y no es que fuera muy reconfortante volver a nuestra vista de sol y hielo y azul blanquecino y más sol y más hielo y más azul blanquecino y más hielo. No. Porque, de hecho, en cuanto pudimos volver a vernos las caras, la tripulación ya estaba desenredando una soga para atarme con ella. En realidad la fortuna vino por el sur de la línea del horizonte. Y justo es decir que nos impidió enfrentarnos unos con otros, pues yo ya tenía en las manos un pedazo del mástil roto, listo para probar su resistencia en la cabeza de los seis marinos amotinados (el séptimo, mi segundo de a bordo, por cierto, no es que sea un dechado de lealtad, en realidad había decidido que, mientras no avanzara el barco, él no tenía por qué cumplir con obligación alguna, pues tal eventualidad no estaba estipulada en su contrato de trabajo y se la pasaba durmiendo).

Decía que estábamos midiéndonos con las miradas cuando vimos aparecer un trineo tirado por perros. Del cual descendió un hombre. Que subió como si nada al barco. Y me cobró la mensualidad correspondiente del abrigo de oso. Luego, con una eficiencia que sólo es posible ver en usureros y agiotistas, se fue en cuanto me extendió el recibo.

Pero no es ése el suceso verdaderamente extraño del que te hablaba al principio de la misiva. Sino lo que ocurrió inmediatamente después.

Por la línea de popa volvió a aparecer otro trineo. Pero esta vez sí que tenías que dejar por completo lo que estuvieras haciendo para poner atención. Yo dejé caer el pedazo de mástil. Y mis hombres la cuerda y las ganas de someterme para tomar el control de la nave.

También tirado por perros, este trineo era una especie de convoy de trineos, pues al carro principal seguían otros dos. Y todos ellos, con gente de lo más singular encima. Al mando del primer vehículo, iba el hombre más grande y más feo que te puedas imaginar. No, no exagero. Y creo poder adivinar tus pensamientos, querida hermana, así que puedo refutarlos enseguida: más feo que Jeremiah, aunque no lo creas.

Oh, no te pongas así. Una pequeña broma para distender el momento.

Volviendo al relato... te decía que iba un hombre enorme y muy feo guiando el trineo. Un verdadero fenómeno. A su lado, una hermosa mujer con un peculiar traje negro brillante, pegado al cuerpo, botas altas de montar y una capa atada a su cuello que revoloteaba al viento. También iba un niño con ellos. Un niño que fumaba puro, por cierto. Tal vez un duende malévolo, ahora que lo pienso. O un enano. Y en los otros carros, una bruja, una mujer con una tupida barba, un viejo calvo y ciego que rasgueaba una guitarra, un jorobado… y el espectro de alguien. Sí. Leíste bien. Un individuo transparente flotaba a la misma velocidad que ellos y parecía seguirlos con una socarronería particular en la mirada. De hecho, fue el único que reparó en nuestro barco, pues hizo una venia con su sombrero abombado, a modo de saludo, y continuó detrás de tan extravagante comitiva.

Tal vez no esté de más contar que el ciego entonaba una canción festiva. La única descripción que a mi parecer les hace justicia es ésta: eran una especie de horrendo y estrambótico carnaval ambulante que siguió su camino por encima del hielo hasta perderse de nuestra vista.

Después de algo así, todos aquellos aún con sangre en las venas convinieron en que lo que hacía falta era echarse una buena dosis de vodka en el gañote. Y yo estuve completamente de acuerdo.

Olvidamos nuestras rencillas y compartimos varias botellas en la bodega del barco hasta que mi contramaestre se apersonó a media tertulia para avisarme que había mar de fondo, que el hielo se había desquebrajado y que podíamos continuar nuestra expedición. De cualquier modo, nadie ahí se sentía con ganas de volver a cubierta a desplegar las velas o levar el ancla, así que obligué al hombre de las patillas perfectas a unirse a la fiesta.

Es justo decir que el nuevo día me sorprendió tumbado entre dos costales de papas a los que, en mi sueño, había conferido cualidades de bailarinas de vodevil.

"Capitán, tiene que venir a ver esto", fue el grito de uno de los marinos que me hizo, al fin, levantar a trompicones y salir de la bodega para confrontar el hielo y el sol y el hielo.

Cuando llegué a cubierta, con un dolor de cabeza colosal, me encontré con los siete hombres encarando a otro que, de pie sobre la helada superficie pegada a estribor, los increpaba. Se trataba de un tipo como de mi edad y, a todas luces, europeo, aunque claramente desesperado, tiritando de frío y con los ojos inyectados en sangre. A su lado se encontraba un trineo tirado por un solo perro desfallecido, echado de costado y con la lengua de fuera.

"Déjenme subir, malvivientes. ¡Reclamo este barco para ir en pos de un monstruo que merece morir! ¡Sólo así salvaremos a la raza humana de la extinción!"

Ése fue el pequeño discurso que alcancé a oír al momento de llegar al lado de mi fiel tripulación.

Cualquiera diría que un sujeto como ése, en mitad de la nada, tendría que haber pedido asilo en nuestra nave con mejores maneras... pero no fue así. De hecho fui informado que ya había intentado subir tres veces a la fuerza, mismas que había sido arrojado fuera, al agua o al hielo, dependiendo de la puntería de los marinos.

"Yo soy el capitán. Dígame qué se le ofrece", lo conminé, intentando un posible diálogo.

"Capitán, es de vida o muerte. ¿Qué dirección llevan?"

"El Polo Norte. No descansaremos hasta llegar ahí."

A esta aseveración se levantó un claro rumor de descontento. En la fiesta les había prometido a mis hombres que volveríamos a Arcángel cuanto antes a buscar un buen garito con juego de naipes y vodevil. Pero con un ademán los acallé, haciéndoles ver que cualquiera promete el mundo cuando tiene cinco vodkas en la sangre.

"¡Bien!", rugió el hombre. "Necesito confiscar el barco para ir en pos de un demonio horrendo y su espantosa banda de secuaces. Seguro saben de lo que hablo. ¡Deben haber pasado por aquí!"

"Se equivoca. No hemos visto pasar ni un pingüino", gruñó un marino.

"No seas imbécil. No hay pingüinos en el Polo Norte", lo corrigió otro.

"Tal vez por eso no hemos visto pingüinos", rio un tercero.

"O tigres de Bengala", soltó un cuarto.

"¡A callar!", tronó el egregio capitán del *Piggyback*. "Lo siento, señor, pero aunque los hayamos visto pasar, no tenemos nada que ver con ese asunto, así que le suplicamos siga su camino y nosotros el nuestro. Que tenga buen día."

El demencial hombre, quien ya se veía intentando subir por la fuerza al barco y siendo nuevamente arrojado al blanco y más blanco hielo de la llanura polar, dejó escapar una clara exhalación de rendimiento. Fue justo al momento en el que movió con la punta del pie al perro tendido a su lado para constatar que estaba muerto y más que muerto de cansancio. Creo que dijo, entre dientes, algo así como: "Al demonio la gloria y la fama universal; primero está la venganza".

Admito que me simpatizó en ese momento.

"¿Dijo algo respecto a la gloria y fama universal?", pensé. "¿Qué no es eso lo que nosotros también estamos persiguiendo?"

¿Qué no es eso lo que todo hombre persigue en la vida?

"¡Les prometo riqueza como jamás pensaron tener si me ayudan a atrapar a esa punta de traidores que probablemente vieron pasar!", gritó a voz en cuello.

Recuerdo entonces que pensé: "Bueno, también está la fortuna. Eso es cierto".

Al instante todos mis hombres, incluyendo al contramaestre, gritaron al unísono: "¡Se fueron por allá!".

Y le arrojaron una cuerda.

*13 de agosto de 17***

El nuevo hombre a bordo se llama Víctor Frankenstein. Y aunque al principio se comportó como un maldito demente, después de una semana de estar con nosotros creo que ya puedo afirmar con toda certeza que se trata de un maldito demente.

Hay días en que ríe a solas. Y hay días que llora a solas. Y luego combina ambas cosas. Es un poco espeluznante, la verdad, y la tripulación ha empezado a murmurar. Muchos creen que no hay fortuna que valga la pena si por ella hay que compartir suerte con un tipo al que se le va tanto la olla. Sin embargo, considerando que yo agoté mis ahorros en esta locura y que no puedo prometerles siquiera un bono por buen desempeño al terminar la misión, todos se lo piensan dos veces.

Y aquí estamos. Con la proa apuntando hacia el Polo.

Con todo, Víctor es lo más parecido a un amigo que tengo en este momento. El segundo día lo invité a mi camarote y sugerí jugar póker de prendas para romper el hielo (de hecho, así lo expresé, esperando ser gracioso, cosa que no funcionó), él se negó rotundamente y trató de hacerme entender que no valía la pena entusiasmarse de ninguna manera con él porque era un hombre muerto con antelación.

Naturalmente, Margaret, intenté hacerle ver que había sido una broma, que yo en realidad esperaba que fuéramos buenos amigos (y recalqué la palabra "amigos" varias veces), pero él seguía en sus trece perorando que su destino estaba marcado por el implacable sello de la fatalidad.

Luego lloró y rio y, en fin, no fue un buen comienzo.

Pero a lo largo de los días, he podido confirmar que no piensa incendiar la nave o ahorcarme durante el sueño. Sólo una cosa tiene en mente: dar con el demonio al que perseguimos.

Y, para serte sincero, cuanto más avanzamos y cuanto más otea el horizonte con la esperanza de dar con aquel trineo que vimos pasar hace más de una semana, yo también me pregunto si no será que todos estábamos destinados a esto únicamente, a ir en pos de un monstruo (a mí no me veas, es Frankenstein quien se expresa de esta manera del sujeto) porque incluso la labor original ya me parece absolutamente insulsa.

Seamos honestos, Margaret, ¿por qué alguien en sus cabales querría fletar un barco en dirección al Polo Norte?

¿En qué DEMONIOS estaba pensando cuando se me ocurrió?

O acaso todo sea un capricho de nuestro creador. Y nosotros seamos sólo sus títeres.

¿Captas el punto?

(¡Esos malditos asteriscos de allá arriba no dejan de quitarme el sueño!)

En fin…

Vale la pena decir que Víctor y yo ahora compartimos el pan y la cebolla. Y el vodka, de vez en cuando. De hecho, he detectado que un poquito de alcohol en las venas le permite serenarse y dejar a un lado el discurso de que es un hombre a quien la muerte le ha echado el ojo y por eso no vale la pena hacerse muchas ilusiones respecto a una amistad con él. O lo que sea. (Y cuando dice "lo que sea" suele recorrerse un poco en el asiento, distanciándose lo más posible de mí, lo cual no deja de parecerme, ummh, simpático.)

Nuestras charlas, por otro lado, han evolucionado bastante desde el primer día. Antes, a mis comentarios del tipo "¿Lloverá hoy?" respondía siempre con un "¡Morirás, maldita criatura del infierno, así sea lo último que haga!".

Ahora, responde con un "Ojalá llueva fuego y el planeta estalle en mil pedazos". Lo cual es un avance.

Creo.

En fin. Ya te informaré cómo nos va en esta nueva expedición.

*19 de agosto de 17***

Querida hermana:

Creo que te dará gusto saber que al fin se rompió ese hielo metafórico del que hablaba en la carta anterior. Y es que, después de un día muy difícil, en el que el barco se volvió a atorar entre dos témpanos, y los marinos, para matar el tiempo, organizaron un extraño juego al que llamaron "tiro de contramaestre por la borda", Frankenstein y yo nos retiramos a la bodega a conversar. Desde luego, mi intención era charlar pues en casi dos semanas, a mis inquisiciones respecto a su extraña persecución, yo sólo obtenía respuestas del tipo: "Morirás, bestia del demonio" y "Como que me llamo Víctor Frankenstein que te haré pagar, hijo de Satanás", que honestamente no me tomaba muy a título personal porque siempre parecía estar mirando en lontananza cuando soltaba tan enternecedoras frases, así estuviésemos encerrados en el camarote.

En cuanto bajamos a la bodega, le serví la usual copita de vodka con la que conseguía serenarlo un poco y esto nos llevó a una borrachera espectacular sobre la que prefiero no abundar en detalles. Sólo diré que, al despuntar el alba, cuando despertamos ambos sobre una pequeña isla de hielo a la que tuvieron que ir a recogernos varios marinos, Víctor ya era otro. Al parecer le estaba haciendo falta un desahogo de ese tipo porque fue capaz de hablar sin levantar la voz y sin dirigirse a un ente imaginario al que evidentemente quería estrangular y apuñalar y hervir en aceite, por decir lo menos.

En cuanto recuperamos la sensibilidad en nuestras extremidades y el azul de nuestras mejillas fue poco a poco mermando en favor de un rosáceo púrpura término medio (gracias a que el cocinero nos puso prácticamente encima del fogón y nos compartió algo de sopa) Frankenstein mismo comenzó a hablar. Por cuenta propia y sin que hubiera presión sobre él de ningún tipo.

"Mi estimado capitán... creo que mi descortesía ha rebasado todos los límites, y creo que es menester compensarle."

"No se preocupe, Frankenstein. Entiendo que algún espantoso rencor le nubla la razón. Sólo dígame un par de cosas."

"Con gusto."

"¿Es verdad lo de la enorme fortuna? Porque mire que los hombres de esta expedición no toman muy bien las bromas de ese tipo."

"Es tan cierto como que el sol sale todos los días."

Al instante se dio cuenta de que en esas latitudes su refrán no cobraba mucho sentido. Y se rectificó al instante:

"Bueno, usted me entiende, Walton."

"Y la segunda... ¿sería mucho pedir que me contara —resumidamente, claro— qué es lo que lo tiene en tal estado de obsesión con ése al que llama monstruo?"

Por un momento pensé que lo perdíamos nuevamente tan sólo por haber mencionado a su némesis. Pero, afortunadamente, se contuvo. Aunque le empezó a salir humo por las orejas, fue sólo un instante y hasta le convino el arrebato pues su piel empezó a parecer piel de nueva cuenta.

"Me parece que se lo debo, capitán."

"Muchas gracias. Algo breve, nada más. Sólo para matar el tiempo mientras terminamos la sopa."

"Delo por hecho."

Y esto, querida Margaret, una vez que extrajo un maltrecho papel doblado de la bolsa de su pantalón, fue exactamente lo que me contó:

¡Cuánto desearía, en verdad, poder hablar de mi vida en otros términos! ¡Cuánto desearía, lo juro por todo cuanto es sagrado, poder decir que tuve un nacimiento, una infancia, una vida escolar y adulta como todo el mundo! ¡Cuánto quisiera poder decir que me casé, tuve hijos, pagué una hipoteca... me enemisté con mis vecinos por hacer fiestas ruidosas... odié a mi jefe en secreto... en fin, todo lo que compete a una persona común y corriente, con una vida común y corriente y cuyo único anhelo es ser feliz y poder retirarse algún día con una pensión digna! Pero eso me es imposible por el simple hecho de que NO soy una persona común y corriente. De hecho, ni siquiera estoy seguro de ser una persona. No me mire así, Walton, porque tengo razones muy poderosas para pensar de este modo. De hecho, es muy probable que usted tampoco sea una persona. Oh... no, no estoy desvariando. Se lo juro. Todo obedece al simple hecho de que yo, a diferencia suya, adquirí hace tiempo una supraconciencia en torno a mi condición real que está, por decir lo menos, de VERDADERO ESPANTO. Una especie de maldición, de anatema, de enfermedad... que me permite verme como EN REALIDAD soy. Y eso es de lo que trata todo este asunto.

¿A qué me refiero exactamente, Walton? Le parecerá una locura, pero le juro que es cierto. Y todo tiene que ver con estas lastimeras hojas de papel que me acompañan a todos lados.

Con toda franqueza... y para acabar pronto, no soy más que un monstruo. Al igual que usted. Y el lugarteniente. Y el cocinero. Y los otros marinos. Y... Oh, no me vea así, Walton, que sé de lo que hablo. Y usted, amigo cocinero, baje el cuchillo, no se lo tome personal. He aquí la explicación.

Ni usted ni yo ni los otros somos personas de carne y hueso.

No es necesario que se palpe el cuerpo. La explicación sigue otro camino.

En realidad, a lo que me refiero, es que no somos más que las creaciones de una mente que nos gobierna. No somos más que ideas. Destellos de ocurrencia. Criaturas de artificio, producto de la inspiración humana, hijos de un ser imperfecto y falaz y no de un ente divino. En resumen...

Somos personajes.

Oh. Distingo en sus ojos esa chispa de descubrimiento que también nació en mí. ¿Ha sentido, en algún momento de su vida, que debe conducir sus actos en cierta dirección, muy a su pesar? ¿Ha sentido, en una o varias circunstancias, que no es su voluntad la que lo guía sino alguna inexplicable necesidad por cumplir con un mandato? Pues bien... si así ha sido, créame... eso se debe a la simplísima razón de que, en efecto, está usted siendo manipulado, impersonado, obligado... a llevar a cabo algo que cumple un fin último: contar una historia.

Eso. Contar una historia.

Un cuento. Un relato en el que estamos usted y yo involucrados... hasta las últimas consecuencias.

Como lo escucha.

No obstante... hay una diferencia de enorme importancia entre usted y yo, como personajes. Y esa diferencia, mi estimado capitán Walton, es la que nos hace completamente disímiles.

La diferencia son estas hojas de papel a punto de desintegrarse.

¿Por qué?

Bien... pues porque en ellas está el trazo de mi destino.

Me place que no le cause ningún tipo de divertimento esta aseveración tan trágica. Debo admitir que lo pensé mucho para titularla de ese modo. ¿Lo ve? ¿Aquí arriba, en el primer folio? Tal cual. "El trazo del... umh... bueno... desAtino". No se fije en la alteración que ha sufrido la palabra destino. Ya le explicaré.

Trágico, ¿no?

Pero cierto. Déjeme contarle cómo fue que adquirí esta supraconciencia, metaconciencia o, para no embrollarnos tanto con los sufijos, conciencia de que no soy más que una marioneta, un juguete, un actor citando parlamentos.

Quisiera poder decir que fue a raíz de una desenfrenada noche de láudano y enervantes. O después de haberme caído de cabeza en la escalera. O quizás, al cabo de haber sido alcanzado por un rayo. Pero la verdad es que no fue así. Sólo sé que un día, repentinamente, me vi viajando en una diligencia con dirección a Ingolstadt y tuve esta noción precisa de quién era yo y para qué exactamente había sido llamado a este mundo. *Supe,* más que *recordé,* lo que tenía que hacer con mi existencia. ¡Fue como si alguien hubiese implantado en mi memoria todo el plan de vida que estaba obligado a ejecutar!

¡Trágico!

¡Y espeluznante!

Pero también...

¡Formidable!

¡Impresionante!

Del mismo modo que un buen músico conoce de memoria la partitura de la obra que ha de tocar, así tuve yo, repentinamente dentro de mí, la noción imperiosa de la ruta que debía seguir para concretar mi proyecto de realización humana. ¡Y fue estupendo! ¡Maravilloso!

¡Formidable!

¡Estaba llamado a conseguir la fama y la gloria de un solo nombre!

¡MI nombre!

¡Y eso me hizo sentir, acaso por vez primera, verdaderamente vivo!

Oh. Veo que esto también le hace destellar la mirada. Tal vez también haya usted sentido que no hay otra cosa que mueva con mayor fuerza las fibras internas de nosotros los seres humanos: conseguir un sitio en los anales de la historia universal, hacerse de la posibilidad de ser nombrado entre los grandes benefactores del planeta.

No sé cómo ocurrió, pero estaba tan claro para mí que tenía que conducir mi vida siguiendo ese nuevo derrotero, que lo escribí todo en estas hojas. El trazo de mi destino. Mi misión de vida. ¡Mi propósito real de existir!

¿Y quiere que le diga cuál es el motivo que enciende mi llama interior?

Tal vez no sea el más altruista. NI el más filantrópico. Pero es un buen motivo, créame.

¿Está usted listo?

Aquí no vendrían mal unos cuantos rayos y truenos, de esos que hacen sacudir las ventanas en una buena noche de tormenta, amigo mío.

¿Por qué?

Bien. Pues porque la iluminación que tuve fue ésta:

Mi nombre, Frankenstein, está destinado a ser el emblema, el signo, la divisa... de todo lo que es terrorífico, espeluznante y tenebroso en el mundo.

¡Sí! ¡Rayos y truenos y tal vez un grito aterrador aquí, si son tan amables!

Ummh...

Ahora le causa a usted un poco de sorna esta afirmación, puedo notarlo. Pero le juro que es verdad.

Vendrán tiempos en que la gente diga "Frankenstein" y será como si dijeran "vampiro", "bruja", "esqueleto".

Ummh...

Creo que esto es justo lo que suelen llamar "un silencio incómodo", ¿no es así?

Como sea.

Esa misma visión que me acometió en el viaje a Ingolstadt me mostró un feliz tiempo futuro en el que los hombres de todo el mundo dedicarán una noche al año a lo oscuro y sobrenatural. Y no será mal visto, créame, que durante esa noche las personas se regocijen en las brujas, los diablos, los espectros y los hombres lobo. Escuche bien, Walton, esa revelación me mostró que, junto con la pléyade de criaturas siniestras, alguien dirá "Frankenstein" y el solo nombre reptará hasta la cumbre de tan singular catálogo. ¡Y será igual para todos en todo el mundo! Frankenstein, sinónimo de lo terrible y lo monstruoso y lo gozoso... (Sí, escuchó usted bien, lo gozoso; tal vez no esté de más contar que en esa misma noche del futuro veo a niños pidiendo golosinas de puerta en puerta, pero es una parte del desvarío que no alcanzo a comprender mucho, a decir verdad.)

Ya, ya sé que no parece un logro como para ponerse al lado de Newton y Lavoisier.

¿Ser relacionado con lo tétrico y lo siniestro? Comprendo que pueda parecer contraproducente, pero bueno, si se lo piensa uno con frialdad, no deja de ser una gran aportación al patrimonio intangible de la humanidad. ¿Qué posibilidades tendría el día si no existiera la noche? ¿Qué de virtuoso habría en los ángeles si no existiesen los demonios?

Sin el contrapeso en la balanza que ofrece la maldad, ¿la bondad brillaría con luz propia?

No me lo tome a mal, Walton, pero es algo que estoy seguro que usted también desearía para sí mismo. Imaginemos que en algún lugar de ese mismo futuro existiese una bola de cristal que buscara por el mundo los referentes a una sola palabra. (Y no sé por qué, tal vez gracias a mi metaconciencia, me imagino una letra "G" y varias letras "o" de colores sobre un fondo blanco formando una palabra que rima con Schnauzer; no, espere, con Terrier; no, con Poodle.) En fin. Si yo susurrase la palabra "Frankenstein" a dicha bola de cristal, aparecería la imagen de un ente maligno perfectamente arraigado en la imaginería popular (y tal vez algún niño con la cara verde, de acuerdo). En cambio, si susurrara la palabra "Walton" al mismo artificio, aparecería, con suerte, la fachada de un mercado de legumbres.

¿Qué le parece, pues, mejor?

¿El niño o las legumbres?

De acuerdo. Estoy perdiendo el punto.

Lo cierto es que, fuera o no un buen derrotero a seguir, era MI derrotero. MI camino. MI destino. Y comprendí, sin posibilidad de renuncia, que lo que tenía que hacer era ceñirme a él para poder dar sentido a mi existencia.

(Y conquistar —ejem— la fama y la gloria, ya que estamos.)

Comprendí entonces que, aunque la sola aparición de una cucaracha me hace subir con todo y zapatos a la mesa, no tenía alternativa. ¿Cuántos personajes tienen la indecible y maravillosa oportunidad de saber con antelación aquello para lo que fueron creados? ¿Cuántos de los hijos del creador, sea éste humano o divino, cuentan con un mapa de su vida para no errar en la consecución de su fin último? Ninguno. Sólo yo. Y por eso decidí, desde ese momento en la diligencia a Ingolstadt, cuando lo escribí todo, que no cejaría hasta llegar al último capítulo de mi vida. Que no me rendiría así me costara el postrer latido de mi corazón. De ahí que me tatuara aquí, debajo del brazo izquierdo, esta leyenda:

FATUM FATIS EGO PEREA
"Hágase el destino, aunque yo perezca"

Bonito, ¿no? Y sólo me costó dos táleros. Me lo hice el mismo día que llegué a Ingolstadt, ebrio de entusiasmo por mi recién descubierta empresa.

Así que ésa es la justificación de todo lo que me ha traído hasta aquí, querido amigo.

Eche un ojo a lo que llamé "El trazo del destino", que no es otra cosa que la sinopsis de la novela de mi vida (que, en un desplante de arrogancia, imaginé que podría llamarse "Frankenstein", tal vez con un título adicional con alusión a los griegos, algo así como: "El Sísifo de Ginebra" o acaso "El Apolo incidental"). También deberá disculpar que hable de mí en tercera persona, pero sentí que así es como lo había implantado en mi mente el creador, el autor, el gran titiritero.

He ahí el plan que (Dios es mi testigo (o quien quiera que lo esté suplantando)), intenté con todas mis fuerzas llevar a cabo.

Capítulo 1

Víctor Frankenstein narra su infancia como ginebrino y su rutina familiar, en extremo apacible. Con él viven sus padres, sus hermanos William y Ernest, más chicos que él, y su prima Eliz…

"¡Hey! ¡No tan de prisa, Frankenstein! ¿En verdad espera que crea todo ese desvarío? ¿Personajes? ¿El trazo del destino? ¿Productos de la mente de algún ser falible?"

"Crea lo que quiera, Walton, yo sólo justifico lo que está usted a punto de escuchar de mi boca. Y lo que me ha traído hasta este punto."

"No digo que antes yo mismo no me haya sentido como si fuese otro el que dirigiese mis pasos… pero de eso a no existir…"

"Nunca dije que no existiéramos. Sólo que de distinta ma… ¡Ouch! ¿Por qué hizo eso?"

"¿Qué tan real sintió ese mamporro?"

"Acaso tan real como éste."

"¡Ooouch! ¡No tenía que hacer eso! Yo estaba intentando demostrar un punto."

"Da igual. Últimamente me he vuelto muy vengativo."

"Déjeme ver esas hojas de las que tanto habla."

"Aquí tiene."

"*'...el horror que siente al ver a la criatura actuar por sí misma...' '...recibe una carta terrible...' '...se sume en la depresión pues se siente culpable...'* Dígame una cosa, Frankenstein. ¿Qué necesidad tenía, en verdad, de intentar seguir este guion? ¿Por qué no quedarse en su casa tomando el té y leyendo novelas? ¿Qué necesidad de enfrentarse al horror y al sufrimiento pudiendo ser feliz de la manera más común y más corriente?"

"¿Qué necesidad tenía usted de embarcarse hacia el Polo Norte, Walton?"

"No estamos hablando de mí."

"Para el caso es lo mismo. No se trata sólo de fama o fortuna. ¿Cree que no le di miles de vueltas en mi cabeza? Es como una especie de deuda con el género humano. Porque el mundo no sería el mismo sin un Frankenstein, igual que no sería el mismo sin un Mozart."

"Ehhh... no quiero parecer pesado pero me parece excesiva su comparación."

"¿Qué habría pasado si el pequeño Wolfgang, en vez de practicar todos los días el piano, se hubiese dedicado a corretear por los jardines? Seguramente habría sido un niño feliz. Y luego un adulto feliz. Y un abuelo lleno de nietos. Acaso habría muerto a los ochenta años y no a los treinta y cinco. Pero ni hablar de que el mundo contase con *La flauta mágica* o la sinfonía *Júpiter*. Si Mozart hubiese preferido el té y las novelas y la plácida contemplación de la existencia, el mundo escucharía 'Mozart' y no pensaría en el mayor genio musical de todos los tiempos sino, acaso, en algún zapatero austriaco. Si yo no hubiese intentado seguir el trazo de mi destino, la gente escucharía 'Frankenstein' y pensaría, tal vez, en algún despacho de abogados suizos, y no en una de las piezas más significativas del terror fantástico."

"Entiendo su punto pero... ¿por qué cree que tuvo, repentinamente, esta extraña revelación, este asombroso despertar de la conciencia?"

"No tengo la menor idea."

"Pero alguna hipótesis habrá usted trabajado durante todo este tiempo, dado que, según indica, estas hojas no son el producto de una noche desenfrenada de láudano y narguilé."

"Creo, ya que lo pregunta, que todos los personajes estamos predestinados a existir. Así el Quijote y Gulliver. Así usted y yo. Y que vamos adquiriendo forma en la mente de nuestros creadores poco a poco, con rasgos físicos y trama y conflicto y aventura y romance... incluso sin que ellos se den cuenta."

"O sin que ellas se den cuenta."

"¿Perdón?"

"Ellas. También podríamos ser el producto de una mente femenina. A mí me gustaría eso. Siempre he creído que si mi hermana Margaret escribiera un relato de terror, pondría verdaderamente los pelos de punta."

"Me da gusto que lo mencione así porque, ahora que me escuche, verá que yo creo conocer el nombre de quien me ha soñado, pensado, dado forma. Y es una *ella*."

"¿Usted cree, Frankenstein, que en el futuro si alguien dice Walton piense en el mejor de los expedicionarios ingleses y no en el fundador de una tienda de nabos y alcachofas?"

"Todo puede ser, Walton. Todo puede ser. Bueno. Como le decía..."

Capítulo 1
(Ahora sí)

Víctor Frankenstein narra su infancia como ginebrino y su rutina familiar, en extremo apacible. Con él viven sus padres, sus hermanos William y Ernest, más chicos que él, y su prima Elizabeth, a quien acogieron en la casa cuando la madre de ella, quien era hermana del señor Alphonse Frankenstein, murió. Habla Víctor también de su buen amigo Henry Clerval, quien estuvo presente en su vida desde pequeño y siempre fue muy leal.

Antes pongamos una cosa en claro. Es éste un relato de horror. En él ocurren cosas espantosas. La gente muere, hay venganza y más venganza. Se transgreden las leyes de la naturaleza. Y, por supuesto, no tiene un final feliz, así que vale la pena la advertencia por si algún día todo esto que digo es escrito en papel y alguien lo lee en una noche de tormenta.

Dicho esto…

Mi nombre es Víctor Frankenstein y soy ginebrino de nacimiento. Mi padre, por cierto, siempre ha ocupado cargos públicos, lo cual no sé si se pueda contar como algo bueno. Aun antes de que yo naciera, ya se había hecho magistrado. Y según palabras de mi madre es gracias a ello que los Frankenstein pudieron levantar cabeza, pues antes de eso, no había modo de que el no tan achispado Alphonse diera pie con bola. De hecho, las palabras exactas de mi madre fueron: "De tinterillo a juez, ¡quién lo diría! ¡Sólo espero que no arruines esto como lo arruinas todo!".

Aparentemente el amigo del amigo de algún conocido de mi padre tenía un cargo importante y se requirió un magistrado de último minuto (un asunto de copas o algo así donde se vio involucrado un juez que no pudo llegar a los tribunales por estar roncando en el piso de alguna taberna). Mi padre pasaba por ahí y tengo entendido que le sentó muy bien la peluca rizada. En menos de tres horas ya había despachado más de diez casos, lo cual es una clase de récord. Según mi madre, el no tan achispado Alphonse Frankenstein se dio cuenta bastante pronto de lo fácil que era distinguir hacia dónde convenía inclinar la balanza de la justicia, pues de acuerdo al fallo era la recompensa que obtenía posteriormente en un sobre cerrado bajo la superficie de la mesa de alguna taberna (donde más de una vez chocó un vaso de cerveza alemana con el agradecido demandante (o demandado, dependiendo del caso)) y donde acaso también lo sorprendió el sueño, como aquel legendario juez al que suplió originalmente.

Cuando vine al mundo, Alphonse Frankenstein ya tenía su buen prestigio, así que puedo decir con gran satisfacción que no me hizo falta nada y que inicié mi vida con una primera infancia en forma bastante tranquila y acomodada. Aunque mi madre no era demasiado aficionada a la maternidad, y eso lo supe desde aquel día que me olvidó en las carreras de caballos, puedo decir que me quería y que no es cierto que volvió a las taquillas del hipódromo a reclamar el bulto que lloraba por su leche sólo porque también hubiese olvidado el paraguas a un lado... y el bolso con los treinta francos que ganó apostando ese día... y el boleto de la diligencia, por cierto.

También vale la pena contar que fui un niño que no necesitaba de grandes cuidados. Mi padre volvía de los juzgados sin reparar mucho en mí (de hecho, por una buena cantidad de años se refirió a mí como "el niño"). Y mi madre confiaba ciegamente en la nana que me cambiaba el pañal y me daba el biberón (siempre que no estuviese enfrascada en alguna novelita rosa de despechos y traiciones). Así que me acostumbré a no ser el centro de atención desde muy temprana edad. Incluso creo que es justo decir que comprendí bastante pronto que, en días en los que todos los adultos estaban en sus propios asuntos, lo único que me podía salvar de la inanición era la osadía: es decir, ingeniármelas para gatear y escalar hasta el frasco de miel y las galletas.

Fue cuando yo tenía seis años, aproximadamente, cuando llegó el primero de mis hermanos a la casa. Ernest también se habituó bastante pronto a la ausencia de atenciones. Cuando mi padre al fin se aprendió mi nombre, se percató de la llegada de un segundo y tuvo que llamarlo "el otro niño". Mi madre seguía con su compulsión por el juego y, aunque a mí nunca me perdió a las cartas, a Ernest sí, un par de veces. En su descargo diré que siempre lo recuperó con alguna buena tercia de reyes. La nana, por su parte, no dejaba que Ernest se marinara tanto en sus propios jugos como hizo conmigo (acaso porque yo no tenía un hermano mayor que fuera a decirle, tirando un poco de la novelita que estuviese leyendo en ese momento, "¡Nana, tal vez el bebé ya murió porque huele peor que un muerto!"). También conviene contar que Ernest aprendió a hablar de un solo golpe. Tenía cuatro años. Todos creíamos que era idiota porque en verdad que no decía ni papa. La vida se le pasaba contemplándolo todo sin abrir la boca, lo cual resultaba un poco siniestro si he de ser completamente honesto. Pero a la edad de cuatro años, un cochero le agarró los dedos con la portezuela del carruaje; jamás escuché decir a nadie tantas groserías juntas en mi vida. A partir de entonces empezó a hablar con fluidez. O al menos contestaba con monosílabos y no con movimientos de cabeza, que ya era bastante.

Finalmente, llegó el pequeño William, y justo al momento en que mi padre empezó a llamar a Ernest por su nombre. Lo curioso es que a este tercer retoño sí lo reconoció enseguida como hijo suyo; tanto, que lo presumió en el club de abogados desde el primer día. Acaso tuviera algo que ver que William era como un querubín sacado a la fuerza de un cuadro renacentista. Rubio y de mejillas sonrosadas, era un niño Jesús de estampa navideña... con la sutil excepción del carácter con el que había nacido. A diferencia de sus dos hermanos, que aprendieron que en la casa Frankenstein había que buscar el sustento por los propios medios so pena de morir de hambre, William decidió que con él vendría la emancipación. Era llorón como el mismísimo Satanás (palabras de mi madre). Y demandante. Y exigente. Y caprichoso. Y berrinchudo. Y displicente. Y la mismísima piel de Judas (palabras de la nana).

Para cuando William ya gateaba, aunque no al anaquel de la miel y las galletas sino al arcón de las joyas de mi madre, yo ya tenía mis buenos doce años. Y fue justo a los pocos días de mi cumpleaños cuando ocurrió lo que yo creí que sería el verdadero motor de mi existencia, mi única razón para existir.

De hecho, hay momentos en que aún lo creo. O no estaría aquí contándoles esto.

Recuerdo que era jueves porque los jueves siempre me iba a ver mi querido amigo Henry Clerval. Por la puerta de entrada a la casa cruzó la criatura más hermosa que jamás pisó la faz de la Tierra. Una chica de mi edad con los ojos color violeta más bellos que yo hubiese visto en mi corta vida, unos cabellos tremendamente negros y un vestido largo de raso con holanes en los puños y en el cuello que la hacía parecer una especie de princesa de la noche. Detrás de ella venían mi padre y un par de sujetos que, después de depositar un enorme baúl al centro de la estancia, cobraron una propina y se marcharon. Dicho baúl sintetizaba la felicidad más grande pues implicaba que esa hermosa chica que acababa de entrar se quedaría a vivir con nosotros. ¿Que cómo lo sabía? Pues porque mi papá lo había anticipado ese mismo día, antes de ir por ella. Había sentenciado, en la mesa del desayuno, algo así como: "¡Maldita monserga, mujer! ¡Mi hermana murió y ahora tengo que encargarme de sus cosas! ¡Lo cual no tendría nada de malo si no fuese porque sólo dejó deudas!", y luego de dar una larga fumada a su pipa, añadió: "Ah, y una niña que muy probablemente comerá como el demonio de la gula y me llevará a la ruina".

Bien, pues esa niña acababa de traspasar la puerta, dejándome completamente idiotizado. En cuanto estuvo dentro, se desató el sombrero que llevaba y lo arrojó sobre un sofá con furia.

—¡Esto no puede quedarse así! ¡Mi padre las pagará! —refunfuñó. Y corrió hacia las habitaciones del piso superior.

En ese momento, Henry Clerval y yo nos enteramos: esa chica que ahora llegaba había sido echada a la calle por su padre en cuanto su madre murió. No es que literalmente la hubiese puesto a pedir limosna en la banqueta, pero poco le faltó. En cuanto mi tía falleció, el cuñado de mi padre se puso en contacto con él para decirle que tenía pensado volver a casarse... y una niña de doce años en el panorama no encajaba muy bien en sus futuros planes de conquista. Entre esa noticia y la amenaza velada de hablar con la prensa para contarles que el famoso juez Frankenstein no quería velar por su propia sobrina, mi padre terminó cediendo a las presiones del viudo y se quedó con la niña.

Esta noticia llegó, por cierto, de boca de la pequeña Justine Moritz, quien en ese momento compartía la estancia conmigo y con mi gran amigo Henry Clerval.

Justine Moritz era una niña, ella sí literalmente recogida de la calle, que vivía con nosotros y que hacía labores de criada. Probablemente se hubiese encendido cierta luz en sus ojos al contar la historia de Elizabeth, la chica que acababa de llegar, porque apreció alguna similitud con su propia historia. En su caso, ocurrió que cuando murió su propio padre, su madre, que era bastante pobre, la echó a la calle porque le tenía tremenda ojeriza (y seguramente para ahorrarse unos centavos pues ya tenía otras tres bocas que alimentar). Un día se le pegó a mi madre como un perrito faldero y, no sé si por caridad o por distracción, Justine terminó quedándose con nosotros. Fue como al cuarto o quinto día que alguien reparó en ella, creo que fue la nana. Justine cocinó y sirvió el desayuno y lavó la vajilla y la ropa y tendió las camas sin que nadie se lo pidiera. A todo el mundo le pareció bien, aunque desde luego más a la nana, quien de pronto se vio con muy pocas cosas que hacer y muchos libros que leer. Y Justine se quedó. Era una chica escuálida de ojos grandes y cabello escurrido, tremendamente servicial, que no me quitaba la vista de encima casi nunca, lo cual era un poco siniestro, si he de ser completamente honesto.

Yo y mi gran amigo Henry Clerval estábamos dibujando sobre la alfombra cuando Elizabeth ya había subido como un torbellino y Justine nos había dado el reporte entero.

—Me da un poco de pena, la señorita Elizabeth. ¡Despreciada por su padre de esa manera! ¡Espantosa tragedia! ¡Mundo terrible este en el que vivimos! —dijo Justine, mordiéndose la punta del dedo pulgar, una manía muy suya.

Luego se soltó diciendo no sé qué tantas cosas de lo triste que era algo como eso cuando, para mí, el tiempo se había detenido alrededor del sonido que formaba la palabra Elizabeth. Henry Clerval, mi gran amigo, seguía dibujando espectros y castillos, su pasatiempo favorito. Mis hermanos estaban en algún lugar del mundo, seguramente juntos, pues se habían vuelto inseparables (o cómplices en el crimen, sería una forma más precisa de describir su relación). Mi padre pagaba a regañadientes la diligencia que los había llevado a él y a Elizabeth. Mi madre jugaba baraja en casa de alguna amiga o ruleta en algún casino. La nana dormía o leía. Pero yo, con los ojos de Justine puestos en mí y su voz rondándome la cabeza, subí al piso superior flotando entre nubes, como hipnotizado, decidido a no dejar ir lo que yo creí que sería el verdadero motor de mi existencia, mi única razón para existir.

De hecho, hay momentos en los que... bueno, creo que ya lo mencioné.

Elizabeth se encontraba en mi habitación, echada sobre mi cama, de cara hacia mi almohada. Golpeaba con ambos puños mi colchón, haciendo una especie de rabieta.

Mi corazón se disparó en cientos de miles de latidos por minuto.

—Eh... hola —dije—. Bienve...

Al instante ella volteó. Se puso de pie y se plantó frente a mí.

—¿Cómo te llamas?

—Víctor.

—Víctor... peleemos.

—¿Qué dices?

—Si no golpeo a alguien, moriré.

Se puso en guardia, con ambos puños frente a mí. Y yo no supe qué otra cosa hacer. Es justo decir que fue la primera pelea de mi vida. Ojalá hubiera podido devolver un solo golpe. Elizabeth me sometió casi enseguida. Cuando mi gran amigo Henry Clerval subió para preguntarme qué hacía, me encontró bocabajo, con mi prima sobre mí, tirando de mis cabellos, preguntándome si me rendía. En ese momento nadie sabía aún que yo ya me había rendido a ella desde el primer segundo que la vi entrar en nuestra casa y hasta el momento exacto en que ocurre este relato.

Capítulo 2

Aun a corta edad, impresionan a Víctor algunas lecturas a las que llega en un viaje y que sugieren la posibilidad de la piedra filosofal, el elíxir de la vida y la invocación de fantasmas y demonios, así que hace intentos infructuosos por conseguir reproducir estos fenómenos. A los catorce años descubre la electricidad y se fascina con ella, así que abandona su afición por la alquimia, cambiándola por la ciencia. Henry Clerval comparte su repentino interés por instruirse.

Con la llegada de Elizabeth todo empezó a adquirir matices definitivos de locura en nuestra casa. Aun antes de que ella atravesara aquella puerta, mis hermanos ya estaban todo el tiempo fraguando travesuras que, vistas fríamente, pasaban por delitos en forma. Ernest solamente obedecía a William, la mayoría de las veces sin decir una sola palabra; y William no dejaba de aguzar el ingenio para poner en marcha planes en verdad diabólicos. En una ocasión llegaron a la casa con una piara de veinte cerdos que robaron Dios sabe de dónde; en otra, fueron remitidos a casa desde Salzburgo en un paquete postal de la policía con la advertencia de "Manéjese con cuidado"; en una más, los fue a buscar un hombre armado lleno de tatuajes para darles un ultimátum de pago. Con todo, puesto que ninguno de los adultos parecía perder el sueño por esto, yo tampoco lo hice nunca, aunque William todavía usara pañal y Ernest aún necesitara ayuda para atarse las agujetas. Finalmente, papá estaba haciendo "negocios" todo el tiempo (juro que así llamaba a todas las causas que le correspondía sentenciar), mamá siempre estaba ganando dinero o perdiendo dinero en algún juego de azar y Elizabeth dando cauce a su ira de las maneras más extravagantes posibles: ejercitando sus músculos, peleando conmigo, corriendo por toda Ginebra, peleando conmigo, nadando en el lago o el río y… ¿ya lo dije?… peleando conmigo.

No obstante, cuando estábamos todos juntos, sí que parecíamos una verdadera familia. Por ejemplo, pongamos ese paseo que hicimos todos, incluido mi querido amigo Henry Clerval, a los baños de Thonon y que marcó un hito en mi infancia.

—Tú sabes que lo mío no es asolearme con el torso desnudo frente a un montón de extraños —dijo Henry en cuanto lo invité.

En ese entonces mi gran amigo Henry Clerval ya había sofisticado su gusto por lo sobrenatural suscribiéndose a una revista inglesa llamada *Phenomenon* que publicaba casos extraordinarios de todo tipo de sucesos que atentaban contra la realidad (y la cordura). Fantasmas, brujas, objetos voladores en el cielo en forma de salseras... Recuerdo que estaba leyendo sobre una lluvia de sapos que había caído en Francia a principios del siglo dieciocho y debido a la cual tuvieron que cancelar una ejecución pública (por mal clima, se entiende).

Apenas si me escuchó cuando volví a invitarlo. Lo cierto es que mi querido amigo ya había empezado a obsesionarse con la "Real Sociedad Universal del Estudio de Fenómenos Extraordinarios" con sede en Londres, a partir de la compra de esos fascículos llenos de curiosidades increíbles.

Pero era mi gran amigo y siempre me acompañaba adonde yo se lo pidiera.

—Te pagaré si me acompañas, Henry.

—¿Cuánto?

—Necesito revisar mis ahorros.

—Insisto en que eso de los balnearios no es lo mío. Podría contarte una vez que casi muero ahogado. Considéralo al hacer tu oferta.

—Tal vez puedas darme crédito, como siempre. Siento que es mi gran oportunidad para estar a solas con Elizabeth. Y tú podrías montar guardia.

Mi gran amigo leía sobre la combustión espontánea de un burócrata en Roma mientras demandaba un aumento de sueldo. La nota decía "Acalorado discurso termina con su orador". Apenas levantó la mirada.

—¿Estás loco, Frankenstein? ¡Vives con ella! ¿No tienes oportunidad aquí mismo, en tu casa, de estar a solas con ella?

—El ambiente no es propicio, Henry. En cambio allá... tú sabes...

Terminó por aceptar. Aunque, al igual que otras tantas veces, anotó el monto en su libretita bajo el título "Favores a V. F."

Y hablando de deudas...

Después me enteré que el paseo al balneario fue propiciado por mi padre debido a una deuda que adquirió mi madre en el casino del hotel de ese centro vacacional: una noche enloqueció y apostó todo al trece negro, con funestas consecuencias. Mi padre, al fin magistrado, iba a negociar el préstamo y tal vez condonar algunas querellas legales a los prestamistas con tal de no pagar intereses moratorios.

Salimos en una sola diligencia. Cuando íbamos hacia allá, justo al momento de abordar el coche, cualquiera hubiera podido creer que éramos una familia de tantas. Pero hubieran bastado unos cuantos minutos al interior con nosotros para desengañarse.

—¿Se puede saber qué demonios haces, William? —mi madre.

—¿Poiqué? —William.

—¿No es acaso tu mano la que está hurgando dentro de mi bolso? —mi madre.

—¿Poiqué no mías poi la ventana como cualquiei peisona noimal, mujei? —William.

—¿"Poiqué no simplemente te dueimes como cualquiei niño noimal, bebé"? —mi madre.

—¿No hace un calor horrendo aquí? —Elizabeth.

—Tal vez podría intentar abrir la ventana —yo.

—… … … —Ernest.

—Tal vez podría abanicarte con algo —yo, después de fracasar al intentar abrir la ventana.

—¡Devuélveme mi revista, Frankenstein! —Henry.

—Apuesto a que podría quebrarte un dedo si me lo propusiera —Elizabeth.

—Je… apuesto que sí pero… no veo la necesidad de… —yo.

—¿Por qué no simplemente le dices que no te fastidie? ¿Eres un hombre o un bufón? —mi padre.

—Está jugando, papá… ella sólo… ¡Ooouch! —yo, al sentir cómo un cartílago cede a una presión tremenda.

—… … … —Ernest.

—William, te lo digo por última vez…—mi madre.

—¿Sabían que en el Himalaya hay gente peluda de cinco metros de estatura? —Henry.

—Estoy bien. En serio. Estoy bien —yo, preguntándome si recuperaré la movilidad en el índice izquierdo.

—Mía paia afueia, mujei… —William.

—Oh, si apenas te apreté… —Elizabeth.

—¡Cinco metros de estatura! —Henry.

—Espero que no nos toque un clima de los mil demonios. Ya bastante caro me está saliendo el paseíto —mi padre.

—Justine, deja de mirarme, por Dios —yo.

—Lo siento, Frankie —Justine.

—Y no me digas Frankie —yo.

—¿Podrían bajar la voz? No puede una leer simplemente sin ser interrumpida cada cinco segundos? —la nana.

—… … … —Ernest.

—¡En verdad, qué horrendo calor hace aquí! —Elizabeth.

Para abreviar, diré que el balneario nos recibió con un clima de los mil demonios, así que no pudimos salir de la habitación. Mis intenciones de estar a solas con Elizabeth se vieron totalmente arruinadas por largas sesiones de juegos de naipes en los que mi madre no dejaba de hacer mofa de nosotros cuando ganaba y de amenazar con vendernos a los gitanos cuando perdía. Yo aproveché un interludio para echar ojo a algunos libros que había en la habitación.

A decir verdad, fue en ese momento cuando comencé a sentir que podía encenderse en mi pecho una llama que, aunque distinta, podía ser de la misma naturaleza y magnitud que la que se había encendido cuando conocí a Elizabeth. Fue un primer atisbo de aquello a lo que dedicaría, en realidad, mi vida.

Entre los libros estaba el *De occulta philosophia* de Cornelio Agripa y otros libros sobre ocultismo que seguramente habría olvidado algún huésped. Quedé inmediatamente encantado. Recuerdo que, pese a mis tres dedos inmovilizados (Elizabeth se aburría mucho en la diligencia), pude leer el libro de lomo a lomo casi sin respiro y sin pedir que me echaran la mano para pasar las páginas. Recuerdo que mi mejor compañía durante aquella noche fue ese libro de Agripa y una vela mortecina. Y acaso la mirada de Justine Moritz, que más de una vez me hizo saltar de mi sitio.

—¡Maldita sea, Justine! ¿Cuánto llevas ahí de pie?

—Lo siento, Frankie.

Me fascinaron las posibilidades de adivinación y transformación de la materia que venían descritas en los libros. Lo suficiente, al menos, como para hurtar dichos volúmenes y llevarlos conmigo a casa cuando dejamos el hotel al día siguiente (lo cual no me causó culpa alguna si consideramos que mis padres cargaron con las toallas, los jabones y un tapete que hasta hubo que enrollar y arrojar por la ventana; William y Ernest, por su parte, un candil entero).

El regreso a Ginebra fue mucho más sencillo (a pesar de tener que compartir espacio con un tapete y un candil), seguramente porque me embebí en la lectura de los libros. Elizabeth se entretuvo jugando a las vencidas con todos, incluso el cochero, y el resto mirando por la ventana (con la excepción de mi madre, quien temía por el dinero que llevaba en la bolsa). Mi gran amigo Henry Clerval y yo al fin comenzamos a compartir un punto de contacto, los dos sumergidos de lleno en nuestras lecturas.

—¿Quieres decir que se puede predecir el futuro de una persona leyendo las líneas de su frente, Frankenstein? ¡No me hagas reír! —Henry.

—Se llama metopomancia, Henry. Y estoy dispuesto a aprenderla y ponerla en práctica —yo.

—¡En mi vida había oído mayores estupideces! —mi padre.

—¿Podrían guardar silencio por tan sólo dos segundos? —la nana.

—... ... ... —Ernest.

No puedo negar que me aficioné a Agripa, Paracelso y Alberto Magno como un imbécil. A partir de dicho viaje empecé a creer que, si había un camino hacia el corazón de Elizabeth, era el de la magia, la alquimia y el ocultismo. No porque fuera yo a hechizar a mi prima o cosa parecida, sino porque estaba seguro de que la adquisición de tales conocimientos me permitiría demostrarle que no era sólo un chico enclenque que servía como saco de golpear... sino también alguien capaz de dominar los más profundos secretos del Universo. (Aunque todavía fuese incapaz de abrir un tarro de conservas muy apretado.)

Fueron largos esos años, he de admitir. Porque me inicié y ejercité en la nigromancia, la litomancia, la geomancia, la alectomancia, la aeromancia, la quiromancia... y un puñado de mancias más (algunas de mi propia invención, como la aqumbramancia, o la adivinación del futuro por la forma en que pega la sombra del interesado sobre el agua estancada en la calle). Y ninguna de estas disciplinas me permitió predecir nada a nadie. Naturalmente, mi favorita era la quiromancia, pues me permitía sostener la mano de Elizabeth por largos periodos de tiempo.

—No te muevas, Elizabeth… ahora sí lo tengo.

—Eso dijiste la última vez, minino. Y la vez anterior. Y la anterior a ésa.

(Un pequeño paréntesis para comentar que mi prima ya me llamaba más por tal apodo que por mi nombre. En realidad fue culpa mía. Una vez, mientras yo leía y ella hacía flexiones en la estancia para tonificar su vientre, llamó al gato que teníamos en casa chasqueando la boca y tronando los labios. El gato se encontraba detrás de mí y por alguna tonta razón que preferiría no explicar demasiado, creí que me estaba llamando a mí. Esa misma tonta razón me hizo suponer que era la oportunidad de mi vida así que me puse en cuatro patas y comencé a ronronear mientras acortaba la distancia entre nosotros. Después de reír hasta las lágrimas, Elizabeth decidió que sería una tonta si no comenzaba a llamarme minino, gatito, micifuz y otras por el estilo.)

—Eso fue la última vez, Elizabeth. Ésta será distinta. He estado practicando.

—Como quieras, mirringo.

En aquellos días ella ya había decidido que lo suyo era el culto al cuerpo. En específico, su propio cuerpo. Se obligaba a entrar en una especie de pijama entallado con tirantes rematado en una faja de cuero a la cintura y se sometía a todo tipo de ejercicios agotadores. Cuando no estaba en una taberna retando a todo el mundo a las vencidas, estaba en casa levantando el sofá o la tina. A mí, honestamente, verla someterse a este tipo de disciplinas me ponía en un estado de incómoda afectación lúbrica. Y apenas teníamos catorce años.

—Veo en las líneas de tu mano que mañana... o tal vez pasado mañana... si caminas frente a la iglesia a eso de las cuatro de la tarde... encontrarás al hombre de tus sueños portando un pañuelo verde metido en las solapas del abrigo.

—¿Y qué demonios haría yo paseando frente a la iglesia?

—No lo sé. Es la palma de tu mano, no la mía.

—A mí me parece que el fulano, quien quiera que sea, tendrá que conseguirse otra.

—¿No te da ni tantita curiosidad? —pregunté mientras soltaba por un momento su mano y palpaba, al interior de mi chaqueta, un pañuelo verde que recién había conseguido el día anterior.

—La verdad... no, minino.

—¡Aaagh! ¿Por qué hiciste eso? —pregunté mientras daba con mi cara en la alfombra y ella doblaba mi brazo por detrás de mi espalda.

—No lo sé. ¿Porque puedo?

Justo es decir que, en principio, toda esa energía acumulada era un atisbo de furia que conservaba en contra de su padre. En los primeros meses, cuando aún estaba reciente su llegada, no dejaba de decir que quería dar con él y golpearlo en la cara frente a todos sus amigos del club de caballeros, y eso sólo como aperitivo de un banquete mucho mayor. Pero luego que se enteró que había dejado el continente y que lo más probable es que anduviera en algún lugar de América, no pudo detener sus prácticas de romper ramas gruesas de abedul, levantar su propio cuerpo colgándose de los quicios de las puertas o correr escaleras arriba y escaleras abajo hasta terminar exhausta. Para cuando tenía catorce, las consecuencias lógicas fueron el pijama entallado, el cabello recogido, la faja y la constante bravuconería.

No los cansaré con más detalles respecto a mis fallidas incursiones en las artes de la adivinación. Tampoco les contaré de los vapores que casi me dejan ciego intentando tornar un costal de herraduras en oro puro. Simplemente diré que, para mi fortuna y la de los de la casa Frankenstein, bien pronto me di por vencido (sólo me llevó tres años) y fue gracias a un golpe de suerte, literalmente.

Mi gran amigo Henry Clerval me acompañó aquella tarde al campo para conseguir un poco de mandrágora y romero, sustancias que necesitaba para mis prácticas de hierbofloropastomancia. Él no dejaba de llevar a todos lados sus horrendos tebeos de asuntos sobrenaturales, pero al menos seguía siendo leal a nuestra amistad.

—Te dije que estaba ocupado, Frankenstein.

—Sólo serán un par de horas, Henry. Entre los dos daremos antes con lo que necesito.

Nos internamos en el bosque y, aunque yo llevaba muy buen ánimo, la verdad es que nada por ahí se parecía al dibujo garrapateado de las hierbas que hallé dentro de un libro de botánica.

—No sé por qué pierdes el tiempo con esas tonterías —gruñó Henry después de un rato de infructuosa búsqueda.

—No decías eso cuando recién me aficioné.

—Entonces no sabía que eran puras tonterías. Magia y superchería.

—¿Y me vas a decir que lo que encuentras en tus tebeos no se le parece mucho?

Subíamos por una ladera y él, que iba delante de mí, se detuvo como si lo hubiera fulminado un rayo.

—¿Eso es lo que crees, Frankenstein? —me objetó, bastante ofendido—. ¡Todo lo que hay en estas páginas son casos insólitos de asuntos que perfectamente podrán ser explicados por la ciencia… algún día!

—¿Tus hombres lobo y tus vampiros y tus…?

No pude concluir la frase porque así, sin mediar tormenta ni nada, una descarga de luz golpeó con todo su poder al árbol que teníamos enfrente. Literalmente lo hizo pedazos. Henry y yo nos quedamos atónitos, sordos, ciegos y espantados. Si hubiéramos seguido el ritmo de la marcha, muy probablemente nos habría golpeado el meteoro.

El árbol comenzó a incendiarse y, apenas unos segundos después, fue apagado por la tenue lluvia que siguió al rayo. Lo verdaderamente sorprendente fue que, a pocos metros del árbol, se encontraba un azadón sin mango, que empezó a arrojar chispas, alcanzado, aunque de forma indirecta, por el rayo. Entonces, una ardilla que "a todas luces" (y no exagero con esta aseveración) estaba muerta… empezó a moverse. Era evidente que el roedor llevaba algunos días ya en el cielo de las ardillas, pero su cuerpo, que era tocado por la maraña luminiscente de ramificaciones eléctricas que despedía el azadón… empezó a moverse. Absolutamente impactante. El cadáver del animalito se sacudió en nada tímidos temblores hasta que al fin la fuerza del rayo lo abandonó y quedó ahí, inerte, como debe quedar, siempre, un buen fiambre que se respete.

A los pocos minutos, cuando íbamos de regreso a casa y ya habíamos recuperado la audición, Henry, que iba delante de mí, se detuvo de pronto. No como fulminado por un rayo pero sí como si reparara en algo. Yo estaba seguro de que quería comentar conmigo el fenómeno que recién habíamos presenciado pero, en vez de ello, sólo dijo…

—La próxima vez, Frankenstein, si te digo que estoy ocupado… ¡es porque estoy ocupado!

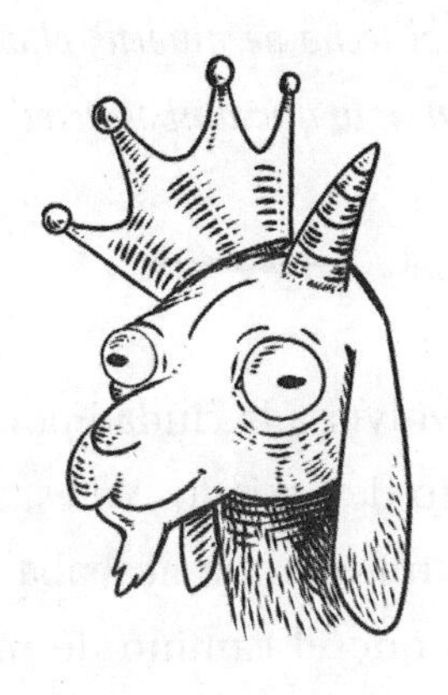

Capítulo 3

Víctor, completamente decidido a seguir el camino de la ciencia, se pone a estudiar matemáticas e idiomas. Durante ese tiempo, toma a sus hermanos como alumnos y sigue estrechando los lazos de amistad con Henry Clerval. Justo a sus diecisiete años sus padres deciden que vaya a la Universidad de Ingolstadt, dadas sus inclinaciones por saber más. Lamentablemente, su madre enferma retrasa su salida; en el lecho de muerte, ella suplica a Víctor y a Elizabeth que se casen, a lo que ambos acceden.

Henry prefirió volver a la ciudad por su cuenta, lo cual no me importó demasiado. Yo estaba impactado por la fuerza de la naturaleza que acababa de presenciar. De pronto me pareció que el camino de mi vocación apuntaba ya hacia otro lado. Tal vez era cierto que había dedicado demasiado tiempo a algo que tenía más que ver con lo improbable que con lo comprobable. Porque tanto mi gran amigo Henry y yo habíamos presenciado a un ente muerto moverse como si tuviera vida... y todo había sido producto de un fenómeno natural perfectamente explicable. Recuerdo que fue como si cayera una venda de mis ojos. Decidí que en la ciencia estaba mi verdadero camino.

Al volver a casa, aún veía lucecitas flotando frente a mis ojos y todavía tenía serios problemas para escuchar, pero eso no impidió que le preguntara a Elizabeth mientras cenábamos:

—Querida prima... ¿qué crees que sea más seductor, un charlatán sin escrúpulos entregado al estudio de patrañas sin fundamento... o... ejem... un hombre de ciencia?

—Pienso... —respondió sin dejar de atender su corte de carne, tardando un poco más mientras masticaba, dándose pequeños golpes en la nariz con la punta del cuchillo— ...pienso querido micifuz... que me importa un pepino.

La opinión de Elizabeth, de cualquier manera, me tenía sin cuidado porque de pronto comprendí que ése era mi verdadero llamado de vida. No me cupo duda de que ahí es donde estaba mi futuro, la gloria a conquistar. Y que Elizabeth, con el tiempo, vería en mí a ese hombre que valía la pena admirar y, consecuentemente, amar.

Me enfrasqué a partir de ese día en el estudio de la sustancia que había dado momentánea vida a aquella ardilla muerta: la electricidad. Eso, junto con ciertos estudios de química, matemáticas, idiomas y filosofía natural, me llevó a ocupar las tardes en cuestiones mucho más provechosas.

Mi gran amigo Henry Clerval se interesó al fin en mis materias de estudio y era muy común verlo en nuestra casa.

—Está bien... ¿qué es lo que quieres ahora, Frankenstein?

—Nada en especial, Henry.

—¿Entonces por qué enviaste por mí?

—Bueno, somos amigos, y creí que te gustaría estar con nosotros. Hoy voy a enseñar a los chicos un poco de matemáticas. Me parece bien que hayas traído tus revistas.

Cuando ambos teníamos ya dieciséis años, Henry comenzó a escribir a la "Real Sociedad Universal del Estudio de Fenómenos Extraordinarios" emplazada en Londres, con gran regularidad y muy poca suerte. Dado que yo ya estaba labrando mi camino en la vida, él también decidió hacer lo mismo. Se empeñó en ser admitido en la tal Sociedad como uno de sus más distinguidos miembros. No obstante, en todas sus cartas le respondían lo mismo, que para entrar había que descubrir algún fenómeno paranormal, documentarlo y presentarlo ante la Sociedad, cosa que Henry no sólo no había hecho sino que seguramente jamás haría. Desde la primera respuesta, comenzó a buscar por todos lados algo que careciera de explicación para poder documentarlo y acaso presentarlo ante tan solemnes y rigurosos científicos, pero seguía sin tener suerte.

—A menos que tengas algún gnomo cautivo o un unicornio en el armario, no sé realmente a qué vine, Frankenstein.

—No te arrepentirás, Henry.

Pero siempre terminaba arrepintiéndose. Yo daba clases a mis hermanos porque no había escuela que los admitiera y mi padre tampoco quería que crecieran sin saber leer o hacer cuentas. En más de una ocasión ellos asaltaron a Henry o le hicieron alguna broma pesada, pero éramos buenos amigos y él continuaba visitándome. Y no todas las veces le pagué por ello. Elizabeth, por cierto, nunca quiso tomar clases conmigo porque ya había empezado, según ella, a labrar su propio camino en la vida. O al menos no le iba nada mal apostando en la taberna a que podía ganarle a las vencidas al palurdo más pintado.

Así, llegó el tiempo de nuestros diecisiete años. Y fue en esa época que coincidieron varios asuntos que detonaron la real aventura de mi vida, aquella que me trajo hasta este momento, en el absoluto clímax de mi existencia.

Primero, mis padres decidieron que, dado el interés que tenía por la ciencia, debía estudiar en la Universidad de Ingolstadt.

—Víctor, necesitamos rentar tu habitación.

—¿QUÉEE?

—Lo siento, hijo —me anunció mi madre—. Tu padre detectó que podríamos hacer muy buen dinero si hospedamos a todos los jueces y abogados que, saliendo de la taberna, son incapaces de mantenerse en pie. Y pensamos que tu cuarto es el más idóneo para alojarlos. Puedes dormir con el perro. O podrías ir por el mundo en busca de tu destino. Es tu decisión.

—¡No me parece justo!

—También podrías seguir durmiendo ahí pero tal vez no te guste demasiado convivir con borrachos seniles, por mucho que sepan de leyes.

—¡Pues tal vez sí me guste! ¡Ustedes no pueden simplemente echarme de mi cuarto!

—Es tu decisión.

Cierto es que lo intenté, pero a la cuarta noche de no dormir (una en que los magistrados no dejaron de cantar y tirarse pedos hasta que amaneció) preferí replantear el asunto.

—También podría ir a la Universidad de Ingolstadt.

—No se nos había ocurrido —contestó esta vez mi padre mientras atendía la resaca de un colega y William (quien ya podía pronunciar la erre, entre otras monadas) hacía su propio negocio vaciando los bolsillos del hombre cuya jaqueca le impedía abrir los ojos y los oídos sin sentir que le martillaban la cabeza.

—Puedo estudiar química y filosofía natural. ¡Y tal vez haga cosas importantes!

—¿Podrías no gritar, inconsciente? Hay gente que no pasó muy buena noche, para tu información —gruñó el juez, refiriéndose al otro juez.

—¡Y probablemente no vuelva nunca jamás en mi vida a esta casa!

—Es tu decisión.

Coincidió ese tiempo con el hecho de que Elizabeth tuvo también su propia epifanía. Aunque es verdad que lo suyo nunca fue el estudio o las labores del hogar, no se puede negar que no tuviese la inquietud de lo que habría de hacer de su vida una vez que la decisión fuera inminente; probablemente porque en la taberna ya nadie quería apostar con ella dado que siempre terminaban perdiendo.

Desde luego, yo intenté influir en sus planes varias veces.

—Me parece que tendrías que casarte, tener hijos, formar una familia...

—¿Alguien habló? Me pareció oír una voz, pero eso es imposible, pues aquí sólo estamos el minino y yo.

—En serio, prima, considéralo. ¿Qué necesidad tienes tú, como mujer, de pensar en tu futuro si alguien puede proveerte de todo lo que te haga falta?

—Sigo escuchando voces. Tal vez me esté volviendo loca.

—Un reconocido hombre de ciencia podría, por ejemplo, ser un excelente partido...

—Estoy perdiendo por completo el seso. Tal vez si arrojo un cubo de agua al gato dejaré de imaginar que habla.

Obligada por las circunstancias, Elizabeth estaba vestida como para ir a la iglesia porque, cosa rara, iríamos a la iglesia. Ese domingo nos vimos obligados a acudir a misa porque mi madre perdió una apuesta con el ministro; al parecer ella había puesto sobre la mesa de juego las almas de todos los integrantes de su familia... y las perdió. Al final el regateo llevó a que, como pago, bastaría con que acudiéramos al menos a un servicio religioso. Uno. El reverendo se daría por bien pagado si mi madre conseguía llevarnos aunque fuese a una sola misa. Así que nos vestimos, todos, como si fuésemos a un funeral porque en cierto modo así era: el momentáneo entierro de nuestro buen ánimo.

El ministro terminó por disculparnos a medio servicio, pues mis hermanos comenzaron a hacer de las suyas con el dinero de las limosnas, el juez se durmió y la esposa del juez no dejaba de conversar con todo el mundo.

Lo importante vino después, ya en la calle.

Íbamos de vuelta a casa cuando un carruaje lleno de baúles perdió una rueda y cayó de costado sobre una menesterosa, atrapándola entre el fango y el enorme peso del vehículo. Los gritos de la pordiosera eran de genuino dolor, y sólo aminoraron un poco cuando al fin desengancharon a los caballos y el coche dejó de moverse sobre ella. Aunque varios hombres apuntalaron una estaca para intentar mover el coche, por varios minutos no consiguieron hacerlo.

Entonces mi prima Elizabeth, con vestido de domingo, es decir, manga larga, vestido ampón, gorro anudado y guantes (de hecho, un atuendo muy similar a aquél con el que llegó a vivir con nosotros), se allegó al coche y, haciendo a un lado a todos los hombres que pasaban las de Caín para liberar a la señora, ni siquiera se arremangó el vestido y... levantó el coche.

Pero no sólo eso. La indigente salió y se puso a salvo aunque Elizabeth, ante el asombro de todo el mundo, aprovechó para poner el carruaje de nueva cuenta en la posición justa para que le introdujera la rueda el atribulado cochero responsable. Durante todo ese tiempo mi prima no dejó de sostener el armatoste. Durante todo ese tiempo, sin necesitar de ayuda.

En cuanto terminó el espectáculo, los convocados aplaudieron como si hubiesen sido testigos del mayor de los prodigios. Y Elizabeth comprendió que una hazaña como ésa tenía posibilidades. Económicas, se entiende. Acaso porque vio a Ernest y a William hacerse de algunas carteras mientras la gente, impresionada, observaba. O acaso simplemente por el rostro de admiración que mantenían todos a su alrededor cuando al fin se limpió las manos llenas de lodo en el vestido.

En menos de tres días ya tenía el cartel diseñado. Se veía en éste a una dama en forma (ella misma) sosteniendo un mundo por encima de su cabeza, en una postura que recordaba al Atlas griego. "Elizabeth Lavenza, la mujer más fuerte del mundo. Próxima Función: ______ Entrada: 2.5 táleros. Niños gratis. Martes 2x1."

Recuerdo que mi prima daba los últimos toques al cartel en la sala del comedor, orgullosa de su cada vez más claro futuro y yo estaba a punto de opinar al respecto cuando ocurrió el último acontecimiento de aquel año tan vertiginoso. El único suceso, pongámoslo así, que verdaderamente me permitió conservar la esperanza de algún día unir mi vida con la de mi prima Elizabeth.

—¡Maldita sea tu endemoniada imprudencia, Elizabeth!

Fue el grito que soltó mi madre desde el fondo de su habitación. Corrí a su lado porque era evidente que algo no marchaba. Y porque también era evidente que nadie más acudiría a su llamado. Elizabeth, a pesar de ser la única interpelada, prefería —y por mucho— seguir dando forma a su sueño, retocando el afiche.

—¿Qué es lo que ocurre, madre? —me aproximé a su cama, desde donde había tronado tan iracundo grito.

—¡Se lo dije! ¡Que se encerrara en su cuarto hasta que se aliviara por completo! ¡Pero es incapaz de pensar en nadie más que no sea en sí misma!

Como todos en esta casa, pensé al momento de arrodillarme y tomar su mano. Pero preferí no hablar. Justo recordé que mi prima había estado enferma de escarlatina unas semanas atrás y, aunque mi madre quiso ponerla en cuarentena, Elizabeth no lo permitió. Y anduvo por la casa y por la calle como si nada que temer. Ella, al final, se alivió como siempre se aliviaba de sus enfermedades: haciendo como si no existieran; mi madre, en cambio, ahora tenía unas fiebres espantosas.

—¡Lo más seguro es que moriré! ¡Y sin haber hecho nada de provecho con mi vida!

—Creo que exageras, madre.

—¡Es una maldita desgracia! ¡No conocí el amor! ¡No pude criar un hijo del que me sintiera orgullosa! ¡No pude estudiar o levantar mi propia empresa! ¿Y todo por qué? ¡Porque ustedes no me lo permitieron! ¡Me demandaban tanto que nunca tuve tiempo para mí!

Me di perfecta cuenta de que, en ese momento, lo que quería era estar a solas. Así que solté su mano y me puse de pie. En cuanto me di vuelta, pegué tal salto que creí que moriría de un infarto.

—¡Maldición, Justine! ¿Por qué no te anuncias al entrar a un cuarto?

—Lo siento, Frankie.

—Y no me digas Frankie.

Quisiera decir que me retiré a mi habitación apesadumbrado, pero estaba convencido de que mi madre exageraba y era imposible que muriera. No estaba en realidad pensando en aquello de "hierba mala nunca muere" sino, acaso, en las infinitas deudas de juego que dejaría si pasara a mejor vida. Ni mi padre ni sus deudores se lo permitirían. Así que simplemente lo dejé pasar. Como todos en casa.

Pero un par de semanas después, a mitad de la noche, la nana llamó a mi habitación.

—Víctor, es urgente. Tienes que venir.

Pensé que Elizabeth demandaba mi presencia en sus aposentos (quizá porque había anhelado esa posibilidad desde que mi prima llegó a casa). Me incorporé al instante.

—¿Qué pasa, nana? ¿Es Elizabeth, acaso? ¡Vamos! ¡Pronto!

—¿De qué demonios hablas? ¡Tu madre! ¡Creo que desfallece!

Sentí un ligero impulso de volver a la cama, decepcionado por la noticia, a pesar de estarla compartiendo, en ese momento, con un leguleyo de setenta años que dormía la mona. La nana me golpeó en la cabeza.

—¡Despabílate, muchacho! ¡Tu madre, dije! ¡Quiere verte!

Me dejé conducir hacia el cuarto de mi progenitora, que se había convertido, literalmente, en su lecho de muerte. No sé por qué, pero tuve una especie de visión terrorífica del futuro, como si lo que estaba yo presenciando viniese de siglos posteriores, una especie de escena teatral muy, pero muy distante. Mi madre, en camisón, echaba vapores por la boca con la mirada cristalina puesta en el cielo raso. Justine Moritz había sido bañada en vómito verde, pero no se movía de su sitio. Y la voz de mi madre era significativamente más gruesa, casi la de un barítono con carraspera.

Después de soltar muchísimas maldiciones, hablar en lenguas muertas y volver a vomitar un poco, se echó a llorar.

—¡Víctor! ¡Siempre fuiste mi predilecto! ¿Lo sabes, no?

Me sentí un poco mal por no haber querido acudir al instante.

—La verdad... no, madre. Siempre creí que era William.

—¿De qué hablas? ¡Siempre fuiste tú!

—Pues me toma por sorpresa, madre, a decir verdad.

Justine se paró frente a mi madre con un aspersor eclesiástico de agua bendita, mismo que comenzó a sacudir frente a ella mientras susurraba *"Vade retro"*. Mi madre rugió contra ella:

—¡Por las barbas de Lucifer, Justine! ¿No puede una simplemente morirse en paz?

—*¡Vade!*

Mi madre le contestó, esta vez en latín. O tal vez en arameo. Finalmente, volvió conmigo y, tomándome de la mano, me atrajo hacia ella.

—Víctor... debes saber un par de cosas antes de que abandone este mundo.

—No hables así, madre. ¿Por qué habrías de morir? Eres muy joven y…

—¡A otro perro con ese hueso! ¡Seguro que todos están esperando con ansias el minuto en que estire la pata!

—Bueno… en realidad todos están dormidos. Excepto nosotros tres.

—Tengo un par de cosas que confiarte. Una vez que lo haga, podré morir en paz. Escucha con atención.

En ese momento, Justine sacudió el hisopo con fuerza después de haberlo mojado en aquel calderillo de plata que sostenía y me golpeó en la cara.

—¿Podrías alejarte un poco, Justine?

—Lo siento, Frankie.

Preferí no reñirla. Mi madre seguía sosteniendo mi mano.

—La primera es ésta. Hay una aldea en el valle del Matterhorn que se llama…

—Zermatt, sí, la conozco.

—No. Ésa no. "Cola Espinosa de Cabra." Es una aldea de pastores muy próxima a Zermatt. No figura en ningún mapa.

—Oh. Bien.

—Pues a tres leguas hacia el noroeste de Cola de Cabra hay una pequeña casita. Ahí vive tu primo Otto, quien ahora debe tener unos veinticuatro años. Su madre, mi hermana, me lo encargó. Yo le prometí que iría a verlo cada primavera.

—De… acuerdo.

—¿Sabes cuántas veces lo fui a ver desde que me lo encargó su madre al fallecer, hace quince años?

—Eh... no sé... ¿Unas diez? ¿Nueve? ¿Ninguna?

—¡Cómo te atreves a pensar eso de tu madre!

—Oh... lo siento, es que...

—¡Bah! Tienes razón. ¡Nunca fui a verlo!

Apretó mi mano con fuerza.

—¡Tienes que ir a ver si está bien! Yo iría... pero no creo llegar a la siguiente primavera. De hecho, no creo llegar al lunes próximo. Es más... no sé si valga la pena que me consideren para el desayuno.

—Pero... —objeté—. ¿Por qué no simplemente trajiste a mi primo a vivir con nosotros como hicieron con Elizabeth?

—No se podía.

—¿Por qué?

—Bueno... lo comprenderás ahora que lo conozcas. Si es que aún vive. ¡Prométeme que irás a cerciorarte de que no se lo han comido los lobos! ¡Necesito que me lo prometas para poder morir en paz!

—Eh... está bien, lo prometo.

Tomó mi mano y la besó, lo cual fue un poco desagradable pues todavía tenía en los labios un poco de esa baba verde que había expulsado minutos antes.

—Ahora, ¡lo segundo! —repuso enseguida.

Fue justo ese el momento en que comprendí que tenía una oportunidad de oro. Y no podía dejarla escapar como si nada.

—Espera, madre. ¡Necesito antes que tú me hagas un favor!

—¿Un favor? ¿No ves que la que muere aquí soy yo?

—Es un favor muy pequeño, madre.

—¡Pero aún tengo algo que decir respecto a mi testamento! ¡Respecto al dinero que...!

—¡Es sólo un favorcito! Ya que estás muriendo, creo que puedes hacer algo por mí. ¿No decías hace un momento que soy tu predilecto? No querrás poner en riesgo la promesa que acabo de hacerte.

—¿Me estás chantajeando? ¡Es increíble!

—No lo veas así, sólo digo que... bueno, sí.

Aproveché para limpiar la baba de mi mano con un pañuelo que me extendió Justine.

—Está bien —capituló ella, concesiva—. No me extraña de ninguno de los miembros de esta familia. Justo por eso... bueno, en fin, dime qué quieres.

—¡GRACIAS! —dije en un arrebato de alegría.

Lo siguiente fue tan veloz que casi no lo recuerdo con claridad, pues mi mente volaba y mi corazón saltaba de alborozo. Me aproximé a ella y le susurré en el oído mis planes. Luego corrí fuera de la habitación, desperté a Elizabeth y volví al lado de mi madre con mi prima apenas tratando de cobrar consciencia, despeinada, legañosa y hasta en bata de dormir.

—¿SE PUEDE SABER QUÉ %/*(%&!@ ESTÁ PASANDO? —soltó Elizabeth en cuanto entramos a la habitación de mi madre y la hice arrodillarse frente a la cama.

—¡Te lo acabo de decir, Elizabeth! ¡Mi madre está muriendo y ha pedido vernos de emergencia!

Hasta ese momento advertí que Ernest también se encontraba ahí dentro. De hecho sostenía una pequeña biblia y una estola alrededor de su cuello. Por lo visto, también había participado en el pequeño juego de Justine.

—¿Cuánto tiempo llevas ahí, Ernest? —gruñí.

—... ....

—No importa. Serás nuestro testigo.

Y así, mi madre tomó las manos de ambos, Elizabeth y yo, arrodillados frente a ella. Debo admitir que se esmeró bastante en su papel de moribunda.

—Queridos hijos míos... *cof... cof...* estoy a nada de partir... pero antes quiero pedirles... *cof... cof...* demandarles... por caridad cristiana... que me prometan que una vez que me haya ido... unirán sus vidas en santo matrimonio...

Elizabeth soltó la mano de mi madre como si la quemara.

—¡Uo uo uo uo uo! ¡No tan de prisa! ¿De qué habla, señora? —he de decir que ella nunca dio trato de tía a mi mamá ni de tío a mi papá. Mi madre me castigó con una sutil mirada que claramente significaba: "¿En serio no esperabas que reaccionara así? ¿Y ahora qué se supone que yo haga?". Pero me mantuve en mis trece. Así que mi madre retomó su papel.

—En serio... hija... *cof... cof...* tienes que darme este último regalo... *cof... cof...* es por el bien de ambos... tú eres una buena muchacha... y Víctor, el mejor de los hombres... *cof... cof...*

Traté de hacer entender a mi madre que no debía exagerar o podría caerse el teatrito, pero no lo conseguí. Aunque, a fin de cuentas, puede que haya funcionado mejor así.

—... es lo único que quiero pedirles... *cof*... *cof*... mi última voluntad es que unan sus vidas... háganlo por darme una postrera felicidad... *cof*... *cof*... una...

Elizabeth se mostró claramente impresionada. Y a decir verdad, a mí también me estremeció la enorme actuación de mi madre, pues comenzó a ponerse de un color que era más la combinación de varios colores, principalmente el gris, el verde y el púrpura. Y su dificultad para respirar era notoria.

Elizabeth se acercó a ella y apretó con fuerza su mano.

—¡Hey, señora! ¡No haga esto! ¡Tiene que vivir! ¡Llamaremos a un médico! ¡A un sacerdote! ¡Algo!

—.... prométanlo... *cof*... pro...

—¡Está bien! ¡Lo prometo! ¡Lo prometo pero suelte el aire! —gritó Elizabeth, preocupada.

—¡Y YO! —me apresuré a exclamar, tratando de no mostrarme demasiado jubiloso.

Mi madre resopló y pareció componerse como por arte de magia. El color rosa pálido volvió a sus mejillas e hizo un esfuerzo por incorporarse.

—Por cierto... ¿sabían que mi gran sueño en la vida siempre fue conocer las playas del Mediterráneo?

—¿QUÉ?

—Como sea —soltó—. Ahora la segunda cosa que necesito que escuches, Víctor. Es algo referente a mi testamento y el lugar en el que...

Hizo una pausa que se nos hizo eterna. Miró hacia la pared, totalmente inmóvil, como si en ella pudiera encontrar algo que había olvidado muy a su pesar. Pareció estar haciendo un arduo trabajo mental por traer a su memoria algún añejo y necesario recuerdo.

—¿El lugar en el que...? —dije yo, instándola a continuar.

Ella seguía concentradísima en el tapiz de flores de lis de su cuarto.

Lo notamos Elizabeth y yo al mismo tiempo. La temperatura corporal de mi madre, o al menos de sus manos, se fue a pique. Se puso como de hielo. Creo que todos advertimos al instante qué es lo que en realidad había pasado, aunque fue Ernest el que se animó a corroborarlo. Se acercó a ella y, con el dedo índice, la empujó del hombro. Mi madre se dejó ir hacia atrás totalmente paralizada.

Había muerto a mitad de una frase.

Justine Moritz le cerró los párpados y apagó las velas. Elizabeth, como si aún se encontrara a mitad de un sueño, salió del cuarto lentamente, sin decir palabra. En cambio Ernest, que casi nunca hablaba, se atrevió ahora a opinar.

—Reclamo el derecho de quedarme con el cuarto que acaba de quedar vacante.

Capítulo 4

Víctor parte a la universidad, no sin cierto pesar, después de despedirse de su padre, sus hermanos, Elizabeth y su gran amigo Henry Clerval. En la universidad conoce al señor Krempe, profesor de Filosofía Natural, quien es un tanto petulante; lo descalifica y trata mal. Por otro lado, también conoce al profesor Waldman, de Química, quien, al contrario de Krempe, es un tipo simpático y bonachón. Le da la bienvenida, lo hace sentir cómodo y lo toma como alumno.

—No estén tristes. Verán que el tiempo pasa volando. Y en menos de lo que creemos, ya estaremos reunidos otra vez.

Ésas fueron mis palabras.

Ojalá las hubiera escuchado alguien más que el chofer de la diligencia a la que había de subir en un par de minutos. Un perro de orejas gachas me miró con interés y, convencido de que no le arrojaría alimento alguno, prefirió irse.

Creo que puedo asegurar que ése fue el primer atisbo que tuve de que algo no marchaba en mi vida como debería. Ahí, solo, en la estación de diligencias de la ciudad, sin que miembro alguno de mi casa me hubiera ido a despedir, sentí como si todo eso que estaba viviendo estuviera completamente equivocado. Mientras el mozo echaba mi enorme baúl a la carga del coche y lo ataba con firmeza y me veía con un poco de menos interés que el perro, pensé que las cosas no debían seguir ese derrotero. No sabía por qué pero todo aquello se me hacía parte de una espantosa comedia en la que los actores han olvidado los parlamentos y comienzan a improvisar de la peor manera. Ni siquiera mi gran amigo Henry Clerval se había presentado a despedirme. Y no, no estaba bien.

De pie frente a la calle vacía, recuerdo que pensé en mí como parte de esa comedia. Y que una de las acotaciones en el libreto decía, a la letra:

"Víctor parte a la universidad, no sin cierto pesar..."

Suspiré y entré al coche que, al igual que la calle, estaba vacío.

Resignado a hacer el viaje a Ingolstadt yo solo, me apoltroné y continué en mi mente: "Víctor parte a la universidad, no sin cierto pesar, después de despedirse de su padre, sus hermanos, Elizabeth y su gran amigo Henry Clerval".

Aún no azuzaba el cochero a los caballos cuando sentí que esas palabras justas detonaban una extraña magia.

Porque, repentinamente, en mi mente se empezó a revelar el curso completo de mi vida. A esas palabras siguieron otras que se me antojaron premonitorias: "En la universidad conoce al señor Krempe, profesor de filosofía natural, quien es un tanto petulante; lo descalifica y trata mal".

¿Señor Krempe?, pensé. *¿Cómo es posible que sepa yo que he de conocer a un profesor de nombre tan específico? ¿Qué clase de brujería es ésta?*

Pero ensamblaba perfectamente con las líneas anteriores en mi mente. De pronto fue como si recordara haber vivido ya esta vida... y sólo fuera cuestión de esmerarme un poco para plasmar los detalles. Fue como continuar con un discurso aprendido desde mi niñez, algo así como recitar un poema o la letra de alguna pieza musical. Sin ningún esfuerzo las palabras se empezaron a suceder una a una.

"Por otro lado, también conoce al profesor Waldman, de química, quien, al contrario de Krempe, es un tipo simpático y bonachón. Le da la bienvenida, lo hace sentir cómodo y lo toma como alumno."

El resto de los pasajeros subió a la diligencia, un matrimonio de gordos muy emperifollados que ocupaban por completo el asiento frente a mí y su no menos robusto vástago, quien, al sentarse de mi lado, me obligó a replegarme hacia la ventana. Pero para mí fue como si siguiera solo al interior del vehículo, pues no podía soltar el hilo de esa madeja que se me revelaba súbitamente. ¿Krempe? ¿Waldman? ¿De dónde habían salido tales nombres? Decidí que no podía menospreciar esa desconcertante y repentina inspiración a pesar de que la diligencia ya había partido hacia nuestro destino. Puesto que el hombre obeso abrazaba un maletín pequeño, me atreví a solicitarle un poco de papel y tinta.

—Va usted a hacer un horrendo batidillo —dijo con desagrado ante la posibilidad de verme escribiendo por los irregulares caminos que nos llevarían a Ingolstadt.

—Es de vida o muerte —mentí. O tal vez no.

—Quizá Rudy quiera prestarle sus lápices —sugirió, no con menos desagrado.

Rudy, el niño que probablemente tendría sólo cinco años pero parecía de doce, me miró como miraría a un insecto.

—Te pago.

—¿Cuánto?

—Veinte centavos.

—Diez.

—Quince.

—Hecho.

En menos de lo que cuento esto, ya tenía estas mismas hojas de papel en la mano, proporcionadas por el padre de Rudy, quien cobró su propia comisión, y los tres lápices del muchacho. No sé de dónde vino esa claridad mental, pero juro que me bastó con imaginar el inicio para seguir tirando de la misma línea. Era un borbotón de vida, un manantial que creí que nunca se agotaría, una suerte de liberación jubilosa. Recuerdo perfectamente que lo primero que plasmé fue mi nombre. "Víctor Frankenstein..." a sabiendas de que tenía que verme con cierta distancia, de idéntica forma que cuando dije, casi involuntariamente, "Víctor parte a la universidad...".

Lo que siguió a ese primer "Víctor Frankenstein" fue tan natural como si una voz me dictara la historia completa: "narra su infancia como ginebrino y su rutina familiar, en extremo apacible. Con él viven sus padres, sus hermanos William y Ernest, más chicos que él, y su prima Elizabeth..."

Recuerdo que no dejé que se detuviera mi mano hasta que llegué al último párrafo. Éste que ven ustedes aquí y que reproduce fielmente esta estadía en los lindes del círculo polar ártico: "Así, inicia una persecución que lo lleva hasta los confines del mundo, donde ocurrirá el terrible desenlace".

Durante todo el viaje estuve como embriagado, víctima de un sueño o arrebatado en una especie de viaje astral que me revelaba toda mi vida. Terrible y fascinante. Maravilloso y sobrecogedor. Relaté brevemente mi paso por el mundo hasta llegar a este momento, en este buque, con usted, Walton, y ustedes, amigos marineros, donde deberá ocurrir, como bien vaticina mi escrito, el terrible desenlace de mi historia.

Oh... no se preocupen. Y por favor, señor cocinero, baje ese cuchillo... estoy seguro de que el desenlace de mi historia, aunque terrible, no afectará a esta tripulación.

Lo cierto es que fue hasta que concluyó el dictado de esa voz ultraterrena que plasmé en la parte superior lo que aquí aparece: "El trazo del desAtino". Esa letra A metida a la fuerza en la palabra destino ya tendré modo de explicarla. Por lo pronto, quédense con esto: cuando al fin llegamos a Ingolstadt, el cochero tuvo que despertarme de mi éxtasis. Los tres que compartieron el viaje conmigo ya habían partido espantados, no sin antes haberme acusado de consumir algún tipo de droga, pues en más de una ocasión me habían interpelado y yo, según palabras del chofer, como muerto en vida. Nada que un par de buenas bofetadas no pudiesen arreglar.

En cuanto tuve ambos pies en el suelo de Ingolstadt, tuve que reconocer que el sentimiento, aunque atemorizante, me llenaba de felicidad, de euforia. Se me habían revelado tantas cosas, que en suma me llevarían a conquistar no sólo la fama sino también el corazón de Elizabeth, que podría decirse que me sentía listo para rendirme a lo que quisiera el destino hacer de mi persona.

Y sí. Lo primero que hice, después de llevar mis cosas a la residencia de estudiantes donde pensaba permanecer durante mi estancia en la ciudad y recalcar las palabras de estas hojas con tinta, fue tatuarme esta consigna.

FATUM FATIS EGO PEREA. "Hágase el destino, aunque yo perezca."

¿Pueden ustedes imaginarse, por un minuto, en mis zapatos?

Aún no sé si ese terrible desenlace, en efecto, tiene que ver con mi muerte. Acaso así será, pero no importa si es eso lo que el destino tiene reservado para mí.

Con todo, esa primera noche en Ingolstadt, dormí como un bendito. No tenía nada que perder. Quizás en la Universidad no hubiese un profesor de nombre Krempe. Ni uno de nombre Waldman. Y todo hubiese sido como un simple viaje de ajenjo como los que emprendían aquellos abogados con los que en más de una ocasión compartí la habitación.

He de ser completamente honesto.

En cuanto desperté comprendí que, en el fondo, hubiese preferido que todo se debiera a una locura pasajera y terminara ahí mismo. Tengan ustedes en cuenta que lo que se me había revelado era una historia de horror espeluznante donde yo era el principal protagonista. Un relato en el que sería el perpetrador de mi propia desgracia y que, aunque esto me valiera la fama universal, también me pondría en un estado constante de nerviosismo que no estaba seguro de poder manejar correctamente. Acaso terminaría loco o colgado de una viga.

Pero tampoco es que tuviera mucha opción.

Y siempre estaba el asunto de mi prima Elizabeth. Pese a todos los aspectos terribles de mi vida que yo sabía de antemano, me quedaba claro que ella me amaría en algún momento, nos casaríamos… y eso, en mi opinión, lo compensaba todo.

Así que esa primera mañana intenté ser lo más optimista posible, aunque mentiría si no confesara que, al pedir referencias de la oficina del profesor Krempe, crucé los dedos por detrás de mi espalda.

—¿El profesor Krempe? —observó aquel maestro de barba hirsuta que me atendió en uno de los pasillos del campus—. Claro, es en el piso siguiente, al final del corredor.

Tuve sentimientos encontrados.

Si la respuesta hubiese sido algo así como "¿El profesor Krempe? No sé de qué me habla. En esta universidad nadie con ese nombre ha dado clases jamás", hasta ahí hubiese llegado la aventura y el único resabio habría sido un tatuaje que ya me encargaría de utilizar como broma para abrir conversación en las fiestas.

Pero no fue así. Y mi destino, en efecto, estaba sellado.

Acudí al despacho del profesor no sin cierto nerviosismo. De acuerdo a mi plan trazado, se trataba de un maestro petulante que habría de descalificarme. Pero ahí comenzaría también a darme cuenta de que, en la comedia de la vida, una cosa es contar con un libreto digno de las más grandes loas y otra muy distinta que los actores sepan al menos qué personaje están representando, ya ni hablar de que puedan memorizar sus parlamentos.

—Profesor Krempe... —dije con timidez al abrir la puerta, una vez que éste me invitó a entrar.

El despacho del profesor era un sueño de pulcritud, los diplomas bien enmarcados, los libros perfectamente alineados, sobre el escritorio tenía un oso tallado en madera que hacía juego con el color de sus carpetas, hojas e instrumentos para fumar. Se trataba de un hombre erguido, de anteojos redondos, melena abundante y patillas profusas. Me recibió con una gran sonrisa.

—Usted debe ser el nuevo estudiante...

—Víctor Frankenstein, para servirle, profesor.

Estrechó mi mano y la sacudió con enorme placer.

—Un verdadero gusto, Víctor. Por favor, siéntese.

De nuevo mentiría si no dijera que me sentí un poco engañado por mi propia premonición. Muy bien, había un profesor Krempe, en efecto... pero no veía lo petulante por ningún lado.

—¿Así que tiene interés en estudiar Filosofía Natural?

—Sí, profesor —dije, extendiendo mis cartas de presentación.

Éste apenas las miró.

—Dígame qué conocimientos trae consigo, Víctor, por favor.

Le hablé, desde luego, de Alberto Magno, Paracelso y otros filósofos que habían entretenido mis lecturas, como ya he contado. Y claro que, mientras hablaba, creía "recordar" (deberán disculparme, no se me ocurre otra forma de evocar mi desvarío) que debido a la mención de tales nombres es que yo era descalificado. Nada más lejos de la realidad.

—¡Alberto Magno! ¡Paracelso! —exclamó con efusividad aquel hombre que, dicho sea de paso, también me parecía disímil físicamente a aquel que se encontraba en mi "memoria". Uno era pequeño y gordo, en cambio éste, alto y saludable, parecía capaz de correr la legua sin cansarse.

—¡Estupendo! —continuó—. ¡Me encanta que haya elegido a esos hombres para sus estudios!

—Ummh… en verdad creí que me reprendería. Todo el mundo sabe que perseguían quimeras.

—Oh… sí, es verdad —concedió el señor Krempe—. ¿Pero en realidad… qué es la filosofía natural sino ajustarse a lo que la naturaleza ofrece? Pongamos como ejemplo el querer transformar el plomo en oro y no conseguirlo. ¿No es eso en verdad fascinante?

—Eh… Bueno… en mi opinión… no —me atreví a responder después de un larguísimo instante—. No lo creo.

—A decir verdad, yo tampoco. Pero es lo que ofrece la naturaleza —tomó un libro sobre su escritorio y lo arrojó al suelo—. Que las cosas caigan hacia abajo y no hacia arriba. Que la lluvia moje y el sol seque. Y que, además, salga todos los días. Y que cada día tenga veinticuatro horas. Y que el número veinticuatro sea divisible entre ocho y entre tres. ¿No es eso en verdad fascinante y hasta un poco poético?

—Eehhh…

—De acuerdo, no lo es. Pero es lo que nos toca descubrir, ¿no es cierto?

—Eh… ¿Qué, exactamente, profesor?

—Aquello que es fascinante y aquello que no lo es porque así lo dicta la naturaleza. ¿No lo cree?

—Eh… No estoy seguro.

—Por cierto… ¿a usted le gusta la poesía? —dijo, haciendo el amago de sacar algo de un cajón a su izquierda.

—No particularmente.

Dudó entonces y cerró el cajón.

—Como sea —se puso de pie y volvió a estrecharme la mano—. Bienvenido a mi clase. Preséntese puntual, por favor. Soy muy estricto con aquellos que llegan tarde.

—¿Ah, sí?

—Oh... en verdad no lo soy, pero tampoco es algo que uno confiese en el primer día, ¿verdad?

—Eh...

—Lo veo mañana.

Se puso de pie y abrió la puerta y me mostró el camino hacia fuera de su despacho, no sin antes agregar:

—Debe saber que los días que no me presente frente al grupo, lo hará el profesor Waldman, pero él no es alguien con quien usted desee tomar clase. De hecho, nunca falto a mis clases sólo por evitar a los alumnos el mal trago de tener que tomar química con un tipo como ése. Buenos días.

Dicho lo cual cerró la puerta totalmente sonrojado, como si se hubiese salvado por los pelos de alguna especie de catástrofe.

Pensé, de pie en el pasillo, si no habría sido víctima de una novatada y en realidad ése fuera el conserje de la escuela. Esperé un momento fuera de aquel despacho a que algunos alumnos de los grados más avanzados aparecieran y se rieran de mí en mi cara. No ocurrió. Pero algo había ganado: la certeza de que había un Waldman en la universidad. Y, de acuerdo a lo que mi sueño me había dictado, ése sería el hombre con quien tendría que estudiar para llevar a cabo mi proeza científica.

Así que hice lo que cualquiera en mi lugar habría hecho: buscar el despacho de Waldman y presentarme. Me llevó todo el día. El profesor Waldman no tenía en realidad un despacho sino apenas una silla y una mesa junto a la caldera en el sótano. Después de preguntar hasta en los sanitarios, fui finalmente conducido a ese rincón donde el profesor atendía al alumnado.

Al arribar al sitio en el que, flanqueado por pilas de libros, estaba su oficina, noté que se encontraba ausente, así que, descorazonado, solté un previsible:

—¡Voto al diablo! ¡Todo el día buscando al sujeto y resulta que el cretino no está!

Detrás del escritorio surgió una pequeña carraspera. Una de esas tosecitas que utiliza la gente para hacerse notar.

Advertí que, debido a su gran joroba y reducido tamaño, aquel único habitante del sótano no era visible desde la puerta del lugar.

—Buenas tardes... busco al profesor Waldman.

Se arrimó a un lado del escritorio. Era un hombre contrahecho, calvo, de nariz aguileña y un solo ojo útil que sostenía varios libros en ese momento.

—Está perdido, eso es evidente. Así que debe ser nuevo. Le haré una sola recomendación antes de que sea demasiado tarde: huya mientras pueda de esta pocilga que, a falta de mejor nombre, algunos llaman universidad.

Acomodó los libros y, mientras hablaba, noté que le faltaban prácticamente todos los dientes. En el escritorio había una calavera con una vela encendida. Un cuervo disecado. Y un montón de matraces, pipetas y morteros sucios. Por alguna razón pensé que era el *atrezzo* perfecto para presentar a alguien como él en una novela.

—¿Sabe a qué hora llega el profesor? Quisiera apuntarme a su clase.

Casi en seguida lo advertí.

—Oh. Cuánto lo siento. Usted es el profesor.

Detuvo lo que estaba haciendo y me miró con suspicacia.

—¿Es otra de esas bromas suyas, malditos bribones? —gruñó esgrimiendo un palo y buscando sombras en la noche de su madriguera—. Esta vez no me detendrá mi conciencia. ¡Sé cómo desaparecer un cuerpo de la faz de la Tierra sin dejar evidencia!

—No sé de qué habla, profesor. Es verdad que soy nuevo, pero no estoy perdido. El profesor Krempe…

No me dejó continuar.

—¿Qué quiere ese maldito vago conmigo? Seguro sabe usted que nunca fue a la escuela. ¡Ni siquiera a la de parvulitos! Está aquí porque el titular de Filosofía Natural se emborrachaba un día sí y el otro también. Un día el rector puso a su sobrino a dar clases y tuvo tanto éxito con el estudiantado que se quedó para siempre. Lo único que hace en su clase es leer poesía, ¡mala poesía, además!, y aprobar a todo el mundo únicamente por caer simpático.

No pude evitar recordar la historia de mi propio padre. De hecho no pude evitar recordar la historia de mi propia familia. Y, ya que estamos, la de mi propia persona.

Ya me comenzaba a parecer que hacer encajar los caprichos de mi paso por el mundo en aquel supuesto trazo del destino sería más difícil que enseñar a un mico a recitar a Goethe. Mis hermanos eran unos delincuentes consumados; Elizabeth no era en lo absoluto la novia candorosa de aquel sueño, sino la protagonista de un espectáculo de feria donde doblaba vigas de metal con sus propias manos; mi madre había muerto sin sacramento y con varias blasfemias atoradas en el pescuezo; mi padre no tenía empacho en usar su investidura como un negocio boyante; mi gran amigo Henry Clerval no se había presentado a despedirme, ni siquiera porque apedreé su ventana varias veces antes de partir; y el profesor Krempe era un advenedizo que no enseñaba filosofía natural sino poesía barata.

Me senté, apesadumbrado, en la única silla frente al escritorio del profesor Waldman.

—Por alguna razón, sospecho que no se puede tomar clase con usted tampoco.

Lo solté así, sin más, pensando que tal vez lo mejor sería regresar a casa y quizás enrolarme en la banda de asaltantes de mis hermanos para poder forjarme un porvenir. Tomé un vaso que se encontraba frente a mí y que tenía apariencia de contener whisky. Me lo arrojé a la garganta como haría cualquier ser humano que necesita pasar un mal trago.

—¡Vaya que si es fuerte esta cosa!

Waldman se sentó en su silla, a la que añadía algunas enciclopedias para poder rebasar la línea del escritorio.

—En realidad, la pregunta es... ¿por qué querría alguien tomar clase conmigo?

Pensé en aducir el supuesto trazo del destino que me acompañaba en la bolsa trasera de mi pantalón, pero preferí no parecer un lunático en la primera entrevista.

—No lo sé. Me pareció interesante.

Waldman se rascó la barbilla y me miró con aquel ojo acucioso que no se iba de paseo como el otro que, a todas luces, era de vidrio.

—Pongamos algunas cosas en claro. Número uno. Yo no apruebo a mis estudiantes sólo por aplaudir mis poemas. Número dos. Tampoco me conformo con proyectos mediocres; es necesario sugerir algo en verdad revolucionario para aprobar mi materia. Y número tres, padezco de flatulencias. Si aun sabiendo todo eso, sigue empeñado en tomar clases conmigo, no me parece mal. Seguro está usted chiflado, pero no me parece mal.

—Mi proyecto es dotar de vida a un ser inerte, creado con mis propias manos.

También lo solté así, sin más. Y sin tener a la mano un trago de esa bebida fortísima que recién me había echado en la garganta.

Waldman me miró convencido de que estaba loco. Luego, soltó un gas que puso en evidencia que no mentía. Estudió mi reacción y, después de rascarse la espalda con el pico de su cuervo disecado, se atrevió a hablar de nueva cuenta.

—Las cosas están así. Número uno. Su proyecto es una completa insensatez, una total chifladura, un desvarío detestable. ¡Me gusta! Número dos, tendrá que moderar sus arranques, no crea que no noté que me llamó cretino al llegar. Número tres, soy vengativo, así que ya se lo haré pagar. Número cuatro. Insisto en que tendrá que moderar sus arranques, pues el líquido que se acaba de tomar era orín de rata que tardé tres semanas en juntar para un experimento. Ya me lo repondrá. Y número cinco. Me gusta enumerar. Y me importa un bledo si le molesta.

Dicho esto, me extendió la mano, con un gesto cordial.

—Bienvenido a la clase de Química y Experimentos Inusuales del profesor Waldman.

Capítulo 5

Víctor estudia filosofía natural y química. Descubrir el origen y causa de la vida es lo que se vuelve su materia de estudio y obsesión. Es tal su empeño que se aparta de todo y de todos con el único fin de conseguir infundir vida en materia muerta, lo cual, después de dos años de trabajo, finalmente logra. Así, se decide a la creación de un ser humano. Principalmente visita cementerios para hacerse de partes de cadáveres y alquila un desván para ahí realizar sus experimentos.

No se me escapó, desde luego, que en mi trazo destinal describí a Waldman como un tipo bonachón y simpático, lo cual no podía estar más lejos de la realidad. Por ello no dejé de mirar mis hojas cuando estuve de vuelta en la residencia de estudiantes donde conseguí alojamiento. Tampoco pude evitar notar que me esperaban cuando menos dos años de trabajos al lado de tales sujetos. Recuerdo que estaba ahí, solo, tiritando de frío, preguntándome si no sería mejor echar a correr en dirección contraria y salvar el pellejo... Pero por alguna razón no lo hice. Y ahora heme aquí en las gélidas tierras polares tratando de dar fin a todo este enredo. Seguramente mi decisión tuvo que ver con que no me veía regresando a casa con el fracaso a cuestas. Anhelaba que Elizabeth me viera triunfante, no de esta manera. Eso sin contar que lo más probable es que mi habitación en Ginebra ya estuviese siendo ocupada por siete escribanos.

Decidí, pues, poner al mal tiempo buena cara. Y me presenté a la primera clase con el señor Krempe al día siguiente. Por lo menos otros quince condiscípulos compartieron el aula conmigo. Y todos fingieron interés en los peores poemas jamás escritos durante algo así como ochenta o noventa minutos. Cuando salí, en el pasillo ya me esperaba nada menos que Waldman. En realidad yo fui el único que lo notó; era bastante fácil confundirlo con una maceta.

—Frankenstein... qué casualidad —dijo, interceptándome—. ¿Qué anda haciendo por aquí?

—Eh... aquí estudio, profesor. Creí que había quedado claro.

—Oh... llámame Igor. Es mi nombre de pila. Rompamos el hielo.

—Como quiera. Como quieras.

—Así me gusta. ¿Y qué planes tienes para el almuerzo?

—Eh...

Los otros alumnos, con los que había quedado para tomar un bocadillo, ya se habían adelantado.

—Está bien, no te mentiré, Frankenstein. Eres mi última esperanza.

—¿De qué habla, profesor?

—Igor.

—Claro, Igor. Disculpe. Disculpa.

Se sentó en la orilla de una verdadera maceta que se encontraba a la salida del aula. Vale la pena contar que se cubrió la cara con una de las hojas de la planta cuando salió Krempe, tal vez queriendo hacerse pasar por un gnomo de jardín.

—¿Qué le pareció la clase, Frankenstein? —preguntó éste.

—Muy interesante, profesor... aunque, la verdad, no sé qué tenga que ver un poema intitulado "Querida Rosemary, cómo pudiste cambiarme por un reloj de bolsillo" con la filosofía na...

—Nos veremos pronto. Tengo otra clase —me interrumpió y siguió su camino.

Hasta entonces Waldman, es decir, Igor, se descubrió el rostro.

—No podría odiarlo más —gruñó—. O bueno, sí que podría, pero no vale la pena hablar de eso antes del almuerzo. Como te decía, Víctor...

—Me gusta más Frankenstein, si no te importa.

—Oh, claro. No me importa.

—Gracias.

—Bien, como te decía, Frankie…

—Frankenstein.

—Eh, sí, perdona. Como te decía… eres mi última esperanza.

—¿Por qué?

Sacó de entre sus ropas un pañuelo que parecía haber sido utilizado por cinco generaciones en su familia y se limpió el sudor con fruición.

—Número uno, mi puesto en la universidad está en juego. Número dos, estoy a punto de ser expulsado de la sociedad de científicos del campus. Número tres, tengo una reputación que cuidar. Y número cuatro, ya que estamos platicando… también tengo una hipoteca que saldar. Una grande.

—¿Y qué tengo que ver yo en todo eso, Igor, si no es muy atrevido preguntar?

—Frankenstein, eres el único que se inscribió en mi clase este curso. De hecho, eres el único que se ha inscrito a mi clase en los últimos tres periodos. No te contaría esto si no fuese porque hasta ayer ya me había resignado a mi suerte. El comité académico de la universidad me lanzó un ultimátum hace tres meses: o conseguía cuando menos un alumno, y un proyecto de investigación, o ya podía dar con mis huesos en la calle.

A decir verdad… no me entusiasmaba mucho la idea de ser la tabla de salvación de alguien como Igor Waldman. Pero tampoco es que tuviera muchas opciones, si en verdad iba a ceñirme a mi proyecto de vida.

—El caso es que ayer… cuando estaba buscando entre mis libros un recibo que pensaba falsificar para presentar en el banco, llegaste tú. Y con ello puedo decir que me ha vuelto el alma al cuerpo, si he de ser completamente sincero contigo.

Me rasqué la nuca, un tanto nervioso.

—No sé, Igor, tal vez hubiera agradecido un poco de hipocresía.

—Tonterías. Si hemos de ser amigos, no hay que ocultarnos nada.

Dejó salir una flatulencia que parecía coronar su frase de una manera impecable.

—Pues, entonces… ¡Muchas gracias! ¡Te debo la vida!

Mientras estrechaba con excesiva alegría mi mano, lo miré, aturdido. En mis sueños juveniles siempre imaginé a una belleza como mi prima Elizabeth sintiéndose salvada por mí y diciéndome justo esas palabras, arrojándose en mis brazos y cediendo al impulso irrefrenable de besarme en público. En contraparte, la vida me ofrecía a un jorobado tuerto y chimuelo que por alguna razón, al decir tales frases, temí que se arrojara a mis brazos. Retiré la mano y sonreí un poco forzado.

—Eh… bien… —solté—. Pues, entonces… ¿qué sigue?

Justo es decir que, lo que siguió, fue absolutamente vertiginoso.

Igor no era en verdad el primer sujeto a quien te hubieras dirigido en un coctel o en el *foyer* de un teatro para entablar amistad, pero tampoco era necesariamente un mal tipo.

En cuanto terminamos esa conversación me llevó adonde él creía que convendría realizar mis experimentos: un viejo y pequeño castillo que había pertenecido a su familia desde tiempos en los que no era mal visto resolver las diferencias con tus vecinos empalándolos o decapitándolos. Se trataba de un lúgubre y deteriorado edificio con torre almenada y portón de doble hoja, que justo había hipotecado para seguir viviendo. El castillo, aunque emplazado en una colina, no estaba lejos de la universidad y no le fue difícil convencerme de que me mudara allá para dejar de pagar alojamiento en aquella residencia de estudiantes donde, de cualquier manera, tenía que compartir el retrete con otros quince condiscípulos que siempre olvidaban levantar el asiento al orinar.

En el castillo había un laboratorio entero, donde Igor llevaba años realizando experimentos infructuosos. De hecho, tenía una lista de todo lo que había intentado sin éxito en los últimos meses, evidenciando el resultado final: número uno, tónico para hacer crecer la barba de la noche a la mañana; resultado: quemaduras en el rostro del prototipo; número dos, tónico para hacer desaparecer quemaduras de la noche a la mañana; resultado: quemaduras en el rostro del prototipo; número tres, ungüento de amor; resultado: vómito, demanda legal y quemaduras en el rostro del prototipo.

Y así sucesivamente.

—Todo tuyo, Frankenstein —dijo en cuanto me mudé con él al castillo. Para entonces ya había adquirido una actitud un tanto servil, que no dejaba de parecerme molesta.

—No exageres, Igor.

—No exagero. Puedes prenderle fuego si quieres.

—Tal vez lo haga.

—Hazlo.

—No bromeo.

—Yo tampoco. Es ciento por ciento tuyo todo lo que ves.

En mi paseo por el laboratorio tiré sin querer un matraz al suelo. Juro que fue involuntario pero el recipiente de vidrio se rompió al instante.

—¡Oh, perdón…! ¡Vaya torpeza!

—No te disculpes. Puedes romperlo todo también, si gustas —y dicho esto, él mismo tiró un tubo de ensayo que estalló en mil pedazos.

—¡No hagas eso, Igor! ¡Lo mío fue un accidente!

—Te dije que no bromeaba. Lo romperemos todo, si es tu deseo —y arrojó otro tubo al suelo.

—¡Basta!

—¡Qué más da! —caída de frasco y estrépito.

—¡BASTA, DIJE!

Es verdad que me ofusqué y grité tal vez demasiado alto pero no era para que Igor se cubriera la cara, temeroso de ser golpeado. Me pareció que eso podía tornarse aún más molesto si yo no tomaba medidas; tuve la ominosa visión de Igor Waldman arrodillado y diciendo: "es ciento por ciento tuyo todo lo que ves, Frankenstein"; o empezando a llamarme "amo" y diciendo cosas como "sus deseos son órdenes, amo".

Padecí un escalofrío.

—Pongamos algo en claro —dije—. No voy a dejar tu clase en dos años, por lo menos, Igor. Así que puedes descansar. No tienes que adularme todo el tiempo.

Me miró largamente. Luego, dejó escapar una nueva flatulencia y se sentó en un banco de estiradas patas. Abanicó con una mano para alejar el hedor y soltó:

—Honestamente... es un alivio, Frankenstein. ¿Puedo fumar?

—Adelante.

Encendió una pipa, a la que dio una larga chupada mientras se recargaba en una de las mesas. Luego, dejó escapar el humo como si en verdad se liberara de un gran peso. Se cruzó de brazos y contempló el amplio laboratorio, que contaba con todo tipo de instrumental. En cierto modo, todo lo que se encontraba en esa sección del castillo representaba un mundo entero de posibilidades para ambos y me sentí repentinamente optimista.

—Y bien... ¿qué tienes en mente? —exclamó.

¿Que qué tenía en mente? La verdad, tenía en mente a Elizabeth deslumbrada por los alcances de mi gloria suprema, absolutamente encandilada por el triunfo de su primo Víctor, el más grande científico de toda Europa. La verdad, tenía en mente a Elizabeth dejando para siempre su *show* de feria y casándose conmigo. La verdad, tenía en mente a Elizabeth todo el maldito tiempo. En ese momento ninguno de los acontecimientos del trazo del destino ocupaba un lugar en mi cabeza, nada de lo terrorífico que asomaba en el futuro. Nada. En ese momento sólo estaban Elizabeth y su mano en mi mano y la promesa de un porvenir juntos.

—¡Háganse a un lado, científicos del mundo! —dije, tal vez un poco afectado—. ¡Tengo un laboratorio conmigo! ¡Y no dudaré en usarlo!

Lo cual hizo sentir un poco incómodo a Igor.

Y a mí también, honestamente.

Pero era un inicio.

No había vuelta atrás.

A partir de entonces, comenzamos a trabajar juntos. Al principio coqueteamos con algunas ideas que pretendían introducirme en el fascinante mundo de la Química y la Filosofía Natural, el cual desconocía en su fase más experimental. Por ejemplo, ayudé a Igor con su tónico para hacer crecer la barba e incluso fui yo quien tuvo la idea de experimentar antes en gatos callejeros. Al final terminamos por bautizarlo como "el milagroso tónico que hace a los felinos mudar de pelo". También me sumé a cierto proyecto añejo que tenía Igor para conseguir que al pan no le salieran hongos después de una semana a la intemperie. Terminamos por bautizarlo como "la milagrosa sustancia que vuelve al pan más duro que la piedra".

En esos primeros meses, en lo único en lo que verdaderamente tuvimos éxito fue desarrollando una receta de panqueques que le había heredado su madre y que tenía incompleta.

—¡Soberbio, Frankenstein! —dijo Igor después del décimo cuarto proceso de amasado y cocinado por el que transitamos—. ¡No sólo están exquisitos, saben mejor que los de mi madre!

Eso fue un verdadero aliciente pues, siempre que fracasábamos en algún experimento, aparecía la propuesta:

—¿Panqueques? —decía alguno, con los cabellos chamuscados o un lado de la cara pringado de baba púrpura. A lo que el otro respondía:

—Me leíste la mente, colega.

Lo que llevaba a una bacanal de panqueques con miel que hacía los honores al pecado de la gula y no terminaba hasta el día siguiente.

Fueron pocos los meses en los que Igor me entrenó en el oficio de la mezcla de ingredientes, la apertura precisa de válvulas, la calibración de pipetas y el correcto uso de una flama para conseguir que dos sustancias reaccionaran sin volar el edificio en mil pedazos. Una vez que me sentí listo para emprender la misión de mi vida, Igor me explicó que necesitaríamos, principalmente, dos elementos clave: número uno, electricidad; número dos, algo muerto que dotar de vida con esa electricidad. No pude estar más de acuerdo. El verdadero problema fue que él empezó a alardear de dicho proyecto con todo el mundo en la universidad.

—Ahora estoy vacunado contra sus desdenes —decía a catedráticos, científicos, estudiantes y hasta personal de limpieza—. ¡En cuanto Frankenstein y yo terminemos el proyecto que tenemos en mente, revolucionaremos la ciencia, mentecatos! ¡Y tendrán suerte si siquiera nos dignamos a mirarlos después!

En principio todo el mundo lo tildaba de loco. Pero no hay que olvidar que yo era nuevo en la ciudad y, como tal, un misterio. ¿Acaso era yo una especie de sabio desconocido? ¿O de estudiante prodigio con un talento natural para la innovación y el descubrimiento? En cuanto empezamos a hacer cambios en el castillo para atraer los rayos de las no tan inusuales tormentas eléctricas de la región, la gente comenzó a hablar. Siete pararrayos instalados en un mismo edificio pueden hacer eso y más. Aunque tal vez lo que más haya ayudado a producir verdadera expectación fue que Krempe se dio a la tarea de correr el rumor de que yo era de los más adelantados de su clase (en realidad no tenía ningún empacho en aplaudir sus espantosas redondillas). Ahora estoy seguro de que Krempe lo hizo para anotarse algunos puntos con la comunidad universitaria. Y vaya que lo logró, pues a partir de entonces tanto estudiantes como profesores decidieron que valía la pena mantenernos observados.

—¿Qué diantres pasa aquí? —fue lo que dije aquella tarde en que salimos del castillo a robar nuestro primer cadáver.

—Oh... creo que son algo así como admiradores nuestros.

En torno al castillo se encontraban varias tiendas apostadas, en las que habían acampado algunos miembros de la comunidad científica de Ingolstadt. Se apreciaba un aire de bullicio, como si fuese a celebrarse una feria culinaria o fueran a ahorcar a alguien del árbol más próximo.

—¿Admiradores?

—Saben que estamos a punto de lograr una gran hazaña científica. Quieren estar cerca para no perder detalle y, de paso, formar parte de tan importante acontecimiento histórico.

El sol estaba poniéndose. Y yo no me sentía cómodo. En cuanto dejamos atrás la puerta del castillo, cargados de palas, picos y costales, completamente vestidos de negro e incluso con las caras cubiertas de hollín, todos nos miraron con interés. Al menos unas cuarenta personas aguardaban tomando el té, jugando naipes, leyendo el diario, todos a la espera de la revolución científica que Waldman les había prometido.

—No lo sé, Igor... —dije en un murmullo—. Se supone que vamos a profanar tumbas. Hubiera sido mejor hacerlo, ummh, sin tanta gente.

—Un poco de fama no le viene mal a nadie.

No bien dimos unos cuantos pasos cuando varios de ellos comenzaron a aplaudir y a vitorearnos. Supongo que es inútil aclarar que tampoco esto se ajustaba a lo que había previsto en mi trazo destinal, pero preferí no amargarme el momento. Ambos hicimos una pequeña reverencia y caminamos en dirección a la colina.

—No lo sé, Igor... —dije, mirando de reojo a varios colegas que, con gran entusiasmo, iban en pos de nosotros—. Tal vez hubiese sido mejor robar cuerpos sin gente pegada a nuestras espaldas.

—Oh... detalles.

Llegamos al cementerio que habíamos elegido en medio de una noche sin luna y con una buena partida de estudiantes tras de nosotros que, a falta de mejores cosas que hacer, a ratos cantaba, a ratos bebía vino, a ratos contaba chistes colorados. Un par de jóvenes nos sostuvo la escalera mientras franqueábamos la pared e incluso nos esperaron fumando sentados sobre la barda.

Hubo un momento en que la tarea se nos hizo tan ardua que me sentí tentado a pedirles que nos ayudaran, pero Igor me lo impidió.

—Tiene que ser nuestro logro, Frankie, tuyo y mío y de nadie más.

—Frankenstein.

—Bueno, eso.

Mover la pesada lápida fue una cosa, pero aflojar la tierra, cavar y levantar la tapa del ataúd otras muy distintas y agotadoras. Y eso que se trataba de una tumba fresca. A lo lejos se escuchaban las risas y los cantos de nuestros admiradores, quienes ya iban en la segunda bota de vino.

—¿Es una broma? —dije en cuanto apareció ante nuestros ojos el rostro cadavérico de la señora Braun, muerta apenas tres días atrás.

Se trataba de una señora como de ochenta años y el doble de kilos. Me pregunté cómo habían hecho los sepultureros para hacerla entrar en el catafalco.

—¿Es una broma? —insistí.

—Los obituarios no suelen mencionar el volumen del difunto.

Para no cansarlos con narraciones innecesarias, sólo diré que tuvimos que echar mano de nuestra partida de "admiradores". Entre los siete pudimos, con trabajos (muchos trabajos, de hecho) arrojar a la señora Braun por encima de la pared del cementerio y rodarla hasta que nos venció el cansancio. Luego, alguien tuvo la idea de arrastrarla sobre los sacos y así lo hicimos... al menos por los ocho metros que conseguimos moverla. Al final Igor tuvo que alquilar dos mulas que nos permitieron volver al castillo victoriosos y con la señora Braun casi intacta (sólo perdió la oreja izquierda, que una de las mulas decidió servirse como aperitivo). Rayando el alba nos recibió la comunidad científica con más aplausos y vítores que si hubiésemos terminado el experimento.

Cuando al fin traspasamos la puerta del castillo me sentí bajo el peor de los escrutinios. Quizá porque, antes de cerrar el enorme portón, Igor se atrevió a anunciar, a voz en cuello:

—¡Esa señora que acaba de entrar arrastrada al laboratorio, saldrá pronto por su propio pie!

Fue el pandemónium.

Gritos, silbidos, aplausos, hurras y vivas. Dos estudiantes que llevaban acordeón y guitarra se pusieron a tocar una polka que hizo bailar a más de tres.

Pero nosotros, ya del otro lado del portón, no pudimos evitar mirar a la enorme señora Braun, rígida y gris y con el gesto más adusto del mundo (al fin muerta), tendida de espaldas en medio de la estancia, aguardando y como si fuera a levantarse en cualquier momento para cantarnos "¿Y ahora qué, par de genios?".

—Y ahora... rezamos por una buena tormenta eléctrica —dijo Igor, como leyendo el pensamiento de la dama. Y el mío también.

No obstante...

En tres días tuvimos cielo despejado. Y un cadáver sobre la mesa del laboratorio (que casi nos produce una hernia subir) esperando a que ocurriera algo interesante, mientras siete pinzas metálicas se aferraban a su cada vez más maltrecha piel. La batalla que librábamos contra las moscas era, en verdad, épica. Recuerdo que estábamos tratando de impedir que un moscardón de tamaño prehistórico extrajera uno de los globos oculares de la dama cuando llamaron a la puerta. Igor fue a atender mientras yo intentaba, rociando químicos que me hacían temer por mis propios globos oculares, que la nube de insectos al menos se dispersara un poco.

—Tenemos problemas —dijo Igor al volver.

Muy amablemente esperó a que yo dejara de toser para comunicarme las buenas malas nuevas.

—Están ahí afuera enviados de por lo menos siete periódicos, listos para cubrir la nota. Acabo de prometer una entrevista.

—Ajá... ¿Y?

—Una entrevista con la señora Braun... para el martes.

No pude evitar mirar a la señora, a quien ya le colgaba la mandíbula en un grito mudo, como anticipándose al momento, no muy lejano seguramente, en que no sería más que un esqueleto. Y tampoco pude evitar pensar que era viernes.

Con todo, ya dije que tuvimos tres días de cielo despejado. Pero al cuarto...

¡Rayos y truenos y la más tétrica de las noches!

Un chubasco monumental. ¡Un diluvión de miedo! ¡Una tormenta apocalíptica!

Pero ni así se marcharon nuestros "admiradores" de los lindes del castillo. Y eso incluía a la prensa. Y a algunos parientes de la señora Braun que ya nos habían escrito agradeciendo que la fuésemos a devolver a la vida porque nunca reveló el lugar exacto donde había enterrado una vajilla de plata que se había robado de un café en el que trabajaba.

Noche trágica. Noche funesta. Igor y yo nos aseguramos de que las conexiones hacia el cuerpo y los siete pararrayos estuvieran perfectamente donde debían. Y cruzamos los dedos.

A decir verdad, mientras esperábamos que uno de los tantos rayos cayera en el edificio y condujera su electricidad a través del cuerpo de la señora Braun, nos preguntábamos si en verdad queríamos verla volver a la vida en el estado en el que se hallaba. Carecía de ojos y de nariz, el cabello era un abrojo, la piel se le había vuelto acartonada y apestaba peor que si estuviese rellena de excremento.

Con todo... íbamos a revolucionar la ciencia. Y de acuerdo a mis notas de "el trazo del destino", yo, ejem, con el tiempo… daría vida a una criatura. Y acaso fuese ella, la señora Braun. No importaba que aún no transcurrieran los dos años previstos… ni importaba que en mis pronósticos se hablara de un varón… Si así lo tenía decidido la suerte, bien por ella. ¡Y bien por la gloria y la fama que nos vendrían con el resultado!

Y así, aguardamos. Y aguardamos.

Y aguardamos…

Y ningún rayo parecía querer venir a descargar su furia en nuestro experimento. Comenzamos a comernos las uñas. Yo, las de mi mano derecha; Igor, las de su mano izquierda; y una rata que se había aficionado a la señora Braun, las de los dedos de sus pies. Con todo y dedos.

¡Oh, noche trágica e infausta! ¡Cuántas veces creímos desfallecer! Recuerdo que Igor hacía una alusión a nosotros como modernos Prometeos, disertación que me pareció harto interesante, cuando, justo al momento en que la lluvia ya era espantosamente tenue, al castillo entero lo acometió un golpe como surgido de lo más profundo del infierno. Por un momento fue como si viéramos a Lucifer a los ojos y lo escucháramos gritar con toda su fuerza para, inmediatamente después, salir despedidos por los aires, lejos de la mesa en la que teníamos a la señora Braun de espaldas.

Aturdidos, tardamos aproximadamente unos tres minutos en recuperarnos de la impresión. Y en acostumbrarnos a la oscuridad, pues todas las lámparas habían sido apagadas por la ira del rayo. Cuando al fin pudimos encender una

vela, ninguno de nosotros tuvo dudas de que la señora Braun no tenía intención alguna de sentarse por sí misma, estirar los músculos, ordenar una taza de té y disponerse a conceder entrevistas. Ahora se parecía más a un gran trozo de carbón que a un ser humano. Y la rata que antes roía de ella, compartía la misma apariencia, detalle enternecedor si consideramos que últimamente habían sido muy unidas.

Contemplamos por unos instantes el resultado de nuestro experimento cuando empezaron a llamar a la puerta con insistencia.

Durante varios minutos ni Waldman ni yo supimos qué hacer.

—¿Panqueques? —soltó con un admirable y casi podríamos decir que heroico tono de resignación en cuanto se disipó el humo.

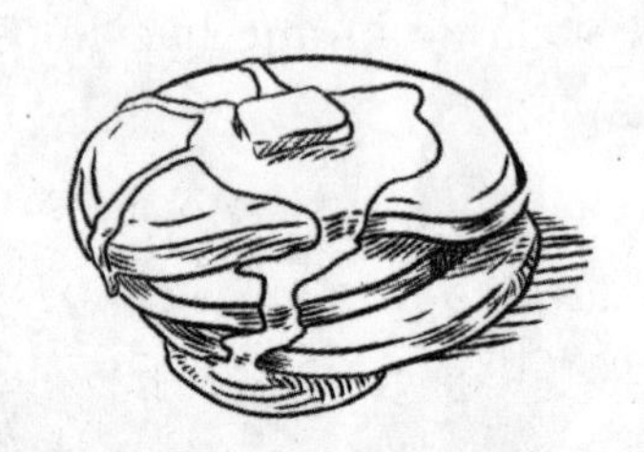

Capítulo 6

Al fin, una lluviosa noche de tormenta, Víctor consigue dar vida a su criatura.

Era ineludible. Estaba en "El trazo del destino". Yo tenía que crear un ente y dotarlo de vida. Pero ¿cómo? A decir verdad, nada de lo que hacíamos parecía querer obedecer tal postulado. O al menos nada científico (porque incluso llegamos a pagar los servicios de una bruja, que terminó por ser un fraude igual o mayor que nosotros).

A partir de la buena rostizada que le pusimos a la señora Braun, cambiamos la estrategia. Primeramente, después de anunciar que habíamos decidido no comunicar nuestros avances, nos encerramos por varios días. Lo peor de esa parte fue cuando acudieron al castillo con antorchas y horquillas varios de los habitantes de Ingolstadt, no sólo los de la comunidad científica. Al parecer los parientes de la señora Braun sospechaban que ocultábamos algo, no nos creyeron que la señora simplemente se negaba a cooperar. Así que después de una rápida negociación en la que Igor tuvo que obsequiarles un viejo clavecín y dos óleos que acaso podrían vender por más dinero que una vajilla, pudimos despedir a los curiosos, a la prensa y a los colegas con un rotundo: "No haremos declaraciones hasta que el experimento esté concluido", sellando tal sentencia con un portonazo que aún resuena en los oídos de todo Ingolstadt.

Después de devolver el cuerpo de la señora Braun (o lo que quedaba de él) al cobijo de la tierra, volvimos a las andadas.

Y es justo decir que en la siguiente expedición al cementerio ya no contamos con los hurras y vivas de la comunidad. De hecho, aunque aún seguían ahí apostados varios de nuestros colegas, en esta ocasión nos miraron con algo muy parecido al desprecio.

—Corre el rumor de que son ustedes el mayor fraude desde la invención de la guitarra de aire, Waldman —se atrevió a sugerir Holst, un profesor que impartía Cálculo Diferencial, aunque en realidad lo que hacía era ofrecer consejos para no perder al póker.

—¿La guitarra de aire? ¿Qué es eso?

—Se pretende tocar la guitarra pero sin guitarra. Hay hasta concursos internacionales.

—No puedo imaginar mayor fraude.

—Yo sí. Ustedes.

—Recordaré sus palabras, Holst, para cuando conquistemos la fama y tenga a mi cargo algún ministerio de Ciencia —contestó Igor sin perder el paso.

Esta vez no se nos unió ninguna partida de entusiastas y tuvimos que ingeniárnoslas para cargar el cuerpo nosotros solos desde el cementerio hasta el castillo. Ésa y las otras ocasiones. Pero, para nuestra fortuna, ninguno de los siguientes cadáveres pesó tanto como la célebre señora Braun.

Había una verdadera expectación al respecto de lo que prometimos. Tan era así que ya hasta nos pasaban el pitazo de los más recientes decesos. Un día sí y el otro también nos llegaba el diario con las exequias previamente circuladas en rojo. Pero con ninguna de esas intentonas logramos algo tangible. Cuando no se nos pudría el cristiano antes, lo chamuscábamos por completo. Teníamos el jardín repleto de osamentas enterradas sin lápida ni epitafio, todo el resultado de nuestros fallidos experimentos. Para tener tranquila a la prensa y en general a aquellos que se negaban a abandonar el campamento, sostuvimos que estábamos creando un ser soberbio con partes de los cuerpos exhumados. Ya un brazo, ya una pierna, ya el tórax. Eso resultó contraproducente: creó más expectación.

—No puedo esperar a echarle un ojo a la criatura que saldrá un día por las puertas de ese castillo —me dijo un día el dueño del bar al que asistíamos Igor y yo para ahogar nuestros fracasos en vino barato y cerveza.

—Eh... claro, yo tampoco —dije al tomar nuestras bebidas del mostrador.

—Oí que escogieron la cabeza de la viuda Hamill y los brazos del reverendo —sonrió—. Va a ser pesadillesco el resultado.

—De hecho fue al revés —mentí, no sé por qué. Acaso me pareció que hubiera sido mejor usar la cabeza del reverendo, aunque estuviera en ese momento amontonada con otras en el jardín del castillo.

—Fenómeno, yo invito los tragos —insistió el tendero.

Ya en la mesa, con los dos tarros frente a nosotros, tuve el primer atisbo del principio del fin. Fue cuando Igor se empinó la cerveza de un trago y se mesó los cabellos.

—No sólo no vamos a conseguir nada sino que van a acabar linchándonos.

—Me parece un poco exagerado.

—¿Tú crees? ¿Qué tal aquello de las antorchas? Parecían muy felices. Era evidente que sólo estaban practicando —bufó mi socio y profesor—. Honestamente ya no me preocupa mi futuro en la universidad sino en el mundo.

Teníamos que hacer algo y pronto. En ese momento entró un muchachito a la cantina, dio con nosotros y se acercó, retirándose el gorro con timidez.

—Señor Frankenstein, mi nombre es Louis Herschel.

—Hola, Louis. ¿Qué puedo hacer por ti?

—Me manda mi madre. Recién acaba de fallecer mi abuelo. Me ha pedido que pregunte a ustedes si se los puede dejar en la puerta del castillo.

Igor y yo nos miramos. Él, al cabo de un rato, hizo un ademán que claramente significaba: "Ahí lo tienes". Luego, se cubrió la cabeza con ambas manos, para terminar colocando la frente sobre la tabla.

—Eh... sí, Louis. Frente a la puerta trasera, de preferencia.

El muchacho salió corriendo y yo no pude evitar pensar que se llevaba consigo nuestras últimas esperanzas.

Al volver al castillo, nos encontramos con el abuelo, más tieso que una tabla y en paños menores. Lo acompañaba una nota: "No usen sus pulmones. Fumaba peor que un condenado".

Huelga decir que el abuelo terminó con todos sus huesos en nuestro panteón particular, al lado de varios otros que, en la imaginería popular, formaban parte de una sola criatura que en algún momento saldría por su propio pie del castillo.

Para entonces, Igor ya pasaba más tiempo en la taberna que en el laboratorio. Y la mentira crecía y crecía. En la mente colectiva de todos nuestros admiradores se erigía un monstruo de horrendas cualidades, al que más querían ver por puro ánimo morboso que por interés científico. Se decía que tenía cuatro manos. Y dos cabezas. Y un trasero monumental.

Fue entonces que, como un milagro venido del cielo...

Acudió mi madre a rescatarnos.

Es un decir, claro.

Una tarde entre las muchas tardes de aquellos días estaba yo buscando en los enseres del castillo algo para vender cuando apareció una vajilla. O acaso sea mejor denominar a aquello que cayó estrepitosamente de una gaveta de la cocina como lo que en realidad era: un montón de inmundos cacharros. Nada que valiera la pena vender. Pero sirvió, al menos, para detonar el inicio de una cadena de pensamientos muy afortunada.

Vino a mi memoria aquella vajilla de la señora Braun por la que sus parientes querían volverla a la vida. Y recordé que mi madre también había hablado de algún dinero antes de morir de algo parecido a un ataque. Mas no fue esto lo que encendió una llama en mi interior... sino el recuerdo de aquella promesa incumplida que le hice en su lecho de muerte.

Hay que tomar en cuenta que, para entonces, yo estaba seguro de que alguna especie de maldición nos perseguía. No dejaba de mirar, por las noches, el papel donde había plasmado "El trazo del destino". Y no dejaba de preguntarme por qué no, simplemente, ocurría lo que tenía que ocurrir si lo había soñado vívidamente y lo había escrito con toda precisión.

"Al fin, una lluviosa noche de tormenta, Víctor consigue dar vida a su criatura", decía.

De mi puño y letra.

Recuerdo que ahí, tendido, con los cacharros encima, pensé: "No he cumplido lo que prometí a mi madre y ya han pasado casi dos años. Seguro es ella, o su espectro, el que nos ocasiona esta infausta suerte".

Fue una especie de revelación inspiradora, pues me llenó de nuevo brío. Para mí estaba clarísimo. No podría jamás enderezar mi destino si no corregía lo que estaba torcido. Recuerdo que reí por varios minutos. Incluso hasta hice un par de chascarrillos con el nuevo cadáver sobre la plancha: un jardinero que nos habían donado la semana anterior suplicándonos que usáramos su nariz llena de verrugas y sus ojos con cataratas, "para dar mejor efecto" decía la nota.

En un santiamén fui con Igor, quien llevaba días en la taberna, para avisarle que tenía que atender un encargo en un pueblecito de las faldas del Matterhorn, pero que ya volvería. Usualmente borracho hasta las orejas, esta vez estaba beodo-perdido. Apenas arrojó una flatulencia e hizo un movimiento con la mano que no supe si significaba "cantinero, tráigame otras dos rondas iguales" o "está bien, nos vemos a tu regreso".

Y así fue que, con el corazón henchido, salí a hurtadillas del castillo la siguiente noche (principalmente para evitar los escarceos de la prensa) y así tomar una diligencia que me llevara a cumplir aquella promesa pendiente con mi madre.

Mientras avanzaba la diligencia, que salió a primera hora de la madrugada, detuve mis pensamientos en todo lo que había ocurrido en los últimos meses. Desde luego me refiero a los intentos infructuosos por conseguir dotar de vida a un ser muerto, pero también un poco de lo que ocurría en Ginebra en mi ausencia.

Quisiera poder presumir que estaba muy al tanto de las noticias de los Frankenstein gracias a la correspondencia que mantenía con ellos, pero lo cierto es que, de lo poco que me enteraba, lo hacía por otros medios como el chisme, los diarios y lo que dejaba claro Justine Moritz en sus cartas, que era casi nada. Ninguna de las misivas que envié fue respondida, ni por mi prima Elizabeth, ni por mi gran amigo Henry Clerval, ni por mi padre ni por la nana. Nadie. Aunque, por otro lado, también habría que decir que yo jamás contesté las cartas de Justine, acaso porque todas empezaban así: "Querido Frankie, no tienes que responder si no quieres".

Francamente, en sus mensajes siempre hablaba más de mí que de ellos, por eso terminé por dejar de leerlos. Eran algo así como: "Espero que estés bien y que estés comiendo todos los días. Dime algo. ¿Te peinas como te peinabas al vivir acá o cambiaste? Igualmente espero que estés usando mucho el marrón, que te favorece en el otoño".

Ocupé mis pensamientos durante el viaje en imaginar cómo estarían todos allá. Por lo que sabía, no había muchos cambios. Mi gran amigo Henry Clerval seguía intentando entrar en la Real Sociedad de Fantasmas, Duendes y Otras Tonterías; mi padre seguía rentando mi habitación e inclinando la balanza de la justicia hacia donde cayera el mayor monto de un soborno; mis hermanos sólo usaban la casa como dormitorio y ambos fumaban puro; y la razón de mi existir seguía con su espectáculo de feria, aunque su fama empezaba a propagarse por la región, pues en más de una ocasión, cuando los periodistas me buscaron a la salida del castillo me preguntaron: "¿Frankenstein? ¿Como "Elizabeth Frankenstein", la mujer más fuerte del mundo?". Recuerdo la enorme satisfacción que sentí al enterarme que había cambiado su apellido, Lavenza, por el de Frankenstein. Y aunque yo respondía con cierto orgullo que era mi prima, no perdía la ilusión de algún día decir: "Claro, es mi mujer, y nos turnamos el cuidado de los niños".

Estas reflexiones obedecían, principalmente, al hecho de que nada parecía funcionar como aparecía en "El trazo del destino". Y debo admitir que, de no ser porque algunas cosas empataban perfectamente, como el nombre de los dos profesores que conocí el primer día en la universidad, ya habría quemado estas hojas y habría vuelto a Ginebra a montar una zapatería o un delikatessen.

Finalmente, después de pernoctar en Múnich y en Liechtenstein, con sendas noches de bohemia que sentía merecer, llegué a Zermatt. No sé si ya lo dije pero nunca he sido muy aficionado al frío ni a las alturas. Y estar tan cerca del Matterhorn, aún a ras de suelo, siempre me produjo vértigo, pero tenía una misión y no iba a regresar sin cumplirla.

En Zermatt, que es una villa alpina muy mona, sólo una vieja fregona que limpiaba las escaleras de un hotel muy mono supo darme razón de "Cola Espinosa de Cabra".

—Es una maldita pocilga que no vale la pena ni para escupir en ella. Hágame caso —dijo con una boca en la que relucían más huecos que dientes—, ni se acerque, no importa qué negocios lo lleven en esa dirección. Mejor contrate un cuarto en este hotel donde regalan la quinta cerveza si se toma las cuatro primeras al hilo.

—Eh... gracias por la información. Sólo indíqueme en qué dirección está y ya veré yo qué decisión tomo.

Señaló con la mano, refunfuñó y yo me puse en marcha.

Cuando llegué, después de caminar media hora, fue que comprendí a lo que se refería la vieja. "Cola Espinosa de Cabra" eran diecinueve casas de madera casi a punto de pudrirse, una iglesia, una taberna y una casa de mala nota desde cuya puerta una dama (por llamarla de algún modo), que casi podría ser la hermana gemela de la fregona que me informó en Zermatt, me hacía impúdicas invitaciones a entrar. Puesto que era la única alma (aunque vestida como una cortesana caída en desgracia) en los alrededores, me aproximé.

—¿Quieres pasar un buen rato, bombón? —me dijo con una boca casi carente de dientes que me recordó a otra muy similar.

—¿Dónde está todo el mundo?

—Pastoreando. ¿Qué esperabas? Y bien... ¿Te animas?

—Usted se parece mucho a una persona que conocí en Zermatt.

—Es mi hermana gemela. Una asquerosa resentida. Bueno, dos horas por el precio de una pero el whisky lo pones tú. Es mi última oferta.

—¿Conoce a un hombre llamado Otto que vive en una cabaña cerca de aquí?

Solamente mencioné el nombre de mi primo y cambió el semblante de la matrona.

—¿Qué tienes que ver con Otto?

—Eh…

Ni me dejó responder. Entró a su casa y cerró la puerta de un trancazo. Así que preferí no hacer más indagaciones. De cualquier modo sabía, gracias a mi madre, que sólo eran tres leguas en dirección al noroeste.

Y me encaminé con la cabeza llena de interrogantes.

No era un camino fácil. Parecía más como hecho para las cabras. Pero no había otra forma de continuar con mi cometido. Mientras avanzaba, a través de laderas escarpadas, riscos y peñascos en los que casi pierdo el paso (y la vida) más de una vez, me iba diciendo: "Sólo me cercioro de que no se lo hayan comido los lobos y me largo". Contaba, desde luego, con que mi primo estuviera bien. Finalmente, la dama que acababa de ver no parecía tener noticias de su muerte o me lo habría dicho.

Para mi fortuna, llegué antes de que anocheciera. Una fina columna de humo me indicó el final del camino, detrás de un amasijo de pinos enclavados en una pendiente con sus buenos cuarenta y cinco grados.

Al atravesar los árboles, di con la casita. Nadie en su sano juicio hubiera construido nada ahí. Era un área difícil, alejada y con un grado de inclinación que obligaba a caminar con los tobillos torcidos todo el tiempo. Se trataba de una casita de adobe muy pequeña, aunque de techo alto, con una chimenea que humeaba y, lo más importante de todo: sin puerta. Acaso por esto es que las cabras que seguramente pertenecían a mi primo, y que serían fácilmente unas treinta o cuarenta, entraban y salían como si fuesen dueñas del cobertizo. Hacía frío y yo me complací de haber llegado. Le pediría a Otto una taza caliente de lo que fuera y volvería a Zermatt a hacer uso de aquella promoción de pague cuatro y tómese cinco.

Las cabras ni se inmutaron al verme llegar. Algunas balaron y eso fue todo.

Lo único que me pareció claramente extraordinario fue una especie de tarima hecha de tablones a un lado de la casa, de la que pendía una cortina abierta por la mitad, como si fuese un pequeño escenario con su telón al frente.

Al llegar a la casita, debido a la falta de puerta, me anuncié con una tosecita. Luego, pregunté abiertamente:

—¿Otto? ¿Estás ahí? Es tu primo Víctor, de la ciudad.

Nadie respondió y decidí entrar. La pequeña casa no contaba más que con una sola habitación. Ahí mismo estaba la cama, un poco grande para mi gusto, una mesa con dos sillas de madera y la cocinita, que no era más que un rincón de la casa donde había una olla con un guiso que olía a berros sobre un fuego alimentado con leña. Dos cabras pequeñas se encontraban echadas sobre la cama, ambas con gorros sujetos con cordeles. Un par más yacía en el suelo, dormitando, también con gorros de colores en las cabezas. Lo único que parecía fuera del alcance de los cuadrúpedos era una repisa con libros.

—¿Otto?

—Baaaaaaaaaaaaaaa —respondió una de las cabras, aquélla con un gorro que, hasta ese momento reparé, era una corona.

Hubiera sido fácil imaginar que Otto ni siquiera existía. Pero jamás se ha visto que un puñado de cabras sea capaz de encender un fuego y poner a cocer berros, así que decidí sentarme a esperar.

Mientras tamborileaba con los dedos sobre la mesa, me entretuve sacando del bolsillo de mi pantalón mis hojas de "El trazo del destino". Leí el párrafo minúsculo y solitario donde dice que "Víctor consigue dar vida a su criatura". Sentía que en cuanto pudiera estrechar la mano de mi primo y desearle toda la suerte del mundo, el fantasma de mi madre me levantaría el castigo y conseguiría que un rayo hiciera el milagro de dotar de vida al ser inanimado de mi elección. Tal vez hasta con la nariz verrugosa y los ojos llenos de cataratas, para dar mejor efecto.

Mi primo no volvía y me acerqué a ver los libros de su repisa. Sólo Shakespeare la conformaba. Las tragedias y las comedias del bardo inglés estaban ahí, casi completas. Tomé *Sueño de una noche de verano* y leí un poco, de vuelta en la mesa.

En eso estaba cuando escuché pasos del otro lado de la puerta. Me alegré y me puse en pie.

—¿Otto? ¿Eres tú?

—Sí —dijo una voz grave, pastosa—. ¿Quién vino a visitarme?

—Soy yo, tu primo Víctor Frankenstein.

—¡Un primo! —dijo Otto, claramente feliz—. ¿Tengo un primo? ¡Es lo más genial del mundo!

Fue entonces que atravesó el marco de la puerta de su casa, aunque he de decir que tuvo que agacharse para poder entrar. Y también vale la pena decir que, en cuanto estuvo dentro, el libro de Shakespeare cayó instantáneamente de mis manos.

Capítulo 7

El horror que siente al ver a la criatura actuar por sí misma lo hace huir del laboratorio y pernoctar en el patio, aterrado. Es hasta la mañana siguiente, que se encuentra con Henry Clerval, quien ha acudido a Ingolstadt preocupado por la falta de correspondencia de su amigo, que recupera el sosiego. Vuelven a la casa de Víctor y éste descubre que la criatura se ha esfumado. Se muestra satisfecho, pues piensa que el engendro se ha ido para siempre. No obstante, ya está implantada la semilla de la locura en él pues cree ver al monstruo tras la ventana. Inmediatamente después, cae enfermo.

Aquella noche, desperté por el ruido de los truenos, que era tan estentóreo que cualquiera hubiera jurado que el cielo estaba iracundo y con ánimos de destrucción. Tenía un principio de jaqueca y acaso por ello me costó trabajo volver en mí. Me incorporé en la cama y tardé en

darme cuenta de que estaba en el castillo de Waldman, en Ingolstadt. Ahí estaban mis cosas de estudiante, las cartas de Justine… ¿todo había sido un sueño?

Todo había sido un sueño. Ésa fue mi conclusión.

Me pasé una mano por la cara cuando otro rayo cayó cerca del castillo e iluminó la habitación.

No pude evitar soltar un grito, un verdadero grito de terror.

(Si vemos este asunto en perspectiva, el incidente me causa un poco de ternura, pues en una novela como ésta siempre tiene que haber un grito de terror, y cuanto más pronto, mejor.)

Ahí estaba la más horrorosa criatura jamás vista por ojos humanos. Frente a mí. En la más siniestra de las noches.

—Víctor… —dijo el monstruo.

Yo aún estaba en *shock*. (Ahora me pregunto, con toda honestidad, si dejé de estarlo en algún momento, desde que conocí a Otto hasta ahora que hablo con ustedes.)

Me levanté de un salto y corrí fuera de la habitación y, antes de que se los cuento, del castillo. No sé ni cómo fue que pude abrir tan rápido el pesado portón principal pero lo cierto es que salí justo por ahí, quizá siguiendo mentalmente un guion que convenía más a mis intereses.

—¡Horror de horrores! ¡Sálvese quien pueda! —grité.

No estaba en mi libreto original salir en calzones en medio de la lluvia y gritando, pero así se dieron las cosas, y tanto mejor. Todos los que acampaban fuera del castillo, esperando el prometido resultado de mis experimentos, se despabilaron más rápido que con el fragor de la tormenta o el estallido de los truenos.

—¿Qué demonios pasa aquí? —preguntó el profesor Krempe, quien me vio correr a los lindes del castillo y ponerme bajo resguardo detrás de un árbol.

Si lo hubiera mandado pedir de esa manera, no lo hubiera conseguido mejor. Justo al momento en que apareció la criatura en el dintel de la puerta, un nuevo rayo iluminó la noche. Se trataba de la cosa más fea y colosal que ojos humanos hubieran visto o imaginado jamás.

Y el resultado fue a pedir de boca.

Todo el mundo echó a correr.

Todos aquellos que se habían encariñado con el baldío que rodeaba al castillo, probablemente porque era un sitio idóneo para la fiesta y el trasnocheo, comprendieron enseguida que se había terminado para siempre ese jolgorio. Sin recoger tiendas ni pertenencias, echaron a correr como si los fuera a perseguir una alimaña del infierno, probablemente porque ahí, en las puertas del castillo, se encontraba algo que muy fácilmente habría podido pasar por alimaña del infierno.

Desde mi posición pude ver cómo el monstruo, al notar la reacción que conseguía en los ahí apostados, entraba en personaje. En un tris levantó los brazos en forma horizontal aunque con las manos caídas y desguanzadas, gruñó y comenzó a caminar pesadamente con esos horribles zapatones que nunca se quiso quitar.

—¡Oorrrgghhhrrrhhaaaoooarrr! —gimió.

Pensé que era un poco exagerada la pantomima. *Algo habrá que hacer con esa cosa de los brazos levantados y los dedos apuntando al suelo*, pensé. *Y la cara de idiota que pone*. "Algo habrá que hacer al respecto", me dije, aunque no por mucho tiempo, pues era tan genial el resultado, que me uní a la celebración, por así decirlo.

—¡Auxiliooooo! —grité, a la par de mis colegas, que ya corrían en todas direcciones. En un tris quedó desolado el castillo, lo que me tenía más que encantado. Recuerdo que hasta pensé, mientras corría: *Gracias, mamá*.

Y así, llegué a las calles de Ingolstadt. Cuando di con la taberna donde siempre se embriagaba Igor, llamé a la puerta, a sabiendas de que se encontraba ahí dentro, rendido de borracho. El dueño ya prefería echarle una sábana en los hombros a tener que despertarlo todos los días. Quería yo darle la buena noticia, pero no obtuve resultado a pesar de que incluso pateé varias veces la puerta, así que me senté en la calle, al lado de la entrada, a recapitular sobre lo acontecido. Era tanta mi alegría que no me importó estar en calzones viendo a la gente pasar corriendo y a la policía haciendo sonar su silbato y a los bebés llorar a la distancia.

Mi mente voló al momento en el que Otto traspasó la puerta de su propia casa, mientras yo trataba de leer aquel libro que tomé de su repisa.

Creo que decir que Otto es feo es hacerle un favor. Pero me ahorraré la descripción para no herir susceptibilidades. Sólo digamos que era imposible verlo y no sentir la urgente necesidad de mirar en otra dirección o echarse a llorar chupando un pulgar.

—¡Primo! —dijo con honesta alegría al llegar y prodigarme un abrazo.

No se me ocurrió en ese momento, lo juro, que podría él servir para mis propósitos. No. No en ese momento. En ese preciso segundo lo único que me pasaba por la mente era el deseo de salir de ahí a toda prisa, después de todo no se lo habían comido los lobos y ya había cumplido con mi promesa. Pero en cuanto me soltó, me obligó a sentarme en la mesa con su descomunal fuerza.

—Tienes que comer conmigo, primo. Y no aceptaré un no por respuesta.

—Eh... sólo un minuto, Otto, tengo cosas que hacer. Muchas cosas. De hecho ya voy retrasado.

—¡Casandra! ¡Quítate de ahí! —le gritó a una cabra que husmeaba en la olla humeante—. ¿Cuántas veces te lo tengo que decir?

Igual la cabra no hizo caso, siguió husmeando y Otto la retiró de un empujón para servir sendos platones de sopa. Hasta que no se sentó frente a mí advertí su descomunal tamaño, sus grandes manos, su enorme cabeza. Llevaba ropas que le venían cortas, un saco cuyas mangas apenas le cubrían hasta el antebrazo; y el pantalón, lo mismo. Utilizaba unos zapatones de plataforma alta, como si su enorme tamaño requiriera de algo semejante para aumentar su estatura. Luego me explicaría que los había fabricado así para no necesitar otros hasta el fin de sus días.

—No sabía que tenía un primo. Es maravilloso. ¿Desde dónde vienes a visitarme?

—Desde Ingolstadt.

—En realidad es sólo por hacer conversación. Nunca he ido más lejos que Cola Espinosa de Cabra. Y tengo que avisar cuando voy para que... —en ese momento una de sus cabras le puso las pezuñas sobre el muslo, como haría un perro que desea ser acariciado o alimentado—, ahora no, Petunia, tenemos visitas. ¿Qué te decía?

—¿Cuánto tiempo llevas viviendo aquí, Otto?

—Toda mi vida. En un principio me cuidaba mi amigo Ludwig, un pastor ciego. Luego murió y me quedé con todo. ¿No es estupendo?

—Sí. Estupendo.

No pude evitar imaginar la historia. La madre de Otto, al advertir el aspecto de su hijo recién nacido, prefiere llevarlo lejos, darlo a cuidar a alguien para evitarle sufrimiento. Luego... el pastor muere... luego, la madre muere... luego...

La sopa era la cosa más insípida del mundo.

—¿Quién te enseñó a leer?

—Ludwig.

—¿Tu amigo ciego?

—Oh, sólo le llevó tres años. Yo le describía las letras y él me decía el sonido. Le leí hasta que murió. Era un buen tipo. Sólo me golpeaba en las mañanas y en las noches.

—¿Qué has dicho?

—Y no siempre con una vara. ¡Qué gusto que hayas venido, primo!

—No estoy seguro de que el tal Ludwig fuera un buen tipo.

—Oh, lo era. El pobre quiso venderme tres veces a tres circos diferentes. Nunca lo logró. Pobre.

Ya empezaba a sentirme incómodo. Miré mi reloj. No habían pasado ni diez minutos y mis ganas de salir corriendo no aminoraban.

—¿Y te gusta mucho Shakespeare?

—Muchísimo. ¿Querrías quedarte a la función?

—¿Qué función?

—La que ofrecemos todas las tardes mi familia y yo.

—¿Tu familia...?

Por un momento temí que hiciera pasar a sus hermanos y que él resultara ser el guapo de la familia. En cambio, con un ademán me mostró a las cabras a su alrededor.

—Eh, sí, claro, tu familia.

Me miró con cierto aire de diversión mientras se terminaba la sopa.

—Oh... no creas que soy tan tonto. Ellas sólo actúan, no dicen sus parlamentos. Los diálogos los digo yo.

—Claro.

—¿Te quedarás? No hemos tenido público desde... desde... bueno, nunca hemos tenido público. ¿Te quedarás?

Sentí que sería una crueldad infinita no ser su único público, así que volví a mirar mi reloj y pensé que qué diablos. Luego miré a mi primo y presentí que la noche no estaba lejos de caernos encima, idea que me hizo padecer un agudo escalofrío.

—Eh... como te dije, tengo cosas que hacer, Otto. Tal vez en otra ocasión.

—Oh... bueno, no importa.

Conseguí que la charla se muriera de golpe. Naturalmente, herí sus sentimientos, pero me costaba mucho trabajo sentir piedad por él. La cosa mejoraba un poco cuando no lo miraba. Pero sólo un poco. Me aclaré la garganta y me puse de pie.

—En fin... —dije, balanceándome sobre las plantas de los pies—. Ha sido un placer. Me voy antes de que me sorprenda la noche.

—Está bien, primo. Ojalá te veamos pronto por aquí.

—Sí. Dalo por hecho. Me marcho entonces. No hay lobos por aquí, ¿verdad?

—Sí que los hay. Pero no te preocupes, son inofensivos.

—¿Qué dices? ¿Cómo lo sabes?

—Son unos cobardes. En cuanto me ven, se echan a correr, así que no tienes nada que temer.

De pronto me pareció mala idea irme con el crepúsculo.

—Lo he pensado mejor, primo —volví a la silla—. Tal vez me quede a ver tu función.

—¡Es formidable! ¡No te arrepentirás! ¡Tenemos todo el repertorio! ¿Qué te apetece más? ¿Una comedia? ¿Una tragedia? ¿Una probada de varias obras? Una vez hicimos una función con trozos de varias obras y fue todo un éxito. Bueno... lo habría sido... de haber contado con público.

—Sorpréndeme, primo.

—¡Lo haré! —y se levantó de un salto como si le hubieran dicho que había heredado millones.

—Es una lástima que no haya otra cosa que comer.

—Sí. Es una lástima. Porque no creo que te guste el queso de cabra, ¿verdad?

—¿Bromeas? Es mi favorito.

—¿Qué? Tú eres quien bromea. ¿Esa cosa horrenda?

—Te lo juro, Otto. Es mi favorito.

—¡Pues entonces es el mejor día de nuestras vidas!

Me llevó a una oscura bodeguita que tenía detrás de la casa y donde guardaba el queso que producía, el mismo queso que vendía a un solo comerciante del pueblo (un buen hombre que siempre pedía que lo dejara en la puerta de su casa, de preferencia mientras todos dormían).

Siete grandes rodajas esperaban a ser comercializadas pronto, pero él me cortó un muy generoso pedazo, mismo que llevó hasta el teatrino donde sería la representación. Arrastró una de sus dos sillas de madera al frente del escenario al aire libre, me entregó el pedazo de queso, que tuve que tomar con ambas manos, y me pidió que esperara. Luego, subió a la tarima y, sacando su tremenda cabeza por detrás del cortinado, dijo: "Primera llamada, primera...".

La noche no fue problema, pues encendió cuatro lámparas con sendas velas antes de dar comienzo. Y así, tuve ante mí el espectáculo más extraño que haya visto.

Las cabras se amontonaban en el escenario con él, de pronto balaban y de pronto se echaban y de pronto se peleaban o hacían sus necesidades, pero cada una tenía un gorro que la caracterizaba, ya como lady Macbeth, ya como Laertes, ya como Julio César... y Otto lo único que hacía era declamar todas las partes de memoria, haciendo diferentes voces e imprimiendo todo el histrionismo del que era posible. Fue cuando sostenía el cráneo de Yorick, justamente, cuando me asaltó la idea. En realidad era como si mi presencia ahí obedeciera al verdadero trazo del destino porque, si era completamente honesto, lo más probable es que al volver a Ingolstadt siguiera yo rostizando cadáveres y nunca pudiera continuar con mi sueño de fama científica. Probablemente la verdadera salvación de mi madre viniera de la oportunidad de estar ahí, en ese momento, viendo a mi primo actuar como un chiflado.

—Eh... ya puedes aplaudir, Víctor —dijo mientras yo estaba sumido en mis pensamientos—. Es decir... si en verdad te gustó.

Llevaba un rato inclinado, haciendo una reverencia, aún con el cráneo en la mano. Había llegado al final de su representación y una sola cabra compartía con él el escenario, una que mascaba su propio gorro, caído al suelo.

Me puse en pie y aplaudí rabiosamente, lo que hizo a Otto sonreír de oreja a oreja.

Lo siguiente fue relativamente fácil, pues mi primo tenía una debilidad que posiblemente viniera de familia.

—¿Y tú crees que si te ayudo podría, algún día, umh... llegar a casarme?

—¿Bromeas, Otto? ¡Serás extremadamente popular! ¡Tendrás tantas novias que vas a extrañar esta soledad!

—Oh... con una sola que me quiera me conformo. Y tampoco tiene que ser tan guapa.

Fue durante el desayuno de berros y queso de cabra cuando le hablé de mi plan, que rumié durante toda la noche. Tendría que representar un solo papel, uno solo, pero sería el papel de su vida. Haría las veces de monstruo, pero eso le conquistaría la fama como actor y le abriría un mundo de posibilidades. Sólo había una condición, y tenía que seguirla al pie de la letra.

—¿A qué te refieres con que no puedo descansar nunca?

—Pues justo a eso. Otto... sé que te parecerá descabellado pero... tienes que representar ese papel durante todo el tiempo. Cada día y cada hora y cada segundo. Nunca caerá el telón sino hasta que yo te lo indique, que puede ser después de algunos años. A cambio, te ofrezco que, al terminar tu representación, serás un hombre rico y popular.

—Sí, pero... ¿podré casarme?

—Casarte y divorciarte las veces que quieras.

—Oh, con una vez me conformo. Casarme, digo. No planeo divorciarme. Es decir, si ella me quiere. Y tampoco tiene que ser tan guapa.

—¡Pero es extremadamente importante que nunca abandones el papel más difícil e importante de tu vida!

—También puedo hacer a Hamlet, que es mi favorito.

Se distrajo con una hormiga que encontró en el borde de la mesa y que hizo subir al dorso de su mano para depositarla con cuidado en el suelo.

—¡Escúchame, Otto! ¡Tengo que saber si estás dispuesto, porque de no ser así buscaré a alguien más! —mentí—. Es algo fácil, hasta cierto punto. Sólo tienes que gruñir y actuar como si quisieras que todos te temieran, aunque no habrá proscenio como tal. El mundo entero será tu escenario.

—No será fácil. Yo siempre intento ser amable. Aunque es verdad que la gente de los alrededores no suelen ser muy sociables conmigo.

—¿Me escuchas? Fama y fortuna, Otto. Fama y fortuna. Y una novia, o dos. ¿Qué dices? ¿Estás dentro?

Mis ojos chispeaban. Creo que hasta salivé un poco, y no por el queso de cabra que, dicho sea de paso, estaba buenísimo. Otto me miró y yo, haciendo de tripas corazón, le sostuve la mirada, cosa que no resultaba nada fácil.

Al final, aceptó. Y el resto fue bastante sencillo. Lo convencí de que ocultara su rostro durante nuestro viaje porque no convenía a nuestro experimento (al que llamé "Teatro sin paredes") que conocieran su identidad de antemano. El gigantesco hombre habló con su familia, es decir, con cada una de las cabras antes de que saliéramos de su casa como si se tratara de personas. A Casandra le encargó que dejara de correr chismes de las otras. A Lulú, que no llorara en su ausencia. Y a Simón que se encargara de todo hasta su regreso. Yo me convencí de que, de no ser por ese detalle demencial, mi primo Otto era una persona tan sensata que dolía hacerle una trastada como ésa. Pero estaba en juego mi nombre, mi reputación y mi propia felicidad futura, así que decidí no darle demasiadas vueltas en mi cabeza porque, además, resultaba tremendamente conveniente este trato para el éxito de mi empresa. Por ejemplo, me di cuenta de que, por los años que vivió en esa pendiente, se veía obligado a caminar con las piernas engarrotadas al estar en terreno llano, lo cual era como la cereza en el pastel de su representación.

Viajamos de regreso a "Cola Espinosa de Cabra", luego hasta Zermatt y, finalmente, por los caminos que habían de llevarnos hasta Ingolstadt; él, todo el tiempo embozado, yo convenciendo a las personas de que mi enorme acompañante era tan sensible a la luz del sol que con esa medida evitábamos un horrible sarpullido.

Y llegamos durante la noche de un martes. Entramos al castillo en silencio y nos fuimos a la cama enseguida. El resto ya lo saben. Hubo tormenta durante la noche y, cuando desperté por culpa de un trueno, olvidé por completo la presencia de Otto, lo que al final fue muy afortunado pues concedió mayor verosimilitud a mi escapada.

Ahí, sentado al lado de la puerta de la taberna, cuando despuntó el alba, fue que traje a mi mente las líneas que, de acuerdo a mi trazo destinal, correspondían en la línea de tiempo. Yo tenía que volver al castillo por la mañana. Mi gran amigo Henry Clerval debía aparecer de nueva cuenta en mi vida. El monstruo seguiría por su lado. Pan comido. Me sentía optimista, pues era muy posible que la trama de mi novela se corrigiera a partir de entonces.

Nada más lejos de la realidad.

Pero entonces era imposible que yo lo supiera. Cuando volví a las inmediaciones del castillo, la única alma que se veía por ahí era nada menos que...

—¡Mi gran amigo de toda la vida, Henry Clerval! ¡Qué gusto verte por aquí!

Henry observaba con detenimiento el castillo con las manos en los bolsillos de su saco de caballerito. Se había dejado las patillas y ahora usaba bigotito y espejuelos. Pero era él. Y eso confirmaba que mi "Trazo del destino" volvía a su rumbo. Me sentí de pronto lleno de vida y entusiasmo. Creo que hasta salté y golpeé los talones de mis pies en el aire.

—Oí que enloqueciste, Frankenstein. Supongo que esto lo comprueba.

—Déjame darte un abrazo, viejo amigo.

—La verdad, me incomoda abrazar a un hombre semidesnudo, Frankenstein, espero no te ofendas.

—Oh, no importa... ¿por qué no pasas un momento? Tengo panqueques. Y queso de cabra. Y un montón de cosas que contarte.

—¿En verdad vives en ese castillo?

—No es la gran cosa.

—Pero seguro tiene un espectro o dos en el interior, ¿no es así?

No tardé en recordar la verdadera obsesión de mi entrañable amigo. Y aunque pensé que sería maravilloso que nuestra amistad se fortaleciera más gracias a mis recientes "experimentos", igualmente recordé que mi papel en la obra de mi vida tenía que adquirir otro cariz. Yo debía ser un personaje trágico. Así que di un viraje a mi comportamiento.

—No, Henry, querido amigo... de hecho, algo peor. ¡Mucho peor!

Los ojos de mi amigo se llenaron de lucecitas. Seguro se veía siendo admitido por la Real Sociedad Universal del Estudio de Fenómenos Extraordinarios con ovación de pie. Caminamos en dirección al gran portón del castillo. Para entonces ya no se veía ni una sola alma en los alrededores. Mi "criatura" había conseguido ese milagro.

—Por eso he venido en realidad —exclamó Henry con entusiasmo—. El rumor de que estás metido en un experimento muy gordo llegó hasta Ginebra. ¿De qué se trata exactamente, Frankenstein?

—¡Oh, Henry! ¿Podemos hablar luego de eso? Ha sido en verdad terrible. Espantoso. ¡Ojalá nunca hubiera iniciado esa investigación!

Me sentí orgulloso de mi propia representación. Entre Otto y yo haríamos que el "Teatro sin paredes" se extendiera al mundo. Y la noche consumiría al día en una bruma de terror absoluto. Incluso pensé que tenía que trabajar más en frases de ese tipo. Henry me miró con recelo. Ya habíamos llegado a la puerta.

—Debes aguardar aquí, Henry, unos minutos. Sólo en lo que me cercioro de que no corres peligro.

—¿Tanto así? —dijo con genuino nerviosismo.

—Jamás me lo perdonaría, querido amigo. Si algo me ocurre, no importa. ¡Será el justo precio a pagar por mis pecados! Pero a ti…

Dicho esto, entré al castillo y azoté la puerta, dejando a Henry del otro lado. Me sentía exultante. Y estaba prácticamente seguro de que todo iría a pedir de boca a partir de ese momento, aunque era una precaución necesaria el asegurarme de que Otto se hallaba ya lejos, como indicaba el guion, convertido en una criatura salvaje.

Caminé por el primer pasillo, hasta el sitio en el que estaba la cocina. La luz de la mañana entraba por las ventanas consiguiendo un efecto maravillosamente místico. Incluso comencé a silbar. Nada en la cocina. Nada. Ni nadie tampoco. Fui a la sala de armas. Nada ni nadie (y quiero aclarar que "nada" no sólo es una figura retórica aquí… en verdad ya casi no teníamos nada, pues habíamos tenido que ir empeñando todo, poco a poco). Luego, a la bodega. Nadie, nada. El salón principal. Nada. Me asomé al tiro de la chimenea. Nadie, nadie, nadie. Silbé como jilguero. Finalmente fui a la biblioteca…

El silbido se me atragantó.

—¡¡¡¿¿¿SE PUEDE SABER QUÉ DEMONIOS ESTÁS HACIENDO???!!!

Fue como gritar con una almohada puesta en la cara, pues no podía permitir que mi enojo atravesara las paredes del castillo.

Otto mordía la planta de una maceta mientras leía de un libro gordo, sentado en uno de los pocos sillones que no habíamos logrado empeñar.

—¡Primo! ¿Por qué no me dijiste que tenías una biblioteca de este tamaño? Es casi como el paraíso.

Aún portaba el traje negro que le conseguí y que le venía chico y los zapatones y el pelo embarrado y escurrido, así como las marcas de costura que le hice con pintura indeleble en las muñecas y un poco de sangre falsa bajando por la frente... pero el personaje que debía representar, olvidado en algún rincón de su mente.

—¡OTTO! ¡No puedes hacer eso!

Al instante depositó la maceta en el suelo.

—Oh, disculpa, Víctor... es por tanto haber vivido en el campo. Se aficiona uno a comer todo tipo de vegetales.

—No eso, primo. ¡No eso! —le quité el libro y lo regresé al librero—. ¿Recuerdas lo que charlamos en tu casa? ¿Aquello de que SIEMPRE tienes que representar el papel que te toca?

—Bueno... sí, pero justo ahora nadie está viendo, por eso pensé que...

—¡De eso se trata justamente, Otto! ¡De que no pienses! —lo tomé por las solapas del traje y lo obligué a mirarme pese a que sentí que mi cerebro ordenaba a mis piernas echar a correr y a mis esfínteres soltar el cuerpo—. Todo el tiempo significa TODO EL TIEMPO. Mañana, tarde, noche. ¡No importa si hay alguien viendo o no! ¡Se supone que eres una criatura recién traída a la vida! Tendrías que haber huido al bosque y haberte refugiado ahí.

—Oh... —dijo con auténtico pesar.

Se hizo un silencio un tanto incómodo. Al cabo de un minuto o algo así, sólo agregó:

—¿Puedo llevarme un libro?

—No sé, Otto... —resolví, al borde de mis casillas—, ¿puedes llevarte un libro? ¿Acaso una criatura que desconoce nuestro lenguaje y nuestros signos se llevaría un libro consigo al bosque?

Torció la boca.

—De acuerdo.

Se levantó y, después de un suspiro, dijo:

—Entonces... años, ¿verdad?

—Tal vez meses. No sabemos. Te lo haré saber.

Otro silencio incómodo.

—Fama, fortuna... —suspiró más largamente— y una novia, o dos.

—Por lo menos.

—En realidad estaba bromeando. Con una novia basta. Mientras me quiera, claro. Y tampoco tiene que ser tan guapa.

Una vez que hubo dejado pasar unos cuantos segundos, me miró como sólo lo haría una criatura de ojos amarillos, aliento pestilente y el más arraigado instinto de causar daño.

Rugió como una fiera.

Y yo, naturalmente, perdí el control de mis esfínteres.

Se arrojó contra una ventana, destrozándola y perdiéndose detrás del castillo en dirección al bosque, justo como haría el más demoniaco de los engendros.

Capítulo 8

Siguen dos meses de fiebres y delirios a los que Víctor sobrevive sólo gracias a los cuidados de su gran amigo Henry Clerval. Un día recibe una carta de Elizabeth que le hace desear volver a Ginebra, pero no quiere hacerlo todavía, hasta no estar recuperado completamente. En la carta, Elizabeth le habla de Justine Moritz, la muchachita que acogieron hace tiempo en su casa y que es adorable; igualmente habla de William, que es un niño encantador.

Caí víctima de las más espantosas fiebres. La visión de la terrorífica criatura me asediaba día y noche. Sabía que andaba suelta por el mundo y que yo era responsable de ello. De no ser por mi gran amigo, Henry Clerval, quien se quedó conmigo en el castillo, no sé qué habría sido de mí, seguramente habría terminado muerto o loco.

—Ya deja eso, Frankenstein. ¡Tú no tienes absolutamente nada! Y sólo estás retrasando nuestra búsqueda.

He de confesar que, por ser fiel a mi guion, me abandoné a la más desesperada convalecencia en cuanto el monstruo abandonó el castillo (claro que antes cambié mis calzoncillos mojados por unos secos y fui a la puerta principal por mi amigo Clerval, quien no puso reparo en hospedarse conmigo). Después de una opípara cena de panqueques y queso de cabra, aduje que me sentía terriblemente mal y fui a mi cama (cuyas patas, misteriosamente, estaban rotas, por cierto) para lanzarme de cara contra la almohada. Según mi libreto destinal, debía permanecer al menos dos meses con delirios y malestares, por lo que valía la pena empezar de inmediato. Lamentablemente, Clerval no me dejó estar ni dos días.

—¡No sabes lo que dices, Henry! —gruñí poniendo los ojos en blanco—. La culpa de haber puesto en el mundo al demonio más espantoso me está acabando. Creo que moriré de pesar. La fiebre me postrará hasta que vea mi fin.

—¡Tonterías! —respondió, sentándose a mi lado—. ¡Tú no tienes más fiebre que yo mismo! Levántate y comencemos la búsqueda.

—¿En verdad quieres que vayamos en pos de ese engendro de Satán?

—¡Claro! ¡Si sólo a eso vine! —exclamó con entusiasmo—. Los rumores decían que estabas por crear una criatura compuesta por pedazos de cadáveres, que la harías cobrar vida y la enseñarías a tocar el contrabajo. En un principio, para serte sincero, no lo creí. Pero los rumores se hacían cada vez más y más fuertes, así que decidí venir a comprobarlo. ¿No te das cuenta, Frankenstein? Tú bebé es mi boleto de entrada a la Real Sociedad Universal del Estudio de Fenómenos Extraordinarios.

—Eh… preferiría que no lo llamaras mi "bebé".

Volvió a mostrar esa luz en la mirada que no aparecía sino cuando hablaba de duendes, unicornios y demás tonterías.

—Estuve preguntando en el pueblo. Los que lo vieron dicen que jamás habían visto algo más horrible en su vida. Sólo un individuo dudó al compararlo con un tío suyo que vivió hasta los ciento veintisiete años y que jamás se cortó el cabello, pero todos los demás coincidieron en que, si Lucifer tuviera un hijo, sería como tu bebé, aunque con cuernos.

—La verdad, Henry, preferiría que…

—Iría yo solo, claro, pero no creo que pueda convencerlo de que me acompañe a Londres. ¡Tú tienes que ir conmigo para hablar con él, al fin es tuyo, tú lo acunaste en tus brazos!

Eso me hizo decidirme. Si ya había estado dos años buscando el éxito de mi experimento, empeñado en una necedad que bien me habría podido llevar décadas, claro que podía convalecer por dos meses, por mucho que le pesara a Clerval.

—No importa lo que creas, Henry. Me siento fatal. Estoy agonizando.

Inició una discusión que, lamento admitirlo, creció progresivamente. Clerval dio vuelta al colchón varias veces, mismas que yo revertí. Cuando, después de tan acalorado coloquio, terminamos en el suelo agarrados fuertemente de nuestras cabelleras, la cordura se impuso al fin.

—¡Suelta, Frankenstein!

—¡Suelta tú primero, Clerval!

—¡No, si antes no sueltas tú!

—¡A la cuenta de tres!

—Bien. ¡Una...!

Sentados y serenos, aunque despeinados... yo en la cama, en bata para dormir y él en la única silla de la habitación, vestido como había llegado, en su disfraz perfecto de lord inglés, pudimos al fin llegar a un acuerdo. Extrajo una libretita que yo conocía bastante bien y la abrió en una sección que tenía por título: "Favores a V.F.".

—En fin... —soltó Henry—, ¿cuánto tiempo crees que te lleve lidiar con esta "horrible" culpa?

—No hay necesidad de entrecomillar. Es horrible en verdad.

—Como quieras. ¿Cuánto?

—Un par de meses.

—¡Habrase visto!

Y, diciendo esto, después de hacer un apunte, salió de mi habitación.

—¡Tal vez menos si me haces una sopa de pollo al día! —grité, aunque no esperaba una respuesta.

Fue durante la tarde de ese mismo día que operó un nuevo cambio en nuestra rutina (sé que exagero al llamarla así, si apenas llevábamos tres días juntos Henry y yo, pero siempre fui partidario de las licencias poéticas). Tiritaba debajo de las sábanas y luchaba contra las visiones que me acometían en la soledad de mi cuarto cuando una presencia entró sin anunciarse:

—¿Es cierto lo que dicen, Víctor?

En mi campo visual apareció un hombre calvo, chimuelo y con un solo ojo lleno de estrías sanguinolentas (el otro ojo, el de vidrio, lo había perdido al póker.)

—¡No me atormenten, sombras del inframundo! —supliqué girándome en la cama.

—¿Qué demonios te pasa? ¡Habla conmigo! ¿Es cierto lo que dicen? ¿Que al fin tuvimos éxito?

—Oh, eres tú, Igor... —solté aprovechando para sentarme. Estaba un poco cansado de tiritar sin tener escalofrío.

—¿Tuvimos éxito?

—Bueno... eso de que "tuvimos"...

—Oye, no vas a escamotearme el crédito, ¿o sí? Número uno, el castillo es mío. Número dos, el laboratorio es mío. Número tres, esta habitación es mía. ¡Y número cuatro, la cama donde te haces el agónico, adivina, también es mía!

Me puse de pie y fui a la silla, donde Clerval había dejado algunos bocadillos y hasta un poco de té en la mesita aledaña. A todo le hinqué el diente con fruición.

—De acuerdo. Tuvimos éxito, Igor. Tuvimos.

—¡Es increíble! ¿Qué fue lo que funcionó al final?

—No lo sé de cierto —me encogí de hombros y decidí mantener la mentira—. Una de las descargas eléctricas tuvo la intensidad exacta, supongo. Ni demasiado baja ni demasiado alta.

—¡Genial! Aunque es cierto que tal vez se nos haya ido un poco la mano... dicen los que lo vieron que tendrán que dormir con las luces encendidas por un buen rato. Pero la verdad es cosa menor si pensamos en lo que esto significa para la ciencia moderna.

—Supongo. Y por cierto... ¿Ya no estás emborrachándote?

—¿Y perderme toda la humillación que puedo ejercer sobre los otros profesores de la Universidad? ¡Nunca!

Terminado este coloquio, salió de mi habitación.

Pensé por un momento si no valdría la pena ponerme de pie y dejar esa tontería de la convalecencia en paz y apresurar los siguientes acontecimientos hasta la llegada de la carta de mi prima Elizabeth, como indicaba mi guion destinal... pero Clerval tuvo la culpa de que terminara por arrepentirme. Entró con un plato con jamón, queso, panecillos y una copa de vino tibio.

—¿Al fin vas a dejar esa tonta pantomima del enfermo terminal, Frankenstein?

—Oh... ¿qué es esa voz que oigo? —dije echándome de vuelta a la cama, entornando los ojos—. Me parece familiar, pero aquí, desde el oscuro pozo del remordimiento, no puedo distinguirla bien... ¡oh, quien quiera que seas!... ¡ten piedad de mí y ruega por mi alma!

—Fue lo que pensé.

Depositó la comida en la mesita y volvió a salir.

Comenzó, ahora sí, una pequeña rutina entre los tres habitantes del castillo, donde yo convalecía y me aficionaba a novelitas rosas como las que leía la nana de la casa Frankenstein, Henry me llevaba de comer y Waldman peroraba en contra de sus colegas, pues a falta de evidencia a la mano, incluso los que habían visto a la criatura abandonar el castillo dudaban ya de la veracidad del evento. De hecho, la vida para los ciudadanos de Ingolstadt volvió bastante pronto a la normalidad; el "gran acontecimiento científico de todos los tiempos", a los pocos días, ya no era sino una "chapuza muy bien trabajada".

Así que ahora tenía sobre mis huesos a Igor y a Henry.

—¡Tienes que ponerte bien, Frankenstein! —me urgía uno—. Si no damos con la criatura jamás recuperaremos el prestigio en la Universidad.

—¡¿Podrías levantarte siquiera para ir al baño?! —me urgía el otro—. Estar tirando todos los días tus deposiciones es la peor de las penitencias.

—Les juro, queridos amigos... que nada me haría más feliz que sentirme bien ya, pero... pero... —y volvía a mis desmayos.

Fue curioso cómo la gente de Ingolstadt perdió el interés en el proyecto una vez que éste obtuvo buenos resultados. Comprendí que en realidad se mantenían al pendiente por la morbosidad de una buena catástrofe con explosión y fuegos artificiales o por el pretexto de poder reunirse al aire libre a tomar vino y cantar canciones soeces. El castillo volvió a ser ese monumento triste y solitario que siempre había sido y al que nadie en verdad ponía atención.

En esos días Henry se dedicó a intentar capturar fantasmas. Invocaba espíritus con una tabla llena de letras y números que sólo le sirvió para suscitar las burlas de Igor, pues nunca ningún fantasma le dirigió la palabra, por así decirlo. Igor, por su parte, hacía esporádicas incursiones al bosque, sin éxito. Lo único memorable de esa breve temporada fue una vez que unos paseantes en diligencia sufrieron un desperfecto y pidieron asilo en el castillo. Era una noche de tormenta, como últimamente teníamos muchas, e Igor fue quien les abrió la puerta: un muchacho y una muchacha, jóvenes y guapos, que pedían pasar la noche con nosotros pues no podrían solicitar ayuda por correspondencia sino hasta que saliera el sol. Igor los hizo pasar y, puesto que no teníamos camas disponibles, les ofreció la plancha en la que habíamos dado vida a nuestra criatura. A media noche se acercó mi profesor a echarles una manta encima, pues el frío arreciaba. Sólo Dios sabe qué estaría soñando la joven pareja pues, en cuanto vieron a Igor aproximarse, en un tris ya estaban del otro lado de la puerta del castillo y no se detuvieron hasta llegar a Ingolstadt. Luego nos enteramos que corrieron el chisme de que Waldman y yo habíamos intentado extirparles el cerebro.

Fuera de eso, no ocurrió nada.

Hasta aquel día en que Henry entró con la bandeja de mi desayuno. Aún no pasaban ni quince días de mi obligado reposo y, cuando menos, debía yo estar dos meses en la misma postura (aunque, claro, renovando constantemente las novelitas rosas que iba desechando como si fuesen panecillos).

—Frankenstein… necesitas ponerte en pie. Ahora.

—¡Oh, Henry, mi gran amigo! —me lamenté—. Te lo juro que lo haría… pero estoy tan débil… y tan cansado… y tan atormentado por los demonios de…

—… de la culpa y la fatalidad, sí ya lo sé, lo has dicho un millón de veces. Bueno. Le diré entonces que no te moleste.

—¿A quién?

—A Elizabeth. Vino a verte.

—¿Por qué no lo dijiste antes? —resolví al levantarme como de rayo e intentar entrar en mis pantalones. Había engordado un poco, lo que me preocupó bastante—. ¿Dónde está?

—En el piso inferior.

—¿Viene sola?

—¿No estabas muriéndote hace apenas dos segundos?

—¡No te quedes ahí parado! ¡Ve a ofrecerle un poco de vino!

—Son las nueve de la mañana, Frankenstein.

—¡HENRY!

—Oh, está bien.

Tardé quince minutos en bajar porque no sólo tenía que vestirme, también tenía que quitarme esas barbas de menesteroso y llenarme de perfume, pues llevaba quince días sin tocar el agua. Cuando al fin bajé y la vi desde el pie de las escaleras, todo aquello por lo que había estado luchando en esos años cobró sentido. Seguía siendo la mujer más hermosa del mundo, ahí de pie con aquel vestido de dama de alta sociedad que le sentaba tan bien, incluso portaba una sombrilla y un tocado que resaltaba sus maravillosos ojos color púrpura. Un sueño. Y venía a verme a mí. Recordé que en el trazo del destino estaba estipulado que nos casaríamos algún día, aunque en trágicas circunstancias. Y tuve la osada ocurrencia de oponerme a ello; de repente decidí que si nos casábamos algún día, como tenía que ocurrir, me encargaría de que el final de mi novela fuera distinto, muy distinto, algo más parecido al "Vivieron felices para siempre" que al "terrible desenlace" con el que culminaban las hojas de papel que llevaba constantemente pegadas al cuerpo.

En el salón principal se encontraba ella, escudriñando el espacio como haría alguien que quiere comprar lo que ve pero está dispuesto a regatear. Ni Henry ni Igor se veían por ningún lado.

—Elizabeth querida... hubieras enviado una carta.

—No, Vincent, era mejor decírtelo en persona —se aproximó a mí pero siguió de largo, ignorando mis manos, que pretendían darle un abrazo.

—Eh... Víctor.

—¿Cómo?

—Víctor, prima. Mi nombre... es Víctor.

—Ah, sí, claro —siguió caminando en torno al sitio que alguna vez ocupó una mesa. Había crecido. En todos los aspectos. Era más madura, más bella y más determinada—. Bueno... te decía que necesito decirte algo en persona, para que quede perfectamente claro.

En ese momento pensé que, en mi ausencia, se habían despertado en ella la añoranza, el cariño, tal vez hasta la pasión. Por un instante estuve seguro de que traería a cuento la promesa que hicimos a mi madre en su lecho de muerte. En ese momento entró Henry, con una botella de brandy casi terminada. Era una pena que hubiésemos empeñado la mesa. Y las sillas. Y las copas.

—Lo siento, Elizabeth... es lo más fuerte que pude encontrarte.

Ella le arrebató la botella y se tomó el traguito directo de ésta. Luego arrojó el vidrio a la chimenea apagada, donde se estrelló. Suspiró y dijo:

—Vengo a pedirte, Vincent...

—Víctor.

—Sí. Vengo a pedirte, Víctor...

Fue un segundo en el que morí de felicidad para ser revivido al instante por una descarga eléctrica muy similar a todas aquellas con las que habíamos rostizado a medio cementerio en días pasados.

—... que DEJES DE DESPRESTIGIAR EL APELLIDO.

Así lo dijo, sin pausa y enfatizando cada sílaba, aunque tratando de mantener la serenidad.

—¿Qué dices, prima?

—¿Sabes el trabajo que me ha costado hacerme de un nombre en el negocio del espectáculo? Y justo cuando estoy segura de que "Frankenstein" es sinónimo del mejor *show* de demostración de fuerza que existe en toda Europa... viene un periodista y me pregunta si estoy emparentada con el científico loco de Ingolstadt que trajo al mundo una criatura monstruosa.

Hizo una pausa como para que yo comprendiera el asunto.

—Eh... —me atreví a decir... —no tenía idea, prima, que...

—¡No tienes por qué darle razones de nada, Frankenstein! —intervino Henry Clerval, acalorado—. ¡Es tu apellido, finalmente! —luego se dirigió a ella—. ¡Te hubieras quedado con Lavenza, maldita lunática!

—No estoy hablando contigo, Henry —gruñó Elizabeth.

—¡Yo mismo te lo dije cuando cambiaste el cartel! —insistió Henry.

—"Lavenza" no tiene el impacto comercial que tiene "Frankenstein", por eso lo cambié —arguyó ella como si estuviera tratando con niños pequeños. Juntó ambas manos, tocándose los dedos únicamente por las puntas. Suspiró de nueva cuenta—. En todo caso... ¿es cierto, Vin... Víctor? ¿Creaste un monstruo?

Sentí un golpe de adrenalina. El solo hecho de que me llamara por mi nombre, no sé...

—Es cierto, Elizabeth. Ahora soy un reconocidísimo hombre de ciencia —traté de poner énfasis a las últimas cuatro palabras.

—O un científico loco —remarcó ella.

—Igual no importa demasiado —dije—. Fue un experimento de una sola vez. La verdad es que estoy arrepentido. El resultado fue espantoso, atroz, una horripilante pesadilla.

Elizabeth volvió a caminar en torno a la inexistente mesa. Me sentí tentado a repetir lo que había dicho, pues no estaba seguro de que, con esa descripción, hubiese alguien en el mundo que se resistiera a preguntar más. Pero ella me ganó la palabra.

—Para serte sincera, Víctor… venía a reclamarte y tal vez a romperte uno o dos huesos para que desistieras de hacerme mala fama, pero ahora que veo que no piensas seguir con tus experimentos…

—Para nada, prima, de hecho, es posible que ahora me dedique al bordado o a la astrología.

—¿Qué tontería dices, Frankenstein? ¿Eres un hombre o un bufón? —reclamó Henry, como si de pronto tomara el lugar de mi padre.

—… y ahora que veo dónde vives, es posible que hasta considere mudarme aquí y probar suerte con mi espectáculo en esta ciudad. El castillo sería una gran publicidad. ¿Qué piensas?

—¿Que qué pienso? —dije con alborozo—. Que tendrás la mejor de las habitaciones.

Henry negó con la cabeza, bufando. Y abandonó el salón.

—Entonces está hecho, me mudaré la semana próxima —sentenció Elizabeth.

Recordé entonces que, según mi plan destinal, en la carta de Elizabeth que debí haber recibido, también hablaba de Justine y de William. Aproveché para preguntarle, sólo por no dejar.

—Me da gusto. Y, por cierto... ¿cómo están William y Justine y todos en casa?

—Pensándolo bien, creo que es mejor si me mudo mañana mismo —fue lo que obtuve por respuesta.

—Genial.

—Quiero ver la que será mi habitación.

—¡Claro!

Igor Waldman, por su parte, quien había llegado en algún momento de la conversación, pero no había sido advertido por nadie, sólo se animó a decir:

—Y yo qué soy, ¿una albóndiga?

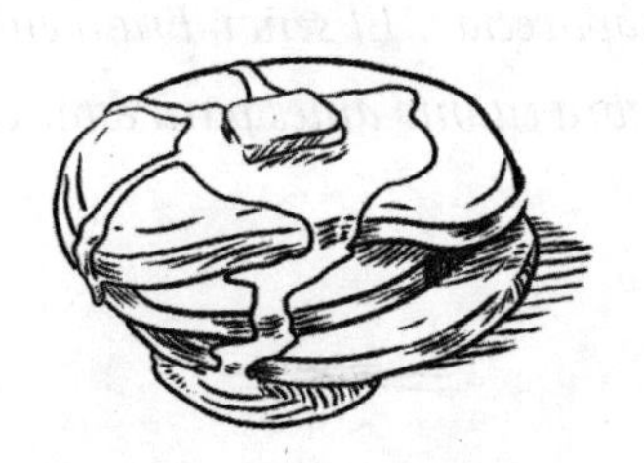

Capítulo 9

Pasan los meses y Víctor, ya casi listo para partir a Ginebra, después de un paseo por Ingolstadt de varios días que le restablece el espíritu, recibe una carta terrible: en ésta, su padre le anuncia que su hermano William ha sido espantosamente asesinado. Le cuenta que, después de un paseo por el campo donde el muchacho se extravió, encontraron su cadáver aún con las marcas de los dedos de aquel que lo estranguló. Le cuenta también que el móvil del crimen parece ser un retrato de su madre que el niño llevaba consigo y que ha desaparecido. El señor Frankenstein pide a Víctor que vuelva a Ginebra cuanto antes para estar con ellos y consolar a Elizabeth.

No sé qué me hizo pensar que Elizabeth se mudaría sola y que, a partir de ese momento, sería cuestión de tiempo el que iniciáramos un noviazgo en forma. Probablemente porque en esa primera entrevista parecía, sin más, mi prima de siempre, sólo que con más belleza y más carácter. Si hubiera estado más al tanto del mundo del espectáculo seguro habría podido prever lo que se avecinaba, pero como llevaba años sin tomar un diario excepto para resolver los crucigramas, era imposible que lo anticipara.

Fue al día siguiente que el castillo se transformó en un circo. Y no estoy hablando de forma metafórica. Elizabeth arribó con toda una compañía que se instaló en los terrenos aledaños, donde antes habían estado apostadas las tiendas de los curiosos. Afortunadamente, sólo ella ocupó una habitación al interior; el resto, al parecer gitanos en su mayoría, no tenían ningún problema en dormir a la intemperie.

En resumen, el espectáculo de "Elizabeth Frankenstein, la mujer más fuerte del mundo" contaba con todo tipo de números escénicos y hasta música y bailes. Elizabeth igual levantaba un caballo que luchaba contra un león, uno real. Y en los intermedios había música y payasos y venta de golosinas. Toda una máquina de hacer dinero. Aparentemente ya habían quedado atrás los días de retar borrachos en las cantinas apostando un billete o dos, ahora la cosa iba en serio.

—He decidido que el espectáculo sea itinerante, de esa forma siempre será novedoso. En cada pueblo de aquí a China hay gente dispuesta a pagar por un poco de sano entretenimiento.

Eso fue lo que dijo en cuanto Igor intentó negociar con ella el precio de la renta, pues no estaba dispuesto a tolerar que una partida de gitanos acampara en su patio delantero, por mucho que fueran empleados de una compañía.

Elizabeth lo tranquilizó asegurándole que sería temporal, que en cuanto la gente dejara de asistir, sería momento de empacar y probar suerte en otro lado.

Así que el lugar se llenó de carromatos y gente extravagante. Y aunque yo ya no tuve tiempo ni ganas de convalecer, tampoco me apetecía mucho hacer algo de provecho; con Elizabeth cerca perdía la noción de todo, ésa es la cruda verdad. Dejaban de importarme mi ruta destinal, mi salud y hasta qué día de la semana era.

—Deja de seguirme a todos lados, Vincent, o te juro que te pondré las piernas de collar.

—Sólo estoy siendo hospitalario, Elizabeth. Y es Víctor. Víc-tor.

—Estoy ocupada. Sé buen chico y ve a dar vida a otro monstruo, anda.

Al principio la procuraba hasta para evitar que le diera el sol de frente, pero gracias a su alto poder de persuasión pronto me di cuenta de que nada lograba convirtiéndome en su sombra. Así que la dejé montar su espectáculo y volví a lo mío, aunque me costó un poco de trabajo definir qué era exactamente "lo mío".

Recuerdo que Henry Clerval estaba tratando de convencer a uno de los enanos de la compañía de Elizabeth para que lo acompañara a Londres (sólo tenía que fingir ser un gnomo irlandés con olla de oro y todo) cuando lo abordé en una de las carpas.

De acuerdo a mi trazo destinal, yo tenía que esperar una carta de mi padre, pero ya no contaba con ello. Después del cambio de planes que suponía que Elizabeth estuviera ahí levantando un trapecio, pensé que lo mejor sería buscar a Otto y utilizarlo para los fines que nos convinieran a todos. Principalmente, a Waldman y a mí para ser unos hombres de ciencia respetados nuevamente.

—Espero que sea importante, Frankenstein. ¡Estaba a punto de convencer a ese sujeto de teñirse la barba y el cabello de rojo!

—Henry, claro que es importante. He decidido que vayamos a buscar a la criatura. Considero que es mi responsabilidad que no ande por ahí como si nada. Es un tipo peligroso. No sabes cuánto.

Henry se encontraba en una banca, así que me senté a su lado.

—¿Y por qué de pronto te importa? ¿Acaso la loca de tu prima al fin te mandó al demonio?

Del otro lado de la carpa se escuchaba cómo practicaban Elizabeth y los enanos un número al que habían denominado "Blanca Nieves contra los siete enanos".

Repentinamente sentí la necesidad de compartir con alguien aquello que, hasta ese momento, había mantenido en secreto: la necesidad imperiosa de ajustarme a un plan trazado previamente por una mano que nos conducía a todos. ¿Y quién mejor para compartir un secreto de tal índole que mi mejor amigo en el mundo? Saqué del bolsillo de mi pantalón estas mismas hojas y se las mostré.

—Para serte sincero, Henry... todo tiene que ver con esto.

—¿"El trazo del destino"? —leyó—. ¿Ahora te dio por la poesía?

—No es un poema. Es... justo lo que dice ahí. El trazo de mi plan de vida.

—¿Hiciste un plan de vida? Nunca te creí un aventurero, Frankenstein, pero esto es demasiado.

—No me entiendes... —insistí mirándolo a los ojos—. En esas hojas está el trazo completo de mi paso por la Tierra, desde que nací hasta cierto capítulo que me lleva a un "terrible desenlace". Y no he sido yo quien lo plasmó.

—Es tu letra —dijo con cierta irritación.

—Eh... sí, claro. A lo que me refiero es que yo lo escribí pero no fue mi idea. Me fue dictado.

Vi que sus ojos se avisparon. Finalmente, a él le fascinaban todas las cosas que tuvieran que ver con lo inexplicable.

Y eso era, en efecto, inexplicable.

—¿Quién te lo dictó?

—No lo sé.

—¿Cómo que no lo sabes?

—No lo sé. De hecho... no es que me fuera dictado-dictado. En realidad...

—¿Qué estás tratando de decirme exactamente, Frankenstein?

Suspiré. Era así de difícil de explicar porque era, en efecto, inexplicable.

—Mira —tomé aire—, se supone que ahí está, al pie de la letra, todo lo que tiene que ocurrir en mi vida. Por ejemplo, está plasmado el momento en el que tú llegas a Ingolstadt y das conmigo, justamente después de que yo creé a la criatura.

Tomé las hojas y le mostré. Él leyó en voz alta.

—"Le siguen dos meses de fiebres y delirios a los que sobrevive sólo gracias a los cuidados de su gran amigo Henry Clerval." Sí, cómo no. Apenas fueron quince días.

—Bueno... no todo es TAN al pie de la letra —intenté justificar.

—"Un día recibe una carta de Elizabeth que le hace desear volver a Ginebra, pero no quiere hacerlo...", aquí debería decir: "Un día recibe la visita de la loca de Elizabeth quien toma por asalto su casa con un montón de payasos".

Dicho esto, se puso de pie.

—Creo que ya perdiste la cabeza.

—No. Espera. Lee lo siguiente, donde dice que...

—Ah, por cierto, llegó carta de tu padre. Ten.

Me entregó un sobre y salió de la carpa, dejándome ahí, a solas. Fue muy desafortunado, claro, porque justo la línea que quería que leyera decía: "Pasan los meses y Víctor, ya casi listo para partir a Ginebra, después de un paseo por Ingolstadt de varios días que le restablece el espíritu, recibe una carta terrible: en ésta, su padre le anuncia que su hermano William ha sido espantosamente asesinado".

Claro, Henry hubiese argumentado que "no habían pasado meses y tampoco había ocurrido ningún paseo por Ingolstadt de varios días". La ironía estaba en que, al llegar a esa parte de la carta, yo pensaba decirle: "Henry, como verás, no ha llegado carta alguna, por eso he decidido que iniciemos la búsqueda de la criatura".

Pero en vez de ello...

Ahí estaba. En mis manos.

La carta de mi padre.

Que, con toda seguridad, incluía terribles noticias. La suerte de William, seguro, "espantosamente asesinado". Padecí un vuelco al corazón. Por mucho que anteriormente no hubiesen concordado con exactitud los designios de mi destino con lo que había estado viviendo, la justa llegada de esa carta me hacía suponer que, al menos en esto, no podía equivocarse. Me sentí terriblemente mal por William. Siempre uno lamenta la pérdida de un niño, aunque éste sea un delincuente con ficha criminal en varios países.

Estuve un rato sosteniendo la carta con manos trémulas y llegué a una determinación. Ahí se revelaban asuntos que nos competían a todos, así que haría una junta para abrirla y leerla. Quería que, al recibir la noticia, a todos nos golpearan las malas noticias con el mismo ímpetu.

En cuanto salí de la carpa anuncié a Elizabeth, quien en ese momento sostenía por encima de su cabeza a cuatro enanos listos para ser arrojados a una red, que por la noche debíamos reunirnos en el salón principal del castillo, pues habían ocurrido muy graves sucesos y teníamos que tomar una decisión como familia. A regañadientes, aceptó. Lo mismo que Henry. Igor sólo soltó una flatulencia cuando le notifiqué.

Y así, a las nueve de la noche, a la mesa grande del salón, que ya habíamos rescatado del empeño, ante un par de velas encendidas, nos reunimos. Elizabeth, quien había tenido un día ajetreado y, no obstante, no perdía un ápice de su belleza; Henry, quien se presentó en pijama y pantuflas; Igor, con la mirada un poco extraviada, pues había vuelto a la bebida; y yo.

—¿A qué viene todo esto, Héctor? —soltó Elizabeth, tamborileando sus dedos sobre la superficie de la mesa; vestía un atuendo con alas y cuernos—. ¿Qué es tan grave y tan urgente? Dilo ya porque tengo que practicar mi acto con una boa.

Henry e Igor se limitaron a mirarme con pereza.

—Esto. Esto es lo que ocurrió —mostré la carta.

Un silencio espeso se apoderó de la habitación.

—Una carta —dijo Elizabeth utilizando el mismo tono que habría usado para decir: Ustedes sosténganlo de los brazos mientras yo lo golpeo.

—Espera —anticipé—. No es cualquier carta.

—Es una carta de tu padre… y además ni la has abierto —intervino Henry—. ¿Por qué tanto misterio?

—Después no digan que no les advertí —sentencié.

Y rasgué el papel del sobre con un cuchillo. Extraje el único folio y leí en voz alta.

—"Víctor, dos puntos, he pensado un millón de formas diferentes para decir esto de la mejor manera, pero creo que sólo una es la correcta."

Levanté la mirada para advertir la reacción. Nada. Seguí leyendo, aunque ya no con el mismo entusiasmo.

—"¡¡¡DEJA DE DESPRESTIGIAR EL APELLIDO!!!!"

Era lo que decía. Con signos de admiración y todo.

—"Tú y la loca esa de Elizabeth están por llevarme a la ruina. Entre los dos han logrado que la gente sospeche de mí cuando me toca presidir un juicio. ¡Y eso está haciendo que MERMEN MIS INGRESOS! ¡Si es que es cierto que estás creando criaturas monstruosas... DEJA DE HACERLO! ¡Y si ves a la demente de tu prima dile que TAMBIÉN PARE DE JUNTARSE CON GITANOS Y LUCHAR CON BESTIAS SALVAJES! ¡NO ES BUENO PARA EL APELLIDO! ¿Por qué no hacen algo sano y decente? Tú podrías ser zapatero y tu prima, no sé, camarera. En fin. Como sea. Les ordeno que detengan lo que están haciendo. Ya. En este momento."

En cuanto terminé de leer, volví a levantar la mirada. No habían cambiado en lo absoluto los gestos de los tres que me acompañaban. La misma pereza en todos, aunque Igor ya roncaba sobre la tabla.

—¿Y? —fue todo lo que dijo Elizabeth.

—Eh...

—Nada que no haya oído yo misma de labios del viejo. ¿Qué es lo que era tan grave?

Miré la hoja de papel por ambos lados. Nada. Ni siquiera la había firmado mi padre. Comencé a balbucear.

—Eh...

—¿Podrías dejar de balbucear?

—Eh...

—Maldita sea.

—Es que...

—¿Es que qué?

—Es que… se suponía que debía anunciar la muerte de William.

Elizabeth y Henry me miraron como si estuviera loco y, además, no fuera muy aconsejable tenerme libre por ahí sin una camisa de fuerza.

—Es que… les juro que… que…

Elizabeth se puso de pie, negando con la cabeza.

—Haremos como si no hubiésemos escuchado eso que dijiste que hasta a mí, que nunca les tuve aprecio a tus hermanos, me pareció de muy mal gusto.

Salió del salón y luego del castillo. Henry se retiró a su habitación y yo… yo estuve a punto de quemar en la llama de una de las velas estas hojas del "Trazo del destino" y correr a tatuarme una serpiente encima de la leyenda que plasmaba mi antebrazo. La única razón por la que no lo hice fue que aún en mi interior destellaba, aunque fuese mínimamente, la chispa de la esperanza de algún día ver mi nombre al lado de los grandes nombres de la Historia. (De acuerdo, también había un niño con una máscara verde en mi ambicioso futuro, pero nunca me pareció mal en realidad.)

Mentiría si no dijese que me deprimí un poco.

Pero ya me estaba acostumbrando a que las cosas no salieran como debían, así que, en vez de arrojarme de cabeza en la cama a convalecer de nueva cuenta, pensé en lo que tendría que hacer para llevar las cosas a buen puerto. Para mi enorme fortuna, ni siquiera tuve que llevar a cabo ningún plan. Esa misma noche me fui a dormir y, aunque ya había decidido que era menester que mi gran amigo Henry Clerval y yo fuésemos en pos de la criatura, fue a la mañana siguiente que todo se resolvió por sí solo.

Recuerdo que bajé a almorzar y me encontré a la mesa a uno de los saltimbanquis que compartían escenario con Elizabeth, un hombre rechoncho que daba cuenta de una sartén entera de huevos con salchicha. Elizabeth lo había enviado a que aumentara cinco kilos más para el acto donde ella lo sostenía con las piernas, echada de espaldas sobre un camastro y lo hacía girar a toda velocidad.

—Buenas —dije sin aplomo.

—Buenas —contestó el hombre, quien en ese momento leía la carta de mi padre, a falta de mayor entretenimiento.

—¿Puedo? —pregunté, al tomar una rodaja de pan y servirme un poco del sartén.

—Adelante.

Comimos en silencio por un par de minutos.

—¿Es cierto que usted crea criaturas monstruosas? —preguntó con cierto interés.

—Quién lo diría, ¿eh?

Otros dos minutos. El gordo soltó un eructo, se disculpó y siguió comiendo. Luego, sin más, añadió:

—Cada quien hace lo que puede, ¿no es cierto? Usted y su laboratorio. Nosotros y nuestro circo…

—Al menos ustedes tienen el negocio andando. Yo, en cambio, para serle sincero, sólo creé un monstruo y se me escapó en un descuido. No se puede decir que "me dedique" a eso, ¿verdad?

—Nada de negocio andando —respondió haciendo una mueca—. Es una catástrofe financiera… pero la señorita Elizabeth está segura de que algún día nos irá bien. Y por eso se empeña tanto.

—Sí, ya había oído algunos rumores de que tenían problemillas de dinero.

—¿Problemillas? La palabra que usé, querido amigo, es "catástrofe". Casi todos se largarían a buscar un mejor empleo si no estuvieran enamorados de ella.

—¿Usted también?

—Qué se le va a hacer, ¿eh?

Mi mente comenzó a dar vueltas. Mi prima, esa mujer admirable y resuelta, no las tenía todas consigo. Aún podría yo ser su héroe… al menos su héroe financiero si conseguía alguna forma de invertir en su espectáculo. Lamentablemente mi caudal monetario era tan ridículo que ni siquiera podía imaginarme llegar a su corazón por ese medio. Entonces ocurrió el verdadero guiño del destino, mi destino.

—¿Quién es William? —dijo el gordo.

—¿Cómo?

—Que quién es William.

—¿Por qué pregunta?

—Pues porque es una pena que haya muerto.

En ese momento entró por la puerta Elizabeth, deslumbrante y dolorosamente hermosa.

—¡Vamos, Volanski! ¡Tenemos un número que ensayar!

Al mismo tiempo bajó Henry Clerval, quitándose las legañas, en una coreografía casi perfecta donde el obeso me mostraba el sobre en el que venía la carta de mi padre. En una orilla del interior, garabateado a la carrera, mostraba con letra minúscula: "Posdata: William murió". Y un poco más abajo: "¡BUSCA OFICIO DE ZAPATERO!". Era evidente que mi padre ya no quiso ni desdoblar la carta para añadir eso; lo escribió sobre la pestaña del sobre y lo cerró a toda prisa.

Fue un poco penoso que yo tomara el sobre y ahí, frente a Elizabeth y Henry, iniciara una suerte de danza absurda mostrándoles lo escrito por mi padre.

De hecho... fue muy penoso.

—¡SE LOS DIJE! ¡William murió! ¡William murió! ¡William murió! ¡William murió!

Fue muy penoso y muy breve. Bastante breve.

Tanto mi prima como mi gran amigo me miraron con terror. ¿Quién podría culparlos? Había dado la noticia de la muerte de mi hermano menor como si fuese algo formidable.

Me escabullí sin terminar mi almuerzo. Y apenas alcancé a escuchar desde las escaleras cómo el gordo sugería llamar a la policía, a lo que Elizabeth respondió, para mi consuelo:

—¿De qué hablas, Volanski? ¡Tenemos un número que ensayar y no te veo hinchando esos carrillos!

Capítulo 10

Víctor y Clerval hacen planes para volver a Ginebra, pero sólo Víctor regresa, dejando a Clerval en Ingolstadt, evidentemente protegiéndolo del mal trago por el que tendría que pasar. Al llegar a Ginebra, como las puertas de la ciudad están cerradas, pernocta en Sécheron, una aldea cercana. Decide ir a conocer el lugar donde murió William. Una tormenta lo sorprende y ahí descubre al monstruo caminando por las escarpadas montañas. Tiene la ocurrencia de que es el asesino de su hermano y con esa idea se presenta en la casa de su padre. Ahí, éste le cuenta que Justine, la chica que acogieron hace años como criada, es la asesina, pues hallaron el retrato perdido en sus cosas. Víctor se opone a esta acusación pero se resigna a que todo lo resolverá el juicio pendiente. Al fin ve a Elizabeth y ella llora por la falsa inculpación a Justine.

Bien. Lo admito.

En realidad fue extremada e increíblemente penoso tener que huir como un cobarde. Mi disculpa es que sólo tenía un propósito en la vida: tratar de encajar mi destino en el trazo que me llevaría a ocupar un nombre entre los nombres. Eso… o conquistar a Elizabeth, lo que ocurriera primero.

Empaqué a toda prisa y escapé del castillo.

Querido Walton, amigos, créanme si les digo que iba yo cubierto de mortificación, pues si el derrotero de mi existencia comenzaba a apegarse a lo de mis hojas, implicaba eventos en verdad espantosos. Confiaba que el papel que desempeñaba Otto en la comedia virara hacia la tragedia, que es lo que yo, tristemente, más necesitaba. Confiaba en que la monstruosidad consumiera a mi primo y éste se comportara como la criatura plasmada en mi argumento.

Con todo…

No soy un ser sin corazón, camaradas.

O al menos… no todo el tiempo. ¡Por supuesto que me acongojaba imaginar a la criatura apretando el cuello de mi hermano William! ¡Y también el hecho de que se inculpara falsamente a Justine Moritz por el crimen! Pero… si ello era el pago necesario para que alguien, algún día, dijese "Frankenstein" y el mundo temblase, entonces no había más remedio que acatar las órdenes del destino, por trágicas y espantosas que fueran.

Mi ánimo se tornó optimista en cuanto arribé a Ginebra: uno de los presagios se cumplió a la perfección. Era de noche y las puertas de la ciudad estaban cerradas, así que me vi obligado a pernoctar en otro lado. ¿Y qué mejor sitio que Sécheron?, pues así lo mandaba mi guion particular. Caminé media legua y busqué alojamiento, lo cual fue bastante sencillo. Fui a la cama en un estado de feliz tranquilidad, imaginando que, al despertar, todo iría viento en popa: me enfrentaría con la criatura, recibiría la noticia de la muerte de William y el encarcelamiento de Justine... en fin, casi me sorprendí silbando al poner la mejilla en la almohada.

Deberán perdonarme de nueva cuenta (y todas las que, en el transcurso de mi relato, aparezcan, por favor), pero en verdad podrían hacer el ejercicio mental de ponerse en mis zapatos. Soy el protagonista de esta novela. ¡Es muy pesada la carga que pesa sobre mis hombros! ¿Qué habrían hecho ustedes en mi lugar?

Baje ese cuchillo, amigo cocinero, no estoy insinuando que sean ustedes comparsas.

O asesinos.

En realidad lo que quiero decir es que...

... es que...

Bien, no insistiré mucho en ello. Sólo diré que mi ánimo estaba bastante mejor cuando desperté e hice lo que tenía que hacer: presentarme en el lugar donde había muerto William. Cierto es que mi padre no lo mencionaba, pero mi "memoria" me decía que todo había ocurrido en las colinas aledañas al lago Léman, así que me dirigí al monte Salève, donde había ocurrido todo.

Lamentablemente, según mi recuerdo, debí haber visitado ese lugar el día anterior y, durante mi paseo, debió haberse desatado una furiosa tormenta a mitad de la noche, un espantoso chubasco que tendría que haber puesto a prueba mi valor y mi coraje.

En contraparte...

El sol brillaba esplendorosamente y se escuchaba el gorjear de las aves.

Con todo, no me amilané y hasta me sentí impelido a gritar: "¡William, querido ángel! ¡Éste es tu funeral, ésta es tu elegía!".

La quietud de esos valles era, digamos, decepcionante.

Me aclaré la garganta.

Y a decir verdad, me sentí un poco estúpido. Los pájaros no dejaron de gorjear y yo, después de un momento que aproveché para apartar tres motas de polvo de mi chaqueta, decidí marcharme.

Entonces lo vi.

Y mi corazón brincó de alegría.

Una gigantesca figura a lo lejos, trepando por las laderas de la montaña. Sé que en mi libreto no había indicación alguna para que yo interviniera pero, en verdad, me dio mucho gusto ver al monstruo.

—"¡Oh, no! ¡Es el asesino de William!" —grité, tal vez con un poco de afectación.

Otto no se dio por aludido. Siguió trepando hasta desaparecer por completo detrás de un risco. Así que insistí:

—"¡Oh, no! ¡EN VERDAD ES el asesino de William!"

Y aunque me estaba saliendo por completo de mis parlamentos, volví sobre lo mismo, aunque ahora asegurándome de que no pudiera ser ignorado:

—¡OTTO! ¡Es increíble! ¡Estás justo donde debes estar! ¡Sigue así y todo terminará perfectamente!

Por respuesta recibí un gruñido lejano que, no es por nada, le salió asombrosamente natural. Por un momento creí que sí se había transformado en un monstruo. O que era mejor actor de lo que yo creía.

Sentí un escalofrío. ¿Y si Otto había apretado el cuello de William? Él. El hombre que conocí en una apartada aldea y representaba a Shakespeare con un elenco de cabras. ¿Él se estaba tomando tan en serio su papel que era capaz de eso y más?

Por primera vez temí por mi vida. Y esto se acentuó cuando escuché el rugido de Otto a la distancia. El rugido de un engendro del infierno, ni más ni menos. Me sentí impelido a gritar:

—¡Siento que es mi obligación recordarte, ejem, que yo soy el único que tiene que llegar al final de la historia, por así decirlo!

El silencio fue sepulcral. Las aves y los insectos decidieron que podían tomarse un buen respiro.

—¿Oíste? —dije, titubeando.

El viento fue lo único que, tenuemente, mostró un pequeñísimo rasgo de vida.

—¿Otto...?

Preferí abandonar el sitio y volver al hostal para presentarme en Ginebra lo antes posible. Si en verdad todo empezaba a acomodarse al guion original, cosas terribles estaban por ocurrir.

Corrí como si en verdad hubiese un monstruo espantoso tras de mí. No que yo mismo no lo hubiera dispuesto así, o que no lo hubiera incluso deseado, pero…

El caso es que llegué a la casa de mi niñez en un tiempo que ni siquiera cuando era un mozalbete hubiese conseguido. Mucho menos cargando una maleta. Aún no era la hora del almuerzo y yo ya estaba llamando a la puerta con fuertes y rápidos golpes. Enseguida me abrió la nana. Y yo me escabullí al interior como… como… de acuerdo, como si hubiese un monstruo espantoso tras de mí.

—Víctor… ¿eres tú? ¿Qué pasa?

—Oh, nana… —sollocé desplomándome en una silla del comedor—. ¡Es terrible! ¡Todo es terrible! ¡Cuántas desgracias puede soportar el ser humano! ¡La muerte de un hermano! ¡El que se haya inculpado a Justine de esa muerte! ¡Oh, calamidad! ¡Oh, desventura! ¡Oh…!

—Oh, por Dios… ¿no puede uno leer su diario sin ser molestado por todo el mundo?

La voz era de mi padre, quien en ese momento tomaba el té y leía, en efecto, el periódico. La nana me miraba con un sentimiento a la mitad entre la piedad y el deseo de echarme a la calle.

—Padre… —fui a su encuentro al instante, arrodillándome y abrazándolo por el torso—. ¡Qué horrible tragedia! ¡No tienes idea de cuánto siento la muerte de mi hermano!

—Hermanos —aclaró, sin dejar de mirar su periódico.

—¿Cómo dices?

—Oh… ya conoces a tu padre —dijo la nana, poniéndome una taza enfrente y sirviéndome un poco de té—. Es un fatalista. Como tampoco aparece Ernest, ya lo ha dado por muerto.

Mi padre levantó la mirada por encima de su diario y negó con parsimonia, como si no tuviera importancia.

—Sólo soy un hombre práctico. Nunca han desaparecido por más de una semana. Ni William ni el otro. A lo más, a los cinco o seis días aparecen aquí o allá o los trae la policía. Sólo dos veces he tenido que defenderlos en la corte. Y en esta ocasión, sin ánimos de ser cruel, ya estoy haciendo arreglos para rentar sus habitaciones. Estoy convencido de que se puede obtener muy buen dinero. Y tú, por cierto… ¿ya dejaste de hacer locuras y ensuciar el apellido?

—¿Es decir que no se han hecho los funerales de William ni nada por el estilo?

La nana me puso enfrente un poco de pan y mantequilla, que comencé a devorar.

—Sin cuerpo, ¿cómo? —rezongó—. Pero es cierto que su desaparición no nos permite ser optimistas. Es algo fuera de lo común. Una vez remplazaron a William en su cama por un cerdo que llevaba tatuado un mensaje de la mafia turca. Pero ni siquiera esa vez tardó más de una semana en aparecer.

—Oh, qué terrible, nana… lo más seguro es que esté muerto. ¿Quién lo habrá asesinado? ¡No me digas que sospechan de Justine Moritz! ¡Pobre muchacha!

—¿De qué hablas? —dijo la nana, confundida—. ¿Por qué habrían de sospechar de ella? Ni siquiera sabemos si William se largó a África o se cayó en un pozo.

—¡Pero escuché que encontraron entre las ropas de Justine un retrato de mi madre! ¡Un retrato que siempre cargaba William con él! ¡Eso la inculpa del asesinato de mi hermano! ¡Oh! ¡Y pensar que le abrimos las puertas de nuestra casa!

—No digas tonterías. ¡Justine! —gritó—. ¡Mira quién volvió a casa!

Ya me parecía demasiado bello que todo fuese conforme al plan. Me hice para atrás en la silla y solté un largo suspiro mientras hincaba el diente a uno de los bollos. Al menos lo había intentado. En ese instante entró Justine a la habitación. Seguía siendo una muchachita escuálida y de grandes ojos asustadizos. Se detuvo frente a mí y me miró como si fuese la encarnación de Alejandro Magno o de un dios griego.

—¡Oh, gracias al cielo! —dijo cubriendo su boca con ambas manos—. ¡Frankie! ¡En verdad eres tú!

Luego se arrojó hacia mí y me abrazó firmemente.

—Oh… ya está bien, Justine. Cierto, volví. Pero no por mucho tiempo.

Hice fuerza para que se soltara de mí aunque era como intentar abrir las fauces de un caimán.

—No importa. Creí que moriría sin volver a verte, Frankie.

—Bien, pues no fue así... —seguí intentando liberarme, sin éxito.

—Así fueran tres minutos, Frankie... ahora puedo morir feliz.

—No es para tanto, Justine. Y deja de decirme Frankie.

—¡Te prepararé tu habitación! —hasta entonces soltó la pinza y corrió al piso superior. Luego añadió desde arriba—: ¡Y una ducha caliente! —y al poco rato—: ¡Y te hornearé un pastel! ¡O dos!

Me sentí incómodo. Sobre todo porque, en un santiamén aparecieron dos ancianos en paños menores que fueron arrojados a la calle por la repentina ira de Justine. Mi padre apenas hizo un mínimo comentario:

—No me parece mal. Ya debían tres días de hospedaje.

Después de terminar de almorzar, padecí la sutil tentación de no hacer absolutamente nada. Por unos instantes me quedé completamente solo y fui presa de una extraña paz, aquella de no tener idea de hacia dónde dirigir la embarcación, por decirlo de algún modo, pues sólo calma chicha se percibía en el horizonte. Mi padre se había marchado a los juzgados, la nana, quien había heredado de mi madre el gusto por el juego, se marchó a una partida de naipes y Justine sólo esperaba en el piso superior a que me decidiera a instalarme. Aproveché para mirar mis hojas y comprender que, si William no estaba —verificablemente— muerto, ni Justine era —presumiblemente— su

asesina, ni la criatura —afortunadamente— asomaba el rostro por ningún lado, tal vez podía yo —simplemente— instalarme a mis anchas en la vieja casa paterna y darme un buen descanso.

Recuerdo leer en estas mismas hojas que yo al fin veía a Elizabeth, y cómo ella "llora por la falsa inculpación a Justine." Nada más lejos de la realidad. Estuve deseoso de arrojar las hojas a alguna hoguera, tatuarme una serpiente, dedicarme a la fontanería y tal vez encontrar la paz. Recuerdo que cuando estaba en la tina, tomando un buen vino tinto que Justine me consiguió, aspirando las ciento cincuenta rosas con las que pobló el baño y sopesando la posibilidad de quedarme para siempre ahí metido, fue que el destino me recordó que, aunque con cierto mínimo margen de error, él siempre tenía la última palabra.

—¡ATENCIÓN!

Así, desnudo entre las burbujas, fui sorprendido por dos agentes de la policía que entraron sin siquiera llamar a la puerta. Uno de ellos llevaba a Justine subida en la espalda, golpeándolo con los puños. Ambos iban de impecable uniforme e idéntico bigote alacranado.

—¿Señor Víctor Frankenstein? —resolvió el que iba delante, uno al parecer con mayor rango, seguramente un capitán.

Me senté en el agua, recargándome en la pared de la tina. Apenas tuve tiempo de arrojar lejos el pato de goma con el que había estado charlando minutos antes, tratando de decidir qué sería mejor, si fontanero o sastre.

—Eh… sí, soy yo, ¿qué es lo que pasa, oficiales?

—Usted disculpe, señor —hizo una venia el policía—. Estamos investigando el asesinato de su hermano William.

—No sabía que hubiera sido asesinado —me atreví a objetar—. Tenía entendido que sólo estaba desaparecido.

—Pues ahora tenemos otra información —respondió el capitán—. Ahora estamos seguros de que él y su hermano Ernest han sido horriblemente asesinados.

—¡Dios mío! ¡Qué horror! ¿Encontraron los cuerpos?

El oficial de menor rango hacía lo posible por quitarse a Justine de encima.

—Ummh… no todavía —respondió el capitán—. Pero nos han dado el pitazo de que están muertos. Ambos. Y que un retrato que el joven William llevaba siempre consigo es pieza clave para dar con el asesino.

Por alguna razón que ustedes mismos ya imaginarán, la pista me pareció confusa. Y sospechosa.

—Me resulta muy extraño —me atreví a sugerir—. ¿Exactamente cuáles son sus fuentes de información?

—No se las puedo revelar, señor Frankenstein. Pero tal pista proviene de un garito al que sólo acude gente de muy baja reputación.

—Eh… Justine… —exclamé, con no poca cautela y tal vez bastante irritación—. ¿A dónde exactamente acude la nana a jugar naipes?

—Eso es irrelevante —insistió el oficial—. ¿Podemos revisar sus bolsillos, señor Frankenstein?

Sentí enfado. Verdadero enfado. Y a la vez, todo eso me parecía risible. Hice un amago por salir de la bañera pero al instante recordé que estaba desnudo, así que volví al agua de inmediato.

—¡Es una información que yo mismo inventé! —dije, cayendo sobre mi trasero—. ¡No es cierto eso del retrato de mi madre!

Comprenderán ustedes mi enojo. Una cosa era intentar seguir el trazo de un destino que, a cada paso se tornaba más extraño, y otra estar desnudo y siendo interrogado por la policía como si fuese sospechoso de asesinato. Con todo, me repetía mentalmente no tenía nada que temer. Al final, era cierto: todo era una invención mía. O un arrebato de ocurrencia a mitad de un viaje en diligencia a Ingolstadt.

—¿Cómo supo usted que se trataba de un retrato de su madre si no lo mencionamos? —inquirió el capitán, pellizcando la punta de su bigote.

La cosa empezó a oler mal. Verdaderamente mal. Pero yo estaba limpio. ¡Ustedes han seguido mis pasos por todo este periplo y saben que yo no asesiné a nadie! Así que, negando con la cabeza y resoplando de frustración, indiqué con un desplante:

—Como quieran. Revisen los bolsillos de mi ropa y luego lárguense.

El capitán mismo tomó mis ropas, que descansaban sobre el respaldo de la única silla del cuarto de baño. Dio con mis hojas, estas hojas. Las desdobló y preguntó con la mirada su origen.

—Es un cuento. Un cuento breve que estoy escribiendo. Se me da la literatura, ¿sabe?

Displicente, devolvió las hojas a mi pantalón. Luego, metió las manos a la otra bolsa. Dio con mi reloj. Con mi llave del castillo en Ingolstadt. Con media galleta. Con algo de dinero.

Y con un retrato.

Sí, con un retrato.

Todos enmudecieron. Incluso Justine dejó de golpear al policía y se desprendió de él.

Se trataba de un retrato pequeño con el rostro de mi madre.

Capítulo II

Se presentan todos al tribunal donde se juzgará a Justine. Pese a lo mucho que Elizabeth aboga por Justine, ésta es condenada. Justine confiesa falsamente para poder obtener la absolución de sus pecados y librarse de las llamas del infierno. Elizabeth y Víctor la visitan en prisión sólo para lamentarse y despedirse de ella, aunque ambos están convencidos de su inocencia. Justine muere y Víctor se sume en la depresión pues se siente culpable.

Sé que lo he dicho un millón de veces pero, por favor, pónganse un minuto en mis zapatos. De acuerdo al plan trazado, tendría yo que estar sufriendo otro tipo de congoja: la de ver tras las rejas a la inocente Justine Moritz, temiendo lo peor respecto a ella y, finalmente, ¡oh, fatalidad!, siendo testigo de cuán injusta puede ser la vida al confirmar la condena y ejecución de la chica. ¡Yo mismo tendría que haber conjurado a todas las huestes celestiales por permitir tal infamia, pues yo —y sólo yo— conocía el nombre del verdadero asesino, aquel que en las laderas de los Alpes había perpetrado su horrible asesinato! Se suponía que Elizabeth me acompañaría en tal mortificación y ambos estrecharíamos nuestros lazos de cariño gracias al suplicio de nuestra querida Justine Moritz, muerta al final de todos esos acontecimientos.

Pónganse por un minuto en mis zapatos, Walton, amigos...

Era yo el que ahora estaba del otro lado de las rejas.

Era yo quien podía, al final de todos esos acontecimientos, terminar con los huesos en la cripta familiar.

Yo y nadie más.

—¡Es una equivocación! —grité por milésima vez a mis carceleros, sin conseguir más que una dura indiferencia. En el último de mis reclamos, donde incluso golpeé los barrotes con la escudilla en la que me habían llevado de comer, el oficial en turno leía mis hojas. Estas hojas.

—Es asombrosa su imaginación, Frankenstein. Pero como coartada queda muy pobre —anunció abanicándose con el papel—. Mire que inculpar a Justine Moritz sólo por tratar de escurrir el bulto.

—Esas hojas no son mi coartada —gruñí—. Son sólo... ficción especulativa. Se me da la literatura, ya lo dije antes.

El policía no dejaba de mirar las hojas, de cualquier modo.

—Además... imaginar amoríos con la señorita Elizabeth es, digamos, de mal gusto.

—Devuélvame mis hojas. No todo es imaginación. Ella me ha dado razones para creer que, algún día…

—No es asunto mío con quién fantasea, pero usted es el único y principal sospechoso de la muerte de su hermano. ¡Su hermano! ¡Quién lo diría! Hay que ver los horrores que tiene uno que presenciar cuando se es guardián del orden.

Volví a golpear con la escudilla hasta que se abolló por completo.

—¡Eso del retrato es un rumor sin fundamento! ¡Tan es así que salió de esas hojas!

—Igual usted no ha podido explicar la presencia del retrato.

—También era mi madre, por amor de Dios.

—Sí, pero ese retrato no le pertenecía a usted, sino a William. Mejor déjese de excusas y solicite un confesor lo antes posible.

Me entregó mis hojas y salió de la sección de la comisaría en la que había dos celdas, una ocupada por un ebrio que roncaba y otra ocupada por un servidor.

—¡Es una maldita equivocación! —grité por milésima vez… más una.

Convencido de que no tenía caso seguir perorando, me senté en el suelo.

Era el colmo.

Que me juzgaran y condenaran y acaso hasta ejecutaran por un homicidio del que no tenían ninguna prueba, ningún cuerpo, ningún móvil, nada en lo absoluto. El colmo.

Por algunos minutos estuve así, tratando de encontrar alguna salida a tan nefasta situación, cuando escuché gritos del otro lado de la puerta que llevaba a esa sección.

—¡Les advierto que si no me dejan pasar a verlo, soy capaz de cualquier cosa!

—Señorita... serénese. Sólo necesitamos hacerle una revisión para estar seguros de que no lleva consigo un objeto prohibido.

—Si me tocan un pelo gritaré tan fuerte que sabrán de su afrenta hasta Zúrich.

—Señorita... es sólo una revisión de rutina.

—Puedo acusarlos de mancillar mi honra.

—Si sigue negándose, uno de nosotros tendrá que estar presente en la entrevista. No nos deja opción. En caso contrario, tiene que demostrarnos que no lleva consigo un objeto prohibido.

—Defina "objeto prohibido".

—¡Vamos! ¡Por supuesto que se lo imagina! ¡Cualquier cosa que pudiera ayudar al reo a escapar! Una sierra, una lima, una horquilla del cabello...

—¿En serio me creen tan tonta? Sé que si Víctor intenta escapar le dispararán por la espalda. ¡Lo que haremos será conseguir el mejor de los abogados y demandar al sistema de justicia, incluyéndolos a ustedes!

—Señorita... nosotros ya lo habríamos soltado si el juez hubiese dado la orden. Pero resulta que no la ha dado.

—No tiene que recordarme que el juez ha sido incapaz de pedir la liberación de su propio hijo.

—Tal vez se deba a que es un juez incorruptible.

—¡Y yo soy el zar de Rusia con faldas! ¡O me deja entrar o volveré con un ejército de mucamas, todas dispuestas a testificar que ustedes dos les cobran protección semanalmente!

—No creo necesario que…

—Un par de ellas incluso sostendrán que mancillaron su honra. Ambas tienen más de setenta años.

—¡Oh, por todos los clavos de Cristo! ¡Pase de una vez pero no tarde demasiado!

Surgió por la puerta Justine Moritz, lo cual me pareció la mejor de las ironías, pues los papeles no podían estar más invertidos. Ocupábamos lados equivocados de esa reja que nos separaba. Me deprimió un poco su presencia, pues sentí que era como si el destino se viniera a reír en mi cara. Según el guion, Justine tendría que morir injustamente en un futuro no muy lejano. Por alguna razón que seguro ustedes podrán adivinar, no me encantaba el cambio de papeles.

—¡Frankie, dime que no te han torturado o te han vejado porque moriría en este preciso momento!

A decir verdad, en ese preciso momento yo estaba sentado en el único mueble que tenía mi celda: una banqueta alargada de madera, similar a aquella que el beodo de la celda contigua ocupaba para dormir la borrachera. No me apeteció ni levantarme. Me encontraba en mangas de camisa, los tirantes colgando, los zapatos hechos a un lado, la escudilla puesta de sombrero.

—En realidad sólo me han torturado con los minutos más tediosos de mi existencia, Justine, así que no tienes nada de qué preocuparte.

—¡Oh, gracias a Dios! —exclamó sosteniendo un par de barrotes con ambas manos.

—De cualquier modo, gracias por venir a visitarme.

—Frankie, demandaremos a todo el mundo, incluso a tu padre.

—Sí, bueno... fue un poco penoso que no dejara de leer su diario mientras me arrastraban hasta aquí, ¿no es cierto?

—Por cierto, traigo una buena noticia.

—¿Tiene que ver con mi injusta inculpación? —dije poniéndome en pie, entusiasmado.

—Sí.

—¡Aleluya! ¡Dila ya, por favor!

—Sólo estás acusado de un homicidio y no de dos. Ernest vive. De hecho estuvo ahí todo el tiempo, en casa. Nos enteramos hace un par de horas, cuando derribó sin querer un tarro de galletas y escupió una letanías de palabrotas. ¿No es maravilloso?

Me sentí tan desinflado que volví a sentarme.

—Sí. Verdaderamente maravilloso —dije, torciendo la boca. Coloqué ambas manos detrás de la cabeza y pensé en cuál sería el mecanismo exacto de mi ejecución. ¿La horca? ¿Guillotina? ¿Fusilamiento?

—Oh, Frankie, no desfallezcas —exclamó Justine—. Ya encontraremos un muy buen abogado que... que... que... —entonces redujo el volumen de su voz y se acercó más a la reja, mirando hacia los lados—. Acércate, por favor.

Obedecí a regañadientes.

—Dime qué prefieres —susurró—. ¿Sierra o lima? Tal vez también podría dejarte una horquilla para el cabello, pero requiere de más paciencia. Tú dime.

—¿Ya no temes que me disparen por la espalda?

—¿Sierra, lima u horquilla?

Metió la mano debajo de su abrigo y de éste extrajo, en efecto, una sierra y una lima, ambas de considerables proporciones.

—Justine... —miré hacia la puerta—. Por amor de Dios... guarda eso. ¿Dónde quieres que lo esconda?

Hice un ademán para que comprendiera que ahí, entre esas paredes desnudas y sin siquiera una manta para echarme encima, no tenía posibilidad alguna de triunfo.

—¿Prefieres entonces la horquilla?

—Prefiero que se me haga un juicio justo y se me libere de todos los cargos.

Ella quedó pensativa. Luego, se rascó la nuca.

—Claro. ¿Sierra, lima u horquilla?

Ante mi mutismo se echó hacia atrás en actitud pensativa.

—Tal vez podríamos optar por demandar al sistema judicial, como sugeriste... —inquirí.

—Cuando dices demandar, quieres decir, en realidad, "sobornar", ¿no?

—No lo había pensado —mentí.

—Tú conoces las tarifas de tu padre. Y conoces mi sueldo en tu casa.

—De hecho, no lo sé... ¿Cuánto exactamente se te paga en casa?

Me miró con desdén, como si de pronto yo fuese un niño pequeño que no entiende nada de nada.

—No se te paga nada de nada, ¿cierto? —resolví.

Se deslizó por la pared hasta quedar sentada en el suelo, frente a mí, evidentemente devastada. El asunto entero se tornaba absurdo. ¿En verdad podría morir? ¿Todo terminaría en pocos días y así como en mi fallido guion yo lamentaba la muerte de Justine, ahora sería ella quien lamentaría la mía? Me pareció espantosamente patético que, en caso de que ése fuera mi "terrible desenlace", sólo ella llorara mi muerte. De Elizabeth y Henry, ni sus luces.

Pasaron algunos minutos en silencio, en los cuales el beodo de la celda contigua comenzó a desvariar sinsentido.

—La versión cinematográfica de Boris Karloff es la mejor —dijo entre sueños.

Miré a Justine, quien no pareció hacer caso de lo que decía el borrachín.

—Aunque la de Robert de Niro no está tan mal —insistió éste—. Sin embargo, si me preguntan, yo siempre me quedaré con los clásicos. Denme un buen clásico como Nosferatu, un buen cubo de maíz inflado y no pido más al mundo.

Volví a mirar a Justine.

—Oh... no le hagas caso, Frankie. Es sólo un ebrio. Dicen que lo encerraron por alterar el orden y por asegurar que oye voces. Dime. ¿Qué es eso que te tatuaste en el brazo?

Fue entonces que tuve un golpe de entusiasmo. Uno que no debía desaprovechar. Seguramente por la alusión de Justine a la frase de mi brazo fue que pensé que si algo era en verdad absurdo era terminar con mis huesos en esa pocilga. O con una soga al cuello. En algún lugar del mundo se encontraba "mi criatura" y yo tenía que detener su ola de crímenes.

Enfrentarme a ella. Perseguirla hasta el confín del mundo. La novela entera, pues.

Fue la primera vez, desde que tuve aquella revelación en mi viaje a Ingolstadt que entendí la verdadera naturaleza de tales visiones. No importaba lo que yo hiciera, el destino había de concretarse. De una u otra manera, había un monstruo criminal en el mundo al que yo había dotado de vida (acaso gracias a la petición de mi madre pero también gracias a que yo busqué a mi primo y lo convencí y le di un papel a representar). Todo tenía que girar en torno a ello. No podía morir ahí. Había en el futuro un "terrible desenlace" y no sería ése. No, señor.

Me sentí optimista, presa de un extraño júbilo, presa de otro tipo de inspiración.

—Escucha, Justine... —dije aproximándome a la reja—. Te diré algo que me he estado callando, un poco por vergüenza, un poco por remordimiento.

—Oh, Frankie... no debes sentir vergüenza porque yo siento lo mismo —respondió ella, también acercándose, mirándome de esa forma como me ha mirado desde que éramos niños y que siempre me ha parecido un poco siniestra.

—Eh… —titubeé un poco—. No sé de qué hablas, pero no importa. Lo verdaderamente importante es que sepas que el asesino de William anda suelto. Es un monstruo al que yo di vida en Ingolstadt, por eso lo callé, porque soy, sí, en gran medida, responsable. Pero sólo yo puedo dar con él. Y por eso tienen que dejarme libre, para encontrarlo y obligarlo a que pague su culpa. ¡Habla con todos y diles este secreto, por favor!

—Oh… —dejó escapar ella, un tanto afectada.

—¿Te horroriza saber que creé un monstruo asesino?

Ella se apartó de la reja, aún afectada.

—Oh, no… de hecho, lo sabe todo el mundo —dijo, triste, mordiéndose un pulgar—. Y de hecho, tu padre advirtió a todos que serías capaz de decir algo así para salvar el pellejo. De hecho enfatizó la frase "salvar el pellejo".

El súbito decaimiento de Justine me arrastró consigo. ¿En verdad era ésa mi suerte? De mi padre lo creía todo, eso no me afectaba. Pero el destino… ¿qué caso tenía llevarme por todo ese derrotero si iba a terminar, en efecto, colgando de una soga en pocos días? Hice un sutil y último intento por arreglar las cosas.

—¡No puedo permanecer aquí, Justine! ¡Debo detener a la criatura o cometerá más espantosos crímenes!

—No lo entiendo —dijo Justine por lo bajo, mirando hacia el suelo y sin dejar de morderse el pulgar—. Hice todo lo que la bruja me dijo para conseguir el "amarre".

—¡Simplemente no puedo permanecer aquí! ¡Y te lo demostraré! —espeté en un arrebato de ira y entusiasmo—. ¡En este momento entrará por la puerta la salvación!

—Le pediré que me devuelva mi dinero —insistió, hablando consigo misma.

—¡En este momento!

Transcurrieron varios segundos.

—¡En éste!

Un minuto más en el que yo, con el brazo levantado y señalando hacia la puerta de la crujía, empecé a sentirme estúpido. Justine no dejaba de hablar sola y el beodo de murmurar algo respecto a un viaje que quería hacer a un sitio llamado Hollywood.

Un par de minutos que, para mi enorme alegría, fueron terminados por un oficial que traspasó la puerta con un sobre en la mano. Si hubiera tenido al destino frente a mí, le habría dado un enorme beso.

—¡Ja! ¡Lo sabía! —exclamé, orondo.

—Le han traído esta carta, señor Frankenstein —dijo el hombre, extendiéndome el sobre—. Por cierto, el sepulturero desea tener unas palabras con usted para saber si tiene alguna preferencia respecto al material del catafalco.

—¡Dígale que lamento mucho echarle a perder el negocio pero aquí, en este sobre, está la salvación!

Y la abrí pensando que vendría, seguramente, un indulto de mi padre. O un indulto de cualquier otro magistrado. Acaso un juez cuyos ronquidos me hubiese tocado tolerar en mi habitación de juventud. O tal vez el testimonio de alguien que hubiese visto al verdadero asesino actuar. Rasgué el sobre con entusiasmo. Saqué la única hoja que contenía. La desdoblé. Vi la firma y me alegré. Pero no por mucho tiempo.

> No puedo creer que hayas ido solo a buscar a tu bebé, Frankenstein. Creí que valorabas en algo nuestra amistad pero ya veo que no. Ojalá el monstruo te estrangule con sus propias manos.
>
> Con afecto,
>
> *Henry Clerval*

He de decir que al menos en algo no se equivocó el trazo destinal. ¿La parte en la que dice "Víctor se sume en la depresión"? Bien, pues fue lo que hice con toda soltura en aquel preciso instante.

Capítulo 12

Todos los Frankenstein parten a vivir a su casa de Belrive; Víctor sale a menudo a remar y reprime sus impulsos suicidas. Todos están muy tristes, su padre, Elizabeth, todos. Para ver si recuperan la alegría, deciden emprender un viaje más ambicioso, así que parten a los Alpes. Se maravillan ante el Mont Blanc y las nevadas cumbres. Llegan a Chamonix aunque la tristeza persiste; sólo Ernest se muestra un poco animado.

¡Eso, reprimir mis impulsos suicidas, sí que se cumplió al pie de la letra! ¡Eso! Aunque honestamente me resultaba muy incómodo intentar ahorcarme con los tirantes o los lazos de mis zapatos en presencia de aquel borracho quien, una vez que se fue Justine con la promesa de volver con un primo suyo experto en explosivos, despertó y no dejaba de contemplarme sin decir palabra.

—¡Soy inocente! —grité por diez milésima vez, cuando ya era entrada la noche, y sólo por despertar al guardia que, del otro lado de la puerta, roncaba como un bebé.

Era una noche ominosa, como aquélla en que di vida a mi criatura. Llovía torrencialmente y los rayos y truenos estaban a la orden de mi mala suerte. La cara barbuda del beodo se alumbraba con cada relámpago cuya luz pasaba entre los barrotes de las únicas dos ventanas que adornaban nuestras celdas. Su cara de burócrata malhumorado me parecía bastante digna de aparecer en una historia como la mía.

Agotado, me eché de espaldas sobre la banqueta.

—Es un tanto paradójico, ¿no cree? —dijo a los pocos minutos aquel hombre.

—¿Cómo dice?

—"Hágase el destino, aunque yo perezca" —recitó, refiriéndose, desde luego, a mi tatuaje—. O se cumple el destino... o usted perece... no se pueden ambos. A menos, claro, que el destino tenga dispuesto que usted perezca.

Me incorporé.

—¡Exacto! —me atreví a decir, súbitamente animado, pues justo era la idea que me había devuelto el optimismo el día anterior, cuando todavía estaba Justine conmigo—. Por eso no puedo ser condenado y ejecutado. ¡No cuando tengo todavía un destino que cumplir!

Aquel hombre encendió un cigarrillo en la penumbra. Parecía que se hallaba bastante a sus anchas ahí.

—¿Y cómo puede estar tan seguro de su destino?

El punto anaranjado de luz de su tabaco se avivó. Luego perdió fuerza y escuché cómo liberaba con alivio una bocanada de humo. Cuando no estaba bajo los efectos del alcohol parecía un hombre bastante sensato.

—No me lo va a creer pero... tuve una revelación. Fui víctima de una especie de visión mística. Gracias a ella sé hacia dónde debe encaminarse mi vida. O... hacia dónde debería, al menos.

—¿Esas hojas que tiene ahí, consigo?

—Sí.

—¿Puedo verlas?

Se acercó a la reja que dividía su celda de la mía y yo hice lo mismo. Le extendí mis hojas. Ahí, de pie, encendió una cerilla para leer un poco. No sé por qué no tuve miedo de que fuera a terminar con mi trazo destinal por accidente. O tal vez fuese que en el fondo lo deseaba.

Después de tres cerillas, se mostró complacido. Me devolvió los papeles y caviló un poco.

—Dicen que usted oye voces —exclamé.

—¿Eh? Ah, sí —soltó sin dejar de reflexionar—. Pero no simultáneamente. De hecho, toman turnos.

—¿Es una especie de enfermedad?

—No lo creo. Aunque lo cura una buena botella de brandy de vez en cuando. El caso es que el espíritu que me atormenta esta temporada es una dama que se hace llamar Mary. Mary W. Shelley. ¿Le dice algo este nombre?

—Honestamente, no. ¿Debería?

—Tal vez.

—¿Se trata de un fantasma?

Se sentó con pesadumbre en su propia banqueta. Se acarició la barba.

—Sospecho que es algo mucho más complejo porque... de repente esas voces me dictan qué hacer... y no puedo desobedecerlas.

—Oí de un caso como el suyo. El sujeto contrajo matrimonio con una vaca. Según él, el diablo se lo ordenó.

—Nunca me han pedido algo como eso. Y espero que no lo hagan. Por ejemplo, la voz que me atormentó el mes pasado era de un espectro llamado Charlie Dickens. Me hizo viajar a Londres para darle un mensaje a un niño rico y mimado, un tal Oliver Twist. Hube de decirle al muchacho que no se envaneciera tanto, que tal vez hubiese más de una forma de pelar un pollo. Me vi obligado a señalarle que era posible que en otra vuelta de la vida fuera vendido como un mueble y terminara de carterista. Claro, se rio de mí. Pero Charlie Dickens me dejó en paz.

—¿Y el espectro en turno?

—Mary... sí, justamente.

—¿Algo raro que le haya solicitado?

—Digamos que ella sabía que nos conoceríamos. Aquí mismo.

—¿Nosotros dos?

—Es usted Víctor Frankenstein, ¿no es así?

—El mismo.

—Por cierto... ¿Tiene algo que ver con Elizabeth Frankenstein, la mujer más fuerte del mundo?

—Es mi prometida —mentí.

—Oh...felicidades. Vi su espectáculo. En verdad emocionante. Supongo que será usted incapaz de contrariarla, dado lo que hace en escena al maniquí de Petruchio cuando representa *La fierecilla domada*.

Preferí no indagar, pero hice el apunte mental de algún día ver el espectáculo de mi prima.

—En fin... tengo un mensaje para usted, de parte de la señora Shelley.

—¿Para mí?

—En efecto.

—¿Y cuál es?

—Que hay muchos modos de pelar un pollo.

—¿Cómo dice?

—Que hay muchos modos de pelar un pollo.

—¿El mismo mensaje que...?

—En efecto. Al parecer tales voces están preocupadas básicamente por lo mismo.

—¿Y eso qué puede significar?

—No tengo la menor idea. De hecho, ni siquiera es ella, propiamente. Como tampoco lo fue en su momento Charlie Dickens. O la señorita Austen. Las que se expresan así son sus voces atrapadas en sus propios sueños, algo así como sus consciencias. Me parece que se hacen responsables por ustedes. Charlie por ese chico, Oliver. La señora Shelley por usted. Y Jane Austen por un tal señor Darcy, a quien tuve que abordar en una taberna para pedirle que dejara de espiar a su tía Eleanor en la bañera.

—En verdad que no lo entiendo.

—No importa. Tengo la obligación de hablarlo con ustedes porque ellos, al parecer, sienten que dan forma a sus personas igual que harían con la masa de un pastel, sólo que sin estar seguros, aún, de las porciones exactas para cada ingrediente.

—Sigo sin comprender.

—Hoy estoy aquí, mañana en la antigua Roma, pasado mañana en un sitio extraño con carruajes que no necesitan de caballos y con museos que exhiben orinales como obras de arte. Así que a mí no me pida una explicación. Justo ayer la voz de la señora Shelley hablaba de lo descontenta que estaba por una película de dibujos animados donde muestran a su criatura tocando música tecno.

—¿Qué es una película de dibujos animados? ¿Música tecno, dijo?

—A eso me refiero. No se trata de entender sino de admitir una cosa: que hay muchas formas de desplumar un pollo.

—¿Y yo qué gano con eso?

—Seguramente nada —soltó al tiempo en que se animaba a tirarse de espaldas en su propia banca—. Pero yo sí que obtendré unos días de silencio. Hasta que alguna de esas voces me haga visitar a algún otro sujeto con la brújula perdida. Con todo, déjeme decirle que usted es el primero que veo que se preocupa en serio por el asunto; ni siquiera aquel muchacho, Potter, que se acabó las uñas esperando una carta que jamás llegó, se hubiera tatuado una frase en el brazo. De eso estoy seguro.

Y entonces, terminado su extraño discurso, se echó a dormir a pierna suelta.

Capítulo 13

Víctor decide pasear solo, pese a la lluvia, por las escarpadas cumbres. Cuando ya tiene al Montanvert y el Mont Blanc frente a sus ojos, ve al engendro que creó. Tienen un diálogo lleno de reproches en el cual la criatura le pide ser escuchada y Víctor insiste en que debe morir. La criatura le recuerda que es más poderoso que él y que es por su desdicha que se volvió malvado porque originalmente era bueno. Van juntos a una cabaña en las montañas para que el monstruo pueda contarle su historia.

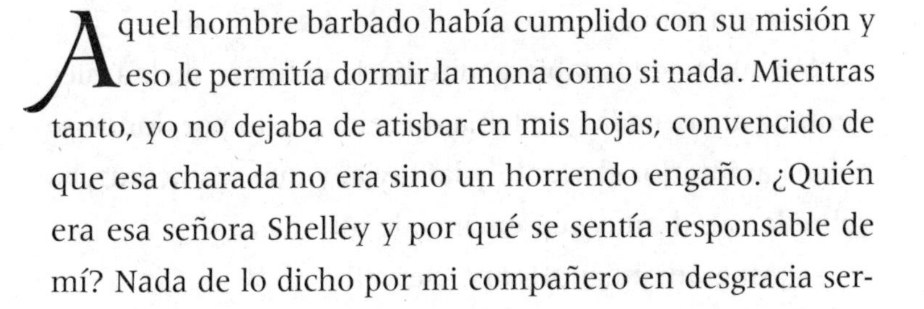

Aquel hombre barbado había cumplido con su misión y eso le permitía dormir la mona como si nada. Mientras tanto, yo no dejaba de atisbar en mis hojas, convencido de que esa charada no era sino un horrendo engaño. ¿Quién era esa señora Shelley y por qué se sentía responsable de mí? Nada de lo dicho por mi compañero en desgracia servía en lo absoluto para componer las cosas. Leí el párrafo donde indica que yo tendría que pasear solo por las escarpadas cumbres, contemplar el Montanvert y el Mont Blanc para, finalmente, descubrir a mi criatura caminando por ahí. En cambio, me encontraba encerrado, aguardando a que iniciara algún injusto proceso en mi contra, convencido de que la suerte no podía serme más adversa.

Me senté en mi propia banqueta y me puse a pensar en los otros nombres mencionados por mi extraño compañero. ¿Sería posible que fueran víctimas de la misma imposibilidad de enderezar su destino? ¿Acaso ese niño Oliver estuviese llamado a ser pirata o gobernador de alguna república y se viera atrapado en una vida de lujos que no le correspondía? ¿Acaso la carta de ese Potter tenía que informarle que su amante no estaba embarazada y, al haberse perdido en el correo, le impedía continuar con su vida?

¿Museos que exhiben orinales como obras de arte?

En tales cavilaciones estaba cuando una voz surgió de la noche.

—Frankenstein —dijo, sobreponiéndose al ruido de la tormenta.

—¿Eh?

—¡Aquí arriba!

Me aparté de la tabla y miré hacia el hueco de la única ventana abarrotada que tenía mi celda, justo por donde se colaba al interior el viento y la lluvia, y que se encontraba sobre la pared, muy por encima de mi cabeza.

—¡Mi gran amigo, Henry Clerval!

—¿Cómo?

—¿No eres tú, Henry?

—No. Y si quiere ser rescatado, tiene que seguir al pie de la letra mis instrucciones.

El corazón me saltó de alborozo. Al fin un guiño de la suerte.

—Quien quiera que seas, ¡muchas gracias! ¿Qué debo hacer?

—Con el próximo trueno, voy a arrancar la reja de la ventana —explicó aquel hombre—. Luego, arrojaré una cuerda para que usted se ate con ella. De este modo lo remolcaremos hacia fuera. ¿Entendido?

Pensé en Justine Moritz. Antes de marcharse había dicho que intentaría traer a un primo suyo, experto en dinamitar cosas; acaso lo que había conseguido era un primo experto en fugas carcelarias. Como fuese, antes de marcharse había gritado desde el otro lado de la reja algo realmente significativo: "¡Haré lo que tenga que hacer para sacarte de ahí, Frankie! ¡No hay barrotes en el mundo más fuertes que la voluntad de una mujer en la morada!".

No entendí a qué se refería con eso de "la morada", pero no me pareció importante.

Me sentí, claro, en deuda con la chica. Y hasta pensé obsequiarle un buen delantal nuevo en justo pago. No tardó en iluminar la celda uno de los tantos rayos que estaban cayendo esa noche. Y en cuanto el trueno hizo su aparición, vi cómo la reja era arrancada con fuerza del marco de piedra que lo rodeaba. Para mi fortuna, tanto el reo como el guardia roncaban ruidosamente.

—¡Está hecho! —grité.

—No haga tanto ruido —reclamó la voz al arrojar varios metros de cuerda al interior.

Terminé de amarrar la soga en torno a mi pecho. Estaba a punto de avisar a mi salvador que ya podían tirar de ella cuando me sorprendió un súbito silencio. Uno de los dos ronquidos ya no arrullaba la quietud de la noche. Me puse tenso y traté de escudriñar la oscuridad. No tardé en advertir que eran los ronquidos de mi compañero de celda los que ya no se escuchaban. ¿Se había despertado?

¿O acaso es que...?

El barbado hombre ya no estaba ahí. Se había desvanecido en el aire.

—¿Cómo va? —urgió el dueño de aquella voz amiga.

—Tengo que pedirle que me enseñe ese truco la próxima vez que lo vea —me dije, asombrado.

—¿Cómo dice?

—Que estoy listo. Sólo tengo una du...

Mi muy legítima duda era cómo pensaban tirar de la cuerda para impedir que me golpeara contra el muro. Lamentablemente resolvieron tal cuestionamiento de la manera más práctica: jalando de un solo golpe y con tremenda fuerza. Así que me golpeé contra el muro.

Acto seguido, fui subiendo completamente untado contra la piedra.

—¡Ay, ay, ay, ay! —solté mientras ascendía hasta el hueco de la ventana, con bastante menos velocidad que aquella con la que había sido arrojado contra la pared.

—Lo siento pero no tenemos tiempo que perder.

—Bien, pero tengo otra du...

En esta ocasión quería preguntar cómo pensaban hacer para ponerme a ras del suelo una vez que consiguieran hacerme salir por la ventana. De nueva cuenta la demostración fue de forma práctica. Caí al suelo, me golpeé la cabeza y fui arrastrado algunos metros.

Uso la palabra "algunos" como eufemismo. Me pareció que recorríamos Europa.

—¡Lo siento pero no tenemos tiempo que perder! —gritó con fuerza un hombre a caballo.

Y eso fue lo último que escuché antes de desmayarme por completo.

"Creo que aquí podríamos, si no le importa, mi estimado Walton, hacer una pausa para ir a hacer nuestras necesidades."

Si he de ser brutalmente honesto, querida Margaret, ya me dolía el cuello. Y la sopa la habíamos terminado hacía varios capítulos. La cocina estaba ocupada por la tripulación, todos ellos pendientes del relato, aunque el contramaestre cabeceaba de vez en cuando.

"Ya casi amanece", dijo el cocinero. "¿Quiere que sirva el segundo plato, capitán?"

"En cuanto volvamos del baño."

Bajo la mirada acuciosa de mis marinos fuimos a cubierta y, trepándonos a la borda, hicimos nuestras necesidades por encima del parapeto, codo con codo y la mirada en el oscuro pero blanquecino firmamento.

"Dígame una cosa, Frankenstein."

"Lo que guste, Walton."

"Pero sea completamente franco."

"Lo intentaré."

"¿Cuál es su mayor anhelo personal? Y por favor no me salga con que quiere insertar su nombre entre los más grandes nombres de la historia. O que desea ser relacionado con esa noche de brujas y fantasmas y calabazas encendidas que ve en su futuro. No. Dígame... como ciudadano normal, como persona que todos los días duerme, come y hace sus necesidades... ¿cuál es su mayor anhelo personal?"

Aquí el hombre pareció perderse en sus pensamientos. Y pareció humano por unos pocos segundos.

"No lo sé. Tal vez... tal vez..."

Guardó silencio un instante. Luego...

"¡Acabar con ese maldito y miserable demonio, traidor malnacido, hijo del averno, así sea lo último que haga!"

Después de abofetearlo un par de veces, al fin volvió en sí.

Cuando regresamos a la cocina, la tripulación se mostró nuevamente interesada. Todos volvieron a sus localidades, por decirlo de algún modo. Uno de ellos sacó un reloj de bolsillo y se atrevió a comentar: "¿Aún faltará mucho, amigo Frankenstein?". A lo que el de al lado repuso: "Tendrás muchas cosas que hacer, como ordeñar a las vacas o pasear al perro".

En cuanto dejaron de pegarse, Víctor continuó.

Desperté atado a una silla en un sitio con paredes de madera, piso de madera y techo de madera, un pequeño cuarto en alguna apartada cabaña, sospeché. A mi alcance no estaba más que una mesa con otra silla, confrontándome, pero fuera de eso no había ningún tipo de adorno. Las ventanas tenían los postigos asegurados. Y la única puerta se encontraba cerrada, aunque detrás de ella se escuchaban voces.

Me pregunté por qué Justine Moritz querría tenerme completamente inmovilizado, pues tanto pies como manos estaban fuertemente asidos a la silla por una resistente soga.

A dicha pregunta se me ocurrió una posible respuesta que me puso los cabellos de punta. Era la primera hora de la mañana, aunque la luz entraba de una forma muy tenue a través de las orillas de las ventanas y los huecos entre las maderas.

—Eh... Justine... —exclamé un tanto nervioso—. Dejemos los jueguitos y desátame, por favor.

Las voces en la habitación contigua fueron silenciadas.

—Justine... —insistí.

Se abrió la puerta e ingresó un hombre viejo, un hombre cuyos ojos estaban velados por cataratas y que, más que mirarme, parecía otear el ambiente.

—¿Ya despertó?

—Eh... supongo que sí —respondí. Al instante reconocí su voz—. Fue usted quien me ayudó a escapar de la prisión, ¿no es verdad?

—Se hace lo que se puede —resolvió, posando su nublada vista en todos los sitios y, a la vez, en ninguno—. ¿Cómo sigue de sus golpes?

—Lo sabré cuando me desate.

—Eso lo tiene que autorizar el jefe. ¡Jefe!

Tras él se dejaron escuchar tremendas pisadas. Una tras otra. *Pom. Pom. Pom...* y entonces, repentinamente, *pom pom pom,* inclinándose un poco para poder pasar por la puerta, *pom pom pom,* apareció nada menos que...

—¿Otto?

—Víctor... disculpa que te hiciera venir de esa manera, pero no tenía opción.

Efectivamente, aquel que tenía que estar haciendo las veces de "criatura" se mostraba ante mí de tan desenfadada manera. Se veía compuesto, con ropas nuevas que le venían chicas, como siempre, y sus horrendos zapatones.

—Jefe... ¿es éste el hombre que lo creó? —preguntó el ciego.

—Sí, DeLacey, el mismo —respondió Otto—. ¿Puedes dejarnos solos un momento?

—Claro, jefe.

El invidente salió y cerró con cuidado la puerta. Se escucharon entonces algunos gritos donde el tal DeLacey reclamaba a alguien el haber movido de lugar sus cartas y un par de personas le respondían con palabras soeces. Luego, algunos mamporros. Luego, al fin, silencio, aparentemente gracias a que volvieron a repartir la baraja.

—¿Jefe? —me atreví a preguntar en cuanto Otto se sentó en una de las sillas restantes.

Se encogió de hombros, se rascó la nuca, sonrió forzadamente.

—Quién lo diría, ¿eh?

—¿Jefe?

—Bueeeeno.... No jefe-jefe. Sólo jefe. El jefe-jefe no debe tardar.

—¿Jefe de qué?

Volvió a rascarse la nuca.

—Se dedican... eh... nos dedicamos... umh... a tomar prestado dinero sin el consentimiento de sus legítimos propietarios.

—¿Roban?

—Oh... Víctor... eso que dices es muy fuerte y muy serio. Prefiero llamarlo de la otra manera. Además, pensamos devolverlo... algún día. Tal vez no un día demasiado próximo, pero... sí que pensamos devolverlo. Algún día.

—¿Cómo es que ocurrió esto, Otto? ¿Cómo es que te volviste jefe de una banda de malhechores? No me malinterpretes, de hecho es un poco lo que tenía que ocurrir, pero... no sé... tenías que actuar tú solo y no dejar de gruñir y todo eso.

—Te juro que no he dejado de gruñir y todo eso. No he dejado de representar mi papel. ¡Es gracias a ello que ahora estoy metido en esto!

—Bueno, podemos charlar más al rato. Desátame y consígueme algo de alimento. Muero de hambre.

Volvió a rascarse y a mirar hacia los lados.

—No puedo hacerlo.

—¿Qué? ¿Por qué?

—Necesito que antes accedas a algo.

—¿A qué?

—Tú sabes.

—No lo sé.

—Oh, Víctor... ¡Claro que lo sabes! ¡Por eso la banda accedió a rescatarte!

—¡Desátame, te lo ordeno!

—Antes tienes que acceder a lo siguiente. ¿Estás listo?

—No tengo mucha alternativa, ¿o sí?

—¿Estás listo?

—¡Sí!

—Bien. Antes tienes que acceder a... "crearme" una novia —respondió mirando hacia los lados.

No sé por qué me enfadó el entrecomillado que dibujó con sus enormes manazas. Acaso porque era una forma de recordarme que era el único que podía revelar el secreto de que, en toda esa charada, nadie había "creado" a nadie. Además... ¡claro que ya sabía lo que iba a pedirme! ¡Si estaba en el *script*!

—¿Ah, sí? —exclamé también mirando hacia los lados—. ¿Y cómo quieres que lo "haga", eh?

Tuve que entrecomillar con el puro énfasis.

—No sé. Tú sabrás. Pero tienes que hacerlo.

—O si no... ¿qué?

—O si no... me retiro de la banda. Se los advertí. Que era la única forma en que yo permaneciera a su lado. Y a los miembros no les dará gusto esa decisión mía. Y tal vez demuestren su enojo en ti de maneras, cómo decirlo, poco gratas. Poco gratas para tu persona, se entiende. Lo he presenciado. Y no es algo, umh, grato de presenciar.

—¡No lo puedo creer! ¡Eres un monstruo! —argüí, no sin cierto placer.

—Bueno... —se encogió de hombros—. Ya me lo han dicho antes. Pero sólo porque me he apegado al papel que me has hecho representar. Verás que no lo he hecho nada mal.

Cuajó un silencio espeso, sólo roto por las voces del otro lado de la puerta, donde se recriminaban con frecuencia el estar haciendo trampa.

—¿Puedo ir al baño? —espeté.

—No veo por qué no.

—Bien, quiero ir al baño.

—Bien, te llevaré.

Levantó la silla sin ningún esfuerzo. Conmigo en ella. Y me llevó a la letrina, tras la cabaña. No entraré en detalles de cómo tuve que hacer mis necesidades aún inmovilizado y atado a la silla. Estuvimos de vuelta a los pocos minutos, ambos de mal talante, aunque yo despidiendo un hedor bastante desagradable.

—Y bien —dije.

—Y bien —soltó.

—Tal vez quieras contarme cómo llegaste a esto, ya que no tenemos nada mejor que hacer.

—Será un placer.

Y así, se lanzó a contarme cómo la criatura terrorífica engendrada en una noche de tormenta llegó a ese momento de su vida.

—¿Té?

—Con dos de azúcar, por favor.

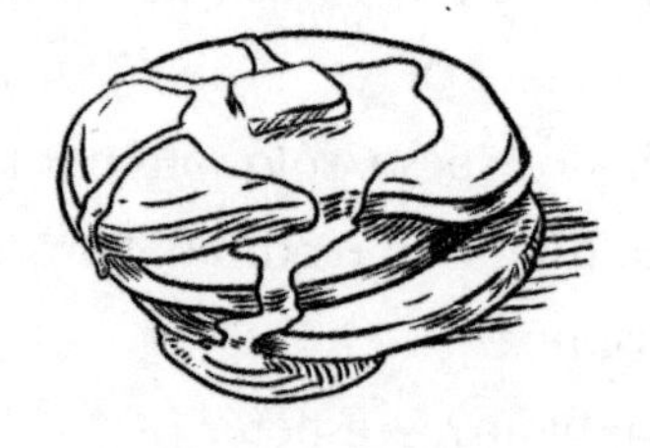

Capítulo 14

La criatura narra sus primeras sensaciones al despertar a la vida, cómo caminó confundido hasta el bosque, donde se quedó a vivir, comiendo lo que podía y maravillándose ante lo que descubría, el canto de los pájaros, el fuego. Dado que la comida empieza a escasear decide emprender el viaje hacia otro lugar, a pesar del mal clima. Entra a una cabaña y después de aterrorizar al hombre que ahí halló, roba su almuerzo y continúa su viaje. Llega luego a una aldea donde también espanta a los pueblerinos; se ve obligado a refugiarse en un cobertizo contiguo a una casa.

Sólo con gran dificultad recuerdo los primeros instantes de mi existencia.

Recuerdo que mis ojos se abrieron y distinguieron una luz que hirió mis pupilas. Luego, descubrí que estaba en un sitio completamente nuevo. Me encontraba sobre una plancha metálica en un laboratorio. ¿Quién era yo y cuál era mi nombre y por qué tenía tales deseos de comer una buena tarta de manzana si ni siquiera conocía las tartas o las manzanas?

Parecía una buena idea ponerme de pie y así lo hice.

El cielo se mostraba enfurecido. Era como si estuviera enfadado por lo que ahí había ocurrido. ¿Acaso alguien había transgredido las leyes de la naturaleza dotando de vida a un ser inerte conformado por retazos de cadáveres? ¿O era sólo que llovía mucho y a los seres humanos les encanta hablar de ciertos fenómenos como si éstos pudieran expresar sus sentimientos?

Aclaro que cuando digo seres humanos no me incluyo entre ellos. Entiendo que yo soy...

(Aquí podría retumbar un espantoso trueno, ¿no te parece, Víctor?)

¡Un horripilante engendro sin alma!

(¿Te gusta? Estuve ensayando.)

(Bien.)

(Ummh...)

(De acuerdo.)

Ya estaba erguido y listo para descubrir ese nuevo mundo que se mostraba ante mí, igual que hubiera hecho un recién nacido. De hecho, lloré del mismo modo que un recién nacido. Y regurgité también un poco de merienda, como un recién nacido. Merienda que, por supuesto, había sido puesta ahí por el dueño original de mi estómago antes de morir y donar su órgano.

Me dispuse a explorar el recinto, que era completamente nuevo. Jamás había visto antes un matraz, un tubo de ensayo, una ventana. De hecho, jamás había visto nada de nada. Y todo me resultaba maravilloso, fascinante y, a la vez, un poco temible. Después de estar un rato embelesado por los objetos de aquel laboratorio...

(Claro que no pasaban por mi mente palabras como "matraz" y "ventana" y "laboratorio", no. Yo simplemente pensaba: "Oh, qué fascinantes objetos transparentes y sin nombre, oh".)

(Lo hago bien, ¿no, primo?)

(Ummh...)

(De acuerdo. El caso es que...)

No sé por qué, pero me pareció que debía ir a los otros cuartos de la casa, tal vez me encontraría con algún ser vivo, quién sabe, acaso podía correr con la suerte de dar accidentalmente con mi hacedor, son cosas que pueden pasar a cualquier ente de reciente creación cuando pasea por un castillo.

En una de las habitaciones, se encontraba un hombre durmiendo. Y me pareció buena idea despertarlo. Tal vez para hacerle algunas preguntas respecto a mi identidad y la posibilidad de hacerme de una buena tarta de manzana o dos. Pero no, pronto me fue revelado que ésa no era para nada una buena idea. Aquel hombre se sorprendió tanto que soltó un grito de terror que aún resuena en mis oídos.

Y salió corriendo del castillo.

Y yo tras él.

A decir verdad, no sé cómo explicar esto. Creo que en ese momento me pareció tremendamente importante que eso tan horrible que había visto aquel hombre y lo había hecho correr no viniera tras de mí.

Así que, con la lluvia en su peor momento, salimos del castillo. Él guiándome, por así decirlo; yo, obediente tras él. Vale la pena aclarar que, puesto que mis manos y mis piernas llevaban muertos varios días, la sangre aún no circulaba por ellas con naturalidad, así que mi carrera en pos de aquel hombre fue grotesca. Mis extremidades hacían lo que podían, pero se mostraban tiesas aún y seguir a aquel sujeto en ropa interior me resultaba doloroso y complicado.

(Lo hago bien, ¿eh?)

Al salir del castillo, irrumpió un tremendo rayo que nos puso los pelos de punta a aquel hombre y a mí. Pero también sirvió para que la luz del meteoro nos hiciera evidentes a los ojos de varias personas que estaban afuera del castillo. Por supuesto, el rostro de terror que aquel hombre (o sea, tú, primo) mostraba, y el mío también, hicieron que todos los ahí congregados echaran a correr espantadísimos.

No obstante, ellos tenían total movilidad en sus extremidades y pudieron huir velozmente. Yo, en cambio, apenas avancé unos cuantos metros. Cuando advertí que estaba completamente solo, preferí detenerme. Miré sobre mi hombro y pude comprobar que nadie ni nada me seguía; en cambio, la lluvia calaba hasta los huesos. Sé que eran huesos prestados, pero lo mismo se sentían como propios, así que preferí volver.

De vuelta en aquel castillo, el hambre hizo de las suyas con mi estómago también prestado. Di cuenta de al menos veintitrés panqueques que estaban en la despensa y que fue lo único comestible que encontré a la mano. Muy buenos, por cierto. No dejé de pensar que el dueño de la receta podría fácilmente hacerse millonario en un santiamén. Pero, después de esa idea que de todos modos a nadie favorecía, decidí volver a la cama pues creo poder asegurar que jamás había comido tantos panqueques en la vida.

Tampoco es que hubiese tenido tan larga vida, ¿cierto?

Puesto que la cama que mi creador me había asignado se parecía más a una plancha para asar bisteces que a un lecho verdadero, fui a la habitación que recién había quedado vacante y me tendí de espaldas. Me quedé dormido sin mayores sobresaltos hasta que volvió el hambre. Es un defecto que creo haber heredado de alguna otra vida, pues necesito comer con frecuencia, de preferencia nada que haya tenido ojos, un nombre y amigos mientras vivía.

Ya asomaba el sol por las ventanas y me daba curiosidad conocer el mundo porque, claro, como persona de reciente creación, sentía una tremenda avidez por descubrirlo todo. Pero el hambre pudo más. Me levanté. Hubiese querido dejar una nota de disculpa por haber roto la cama pero, a falta del conocimiento de las letras y del idioma humano, sólo gruñí un poco. Luego, fui a otras secciones del castillo y, después de mucho indagar, lo único que encontré con cierto valor nutritivo fue una planta dentro de una maceta. Me senté a degustarla al interior de un lugar que ahora sé que se llama biblioteca y que contaba con muchos objetos interesantes que ahora sé que se llaman libros pero que, en ese momento, eran un enigma para mí, no se vaya a pensar que tomé alguno y me puse a realizar eso que ahora sé que se llama leer.

Entonces, irrumpió en el cuarto aquel que había salido huyendo junto conmigo durante la noche (y que no era otro sino tú, Víctor, en calzones). Nos enfrentamos con la mirada y, puesto que yo aún era una criatura salvaje, gruñí con todas mis fuerzas y escapé por la ventana, atravesando el vidrio que rompí en añicos.

Así, comenzó mi peregrinar por el mundo.

Permanecí oculto en el bosque tratando de ordenar mis pensamientos. ¿Quién era yo? ¿Cuál era mi pasado? ¿Era la única persona en el mundo sin padres, sin hermanos, sin amigos ni enemigos? ¿Mi falta de identidad me disculpaba de pagar impuestos? ¿Existían en verdad las tartas de manzana o eran un producto de mi mente?

He de decir que no me fue del todo mal en los primeros días. Viví de frutas silvestres y de charlar con las ardillas. Sin embargo, el tedio me abrumó bastante pronto. Tal vez porque las ardillas eran muy monotemáticas y, a la hora de compartir bellotas, no se puede decir que fueran las más generosas. De hecho, las bellotas era el único tema que les interesaba.

En realidad fue la nieve el elemento clave a la hora de tomar mi decisión de cambiar de aires. La primera vez que desperté cubierto por varios kilogramos de hielo pensé que el hecho de no tener nombre ni amigos ni obligaciones fiscales no implicaba tampoco que debiera morir forzosamente. Y menos de esa manera. Y menos sin haber conocido el amor sincero de una dama gentil y hermosa que desease pasar la vida conmigo representando a un autor que después supe que se llamaba Shakespeare.

Así que me aventuré a inspeccionar los alrededores. No tardé en dar con una cabaña, a la cual me acerqué tímidamente. Puesto que la puerta estaba abierta, entré sin ser invitado. También hay que considerar que hacía un frío como para congelar el aliento frente a tus propios ojos. Dentro se encontraba un anciano que, al verme, recordó que tenía alguna cosa mejor que hacer en otro lado pues, sin decir palabra, salió corriendo hasta perderse en el horizonte. Esperé a que volviera y me indicara si podía tomar del desayuno que estaba recién preparado y listo sobre la mesa pero, al no volver pronto, es decir en todo el día, decidí que sería un total desperdicio dejar que el almuerzo se quedara ahí, tan zalamero, así que me senté a devorarlo.

Después de agotar el pan, el huevo y la leche de aquel buen hombre, me quedé dormido en su cama. Al otro día, antes de partir, hubiese querido dejar una nota de disculpa por haber roto su cama, pero yo seguía, no lo olvidemos, sin saber leer, escribir ni cosa por el estilo, así que sólo gruñí y me fui, con el corazón un poco más contento pues tenía la barriga (que cada día sentía más mía) completamente llena.

Mi siguiente parada fue un poblado. En gran medida me alegré pues era la primera oportunidad que tenía de convivir con mis congéneres. Me maravillaron las casas y, principalmente, los aromas que éstas despedían. Así que me acerqué a la primera que tuve a la mano y me aproximé a la puerta, que estaba abierta al igual que la de aquel buen hombre que recordó repentinamente que tenía que hacer algo en otro país.

De nueva cuenta no tuve suerte, pues, justo al momento en que me paré en la entrada, una señora se desmayó y sus hijos rompieron a llorar. Supe que estaba interrumpiendo algo y, aunque no quería inmiscuirme, sentí la necesidad de decir algo: "¿No les da vergüenza? ¡A saber qué travesura tremenda habrán hecho que el disgusto llevó a su madre a perder la consciencia!".

Lo malo, claro, es que yo aún no conocía el lenguaje humano, no lo olvidemos. Así que mi pequeño discurso se escuchó más o menos así:

—¡GRROOOOOURRROOROORURRRRR!!!

Los niños no dejaron de llorar y gritar, la dama continuó tendida en el suelo y la gente de aquel poblado consideró una buena idea perseguirme a las pedradas.

No obtuve descanso sino hasta que di con un cobertizo, contiguo a la casa de unos granjeros, al que pude entrar sin que nadie me viera. Un lugar aparentemente abandonado y bastante perfecto para escapar de la nieve, el frío y los aldeanos, sobre todo aquéllos con buena puntería.

Capítulo 15

La criatura se establece en aquel cobertizo y, a través de un orificio, comienza a espiar a sus vecinos. Un bondadoso hombre viejo y ciego de apellido DeLacey y sus dos hijos: una dulce muchacha rubia conocida como Ágata y Félix, un joven apuesto y laborioso. El monstruo, desde luego, se enamora de la joven. Contempla la rutina de ese hogar, donde el muchacho se marcha en un caballo por las mañanas, el viejo toca la guitarra y la muchacha se ocupa de la casa. Pronto comprende que son pobres y comienza a ayudarles cortando leña, así que Félix puede dedicarse más al huerto y a la casa. El monstruo aprende palabras gracias a sus largos periodos de vigilancia. Transcurre el invierno y él ya adelanta en el lenguaje pero no completamente, así que no se atreve a interpelarlos pues se sabe monstruoso (se ha visto reflejado en un estanque). Se conduele con ellos pues casi siempre están tristes, ya sea por la pobreza o por algo que no alcanza a comprender.

He de decir que, considerando el frío y las pocas posibilidades de encontrar algo mejor que aquel lugar lleno de paja, y oculto a la mirada de los hombres, tomé la decisión de instalarme ahí de ser posible hasta la llegada de la primavera.

Claro que yo, como ente de reciente creación no podía formularlo justo de esa manera, pero sí recuerdo que pensé, al menos: "¡Maldita sea, si no termina este frío horrendo, que me devuelvan a las tumbas de la que salieron mis huesos y no me molesten en cien años!".

Desde luego, aquél no era ningún mesón de dos estrellas con desayuno incluido, pero era mejor que dormir a la intemperie. Así que, después de asegurarme de que no compartía el espacio más que con una familia de ratones con quienes hice migas fácilmente (ellos me mostraron los dientes y yo hice lo mismo, cosa que al parecer les causó buena impresión pues después de abrazarse con los pelos erizados se enterraron en la paja y no volvieron a aparecer hasta días después) convine conmigo mismo que, si podía hacerme de un poco de alimento todos los días, bien podía quedarme hasta que se fuera el frío o viniera alguien a cobrar el alquiler.

En mi primera incursión en los alrededores, por supuesto cuando ya toda la gente se había guardado en sus casas, me di cuenta de que no me desagradaba comer raíces, plantas, madera y hasta un zapato que hallé. Resuelto entonces el asunto del hospedaje y la alimentación, pensé que la estancia podía ser bastante llevadera. Sólo hubiera deseado un poco de entretenimiento, tal vez algunas de esas hojas con símbolos extraños y encuadernadas en piel que descubrí en aquel castillo. No que pudiera descifrar dichos símbolos, no, ¡por supuesto que no!, pero nunca se sabe si un artefacto así puede servir para jugar con él de mil maneras.

(A decir verdad hubo días en que hubiera regalado mi hígado y un riñón a quien pudiese prestarme una de esas cosas que después supe que se llamaban libros.)

(Suspiro.)

(En fin.)

Fue al poco tiempo que descubrí un orificio en las tablas adosadas a la casa que colindaba con mi palacio y que me hizo pensar que tal vez no tendría mejor suerte en la vida, pues era como tener un asiento de primera fila en un teatro con funciones continuas.

¡No que yo conociera un sitio así, claro que no, pero bien podía imaginármelo, por las barbas del que después supe que llamaban el bardo de Avon!

En todo caso, del otro lado de la pared había una casa llena de vida que me ayudó a aprender mucho del mundo y de las personas que ocupan el mundo.

La primera vez que atisbé hacia el otro lado, convencido de que no podían notar mi presencia, contemplé a un dulce anciano sosteniendo un instrumento que emitía los más dulces y melancólicos sonidos.

—Maldita sea. ¿No puedes tocar algo más triste? Con esa música hasta a la silla le entrarán ganas de ahorcarse.

Dirigí mi mirada hacia el sitio de donde surgía aquella voz áspera. Se trataba de una mujer muy poco agraciada que portaba un vestido entallado blanco con lunares, zapatos rojos de tacón y el cabello atado en un chongo que remataba en peineta. Cuando digo que era poco agraciada no estoy siendo grosero. Siempre he pensado que, si se afeitara con más frecuencia y no tuviera la nuez de adán tan prominente, sería menos notable su, bueno, su falta de gracia.

—¡Cierra la boca, Johan! ¡Ya bastante difícil para mí es tolerar que transcurra el día a tu lado como para que, además, te quejes de cualquier cosa!

—¡No es cualquier cosa! —gruñó la dama—. ¡Es esa espantosa música como para cortarte las venas! ¡Y el nombre es Ágata! ¡Ágata!

—Johan, te digo. ¿Cuándo vas a aceptar que uno no decide, de la noche a la mañana, ya no ser quien le tocó ser?

—¡Tal vez el día que tú aceptes que estás más ciego que un topo!

—¡Lo aceptaré cuando sea cierto!

—¿Ah, sí? ¿Cuántos dedos te muestro ahora?

Peculiar pregunta porque la dama sostenía en alto un puño cerrado.

—Tres... —titubeó el anciano—. Eh... dos... uno. No, espera... ya caigo en tu truco. ¿Conque las dos manos, eh? Siete entonces. Ocho.

—¡Estás más ciego que una piedra de calabozo!

—Acércate y resolvamos esto como los hombres —refunfuñó el viejo, tirando el instrumento, que no era otro que una guitarra, y levantando en alto los puños.

Pensé que no era correcto que retara así a una dama, por muy poco agraciada que ésta fuera. Y te juro que estuve a punto de intervenir, pero entonces se abrió la puerta y entró por ésta un hombre de tez apiñonada, alto, escuálido y con grandes orejas. En una de ellas relucía una arracada. Y en el cuello también resaltaba un tatuaje que anunciaba: "Coma en Joe's".

—¿Qué demonios pasa aquí? ¿Están peleando de nuevo?

Arrojó a la mesa un saco, sobre el que se abalanzaron los dos que, minutos antes estaban a punto de liarse a golpes. Del saco comenzaron a sacar algunos objetos interesantes. Una bota, un azadón, el marco de una ventana, varias tejas, dos herraduras, un martillo sin mango...

—Antes lo sospechaba pero ahora estoy segura —dijo Ágata.

—¿Qué? —dijo aquel hombre recién llegado, al tiempo que se sentaba en una silla y sacaba del bolsillo un pan duro que comenzó a roer.

—Que eres el peor ladrón de toda la historia de la humanidad y toda la redondez del planeta.

—¡Retira lo que dijiste, miserable! —espetó levantando los puños.

—No golpearías a una dama.

—No veo ninguna por aquí.

—Dejen de pelear —intervino el viejo—. Nada se gana con eso. Y necesitamos comer. ¿No robaste algo que sí pueda bajar por el gañote, Félix?

—Claro, pero lo reservé para mí. ¡Yo soy el que hace el trabajo duro!

—¿Tan duro como el pedazo de pan que robaste? ¡Que te aproveche! —soltó Ágata, sentándose y cruzándose de brazos, evidentemente molesta.

—¡Tal vez... —espetó Félix, golpeando la mesa de madera con el pan empedernido que intentaba deglutir—, si te dejaras de tonterías y me acompañaras, como en los viejos tiempos, no estaríamos pasando por esto, Johan!

—¡El nombre es Ágata, maldita sea! ¡Y ya pasamos por esto! ¡Ya no puedo salir a robar, ya no puedo escupir en la calle, ya no puedo beber hasta embrutecerme, ahora leo la mano y adivino la suerte y bailo flamenco!

—Nadie quiere verte bailar flamenco, por amor de Dios —dijo Félix, rindiéndose en la silla.

—Tengo que practicar, es cierto, pero ésa es la idea. Ésta es la nueva yo.

—Una "nueva tú" que come igual que el "viejo tú", ¿no es cierto?

—Ya que lo mencionas —dijo el viejo—, considero que lo justo es que repartamos el pan que trajiste, Félix.

—Quiero ver que lo intentes.

Siguió una nueva discusión que los llevó a los golpes. Al final todos comieron un pedazo de aquella roca y, luego de discutir en torno a nuevos asuntos como la música depresiva y la práctica de un baile que nadie quería presenciar, se fueron a dormir. Yo hice lo mismo no sin abandonarme un poco a la tristeza, pues me pareció que nadie debería verse forzado a ser violento por culpa de la pobreza.

Al día siguiente, salí muy temprano de mi cobertizo para buscar algo de comer y poder ayudar a esa interesante familia. Aún no salía el sol y pude pasear por la aldea sin ningún problema, pues no se veía por ahí un alma. Y pude confirmar cuán cierto es aquel refrán (que conocería después, claro), y que dice "al que madruga, Dios le ayuda", pues corrí con mucha suerte. Llamé a varias puertas y, puesto que nadie me abría, entraba; y puesto que nadie me lo impedía, tomaba lo que podía. En las cinco casas que visité escuché pasos apresurados y puertas azotándose al interior, uno que otro murmullo y una que otra mano asomarse por detrás de un mueble mostrando un crucifijo, pero nada en realidad que me indicara que se oponían a que tomara prestada algo de comida. Así, fui llenando poco a poco el saco del que me hice en la primera casa. Yo agradecía en todos lados y hasta dejaba ver que les devolvería todo en cuanto pudiera. Pero como de mi boca sólo salían gruñidos, no estoy seguro de que hayan quedado conformes.

Salió el sol y yo volví a mi escondite, no sin antes dejar en la puerta de mis queridos vecinos una buena aportación de víveres. Me acerqué al rincón del pajar donde pasé la noche y atisbé por el orificio mientras masticaba una buena dotación de frutas, tal y como si volviera a mi butaca en primera fila después de ir al baño durante el intermedio.

—¡Maldita sea, Johan, volviste a roncar toda la noche! —gruñó Félix al aparecer en escena, rascándose un glúteo—. Ya que ibas a cambiar tanto, ¿por qué no cambiaste también en ese aspecto?

—Mejor cierra la boca y ve a buscar el sustento de esta familia, si tan jefe de la banda eres —se escuchó a Ágata a la distancia.

—Yo no quería el puesto de jefe de la banda. ¿Pero quién más lo iba a ostentar? ¿El ciego? ¿La bailadora?

—¡Puedo perfectamente ser el jefe si me lo propongo! ¡Y veo tan bien o mejor que tú! —exclamó el abuelo sosteniendo en alto un par de puños que confrontaban a un perchero.

—No pasemos por esto otra vez —bufó Félix—. ¡Me largo a trabajar!

No bien dijo esto cuando abrió la puerta. Descubrió mi aportación a la economía familiar y se quedó boquiabierto por varios segundos.

—¡Hey, no huyas! —soltó el viejo—. Maldito cobarde. ¡Juro que si no se hubiera ido, lo habría hecho papilla! ¡Siempre termina escapando de mí! ¡Pero uno de estos días no será tan afortunado! ¡Ojalá lo tuviera enfrente para arrancarle esa maldita lengua tan larga que tiene!

—Sigo aquí, abuelo —dijo Félix con parsimonia.

—Oh —fue toda la reacción del abuelo.

—¿Qué pasa? —preguntó Ágata.

—Que tal vez no vaya a ningún lado.

—Bueno, no deberías tomarte tan a pecho mis palabras —dijo el viejo—. Tú sabes que…

—No es por eso que haya decidido quedarme, abuelo.

—¿Ah, no? ¿Y entonces por qué?

—Por esto.

Y así, dispuso del saco que dejé en la puerta, lo llevó a la mesa y vació su contenido. Lonchas de jamón y tocino, pan, queso, fruta, carne seca, todo lo que pude tomar prestado, se expandió sobre la superficie de madera.

—¡Es un milagro! —dijo Ágata.

—Un milagro en verdad —dijo Félix, secundándola.

—Ya lo creo que un milagro —terció el viejo y, luego de una pausa—: ¿Qué es?

En vez de explicarle al hombre, se sentaron a comer como si fueran bestias salvajes. No los culpo. A decir por la condición física de Félix, a quien se le adivinaban los huesos debajo del holgado pantalón y la holgada camisa, creo que llevaban varios días de comer piedras o menos que piedras. Dieron cuenta de ello en menos de media hora y casi se les saltaban las lágrimas al terminar.

—Estoy seguro de que se trata de una admiradora que tengo en la aldea —dijo Félix después de un momento de reflexión—. Ya había advertido cómo me ve cuando me paseo por la plaza, así que seguro que todo esto fue porque trata de ganar mi corazón.

—¿Y por qué no puede ser un admirador mío? —recriminó Ágata—. Yo también me he dado mis vueltas por la plaza.

—Preferiría no hablar al respecto —reviró Félix, hurgándose los dientes con un palillo—. No quiero arruinar este momento con una estúpida pelea.

—Es lo más sensato que has dicho en los seis meses que formo parte de esta banda de porquería —dijo el viejo.

Y reinó el silencio por todo el rato que puede llevar a una banda, sea de lo que sea, hacer la digestión.

Ese día, Félix sólo salió de casa a agradecer a su admiradora con un beso en los labios. Volvió por la tarde con un ojo de color violáceo, justo al momento en que Ágata se quejaba de la música deprimente del viejo y éste, en contraparte, de los pasos de baile de ella. Todo, vale la pena decirlo, en un tono bastante menos agresivo que el del día anterior.

Al caer la noche se fueron a la cama sin darse de mamporros y eso me hizo muy feliz, por lo que decidí adoptar esa nueva rutina. Tomar prestados algunos alimentos, llevarlos a la puerta de su casa, observarlos, conversar con los ratones del establo, repasar algunos diálogos de algunas obras de algún autor inglés cuyas iniciales bien podrían ser W.S. y que, por supuesto no conocía pero igual podía imaginar...

Esperar a que se fuera el frío.

En defensa de tal rutina diré que, al quinto día, hubo una casa en la que hasta me dejaron una nota con la comida lista: "Gracias por no hacernos daño, señor monstruo. Si desea un consejo, puede comerse a Leonora Stein, quien vive a dos casas de aquí, pesa ciento veinte kilos y nunca se ha bañado en la vida". No que yo hubiera podido leer tal nota, claro, pero igual la guardé para cuando supiera hacerlo, que fue bastante pronto, seguro por la buena cabeza con la que mi creador me había ensamblado.

En realidad, aquélla fue una rutina que duró bastante poco. Al octavo día helaba como si el sol se hubiera largado de vacaciones y decidí que ya estaba bueno. Ellos comían los restos de un buen pollo asado que me habían dejado unos vecinos con la petición de que me llevara "al cerdo de Gunther Reiner con todo y su cochina familia" a mi cueva, cuando me introduje a la casa en medio de la ventisca.

Mi entrada fue tal vez demasiado dramática porque el viento golpeó la puerta y yo entré cubierto por la nieve y un gran chiflón, diciendo:

—¡Que me despellejen si no es éste el peor invierno que he vivido!

(No que hubiese yo vivido una gran vida.)

(Para serte sincero, Víctor, tenía pensado que eso fuese sólo un gruñido, algo así como GRRRROOOUOOOURR, pero supongo que ya había avanzado lo suficiente en mi aprendizaje del idioma porque sonó de la siguiente manera:)

—¡Que me despellejen si no es éste el peor invierno que he vivido!

Una vez que dije esto y que cerré la puerta, dejando fuera la ventisca, Ágata se desmayó, Félix corrió a una habitación y DeLacey, que tal era el nombre del viejo, siguió mordiendo el pollo.

—¿Qué demonios pasa? —exclamó el abuelo con la boca llena—. No sé quién sea usted, señor, pero permítame informarle que se equivocó de casa. Haga el favor de volver por donde vino.

—Me disculpo, señor DeLacey —dije, acercándome a la chimenea, tratando de entrar en calor—. Pero es que en verdad siento que ésta es como mi casa, pues les he traído de comer en pasados días, les he cortado la leña, los he escuchado detrás de la pared y hasta creo que puedo opinar respecto a ese problema de piojos que lo aqueja desde el martes.

—¿Así que ha sido usted? —convino el viejo—. Pues haga el favor de sentarse y comer con nosotros. ¿Y puedo preguntar por qué es que ha tenido esos rasgos de gentileza con nosotros? Johan sostiene que se trata de un admirador suyo, lo cual siempre me ha parecido tan probable como el que esta papa empiece a cantar a Mozart, para serle sincero.

Me senté y tomé un poco de la tarta que me habían preparado los Schmoll, unos vecinos que sólo pedían, en sus notas, que iniciara la revolución contra el gobierno.

—Aunque me parece que la señorita Ágata debe tener muchos admiradores...

No bien dije esto cuando Ágata volvió del desmayo y ocupó de nuevo su silla, recomponiendo su vestido y peinado.

—¿Así que es usted nuestro benefactor? ¡Por favor, tome un poco de pollo!

—Le agradezco, pero no suelo comer algo que haya tenido ojos, un nombre y amigos mientras vivía.

—Le aseguro que este pollo no debe haber tenido un solo amigo —insistió Ágata, extendiéndome un ala.

—Es algo que no podemos asegurar, ¿cierto?

—Decía entonces… —volvió DeLacey a inquirir— …las razones por las cuales nos ha hecho el gentil favor de apoyarnos en estos tiempos, espantosamente críticos, donde buscar el sustento es tarea de héroes y titanes.

—Sí, ejem… decía que aunque estoy seguro de que la señorita Ágata debe tener muchos admiradores…

—Oh, tome un poco de queso, ande —dijo ella.

—Lo siento, no me gusta el queso. Y si es de cabra, no lo puedo ver ni en pintura.

—Entonces tome dos melocotones, por favor.

—¡Deja hablar al señor, maldita sea, Johan! —gruñó el viejo, aún con la boca llena.

—Sí, bien —volví a mi discurso—, decía que la verdadera razón por la que me acerqué a ustedes es… bueno, les parecerá penoso lo que les voy a decir… pero les juro que es absolutamente cierto… bien, la razón es… que no tengo un solo amigo en el mundo. Y creí que tal vez ustedes podrían ser los primeros.

—¡Faltaba más! —dijo DeLacey—. Un amigo como usted vale por cientos. Así que considérelo un hecho.

—Estoy de acuerdo —dijo Ágata—. Aunque… y si puedo preguntar… ¿cómo es que alguien tan gentil como usted carece de amigos?

—Oh, verá, señorita Ágata… —resolví comiendo de la fruta—. También les parecerá un poco penoso pero es igualmente cierto… y la razón es que… bueno, fui creado en un laboratorio hace apenas unas semanas.

Un pesado silencio se sostuvo por espacio de unos veinte segundos.

—Ah, eso —dijo ella—. Coma más, por favor.

Se abrió la puerta de aquella habitación y salió Félix por ésta, un poco receloso y sosteniendo un crucifijo a guisa de escudo, lo cual no me ofendió pues, como ya conté, así me recibían en muchos lados.

—¿Se puede saber qué pasa aquí?

—Casi nada —dijo DeLacey—. Que tenemos nuevo jefe de la banda.

—Oh... —repuse—. No, nada de eso. Yo solamente...

—No tengo objeción —soltó Félix sentándose a la mesa y tomando también una pieza de pollo; el crucifijo lo depositó a un lado como quien descansa un arma—. De hecho, si quiere que le diga la verdad, amigo, era un trabajo que ya me tenía harto. Demasiada responsabilidad, mucho estrés, nunca se puede tener contento al personal... ¿me pasa el pan, por favor? Muchas gracias.

Y así fue como, de la noche a la mañana, me convertí en el jefe de una banda de... de... bueno, ahora te lo explico.

Fue al día siguiente, cuando volví de hacer mi diaria recolección de alimentos, leña y sugerencias de los vecinos para que tomara a otros vecinos como golosina, que Félix puso ante mí un montón de objetos extraños a los que insistía en llamar "botín". Un saco de arpillera, un guante al que faltaban dedos, el respaldo de una silla, el lente solitario de unas gafas, medio libro, un vaso de cristal cuarteado, un horripilante jarrón...

—Es el botín de ayer en la noche, jefe —me dijo con cierto orgullo—. ¿Qué quiere que hagamos con él?

—¿Botín? —pregunté, preocupado.

—Es la palabra que él utiliza para decir "basura" —dijo Ágata.

—Cuando quiera tu opinión te la pediré, Johan —replicó Félix.

—"Ágata", pedazo de bueno para nada. El nombre es Ágata.

—Creo que... si en verdad quieren que sea su jefe... —intervine—, tendremos que hacer algunos cambios.

—Sólo dígalos. Usted es el jefe.

—No podemos despojar de sus cosas a los demás. No está bien.

—Ummh... tal vez no, pero es lo que hacemos. ¿No es cierto? —dijo Félix echando una mirada a las viandas que yo acababa de traer de mi visita al pueblo.

—No exactamente —precisé—. En realidad todo eso lo he tomado en calidad de préstamo.

—Bien... pues entonces a eso nos dedicamos, a tomar préstamos de calidad. Y todo esto —abarcó con un ademán el montón de cosas que había traído en su incursión nocturna— no es más que una parte de una deuda que algún día pagaremos.

—Estoy segura de que nadie querría de vuelta esa basura —murmuró Ágata.

Con todo, a mí me satisfizo la explicación de Félix. Y quedamos contentos. Fue entonces que DeLacey, quien ya hincaba el diente a un panqué, dijo, sin más:

—¿Y cómo hemos de llamarlo, jefe? Si es que tiene un nombre. Y si no, podemos ayudarle a encontrar uno.

—Pues… —titubeé, rascándome la cabeza—, ahora que lo dicen…

Vi la oportunidad de mi vida. Claro que podía simplemente sugerir un nombre cualquiera, como… no sé, Otto… pero comprendí de pronto que ante mí se abría un universo de posibilidades. Y es que, siendo muy sinceros… ¿quién de nosotros elegiría el mismo nombre que sus padres le dieron al nacer?

—¿No me diga… —dijo Ágata con cierta ternura—, que su creador no le puso un nombre, jefe?

—Pues… no. No lo hizo.

—¡Qué emocionante! —soltó ella, aplaudiendo—. ¿Puedo sugerir… "Otto"?

—¿Estás loco? —gruñó Félix—. ¿Un tipo como él? ¿Un tipo que entra a un bar y hace que todos echen a correr, se desmayen, aflojen los esfínteres o pierdan la fe en la humanidad? ¿"Otto"?

—Bueno… es un nombre lindo —defendió Ágata.

—Yo sugeriría algo así como "Atila" o "Butcher" o "legítimo heredero de Luzbel", aunque sea un poco largo —contraatacó Félix.

—¿Y por qué no lo dejan opinar a él, par de sabandijas? —exclamó el viejo desde su parapeto en la mesa.

—De acuerdo… ¿tiene usted, jefe, alguna sugerencia? —preguntó Félix.

—Pues… ya que preguntan, sí que la tengo.

—Dígala y ya está.

No es que fuese un nombre que ya hubiese escuchado en otro lado, por ejemplo en una obra de teatro de algún autor inglés, por supuesto que no, si era yo un ente de reciente creación, pero bueno, uno puede tener imaginación para estas cosas, además de cierta predilección por los nombres dotados de fuerza dramática.

—Eh...umh... ¿qué les parece... "Rosencrantz"?

Un pesado silencio se sostuvo por espacio de unos veinte segundos.

—Eh... bueno. ¿Y qué tal... ¿"Hamlet"?

Otros veinte segundos. Tal vez treinta.

—¿"Charlie"?

El crepitar de la chimenea fue el único sonido por un largo rato. Luego, hasta el fuego pareció querer sumirse en el mutismo y mirar hacia los lados.

—Otto no está tan mal —rematé.

—Otto será —convinieron mis compinches. Y nos sentamos a la mesa.

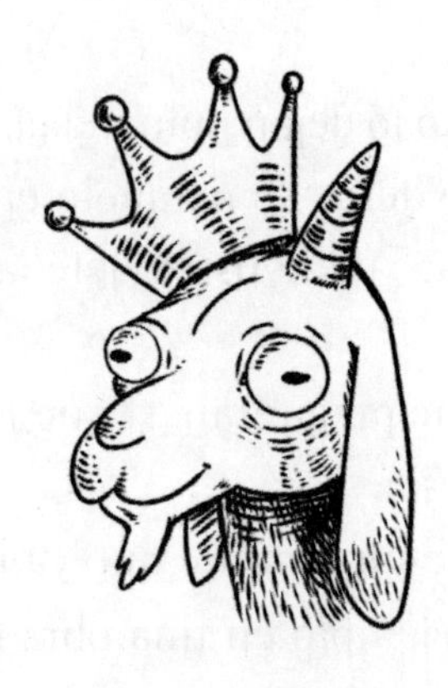

Capítulo 16

Llega a la casa una muchacha árabe, Safie, quien hace que vuelva la alegría a los rostros de los miembros de esa pequeña familia, pues evidentemente ya se conocían de antes. Ella también toca la guitarra y además canta. Gracias a que los de casa se empeñan en enseñarle el idioma, el monstruo también aprende. Félix le lee a Safie y es gracias a ello que la criatura también aprende cosas nuevas, cómo funciona el mundo y que el hombre es capaz de hacer el mal. Esto despierta preguntas sobre sí mismo, su origen y por qué no tiene parientes ni pasado. Le causa amargura comprender que ninguna de las amables palabras de los granjeros es para él, que a nadie tiene en realidad. Luego advierte que entre las ropas que tomó la noche que huyó estaba el diario de Frankenstein, su creador, que ahora puede leer y descifrar. En el relato del monstruo llega el otoño y éste comienza a hacerse la esperanza de que los granjeros lo acepten y lo quieran, pues ahora que está Safie todo es alegría en esa casa. Un día, cuando el invierno ya ha iniciado, se anima a entrar en la cabaña dado que el viejo está solo. Después de una charla en la cual apela a la bondad del viejo y que ya está por ganarse sus favores, llegan Ágata y los demás, quienes, al ver al monstruo abrazado de las rodillas del viejo, lo golpean con un palo y echan a la calle. Él vuelve al cobertizo pero después huye al bosque, donde le declara la guerra a la humanidad y a su creador.

Después de pensarlo, vuelve a la casa para ver si se apiadan de él pero ellos ya no están, sólo encuentra a Félix, a quien espía a lo lejos. Félix habla con el casero para decirle que se marchan para siempre pues las mujeres no pueden olvidar al monstruo que intentó matar a su padre. El monstruo, enfermo de rencor, vuelve y prende fuego a la casa. Comprende que tiene que ir en busca de su creador y pone marcha hacia Suiza (gracias a que entre las lecciones que daba Félix a Safie también se encontraba la geografía).

Ummh... Lo único digno de mención referente a aquel periodo, que fue del invierno a la primavera, son estas tres cosas:

1. El barbero decidió que ya no soportaba a su mujer y escapó del pueblo, dejando una nota. Pero claro... ¡Todos prefirieron culpar al monstruo de su desaparición! La calidad de la comida, de cualquier manera, mejoró significativamente a partir de ese día.
2. Llegó una bruja a unirse a la banda. No, no estoy exagerando. Ella misma, que en el pasado había sido novia de Félix o del viejo (ni ellos lo tenían

claro) se presentó así, mostrándome su tarjeta: "Safie, la bruja. Se hacen pócimas, se hornean bebés, se tiñe el cabello de verde".

3. Me pareció que ya era tiempo de acabar con mi soltería y buscar a mi creador para ver qué se le ocurría al respecto.

Ummh... Bueno, tal vez 4:

4. Ágata se molestó un poco cuando le dije que no era mi tipo e incendió la casa. Lo cual, al final, resultó benéfico, pues impulsó nuestra salida de aquel lugar, aunque lo único que se salvó de las llamas fue la guitarra de DeLacey.

Capítulo 17

El viaje le toma al monstruo todo el invierno y llega a Suiza cuando ya inicia la primavera. Al lado de un río salva a una niña de ser ahogada, pero el campesino con quien ella jugaba se la arrebata, naturalmente horrorizado, y le dispara con un rifle, perforándole un hombro. Permanece el monstruo en el bosque con gran dolor hasta que la herida sana... Después de algunas semanas se exacerban sus sentimientos de odio y venganza.

Creo justo decir que, si no hubiésemos sido "persuadidos" por Ágata de abandonar para siempre aquella casa, quizá jamás lo habríamos hecho, pues la cotidianidad se había vuelto muy confortable. Por las mañanas yo salía a recoger las viandas que amablemente me dejaban los aldeanos en puertas y ventanas, por las tardes escuchábamos a DeLacey tocar la música más triste del mundo y por las noches el encierro hacía que todos pelearan contra todos hasta que el agotamiento o un buen sopapo terminaban con la jornada. (Es decir, lo más normal en cualquier familia de cualquier lugar.) De vez en cuando Ágata nos leía la suerte (con muy poca suerte) o practicaba su baile (con aún menos suerte) y Félix contaba viejas hazañas que todo el mundo tomaba por invenciones. Era una buena vida, salpicada por los momentos en que Safie hablaba con su gato negro frente a todos o vomitaba un sapo vivo o tomaba su escoba y se disculpaba para ir a algún buen bar.

Con la casita reducida a cenizas todo tuvo que cambiar. Y puesto que carecíamos de plan, les expuse el mío: Debía volver a Ingolstadt porque mi creador me había prometido una compañera o, de menos, un entusiasta club de admiradoras. En principio se negaron. No les parecía que ésa fuese la mejor ruta para hacernos de una cuantiosa fortuna, que es a lo que aspira todo ser humano. Pero los convencí de la manera más sencilla: despidiéndome de ellos. Les dije que, ya que teníamos metas distintas, era el momento de decir adiós. Eso bastó para que se unieran a mi travesía, lo cual me alegró profundamente e intenté abrazarlos, aunque sólo Safie me correspondió. (Desde el principio me tomó aprecio: siempre aseguró que yo tenía que ser de los predilectos de un tal Lucifer y que, por eso, contara con ella para lo que fuera: malograr cosechas, partos, romances; lo que yo quisiera.)

Así que enfilamos hacia Ingolstadt y no tardamos en adoptar un nuevo hábito de viaje, que al fin para eso éramos una banda de tomadores de préstamos de calidad. Recuerdo que cuando Félix sugirió el plan, me pareció que no funcionaría. Y se lo dije.

—¿Quieres decir que DeLacey se sentará, solo, a la vera del camino y eso bastará para que nos hagamos de una forma de sustento?

—Claro —espetó, sonrientemente—. Mientras haga usted su parte, jefe.

—Pues no me lo creo.

—Pues ya lo verá.

Me parecía que Félix exageraba. Pero muy pronto demostró que no. La cosa funcionaba de la siguiente manera:

DeLacey se sentaba a la vera del camino, tocando su guitarra. A sus pies, un sombrero con algunas monedas que nosotros mismos depositábamos. El primer hombre o mujer que pasaba por ahí conseguía, en efecto, la magia. "Pobrecito", decían algunos. "Dios lo bendiga", decían otros. Pero todos, invariablemente, arrojaban una moneda, que tintineaba ruidosamente al caer. Acto seguido, la recuperaban silenciosamente del sombrero, acompañada por otras más, dejando el sombrero vacío. Y así, retomaban su camino. Unos silbaban. Otros canturreaban. Unos más se reían.

Y entonces aparecía yo.

Mis parlamentos eran más o menos los siguientes: "He visto tu pecado desde mi reino y he venido a llevarte conmigo". No decía más. Algunos intentaban huir. Otros se arrodillaban suplicando perdón. Unos más se desmayaban. Al final siempre intervenían mis compañeros, sostenían al pecador y lo despojaban del fruto de su pecado con uno que otro donativo adicional. La mayoría se marchaba agradecida. Todos corrían a gran velocidad, pero, eso sí, mayormente agradecidos.

Mentiría si no dijera que hubo días en que la vida me parecía perfecta. Ágata me perdonó y convino en que yo tampoco era su tipo, sobre todo porque había veces, según me dijo, en que la luz de la fogata me alumbraba de tal forma el rostro que le daban ganas de volver a ser una niña pequeña para correr a los brazos de su madre. Era una broma, claro, pero me dio gusto hacer las paces con ella.

Durante el día trabajábamos. Por las tardes buscábamos dónde acampar, contábamos el monto del préstamo recaudado y compartíamos la comida. Muy pocas veces DeLacey y Félix bebieron hasta embrutecerse y terminar golpeándose entre ellos o cayéndose en la hoguera. Muy pocas veces Safie trajo a convivir con nosotros a alguno de sus amigos de orejas puntiagudas y medio metro de estatura que olían mucho a azufre. Muy pocas veces Ágata se tiró a la melancolía diciendo que nadie, excepto yo, la comprendía. Muy pocas veces pensé en alguna posible vida lejos de ahí, conversando con las cabras y viendo la puesta del sol acompañado de un buen manojo de perejil y jugo de moras.

Así, avanzábamos todos los días un poco. Y excepto por cierta vez que Safie le hizo saltar una cola de cerdo a Félix, creo que todo el tiempo hubo concordia y buen ánimo.

El mejor recuerdo que tengo de esos días fue cierta vez que llegamos a las afueras de un poblado y, mientras el resto de la banda dormía, como siempre, entre el follaje del bosque, yo me aproximé a la periferia del pueblo porque escuché algunos sonidos que me resultaron familiares.

Siempre oculto, di con aquello que había llamado poderosamente mi atención. En medio de un paraje se encontraban algunos carromatos formando una barrera que rodeaba a un tablado, sobre el cual se encontraba una especie de casita de madera, cubierta por tres lados y con una cara que mostraba el interior de dicha casita hacia un montón de gente que, sentada en el suelo, contemplaba hacia ese punto. Un par de hombres que tocaban tambor y flautín acompañaban el momento, sentados en la orilla de aquella tarima. Todo era iluminado por antorchas y lámparas de aceite. Cuando alcancé a acomodarme en cierto lugar del bosque desde el que tenía amplia visión de lo que ahí acontecía, noté que en la cara no oculta de la casita se encontraban varias personas finamente ataviadas. Se escuchaba un bullicio que, en breve, fue acallado. Y luego, siguió un diálogo, más o menos en los siguientes términos:

—¡Ah, tú, vil rey! ¡Dame a mi padre! —dijo uno, joven y de nobles maneras.

—Calma, buen Laertes —dijo una señora, con corona en la testa.

—¡La gota de sangre que esté en calma me proclama bastardo! —reclamó el primero. Luego habló otro hombre barbado, también con una reluciente corona en la cabeza:

—¿Cuál es la causa, Laertes, de que tu rebelión tome ese aspecto gigantesco? ¿Por qué estás tan irritado? ¡Habla, hombre!

—¿Dónde está mi padre?

—Muerto.

Las docenas de personas que contemplaban lo que acontecía soltaban exclamaciones. Y yo me sentí conmovido. Era una representación de algo importante. Y la gente se había congregado a observar esa historia donde un joven reclamaba a un rey la muerte de su padre. Era hermoso y terrible. Pero lo peor (o acaso lo mejor) fue el momento en el que, después de múltiples reclamos del joven Laertes al rey aquel por la muerte de su padre, entró la más bella y triste dama que se ha visto jamás en la Tierra. Y de sus labios salió la más dulce de las melodías. Y exclamó Laertes, presa del dolor:

—¡Ah, rosa de mayo, doncella querida, buena hermana, dulce Ofelia! ¿Es posible que la cordura de una doncella sea tan mortal como la vida de un viejo?

Y la hermosa y joven y frágil Ofelia cantaba, haciendo que los espectadores contuvieran el aliento:

—Con la cara descubierta… la llevaron a enterrar… tralará… lará… lará… y llovieron muchas lágrimas… donde su sepulcro está.

Y luego de eso, Laertes y Ofelia sostuvieron el más conmovedor diálogo de hermanos, donde quedó claro que ella había perdido el juicio. Y todos lloramos por su juventud perdida. Luego ella volvió a cantar y con la mirada puesta en el infinito salió por donde entró. Laertes maldijo su suerte y todavía el rey quiso convencerlo de que nada tenía que ver con la muerte de su padre. Salieron y fueron sustituidos por un tal Horacio, quien leyó una carta en público. Luego, volvieron Laertes y el rey. El rey, entonces, convenció a Laertes de que quien estaba detrás de la muerte de su padre era un tal Hamlet. ¡Oh! ¡Todos los que miraban dejaron escapar un murmullo de aflicción! Laertes y el rey confabulaban para matar al tal Hamlet, primero con un estoque, luego con veneno. Y justo cuando llegaban al culmen de su plan, entró la reina.

—Un dolor va pisando los talones a otro —dijo ella, totalmente afligida—, de tan de prisa como se siguen: tu hermana se ha ahogado, Laertes.

—¡Se ha ahogado! Oh, ¿dónde? —exclamó el joven, presa de la desesperación.

—Hay un sauce que crece a través de un arroyo, reflejando sus canosas hojas en el cristal de la corriente: allí llegó, con fantásticas guirnaldas de ranúnculos, ortigas, velloritas...

La reina hacía la descripción de la tragedia y yo, obedeciendo a un impulso que no sé de dónde vino, pues evidentemente nada sabía de la historia, siendo como era, un ser de muy reciente creación, corrí rodeando a la gente y aproximándome por el costado de aquella casita de maravillas y tragedias. Pasé por entre dos de los carromatos y accedí a la parte posterior del sitio donde todo acontecía.

—Allí, al trepar sobre las ramas salientes... —continuaba la reina—, para colgar sus coronas de hierbas, un maligno mimbre se rompió y sus trofeos vegetales y ella misma cayeron al lloroso arroyo...

Recargadas en el tablado se encontraban varias personas de fina indumentaria tomando de la boca de una botella y fumando. Todas ellas charlaban con tranquilidad. Entre ellas reconocí a Horacio y, por supuesto, a la bella Ofelia, quien dejó escapar una bocanada de humo y dijo algo sobre unas vacaciones y el mal sueldo que reciben los actores en estos tiempos, cuando me planté frente a ellos.

—... sus ropas se extendieron y la sostuvieron un rato a flote como una sirena, mientras ella cantaba trozos de viejas melodías, como inconsciente de su peligro...

Tal vez que era noche cerrada. O quizá la sorpresa con la que me presenté sin avisar. El caso es que un par de aquellas personas gritaron; otras más echaron a correr y, para mi fortuna, la bella Ofelia sólo soltó una palabrota de esas que he escuchado a Félix decir cuando se golpea con algo verdaderamente duro y, sin más, se desmayó.

—... o como criatura natural y familiar en ese elemento, pero no pudo tardar mucho que sus vestidos, pesados de tanto beber, arrebataron a la pobre desgraciada de su canto melodioso a la fangosa muerte.

Un silencio tremendo se hizo en todos lados. Tanto en la parte posterior de aquel escenario como en el tablado y la multitud de espectadores. Incluso el bosque decidió que valía la pena esperar un poco y ningún grillo, ningún sapo, ni siquiera el viento, se atrevieron a dejar escapar el más mínimo sonido.

—Ay, ¡entonces se ha ahogado! —gimió Laertes.

—Se ha ahogado, se ha ahogado —sollozó la reina.

Y he aquí que, obedeciendo a un impulso que no sé de dónde me vendría, entré a escena cargando a la bella Ofelia. Tal vez si yo conociera la obra, que por supuesto no es el caso, habría tenido la idea, largamente acariciada en mi mente, de salvar a Ofelia de tan injusta muerte. Podría ser. Pero siendo yo un ente que no conocía ninguna obra de ningún autor, mucho menos de alguien cuyo nombre de pila bien podría ser Alfred o Robert o William... pues difícil es explicar tal arrebato. Pero igual ocurrió.

El público entero reaccionó con estupor cuando dije, plantado frente a todo el mundo con Ofelia en brazos:

—¡Mentira! ¡Ofelia vive! ¡Yo pasaba por ahí y pude rescatarla!

Todos me miraron con gran asombro. Todos. Laertes, la reina, el rey. Todos.

—¡Lo juro! ¡Ofelia vive! —insistí.

—¡El fantasma del rey de Dinamarca volvió del infierno! —gritó alguien—. ¡Y va a vengar su muerte!

—¡Viva el rey de Dinamarca!

—¡Viva!

A esto, la gente aplaudió a rabiar. Y luego, cuando Ofelia al fin despertó y gritó y decidió que lo mejor sería poner buena distancia entre nosotros, la gente se puso de pie y aplaudió con más entusiasmo.

—¡Viva el verdadero rey de Dinamarca! ¡Muera el usurpador!

Para esto, Laertes, el rey y la reina también decidieron que podían dejar el escenario para mí solo, cosa que, por alguna razón, me pareció bien. Ya iba yo a continuar con la escena primera del acto quinto, no que me supiera la obra ni nada, claro, cuando otro hombre por ahí, gritó. Creo que fue Horacio.

—¡No es un actor de la obra! ¡Es un verdadero engendro del infierno!

La gente dejó de aplaudir poco a poco, hasta que aquello quedó nuevamente en silencio, aunque vale la pena decir que un par de segundos después un grillo sí carraspeó y volvió a lo suyo de todas las noches, lo cual hizo más ominoso el momento. Yo ahí parado, la gente contemplándome estupefacta y un grillo cantando tan tranquilo.

—¡Es el diablo que se ha estado apareciendo en los caminos! —dijo uno.

—¡Virgen Santísima, ampáranos! —soltó otro.

—¡Que devuelvan las entradas! —gruñó uno más.

Al final, todos decidieron correr y perderse en la noche. Y aunque me sentí tentado a continuar con la obra, no que me la supiera, no que supiera que Laertes y Hamlet debían enfrentarse en tremendo duelo a muerte, claro, preferí volver a nuestro campamento y dormir a pierna suelta, cosa que ocurrió a la perfección. De hecho, creo que fue la primera noche de mi larga y fructífera vida de apenas algunos meses, que dormí con una verdadera sonrisa en la boca.

Capítulo 18

Al cabo de dos meses la criatura llega a Ginebra. En las afueras de la ciudad se encuentra con William Frankenstein y se acerca a él prometiéndole no hacerle daño pero el niño se asusta ante su fealdad. Revela su apellido advirtiendo al monstruo que es hijo del magistrado. Ésa es su perdición. El monstruo, al reconocer el nombre decide cobrar venganza. ("Yo también puedo sembrar la desolación", piensa.) Estrangula al muchacho y luego esconde el retrato que se encuentra con él entre las ropas de Justine Moritz, deseoso de causarle el mal a la muchacha. Permanece en los alrededores con la intención de encontrarse con Víctor.

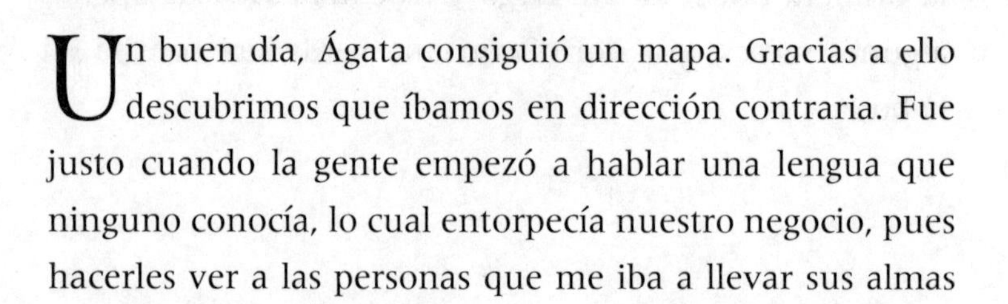

Un buen día, Ágata consiguió un mapa. Gracias a ello descubrimos que íbamos en dirección contraria. Fue justo cuando la gente empezó a hablar una lengua que ninguno conocía, lo cual entorpecía nuestro negocio, pues hacerles ver a las personas que me iba a llevar sus almas pecadoras sin que nadie entendiera un rábano era, digamos, poco efectivo, así que reviramos. Pasados un par de meses, una noche al fin divisamos las luces de la ciudad de Ginebra desde una de las cumbres cercanas. No exagero si digo que llevábamos varias bolsas llenas de dinero y ningún impedimento para intentar gastar un poco, dado que no nos habíamos tomado un solo día libre desde que iniciamos la recolección de préstamos de calidad.

—A nadie hará daño que nos tomemos un trago y juguemos un poco al póker —dijo DeLacey, tal vez el más deseoso de salir de la rutina, en el momento en el que acampábamos con la hermosa vista del lago Léman ante nuestros ojos.

—Todos los días bebes vino y juegas al póker con nosotros —refunfuñó Félix, negando con la cabeza.

—Quiero jugar con alguien que respete las malditas reglas. ¿Es mucho pedir?

—Bien, pues será hasta mañana —anuncié—. En cuanto abran las puertas de la ciudad, nos acercamos.

Advertí que todos se miraron entre sí. Incluso Safie, que no solía participar mucho en sus confabulaciones (usualmente se apartaba para espulgar su cabello y comer lo que encontrara en él.) Fue Ágata quien se animó a hablar.

—Eh... ummh... ehh...

—¿Qué pasa?

—Ummh... No creo que sea buena idea que nos acompañe, jefe.

—¿Por qué?

—Eh... es que usted es el éxito de nuestra... eh... representación de todos los días. Si es visto entre la gente, se perderá el efecto. Todos lo conocerán y ya de nada servirá lo que hacemos.

Noté que todos estaban de acuerdo en ello. Y yo no tuve más remedio que estarlo también. Me entristeció tener tanta responsabilidad sobre los hombros.

(Y recuerdo, querido primo, que me retiré a dormitar pensando lo mucho que urgía dar con mi "creador", pues tal vez ya era tiempo de dar por terminado aquello del "Teatro sin paredes". Era tan bueno en mi papel de monstruo que todo el mundo creía eso. Y no es que me pareciera mal, pero mi principal interés siempre había sido conocer una buena chica, casarme con ella, mostrarle el negocio de la producción de queso de cabra y enseñarle a hacer los papeles femeninos en las obras que, en otra vida, representaba.)

Así que se hacía más apremiante acelerar el principal motivo de nuestro viaje, dar con el responsable de mi existencia y obligarlo a cumplir su palabra.

Fue al día siguiente que, increíblemente, la suerte nos sonrió, pese a que Ágata había echado las cartas durante la noche, antes de apagar el fuego, y había concluido que no nos convenía abandonar el campamento así éste se estuviera incendiando.

—¡De todas las estupideces que siempre dices cuando adivinas nuestra suerte, ésta ha sido la peor! —refunfuñó DeLacey en la mañana, cuando ya nos disponíamos a recoger las cosas para acercarnos a Ginebra—. ¿Quedarnos aquí? ¿Justo cuando al fin íbamos a tener un poco de diversión? ¡Ni locos!

—Las cartas no mienten —sentenció Ágata.

—¿Cómo sabes que no mienten si nunca has podido comunicarte con ellas? Bien podrías leer piedras, nubes o chichones de la cabeza, daría exactamente lo mismo, es decir: nada.

—Pues yo no iré —insistió ella.

—Y yo digo que voy, pese a quien le pese —dijo DeLacey. E inició su camino.

—Es hacia el otro lado —espetó Félix, molesto, aún tirado y mordisqueando una varita de hierba.

El viejo no dijo nada, sólo rectificó.

—Hey... —intervine, deteniendo a DeLacey—. ¿Exactamente qué mostraban las cartas, Ágata?

—Me mostraron que todo nuestro dinero cambiaba de manos. ¿No es ésa la más horrible de las razones para no mover ni un dedo?

Hubo un mínimo momento de reflexión. Muy mínimo, de hecho.

—Lo sería si una sola vez hubieras acertado adivinando la suerte, pero como no... —resolvió DeLacey, poniéndose en marcha nuevamente.

—El viejo tiene un punto —concedió Félix, incorporándose—. Además, nos hace falta algo de diversión. Yo no voy a apostar en el póker, si eso es lo que les preocupa. Pienso invitar a una chica a tomar un café.

—¿Qué chica? —cuestionó Ágata—. No conoces a nadie.

—¿Cómo que qué chica? No importa. La que sea. Es más, ni siquiera tiene que ser chica. Puede ser grande. Es más, puede doblarme la edad. Sólo quiero tener trato con alguien que no tenga la voz más ronca que yo o los brazos más velludos.

—Eso no fue muy gentil —dijo Ágata.

—Oh, por mí está bien —terció Safie.

—No discutan tonterías —intervino DeLacey—. Iremos los que queramos ir. Y los que no, que se queden. Punto. Nos vemos en la noche.

—A favor —dijo Félix.

No bien acordaron eso cuando se escuchó, a la distancia, un llanto. El viento matinal nos regalaba con ese extraño y melancólico sonido.

—¿Escuchan? —pregunté.

—Sí. Alguien llora. ¿Qué tiene eso que ver con nosotros? —dijo DeLacey, el de peor humor esa mañana.

—Creo que es un niño —dije.

—¿Y? Como si fuera el rey de Francia.

—No sé ustedes, pero iré a ver qué tiene —añadí, sin más.

Y fui en pos del sitio donde se escuchaba tal llanto. Con gran fastidio me siguió el resto, que a fin de cuentas no era muy lejos y a más fin de cuentas yo seguía siendo el jefe. Al dar la vuelta a una colina, nos encontramos con un niño de no más de diez años sentado sobre un tronco. Era el más dulce y más hermoso niño rubio que jamás hubiésemos visto. Y lloraba, desconsoladamente.

Me acerqué con gentileza.

—Hola… ¿qué tienes? ¿Podemos ayudarte en algo?

En cuanto me vio, sus ojos se abrieron enormes. Detuvo el llanto. Por varios segundos. También miró con interés a aquellos que me acompañaban. Luego, como si recordara algo, volvió a llorar, enjugándose con sus dos blancas y tersas manitas.

—Mi mamá… —dijo entrecortadamente.

—¿Qué pasa con tu madre, nene? —dije.

—Acaba de caer en un gran agujero. Creo que está muerta.

—¡Qué horror! ¿Dónde ocurrió? —pregunté.

—Ahí —señaló en dirección a un árbol.

—¿Dónde?

—Vaya por ese pequeño sendero y, justo al dar la vuelta al árbol, se encuentra el hoyo.

—De acuerdo. No te preocupes. Iré a ver.

—¡Gracias! —detuvo un poco el llanto, miró a mis compinches y luego sugirió, con su vocecita angelical—: Por favor, ayúdenle. Mamá es robusta y ese buen hombre necesitará de ayuda. ¡Oh, Dios mío! ¡Si es que no está muerta ya!

Más llanto, más desesperación.

Hice una seña a todos para que me siguieran. Me sentí bien de poder hacer una buena obra justo para empezar ese día ominoso. No recordaba cuándo había sido la última vez que hice algo que no mereciese un buen tirón de orejas de mi madre. En caso de haber tenido una madre, claro.

Caminé a lo largo de un pequeño sendero, apenas dibujado sobre la alfombra de hierba. Al final de éste, en efecto, se encontraba un árbol al que rodeaba el caminito, cubierto por las hojas que el árbol había soltado al paso de los días. Más hacia allá divisé una cabaña y pensé que era posible que ahí viviera el muchachito. Me apresuré, pero sin dejar atrás a mis compañeros, quienes me acompañaban a regañadientes. Sólo DeLacey se había retrasado un poco.

—¡Vamos! ¡Dense prisa!

Miré por encima del hombro hacia el tronco donde se encontraba aquel niño. Ahora se había levantado e iba en pos de nosotros. Comprendí que querría ver cómo estaba su madre, pese a todo. No detuve mi caminar. Seguí de acuerdo a las indicaciones del muchacho. El corazón me rebosaba de entusiasmo. De habernos encaminado hacia Ginebra, no habríamos podido llevar a cabo esta buena acción que…

… que…

Bueno. Mis pensamientos se detuvieron ahí.

Repentinamente perdí el piso.

Un piso, por cierto, bastante bien disimulado por una frazada color marrón cubierta de hojas, ramas y hierbajos.

Que consiguió que cayera a plomo…

… en un enorme agujero.

Seguido por Safie, Ágata y Félix, quienes amortiguaron el golpe gracias a que yo me les adelanté en la caída.

—¡Hey! ¡Qué &%#/*@$…! —alcanzó a decir Ágata antes de tocar el suelo.

¿Habrá que decir que en dicho agujero no estaba la mamá de ningún niño? De hecho, ni siquiera la ubicación correspondía con la que nos había informado aquel muchachito. Se trataba de un bien cavado foso en la tierra como de cinco metros de profundidad, así que ni siquiera yo podría alcanzar la superficie.

—¿Qué demonios pasó? —dijo la voz de DeLacey, quien era el único que se había salvado de la caída.

—¡Hey! ¡Abuelo! —gritó Félix, aún sobre mí—. ¡Es una trampa! ¡Cuidaaaaaa…!

Su señal de advertencia se detuvo de golpe porque en ese momento le cayó encima y de golpe el cuerpo del anciano DeLacey.

No había que ser un detective para deducir que alguien lo había empujado. De hecho, ese alguien no tardó en asomarse. Su rubia cabecita recortó el azul del cielo.

—Vaya, vaya… —dijo al tiempo en que sacaba un puro y le daba una gran chupada—. ¿Quién iba a decir que fuera tan, pero tan fácil?

—¡Oye, mocoso! ¿Qué &%$#$* pretendes? —rugió Ágata—. ¡Sácanos de aquí!

El niño se sentó en la orilla y sostuvo el tabaco entre dos dedos, con gran placidez. Yo pude sacudirme apenas a los tres que tenía encima. Me incorporé lamentando que el día siguiera siendo tan ominoso como había iniciado.

—Esperaba más de ustedes —continuó el niño—. Se suponía que eran mi principal competencia. ¡Estaban arruinando toda mi colecta de los últimos meses! ¿Y así termina todo?

En cuanto dijo esto, dos hombres se asomaron también por el hueco del agujero. Ambos con esa pinta como para no desear encontrárselos en un callejón oscuro y solitario. De hecho, ahora que lo pienso, con esa pinta como para no desear encontrárselos en ningún lugar bajo ninguna circunstancia. Luego, también se asomó otro niño, éste un poco mayor que el primero.

—¡Hey, muchacho! —dije yo—. ¿Cuál es la idea? ¿Para qué hiciste esto?

—En verdad que es cierto lo que decían... —dijo mirando con más detenimiento hacia el interior, hacia mí, en realidad—. Yo también le habría entregado mi dinero si me lo pide de muy mala manera.

—¿A qué te refieres al decir que éramos tu principal competencia? —preguntó Félix—. ¿Quién demonios eres?

Entonces apareció un tercer hombre, llevando una de las bolsas de dinero de nuestra recolección. El niño se puso de pie, la tomó, la abrió, se asomó al interior y se mostró en verdad sorprendido.

—¿En cuánto tiempo juntaron todo esto?

—¡Devuelve eso, que no te pertenece! —gritó Ágata, furiosa.

—Hey, Ernest... ¿ya viste? —le mostró entonces el muchacho la talega al otro niño, quien, escuetamente, miró al interior y, sin hacer un solo gesto, apenas asintió, aparentemente satisfecho.

—¿En cuánto tiempo juntaron todo esto? —insistió el muchacho.

—¡No tenemos por qué responder a eso! ¡Y más te vale que no toques una sola moneda porque...!

—¿Porque qué? —dijo el niño sin afectación alguna—. ¿Saben que podemos dejarlos ahí una semana, si nos place?

—¡Hey, Safie! —dijo Ágata—. Súbete en mis hombros. Luego yo subiré a los hombros de Otto. Y así podremos llegar arriba en un santiamén. Y le daremos una tunda a ese par de mocosos. Y de paso podemos arreglarles la cara a esos sujetos que los acompañan.

—Esto será entretenido —dijo el niño, volviéndose a sentar en la orilla.

Nadie dijo más. Safie se echó sobre los hombros de Ágata después de muchos trabajos, pues se caía a la menor provocación. Luego, me agaché todo lo que pude para intentar subirlas a ambas sobre mi espalda. Si no se caía una, se caía la otra. Luego lo intentamos con Félix y DeLacey. Luego con Félix y Ágata. Luego, simplemente nos sorprendimos mirando arriba, sudorosos y cansados.

—Está bien... —dijo Félix, molesto y rendido—. ¿Qué sugieren?

El niño ya había repartido puros entre los que, sentados en la orilla, nos observaban. Tres hombres malencarados y dos niños que no decían nada mientras nosotros caíamos por tierra una y otra vez.

—¿Cuánto tiempo les llevó juntar las tres bolsas de dinero que llevan consigo?

—No lo sé. Algunos meses. ¿Por qué? —gruñó Félix, harto.

El muchacho miró al otro niño, chupando su puro como si fuese una golosina, sopesando la información.

—Porque quiero hablar con su jefe.

—Yo soy el jefe —admití, un poco apenado.

—Era de suponerse. Quiero ofrecerles un trato.

—¿Y por qué habríamos de tratar contigo, enano malvado? —volvió a rugir Ágata—. ¡Deja que te ponga las manos encima y ya verás si tienes oportunidad de tratar un pepino con alguien!

El niño escupió el humo con muchísima parsimonia. Luego miró con muchísimo desdén hacia abajo.

—La estoy esperando, señora.

Ágata tuvo que pasar por un penoso momento en el que pareció que explotaba pero terminó implotando. Apenas dejó escapar un grito de impotencia y se echó sobre el suelo del agujero.

—Sí, fue lo que supuse —dijo aquel enano malvado—. A partir de ahora trabajarán para mí. Ése es el trato. Yo me quedo con el cuarenta por ciento de lo que recolecten. Si están de acuerdo, podrán salir. Si no… tal vez les demos digna sepultura. Tal vez no.

—¿Y qué te hace pensar que, en cuanto salgamos de aquí, no haremos lo que esté en nuestras manos para tomarla en tu contra? —soltó Félix.

—No lo harán. Mi padre es el señor Alphonse Frankenstein, magistrado ginebrino. Tengo total inmunidad. Un solo cabello que me toquen y pueden terminar en la horca.

—Hey, Otto… —dijo entonces DeLacey—. ¿No dijiste que era un tal Frankenstein el que te trajo al mundo?

—En efecto —admití—. Víctor Frankenstein. ¿Lo conoces, niño?

—Es mi hermano mayor. Un pobre sujeto sin visión. Pero no vive aquí. ¿A qué te refieres con que te trajo al mundo?

—Es una larga historia.

—Se dice que su nuevo pasatiempo es profanar tumbas y dar vida a criaturas con partes humanas… no me digas que…

—Más o menos —resolví, nuevamente apenado, rascándome la coronilla.

—¡Wow! ¡Es asombroso!

—Sí, bueno… el caso es que íbamos en su busca —dije—. Tiene una deuda de honor conmigo.

—¿Es en serio? —resolvió el enano—. Pues déjalo de mi cuenta. Yo me encargo de que la cumpla, si es eso lo que quieres.

—¡Genial! —resolví, entusiasta.

—Entonces… ¿está decidido? —quiso concluir el niño.

—Aún no —replicó Ágata, molesta y con total contundencia—. Tenemos que pensarlo.

—¿Qué? —dijimos todos en un susurro, acaso un poco avergonzados de hacer evidente que nuestra banda no funcionaba como una maquinaria perfectamente aceitada.

—¿Se te ocurre un mejor plan para salir de aquí? —dijo Félix, incapaz de creerlo, acaso ya un poco harto de estar en ese hoyo húmedo y oscuro.

—Estoy segura de que podemos salir de este agujero si nos lo proponemos en verdad —insistió Ágata, desafiante, mirando arriba.

—Bueno... tienen dos días para pensarlo —rezongó el niño, encogiéndose de hombros y poniéndose de pie.

—¡Eh... no, espera...! —exclamó Félix, angustiado.

Pero aquel niño ya había arrojado al foso el puro, haciéndonos saltar a varios. Luego, se alejó del agujero junto con sus compinches.

No abundaré mucho respecto a los dos días que pasamos en el hoyo "pensando nuestra decisión". Ágata echó espuma por la boca durante las cuarenta y ocho horas del encierro. No podía creer que, si siempre se había equivocado en sus predicciones, justo acertara con algo tan ruin. No hablaré de la tarde en que llovió y el entorno se volvió un muladar. Tampoco contaré el momento en el que se liaron todos a golpes o aquel en el que Safie invocó a las fuerzas del mal y lo único que consiguió fue que apareciera un oso que, después de olisquear el contenido del agujero, prefiriera buscar comida en otra parte. Igual no detallaré el momento en que me pidieron intentar arrojar hacia fuera a Félix, el de menor peso de todos y las consecuentes veces que cayó sobre uno u otro de los que ahí permanecíamos, con el resultado de nuevas disputas y peores grescas. Del mismo modo, no contaré que Safie fue la única que se llevó a la boca algunos insectos y yo, algunas raíces, pero todos tuvimos, en algún momento, la necesidad de evacuar la tripa, el viejo en varias ocasiones y como si hubiese comido a manos llenas, lo cual convirtió aquello en el último círculo del infierno. No, no contaré nada de eso. Sólo diré que fue un milagro que, al término de esos dos días, no nos hubiéramos matado entre nosotros.

—¿Y bien? —dijo aquel niño de cabellos como el sol y mejillas de piel de durazno al aparecer de nueva cuenta en nuestro campo de visión—. ¿Qué me dicen? ¿Ya lo han podido pensar bien?

Todos miramos a Ágata, al borde del homicidio.

—Estamos dentro —dijo a regañadientes, comisionada por todos.

—Me ha encantado hacer negocios con ustedes —dijo al tiempo en que uno de sus secuaces desenrollaba por la orilla una escalera de soga.

Capítulo 19

La criatura se refugia en las cavernas hasta el día en que vuelve a ver a Víctor para pedirle que le haga una compañera. Hasta ahí el relato del monstruo.

En cuanto abandonamos aquel horrendo foso, nuestro nuevo jefe nos llevó a la cabaña, que no es otra que ésta misma, y nos permitió lavarnos y hasta nos sirvió de comer. A partir de ahí inició nuestra sociedad. Le mostramos al día siguiente nuestro *modus operandi* en uno de los caminos aledaños y se sorprendió enormemente de la efectividad del método, pues ningún paseante se salía del molde: todos, sin excepción, intentaban robar a DeLacey, todos eran sorprendidos por "el príncipe de las tinieblas", que no era otro que yo mismo, y todos nos cedían, sin chistar, gordas aportaciones. Así que a la semana ya estábamos funcionando como una perfecta cooperativa. Siempre resultó más efectivo el montaje del "hombre ciego tocando por monedas" que el del "niño perdido que llora por su madre", así que nos quedamos con el primero. Con todo, yo no olvidaba que tenía una meta en el horizonte, así que, antes de las dos semanas, hablé con el jefe-jefe.

—¿Una novia? ¿Bromeas, Otto? ¿Una novia?

—Sí. ¿Qué tiene de malo?

Estábamos en la sala principal de la casa, ya entrada la noche. El resto se había marchado a Ginebra a gastar un poco de pasta, con la excepción de Safie, quien había encendido una hoguera en el bosque y danzaba desnuda repitiendo conjuros con la esperanza de poder elevarse en el cielo, cosa que nunca ocurría. Solía ser un espectáculo que nadie sobrio quería ver jamás, así que usualmente la dejábamos sola.

El jefe se ocupaba en su más deleitable pasatiempo: contar las ganancias mientras comía pastelillos y fumaba tabaco del fuerte.

—No tiene nada de malo, pero las mujeres son una pérdida de tiempo.

—Tal vez cuando crezca usted un poco más, pensará distinto.

Se encogió de hombros y volvió a sus ganancias.

—¿Para eso quieres ver a mi hermano Víctor...? ¿Para que te haga una novia?

—Sí. Cuando nos conocimos yo iba en su busca, hacia Ingolstadt. Él me lo prometió al momento de crearme.

—¡Vaya! —resolvió—. ¿Y por qué no te consigues una novia como cualquier otra? Allá afuera está Safie, y creo que está disponible.

—Bueno... Safie no es mi tipo. Y, aunque lo fuera, no está disponible. Dice que desposó al "maligno" hace varios años. Claro que tal arreglo es un completo fraude. Jamás se ha visto al marido venir a cenar, ya no digamos aportar para la despensa.

—Bueno, no Safie, pero alguien más. No digo Ágata porque tengo mis dudas respecto a ella.

—De acuerdo. Y tampoco es mi tipo.

—Sé que Segundo es bueno con las mujeres. Una vez trajo una amiga.

Los tres hombres que ayudaban a los hermanos Frankenstein eran apodados, sin más, "Primero", "Segundo" y "Tercero", los tres eran vulgares, fuertes y estúpidos. Y les habían sido concedidos al jefe como pago por una deuda territorial con la mafia pastoril, ninguno sabía leer o escribir o contar sin usar los dedos. Y dudábamos si siquiera tenían un nombre.

—Sólo que la trajo amarrada y dentro de un costal —añadió el jefe—. Tuve que oponerme a esa relación sentimental, hubiera sido horrible para la banda, así que le ordené que la regresara a su casa.

Tomé un pastelillo e hice una pausa para hacerle ver, con mi silencio, que no pensaba renunciar a mi idea original y de proyecto de vida, en la cual yo me casaba y tenía hijos y una función de teatro todas las noches hasta el fin de mis días.

—Bueno… todo esto es para decirle, jefe, que pienso partir a Ingolstadt por la mañana. Nos veremos en cuanto Víctor Frankenstein cumpla su promesa.

—Epa, epa, epa… —soltó, repentinamente—. ¿De qué hablas, Otto? ¿No ves que todo nuestro éxito depende de ti? ¡Sin ti tendremos que volver a las armas y los antifaces y las frases malas de siempre, "el dinero o la vida" y otras peores!

—Pues lo siento mucho, pero ya he tomado mi decisión.

—Déjame pensarlo un par de días, ¿eh? Debe de haber una buena solución para todos.

Me ofreció otro pastelillo y accedí. De cualquier modo, siempre podía partir sin avisarle a nadie y, por un minuto, consiguió que me interesara en su posible oferta.

Al día siguiente, por la tarde, una vez que habíamos terminado de comer, William y Primero se ausentaron un par de horas. Al cabo de ese tiempo, volvieron acompañados de una mujer con tal exceso de maquillaje que creí que se había recreado una cara completamente distinta a la que tenía debajo. Llevaba un enorme tocado, un gran escote y una falda tan adornada que la hacía parecer pastel para cien personas.

—¿Dónde estás, hombre de mi vida? —dijo con un arrojo y un tufo a licor que nos hizo sentir mareados a todos los ahí congregados.

—¡Hey, Otto! —soltó William, ufano—. ¡Novia instantánea! ¿Qué te parece?

Yo me encontraba sentado en el suelo, jugando solitario con la baraja. Y, naturalmente, me sentí muy incómodo. Si no le eché en cara al jefe su falta de sensibilidad ahí mismo, fue por no ser completamente grosero con la dama, que, por muy lejos que estuviese de mis expectativas, no se merecía tal rudeza o maltrato.

—Eh... buenas tardes... —dije con timidez al ponerme de pie.

Sus ojos fueron ascendiendo con los míos mientras alcanzaba mi estatura normal. Y cuanto más subía yo, más se abría su boca y más sorprendida se advertía su mirada. Le tendí mi mano y ella la tomó. Su mano se sentía como si fuese una espiga de trigo.

No habló por varios segundos. Luego, se sacó del escote un montón de billetes que arrojó al suelo y echó a correr fuera de la casa.

—¡Hey, señora! —le gritó William en el dintel de la puerta—. ¡Teníamos un trato!

Pero de la dama no volvimos a saber, ni ese día ni ningún otro. Esa misma noche William se acercó a mí mientras dormitaba en la estancia, que es el único lugar en el que puedo dormir cómodamente, sobre los tablones y con una frazada encima.

—Hey, Otto... no te sientas triste, yo...

—Oh, no pasa nada, jefe. Es sólo que me he tomado muy en serio esto de ser el "príncipe de las tinieblas", el "engendro del averno", la "monstruosa criatura" y demás papeles necesarios para causar impresión. Por ello creo que no tengo otra alternativa que pedirle a Víctor Frankenstein que cumpla su palabra y me fabrique una novia.

—Y estoy de acuerdo. Pero todo déjamelo a mí. No irás tú para allá. Yo haré que él venga aquí.

—¿En verdad?

—Te doy mi palabra.

Y estrechó mi mano, que en la suya se debe de haber sentido como un par de enormes almohadones haciendo pinza.

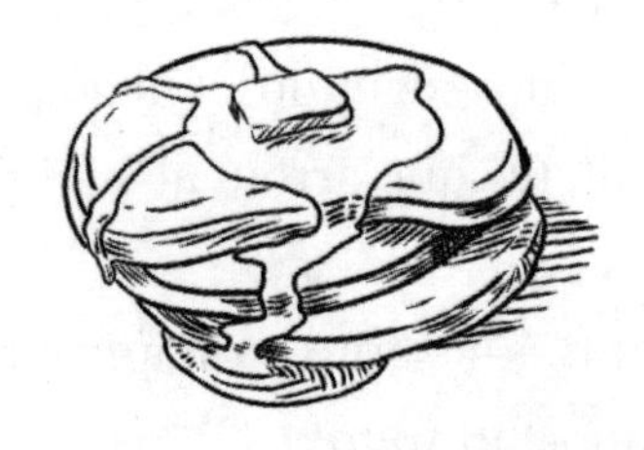

Capítulo 20

Después de una discusión, al fin accede Víctor a crear una mujer para el monstruo con la condición de que éste se vaya para siempre de Europa y se aleje de todos los hombres. Él accede y se marcha, con la promesa de aparecer cuando todo esté listo.

—Y así fue, estimado primo, que William urdió el plan. Mandó a su hermano Ernest de vuelta a su casa sin él. No pasaba semana sin que volvieran a la casa paterna, dejándonos a nosotros en la cabaña del monte Salève, para volver al día siguiente o a los pocos días. Pero en esa ocasión, sólo volvió Ernest, con la noticia de que su hermano no aparecía por ningún lado. La familia concluyó que seguro habría muerto, siguieron con lo suyo y te participaron la noticia. Yo pude comprobar la efectividad de dicho plan cuando, un día soleado en el que solamente había salido a descansar en la hierba, te vi merodeando por esta zona. Y cuando te oí gritar "¡William, querido ángel! ¡Éste es tu funeral, ésta es tu elegía!", no pude más del júbilo. Ya iba en pos de ti, cuando la suerte me jugó una mala pasada: pisé un panal de avispas. Subí por la escarpada a toda prisa pero los bichos no tardaron en darme alcance. Cuando sentí el trasero hinchado de piquetes fue que solté un grito que hizo que retumbaran hasta las nieves eternas de las más altas cumbres de los Alpes, lo juro por la madre que no tengo. Alcancé a ver que con tal rugido te causé buena impresión, pero ya era muy tarde para ir contigo pues abandonabas la zona, tal vez con demasiada prisa para mi gusto. Esa misma tarde le conté a William y a la banda que te había visto y él convino en que sería mejor si te hacíamos pasar por algo que te hiciera sentir más comprometido con nuestra causa, así que le encargó a Ernest que deslizara un retrato de su madre en los bolsillos de tu ropa mientras estabas en la casa de tu padre, pues oyó en un garito que tal retrato estaba implicado de algún modo. Eso precipitó las cosas. Te inculparon. Luego DeLacey te salvó. Y ahora, querido primo, estás aquí, frente a mí, sin posibilidad alguna de negarte a concederme lo que te pido. Una compañera de vida. Una novia. La mejor posibilidad de un futuro feliz cuando vuelva a Cola Espinosa de Cabra.

Ésas fueron las últimas palabras de aquella criatura que yo confrontaba, atado a una silla, y absolutamente temeroso de mi suerte.

—Me niego. Y ninguna tortura logrará obligarme a acceder. ¿Crear otro ser como tú para que su maldad unida desole al mundo? ¡Vete! Puedes lastimarme, pero no lo consentiré.

Un pájaro trinó del otro lado de la ventana. Una carcajada estalló del otro lado de la puerta, seguida por un sopapo. Otto suspiró, entrelazando sus dos grandes manos.

—Sí, bueno... —dijo, abochornado y rascándose detrás de la oreja—. Eh... sólo estamos tú y yo, Víctor. Tal vez... podríamos dejar eso para otra ocasión.

Luego, la monstruosa criatura se llevó una mano a la cara y comenzó a mordisquearse los padrastros. En su cara se adivinaba ese gesto de quien siente más pena por su interlocutor que por sí mismo.

A decir verdad...

En ese momento en lo único que pensé fue que, no hacía mucho tiempo, yo había tenido un verdadero momento de éxtasis. Y no tenía que ver con glorias presentes o futuras, no. Nada había en ese momento respecto a mi nombre en los anales de ninguna historia, nada en torno a la creación de un ser vivo o la revolución de la ciencia en mis manos. No. En aquel momento, metido en la bañera de la casa de mi padre, con el agua corriendo a la temperatura exacta y una buena copa de vino entre mis manos, en mi futuro sólo cabía la posibilidad de convertirme en sastre.

O pintor. O panadero. O...

Recordé las hojas malditas que aún llevaba en el pantalón. Según éstas el horrible engendro del que yo era responsable tenía que haber albergado un horrible rencor contra el género humano, debía haber incendiado una casa, recibido un balazo y estrangulado a un niño. En vez de eso, tenía a este feo hombretón frente a mí agotando los pellejitos de las uñas y mirando a todos lados. Tenía que concluir que lo había intentado. ¡En verdad lo había intentado, pero no había más insensatez que querer seguir con el jueguito! ¿Qué había de malo en querer convertirse en sastre? ¿O en pintor? ¿O...?

En ese momento se abrió la puerta de golpe, sacándome de mis pensamientos. Se trataba, nada más y nada menos que de...

—¡William! ¿Qué tamaña locura es ésta? —dije—. ¡Libérame de inmediato!

—Es increíble —soltó, como si no me hubiese escuchado, sentándose arriba de la mesa, y comenzó a columpiar las piernas—. ¿Sabes lo que hizo Justine Moritz a las dos horas de que sacamos a Víctor de la cárcel, Otto? ¡Le hizo un boquete con un ariete! Varias mujeres de cofia y delantal arremetieron contra la pared de la prisión usando un enorme tronco con punta de acero. Luego, al no encontrar a Víctor ahí, ¡prendieron fuego al edificio y huyeron! Deberíamos convencerla de que se una a la banda.

—¡William! —grité—. ¿Me oíste? ¡Desátame y terminemos con esta tontería!

—¿Ya aceptó hacerte una novia? —le preguntó a Otto sin siquiera mirarme.

—Bueno... —dijo éste—, justo estábamos en eso.

—Es la única forma en que te dejaremos libre —espetó el muchacho—. Y en que te demos de comer. Y de beber. Y que puedas ir al baño.

—Bueno… al baño ya lo llevé —confesó Otto.

—Está bien, pero sólo eso —se encogió de hombros—. Estaré del otro lado.

—No es necesario —exclamé—. La decisión está tomada.

—¿Le harás una novia? —preguntó William, sacando un puro de su bolsillo y llevándoselo a la boca.

—No. No puedo.

—Entonces nada hay de qué hablar.

—Es que en verdad no puedo.

—Pues en verdad no hay nada de qué hablar.

—¡Espera! ¡Dile Otto! ¡Dile por qué no puedo hacerte una novia!

Otto lo miró. Me miró. Se mostró confundido.

—No sé de qué hablas.

—¡Dile la verdad! ¡Está bien! ¡Ya no importa! ¡Terminemos con esta farsa!

Volvió a mirarme. Miró a William. Luego a dos personas más, que ya se encontraban en el marco de la puerta, contemplándonos con curiosidad. Uno era DeLacey y el otro asumí que sería Ágata, pues tenía la nuez de adán muy prominente y la necesidad de una buena afeitada.

—Verdaderamente no sé de qué me hablas, Víctor.

—¡Por amor de Dios! —me retorcí en la silla—. ¡Te he dicho que está bien! ¡Pienso poner una cafetería después de todo esto! ¡Al demonio la ciencia y la fama y todo lo demás! He visto el color del futuro y es del color de la mantequilla derritiéndose sobre un buen panqueque, no del tono oscuro de las novelas de terror.

—Me confundes, Víctor —insistió Otto, pasándose una mano por el cabello.

—¿Es en serio? —dije, incrédulo—. ¡Vaya! ¡Entonces lo diré yo! —tomé aire y miré a todos. Ya se nos habían unido aquellos que jugaban cartas del otro lado de la puerta y quienes, concluí, serían el resto de la banda. Tres sujetos vulgares y robustos, una señora entrada en años de cabellos como abrojos y un hombre escuálido con un tatuaje en el cuello que ponía "Coma en Joe's". Ernest, por cierto, ya estaba en el cuarto, aunque soy incapaz de decir en qué momento entró o si siempre estuvo ahí.

—¡No hubo tal creación de criatura alguna! —solté—. Otto es primo nuestro, William, por parte de madre. Es un pastor que vive en un lugar apartado, llamado "Cola Espinosa de Cabra". ¡Yo mismo fui por él y lo convencí de que me ayudara con esta locura! ¡Pero he decidido que ya está bien de dramas innecesarios! ¡Me haré panadero y viviré el resto de mis días tranquilamente en algún poblado con una iglesia y un quiosco y una taberna! ¡Díselo, Otto!

Otto los miró. Me miró. Los volvió a mirar. Se retorció las manos.

—No sé por qué haces esto, Víctor… —dijo en un murmullo—. Sé que no te enorgulleces de haberme creado, pero… llegar a esto me parece… cruel e inhumano.

Y, sin dejar de retorcerse las manos, echó la mirada al suelo.

—Estoy de acuerdo. ¡Debería avergonzarse de usted mismo! —soltó Ágata y fue a consolar al monstruo, se puso a su lado y le echó una mano sobre el hombro.

—¿Pero es que no lo ven? —dije, sin poder creerlo—. ¡No es posible, ni siquiera usando la ciencia más avanzada, crear a un ser humano utilizando partes de cadáveres! ¡No lo es! ¡Y miren que lo intenté! ¡Al final sólo quedaban cuerpos chamuscados y un olor al que ni el mismo Lucifer podría acostumbrarse!

—Qué conveniente para usted decir eso, y sólo para negarse a hacer lo que le corresponde —dijo DeLacey con un rictus de desprecio—. Si todos sabemos que en varios periódicos se anunció su logro y se le concedieron varios trofeos y lo han invitado a dar conferencias por todo el mundo.

Hubo un rumor de consentimiento.

—¡Es absolutamente falso! ¡Ni siquiera en la Universidad de Ingolstadt nos dieron mérito alguno al profesor Waldman y a mí por el suceso! ¡Decían que si la criatura no era capaz de resolver un buen problema matemático o contestar preguntas filosóficas profundas no tenía caso su creación! ¡Krempe dijo que para crear a un ente que huyera al bosque a vivir de moras silvestres no tenía caso gastarse el presupuesto de la universidad y que hasta un alumno de primer año podría hacerlo!

—Ahí está. Lo acaba usted de decir —sostuvo ahora Félix—. Cualquiera podría.

—No lo dije yo. Lo dijo un profesor que jamás ha enseñado nada al mundo como no sea su mala poesía. ¡En verdad! ¡Se los juro! Otto es un pastor a quien involucré en esta charada, pero creo que la cosa ha ido demasiado lejos y es tiempo de ponerle punto final.

Todos me miraban con un ánimo de enfado y decepción claramente dibujado en los rostros. Félix fue directamente junto a Otto y lo hizo levantar la cara.

—¿Quiere que creamos que esto… —y mostró el rostro de Otto— es obra de Dios y no de las artes oscuras de la ciencia más detestable, señor Frankenstein? Sin ofender, jefe.

—No pasa nada, Félix —soltó Otto, sosteniendo esa mirada desvalida que me irritaba tanto.

—¿En verdad quiere que lo creamos? —machacó Félix. Luego, soltó la cara de Otto, quien volvió los ojos al suelo.

Los miré, sintiéndome completamente impotente, víctima de mi propia cuchilla. Algo parecido a una risita se desprendía del interior de mi bolsillo, justo donde tenía guardadas las hojas de mi trazo destinal.

—Es que… —inicié una nueva perorata, que murió antes de nacer.

Después de un par de minutos, William rompió el silencio.

—Bien… te dejaremos solo, para que lo pienses. Tal vez un día o dos sean suficientes para hacerte recapacitar.

Recordé cómo había hecho "recapacitar" a Otto y su pandilla, según el relato de mi primo, y padecí un ligerísimo principio de temor.

—¡WILLIAM, ESPERA, NO ME HAGAS ESTO! ¡TENEMOS QUE PLATICARLO! ¡ES QUE EN VERDAD NO PUEDO! ¡NO ES QUE NO QUIERA, ES QUE…!

De acuerdo. En realidad me apaniqué enseguida.

El ruido del azotón de la puerta se quedó todavía un rato resonando en mis tímpanos, pues la soledad en la que me dejaron amplificaba cualquier leve murmullo.

Y la noche llegó. Y, con ella, un sueño intranquilo (¿qué otro tipo de sueño puede uno tener cuando se está completamente inmovilizado en una silla?) y unas tremendas ganas de ir al baño que terminaron por hacerme perder por completo el pudor y la compostura.

Al momento en que volvió el alba, ya estaba listo para declararme capaz de fabricar una princesa a partir de un pollo asado. Era muy temprano en la madrugada cuando la puerta volvió a abrirse. Sigilosamente entró Otto. Llevaba consigo un pedazo de pan y un vaso de agua.

—Ten, primo… —dijo, acercándome primero el vaso a la boca—. ¿Qué es eso que huele tan mal?

—Créeme. No quieres saber —dije en cuanto terminé de beber.

—No hagas ruido. Si el jefe se entera que te traje de comer, me hará picadillo.

—Ajá… —solté con bastante muina—. Un crío que aún se come los mocos. A ti, que lo triplicas en estatura. Picadillo. Ajá.

—¡Shhh! ¡Baja la voz! —me acercó el pan y me dio de comer.

Luego de un rato, cuando sacié mi hambre, me animé a decir:

—Está bien, Otto. Soy todo tuyo. Dime qué demonios quieres que haga.

—Una novia.

—Ya pasamos por esto, primo. Dime EN VERDAD qué quieres que haga.

—No lo sé, tú eres el que va a la universidad. Tal vez podrías presentarme a una amiga. Me lo prometiste, Víctor. Dijiste que sería muy popular. Que tendría una novia para casarme.

—¿Nunca has mentido para obtener algo, Otto? ¿Nunca? —le pregunté con verdadera desesperación en la mirada. Me castigó con unos ojos de extrañamiento que jamás antes le había advertido.

—No —resolvió, escuetamente.

Resoplé. Y me habría pasado una mano por la cara de no tenerlas atadas a la espalda.

—En verdad discúlpame, Otto. Pero no depende de mí.

—Claro que sí. ¡Me lo prometiste!

—Baja la voz…

Y sí. La bajó. De repente se mostró igual de triste que el día anterior, sólo que ahora no parecía estar fingiendo. Volvió a mirar al suelo para decir:

—También lo intentaba cuando vivía en Cola Espinosa de Cabra, Víctor. También intentaba acercarme a las chicas del pueblo y, no sé por qué, ni siquiera me permitían decirles buenas tardes. A veces ni siquiera me permitían estar a menos de dos metros de distancia, incluso llegaban a cerrar las ventanas y los postigos y hasta soltar a los perros. No todos tenemos suerte con las mujeres.

“No todos”, pensé. Y por alguna razón pensé, claro, en Elizabeth. Y en aquella necedad de casarme con ella que también estaba tirando por la borda en ese nuevo renacer de mi vida. Acaso hasta quemara las hojas del trazo del destino. Acaso hasta me volvería un asceta, un ermitaño, para lo que importaba.

—Sé que tú tampoco eres un Don Juan, precisamente —continuó Otto. Y aunque me sentí tentado a objetar, preferí no tener esa discusión con él—. Pero algo debes poder hacer, ya que me lo prometiste, primo. “Fama y fortuna. Y una novia, o dos”, fue lo que dijiste. Y yo abandoné a Casandra y a Lulú y a Esteban y Greta y los demás por culpa tuya.

—¿Casandra y Lulú y…? Ah, sí, las cabras.

—Mi familia. Y no las habría dejado si no hubiese sido por tu promesa. Fama y fortuna me importan un bledo. Pero una novia sí quiero. Y la posibilidad de ver a mis hijos crecer y actuar en una obra o dos en Cola Espinosa de Cabra.

Terminé el pan y suspiré. El sol apenas se colaba al interior de la cabaña. Del otro lado, seguro que todos dormían.

—Pero tú sabes que no puedo crearte una novia, Otto…

—Entonces, algo se te tendrá que ocurrir, Víctor.

No dijo más. Salió de la desnuda habitación y cerró la puerta con sigilo.

No abundaré respecto a lo ocurrido hasta la próxima visita de Otto, que fue hasta bien entrada la mañana del día siguiente, pues resulta penoso para quien esto cuenta y acaso también para las sensibilidades de quienes esto escuchan. Sólo diré que, cuando apareció por la puerta, seguido por el resto de la banda, con la excepción de Ernest, fue un total alivio verlo de nueva cuenta.

—¿Qué es lo que huele tan mal? —dijo DeLacey.

—Mejor que no lo sepas —sentenció William—. ¿Y bien, Víctor? ¿Pudiste pensar tu decisión?

Si antes ya estaba bastante convencido, como ya lo expuse, ahora la incomodidad y las necesidades del cuerpo me habían puesto en el punto perfecto para admitir que podía crear un ejército de novias ya ajuareadas y al pie del altar a partir de una cáscara de plátano y una chispa de pedernal.

—Claro —dije, sin más—. Estoy dispuesto a crearle una novia a Otto.

Total, siempre podría huir al fin del mundo. Siempre podría volverme un eremita, un monje, hacerme a la mar.

Hubo aplausos, vivas y todo tipo de felicitaciones al beneficiado, quien aceptó hasta abrazos y agradeció con rubor en las mejillas.

—No podíamos esperar menos de un Frankenstein —dijo William, satisfecho—. Suéltenlo, denle ropa limpia, háganle de desayunar y ayúdenlo a volver a la casa de mi padre.

—¿Podría sugerir...? —espeté yo, tratando desesperadamente de ajustar por última vez la realidad con el mandato de mis hojas destinales—, ¿que se marcharan todos ustedes de Europa?

—No —conminó William.

Luego, se dirigió a uno de sus compinches.

—Tercero.

—¡Sí, señor!

—A partir de ahora y hasta que no veamos a Otto vestido de frac para su boda, serás la sombra de mi hermano Víctor. No le permitirás descanso. No vaya a ser que se le olvide que tiene una misión en la vida.

—¡Sí, señor!

Sentí como si me cayera en un profundo abismo cuando me estaban desatando. "Un crío que aún se come los mocos", pensé. Sentí unas enormes ganas de darle una buena zurra al mentado crío. Aquello era completamente absurdo. Pero igual estaba pasando. Maldije por completo mi estúpida suerte.

—Que sea bonita —dijo Safie, sin más. Sin que nadie le pidiera su maldita opinión y mientras sostenía, en una mano, una iguana de ojos saltones. Pero todos, claro, estuvieron completamente de acuerdo con ella.

Capítulo 21

Frankenstein vuelve con su familia más triste que antes. Todos regresan a Ginebra. Después de procrastinar por varios días, se dedica a dar paseos y su padre habla con él seriamente para ver si aún desea casarse con Elizabeth. Él afirma que todo sigue en pie pero antes necesita ir a Inglaterra. Aunque no lo revela así a su padre, su intención es continuar con sus estudios y poder crear la nueva criatura correctamente, pues sabe que un filósofo inglés hizo nuevos descubrimientos.

Quisiera poder decir que no me botaron como un costal de basura frente a la casa de mi padre, pero eso es exactamente lo que ocurrió. Iba yo dentro de un costal y me arrojaron en el sitio donde siempre se depositaba la basura. En cuanto Tercero abrió el lazo del costal y me sacudí algunos restos de cáscaras de fruta y de humillación, me preparé para llamar a la puerta del magistrado Frankenstein y traté de organizar mis pensamientos. "Estaré un par de días, a lo mucho; luego, me largaré para siempre. Y cuanto más lejos, mejor. África. Rusia. La última isla del planeta. No necesito más que cocos para salir adelante."

Pero antes de que golpeara yo la puerta de la casa, el secuaz de William me dio un par de golpecitos en el hombro.

—Sólo quería hacerle saber que no hay modo de que se deshaga de mí. Y que sería bueno que no intente alguna artimaña, para no hacernos pasar un mal rato a ambos.

—¿Ah, sí? ¿Y qué sería una buena artimaña, en tu opinión, Tercero?

—No sé. Tratar de huir por una ventana, por ejemplo.

—¿Algo tan burdo como eso? Sería incapaz.

—Me da gusto que nos entendamos.

—Entendámonos, Tercero —exclamé mirándolo a los ojos—. Tú y yo no nos entendemos. Y me caes gordo.

Dicho esto, me giré en redondo y llamé a la puerta. En ese momento llevé mi mano a la bolsa trasera de mi pantalón. Saqué las hojas que tantos dolores de cabeza me habían causado y, con sorna, reí ante mi simpleza de antaño. "El trazo del destino", leí con una mueca y reprimiendo la risa. "Estoy un par de días aquí, escapo por la ventana y luego me largo para siempre. Tres cocos al día es todo lo que necesito para ser feliz."

Hice amago de romper las hojas. Sí, estas hojas que aún se conservan en mi poder casi intactas… pero algo me detuvo. Miré por encima de mi hombro y contemplé cómo

Tercero se sentaba en la acera de enfrente para hurgarse la nariz.

Abrieron la puerta. Era mi padre.

—Oh, eres tú... —dijo con evidente decepción—. Creí que sería Elizabeth.

—¿Quién?

—Elizabeth. Tu prima. Bueno... ¿vas a pasar o no?

Entré, claro. Un poco atolondrado.

—¿Elizabeth... va a venir?

—La mandé llamar. Con urgencia.

—¿Por qué?

Seguí a mi padre hacia su despacho, donde se puso a revisar la correspondencia con apuro. Noté que estaba algo preocupado, pues actuaba con nerviosismo. Ya abría una carta y la sacudía, como esperando encontrar algo dentro que no se animaba a caer. Ya abría y cerraba cajones. Ya abría libros y los hojeaba a toda prisa.

—¿Qué buscas?

—Nada. ¿Qué te hace pensar que busco algo?

Advertí que la caja de caudales, a sus espaldas, siempre cerrada, ahora estaba abierta de par en par.

—¿Es un asunto de dinero?

—¿Qué te hace pensar que es un asunto de dinero? ¡Vaya forma ingrata de juzgar a un padre! Te abro las puertas de mi casa y así me pagas, echándome en cara la mala forma de administrar mis bienes.

—Eh... yo sólo pregunté si... olvídalo. Y, a propósito... gracias por haber visto por mí mientras estaba en prisión.

—Oh, no te pongas sentimental. Quizá te evadiste. Igual nunca hubo delito que perseguir. Si no mataste a William lo hubieras dicho y ya.

—¡Pero si no dejaba de repetirlo!

—Tampoco es que fuéramos a creerte a la primera. ¿Ese hombre calvo que está allá afuera es amigo tuyo?

—No. Pero sí viene conmigo.

—Nunca simpaticé con tus amistades.

—Pero si acabo de decirte que... ¡vaya! —elevé los ojos al cielo—. Y ya que estamos conversando, ¿por qué hiciste llamar a Elizabeth de urgencia?

—¿Para qué va a ser? Para exigirle que se case contigo.

Al fin dejó de buscar por todos lados y se arrellanó en su silla de amplio respaldo, ahora mirando en derredor como si intentara recordar algo o como si temiera que un montón de asaltantes surgiera de atrás de los muebles. Yo, ante lo que había escuchado, guardé mi ruta de vida al interior del saco, con la lentitud propia de alguien a quien han empezado a temblarle las manos.

—¿Cómo dijiste, padre?

—¿Cómo que qué dije?

—Siempre tuviste un sentido del humor horrendo.

—Maldita sea. Y tú siempre fuiste un poco sordo, pero con los años te has vuelto una tapia. Dije que hice venir a Elizabeth de urgencia para exigirle que se case contigo.

—Pe-pe-pe-pe... —comencé a tartamudear.

—Bueno. ¿Quieres o no quieres?

—Sí, pe-pe-pero... ¿dónde está el truco?

—¿Por qué debía de haber un truco? Era voluntad de tu madre, ¿no es así? ¡Él me lo dijo!

Señaló hacia un sillón opuesto al suyo, en el otro extremo del despacho. Desde luego, salté, asombrado.

—Por amor de Dios, ¿Cuánto tiempo llevas ahí, Ernest?

Ni siquiera quiso responder, siguió mirando un libro de bolsillo repleto de dibujitos infantiles.

—¡Tú y Justine Moritz deberían de dar clases a las serpientes! —exclamé llevándome una mano al pecho.

—Dice que él estuvo ahí ese día —añadió mi padre—, cuando mi querida Caroline expresó su última voluntad. Y fue precisamente ésa. Que tú y la loca de tu prima se unieran en santo matrimonio.

—De acuerdo. Así fue —resolví, recordando aquella noche aciaga en la que mi madre nos dejó—. Aunque... ¿dónde está el truco?

—Mira, si no quieres, no hagas nada. Yo sólo trato de cumplir con un encargo de vida.

Dicho esto se levantó de su silla y salió del despacho, aunque todavía se detuvo en el pasillo y levantó un jarrón para sacudirlo bocabajo. De éste salió una pequeña moneda, misma que mi padre tomó para luego llevarla a su boca, morderla y ponerla en el bolsillo de su levita.

—Claro que quiero... —dije, a pesar de estar solo (Ernest no contaba)—. Pero... no entiendo el porqué de tu repentina urgencia. Tiene que ver con dinero, ¿verdad?

Mi padre ya hacía rato que había abandonado su despacho, así que no esperaba ninguna respuesta. Con todo, no podía negar que mi corazón se sentía alborozado. Miré las hojas de mi trazo destinal. Leí en voz baja: "...y su padre habla con él seriamente para ver si aún desea casarse con Elizabeth". Acaso no todo estuviera perdido. Acaso al menos pudiera abogar por mi unión sagrada con Elizabeth. Cierto que luego decía algo de un viaje a Inglaterra para la creación de la novia del monstruo, pero en mi cabeza no cabía ya otra resolución más que la huida al último rincón del planeta... pero ahora con Elizabeth a mi lado. Mi corazón, ya lo dije, se sintió lleno de vida.

Llamé a Justine con todas mis fuerzas para que me preparara de nueva cuenta un baño. Tenía que estar lo más presentable para la llegada de Elizabeth que, por lo visto, podía ser en cualquier momento. Sin embargo, Justine jamás acudió a mi llamado. Fue la nana, que apareció súbitamente por la puerta de la calle, quien resolvió mi duda respecto a Justine: ahora era prófuga de la justicia por haber ayudado en la evasión de un reo y por haber incendiado la cárcel del ayuntamiento y por haber conformado una legión de criadas, camareras y cocineras rebeldes. Desde luego, pedí a la nana que me preparara ella entonces el baño. Después de reír por un par de minutos, me dijo que no trabajaba en esa casa desde la muerte de mi madre, sólo vivía ahí. De milagro no me pidió que le preparara yo un baño a ella.

Diré entonces que tuve que preparar yo mi propio baño.

Y la cena de todos en la casa.

Y luego el desayuno del día siguiente, al que acudió también William como si no fuese el jefe supremo de una banda criminal de pacotilla. Tuvo además la desfachatez de sugerirme que le invitáramos un panqueque a Tercero, aún sentado en la calle debajo de un farol. No accedí, por supuesto, por muchos elogios que hubiera conseguido la fabulosa receta de Waldman.

Elizabeth no apareció sino hasta el quinto día. Y justo a tiempo, pues mientras lavaba la ropa de todo el mundo, con un estofado a medio hacer en la cocina y todos los calcetines del señor juez dispuestos sobre mi cama para ser zurcidos, rumiaba en mi cabeza la inutilidad del asunto entero. Recuerdo que pensaba: "¡Al demonio con todo esto! ¡Me largo a África o al Polo Norte!" cuando llamaron a la puerta.

Debido a la ausencia de Justine Moritz, nunca nadie acudía a abrir, por eso tuve que atender el llamado yo mismo. Para entonces Justine ya era una leyenda en los diarios y en los folletines, se decía que estaba planeando una revolución que haría palidecer a la francesa, donde emanciparía a todas las mujeres de servicio doméstico del país y tal vez de Europa.

Fue una pena que Elizabeth me descubriera con delantal y una pañoleta en la cabeza. Y sosteniendo unos calzoncillos de Ernest en la mano. Tercero, por su parte, me saludó desganadamente desde la acera de enfrente y siguió hurgándose la nariz.

—¿Dónde está el truco, eh? —fue lo que dijo Elizabeth, mientras me empujaba y pasaba al interior.

Me encantó verla vestida prácticamente del mismo modo que cuando nos conocimos. Llevaba un amplio vestido de manga larga, sombrero y paraguas. Todo de un negro purpúreo que hacía resaltar sus hermosos ojos violetas.

—Hola, Elizabeth…

—¿Dónde está el sujeto ese que se hace llamar tu padre? —dijo al momento en que se retiraba los guantes y ponía el sombrero en el perchero.

—Eh… en este momento está en los juzgados, pero no debe tardar. ¿Quieres una copa de vino? Lo puse a enfriar desde que supe que venías.

Me miró. Se serenó un poco. Se sentó en el sofá a abanicarse con el diario que se encontró en la mesita de la entrada.

—Bueno, dos copas de una vez, Héctor.

—Es Víc… oh, no importa. Vuelvo en un minuto.

Abrí el vino y serví las dos copas en quince segundos. Me aseé, me cepillé el cabello, me cambié la ropa y me di un par de retoques frente al espejo en cuarenta y cinco. Si ustedes piensan que temía quedar mal por haber dicho que volvía en un minuto, he de admitir que están en lo cierto.

—Dos copas, Elizabeth, de nuestra mejor reserva.

Leía del diario en el que hablaban de Justine y en el que figuraba un retrato hablado. La Justine de la primera plana sostenía un arma, portaba un antifaz y un puño en alto.

—Han pasado algunas cosas desde que me fui, ¿no es verdad?

Tomó una de las copas y se la empinó de un trago.

—Podría decirse.

—¿Por qué quiere el orate de tu padre que nos casemos? ¿Qué mosco le picó?

Me puse de mil colores. Me senté con las manos apretadas entre las rodillas a unos sillones de distancia.

—Eh... creo que tiene que ver con la promesa que le hicimos a mi madre. ¿Recuerdas?

—Ojalá no fuera así, pero... sí, recuerdo. ¿Y?

—Bueno... supongo que habrá algunas personas que consideren sagrada la promesa hecha a una mujer moribunda.

Comencé a tirarme de los dedos de la mano izquierda, uno por uno, con la mano derecha. Ella tomó la otra copa y la agotó enseguida.

—Sí. Pero no es nuestro caso. ¿O sí? —me fulminó con la mirada.

—Eh... bueno. Era mi madre y...

—Está muerta, Héctor. Muerta. No que me dé gusto, pero está muerta. ¿Acaso crees que va a venir a reclamarnos del más allá o algo?

—Bueno... supongo que habrá algunas personas que piensen que eso es posible.

—Sí, pero no es nuestro caso. Tráeme otra copa, ¿quieres?

Decidí ir por la botella. En mi mente estaba, de nueva cuenta, el más lejano rincón del planeta. Acaso un desierto. Acaso el Himalaya. Acaso la isla más remota del último confín del océano Pacífico. En cuanto volví, tomó la botella y le dio un trago directo, luego la depositó en la bandeja y se recargó en el sillón. Hasta ese momento pareció descansar del viaje.

—Seamos sinceros, Héctor. Aquí hay algún truco. Tú conoces a tu padre. Yo conozco a tu padre. Aquí hay truco.

—Puede ser. Puede no ser. En todo caso... ¿qué de malo hay en querer consentir esa última voluntad de mi madre? Ni siquiera tendrías que dejar tu espectáculo. He pensado que yo podría ayudar con la administración y...

Me miró como si le estuviera sugiriendo echar sal a un zapato y comérselo ahí mismo.

—Estaré en mi habitación mientras llega el juez —dijo al levantarse—. Espero que no tarde mucho pues apalabré mi regreso para la diligencia de hoy mismo.

Y así fue al piso superior mientras yo volvía a mis menesteres con un ánimo tal que fácilmente habría podido ser representado por aquel calcetín mojado que descubrí, solitario, en el piso de la cocina. Lo tomé y lo llevé al traspatio, donde lavé la ropa. Y aunque intenté seguir con mis labores, me sentí tan estúpido fregando ropa vestido de etiqueta que preferí dejarlo todo como estaba. Arrojé el sombrero de copa al mismo cesto de la ropa sucia y fui a la cocina, únicamente para poner punto final al puchero que tenía puesto sobre el fogón.

Para mi buena (o mala) fortuna, mi padre llegó en ese mismo momento. Fui a su encuentro en la estancia, donde solía quitarse el abrigo y servirse una copa de brandy antes que cualquier otra cosa.

—Padre... acaba de llegar Elizabeth. ¿Quieres hablar con ella?

—¿Quién? Ah, sí... bueno, ya no es tan urgente, finalmente conseguí una prórroga.

—¿Una prórroga? No te entiendo.

—¿Qué? ¿Acaso dije una prórroga? No sé por qué diablos diría yo una prórroga. Seguro oíste mal. ¿Prórroga? ¿De qué prórroga hablas? Deberías hacerte revisar los oídos por un médico. Bueno. ¿Qué decías cuando llegué? Ah, sí. Hablaré con tu prima. Dile que vaya a mi despacho. Y deja de inventar cosas y de calumniar a las personas, que es de muy mal gusto.

Fue a su despacho y se encerró. Todo eso me tenía ya en un estado de ánimo muy parecido al del hombre que busca motivos en todos lados para no estrangular al próximo ser humano que se le ponga enfrente.

—Elizabeth... —llamé a la puerta de su habitación de antaño—. Mi padre ha llegado. Y desea verte.

Salió enseguida, con un par de cartas en la mano.

—Me parece muy bien. ¿Podrías echar éstas en el correo, primo? Gracias.

Se disponía a bajar a toda prisa pero tuve la osadía de detenerla en la escalera.

—Elizabeth... antes... permíteme unas pocas palabras. Por favor.

Para mí era horrible tener que reconocer que sus hermosos ojos eran capaces de desbaratarlo todo, incluso mi ira más descomunal. Me miró con el mismo interés que le produciría un insecto que repentinamente le habla en vez de zumbarle en la oreja. Luego, pareció ablandarse por unos segundos. Torció la boca mínimamente. Esperó. Yo me llevé la mano al bolsillo trasero del pantalón.

—Bueno. Qué.

—Te parecerá una locura —desdoblé mis hojas.

Aguardé por unos segundos a que me levantara en vilo y me arrojara al piso inferior.

No ocurrió.

—Igual ya vine desde Ingolstadt —volvió a torcer la boca y se cruzó de brazos—. En plena temporada de funciones. Pero tu padre me envió esta carta urgente donde me conmina a venir para hablar de una posible boda entre nosotros. Recalcando las palabras "de vida o muerte" y, añadiendo todavía "te juro que te conviene" al lado de una carita guiñando un ojo. Así que comprenderás que me da lo mismo una locura más. Creo que estoy preparada para cualquier chifladura.

Apreté las hojas de mi "Trazo del destino", sin animarme a desdoblarlas para mostrarle. Sus ojos echaban chispas y así de cerca tenían el poder de enmudecerme.

—Qué —insistió a los pocos segundos.

Sacando fuerzas de no sé dónde, me arrojé a la explicación. Le hablé de mi interés por cumplir de la mejor manera posible esa ruta de vida que, torpemente y hecho un manojo de nervios, le mostraba del mismo modo que haría un poeta al mostrar su más grande elegía a la persona que idolatra. Le mostré las partes en las cuales ella era referida y más aún, ésas en las que se muestra amorosa conmigo, por ejemplo la carta que me envía preguntándome si amo a otra y yo refrendando nuestros votos, para terminar señalándole el momento en que nos casamos, aunque siendo cuidadoso de que no mirara la parte donde el monstruo le da muerte, pues estaba decidido a encargarme de que eso no ocurriera. Mis ojos se desorbitaban. El corazón me palpitaba frenéticamente. Mis manos no dejaban de temblar.

—¿Lo ves? Aquí mismo lo dice "Finalmente, Víctor y Elizabeth se casan y tiene lugar una gran fiesta en casa del padre de Víctor". Es decir... ¡aquí mismo, Elizabeth! ¿Lo ves? ¡Estamos destinados a estar juntos! ¡Juntos!

El entusiasmo hizo que me desbordara y detuve mi perorata, agitado, sudoroso, exultante... cuando en realidad en el rostro de mi prima no se adivinaba cambio alguno.

—¿Te digo algo? Mentí. Esta chifladura sí que no me la esperaba. Hazte a un lado.

Bajó a toda prisa y entró en la oficina de mi padre, escupiendo antes de cerrar la puerta: "Bueno, ¿dónde está la maldita trampa?".

Aunque tardé un poco en reponerme de la decepción, no me avergüenza admitir que bajé lo antes posible y pegué la oreja a la puerta del despacho. Lamentablemente, lo único que alcancé a escuchar fue a mi padre decir: "Antes de que hablemos, cerciórate de que no esté el tonto de tu primo espiando, por favor".

—Deberías avergonzarte —espetó Elizabeth al abrir la puerta y descubrirme.

—Eh... Sólo quería saber si no se les ofrece más vino o brandy o algo.

—No.

Se cuidó de no cerrar la puerta hasta verme partir hacia la cocina. Y aunque volví en cuanto cerró, todo se resolvió en cuchicheos, para mi mala suerte. No tardó ni tres minutos el coloquio. Elizabeth salió de ahí bastante molesta. Ni siquiera reparó en mí durante su apresurada salida. Ni siquiera porque tuvo que rodearme para tomar su sombrero.

Mientras afinaba el tocado frente al espejo del pasillo, exclamó:

—¡Sería más fácil que me vieras vestida de alcachofa que vestida de blanco por algo así!

—¡Como quieras, entonces! ¡Y deja de desprestigiar el apellido! —se oyó a mi padre responder desde su oficina.

—¡No más de lo que ustedes lo hacen! —rugió Elizabeth y se dirigió a la puerta de la calle—. ¿Dónde está mi maldito paraguas?

Fui hacia ella y se lo extendí pero, antes de soltarlo, me atreví a decir:

—¿Podría mencionar que Volanski, el gordo ese con el que realizas un acto, me confesó que estás a punto del desastre financiero?

—¿De qué demonios hablas?

—¿Y que la única razón por la que no ha ocurrido la catástrofe es que todos están enamorados de ti?

Nuevamente me miró como si el mismo insecto que había osado hablarle ahora bailara un zapateado. Tomó un perchero que tenía al alcance y lo rompió en dos como si fuese un palillo. Luego, me arrebató el paraguas. Quiso entonces el guion del destino que, en cuanto abriera la puerta para salir se encontrara de frente con mi gran amigo Henry Clerval, de pie y a punto de tocar la madera con los nudillos.

—¡Maldita loca! ¡Te dije que no tenía dinero para pagar el carruaje a casa y aun así me abandonaste en la estación! —gritó Henry al encontrársela de frente—. ¡Me hiciste caminar dos leguas bajo el sol!

—Quítate, Henry —soltó ella, molesta—. La única razón por la que no te hundo la nariz entre las mejillas es porque no hay diversión en algo tan sencillo.

Mi gran amigo se apartó y Elizabeth siguió caminando por la calle, seguramente en dirección a la estación de diligencias para volver a Ingolstadt, aunque todavía alcanzamos a ver cómo incrustaba un puño en la corteza de un árbol para luego seguir su camino.

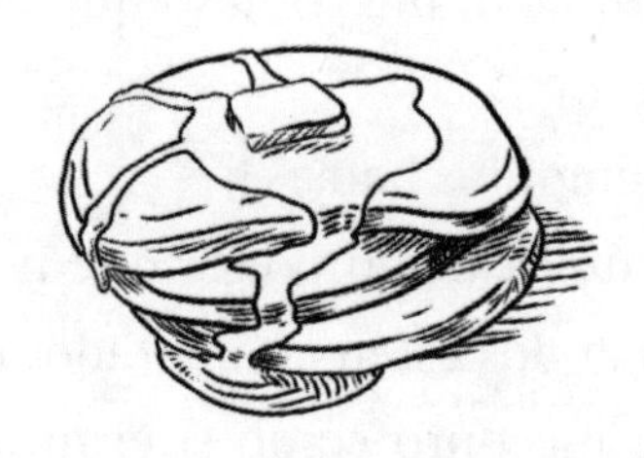

Capítulo 22

Víctor y Clerval parten a Inglaterra, donde el primero pretende cumplir con la promesa que le hizo al monstruo. Llegan a Londres. Ahí, Víctor se dispone a recopilar lo necesario para su nueva creación mientras que Clerval se pasea por el país. Por invitación de un conocido se dirigen hacia Escocia, Clerval permanece en Edimburgo y Víctor va solo al norte. Elige una de las islas Orcadas para concluir su trabajo, apenas una roca rodeada de acantilados, a cinco millas de tierra firme. Alquila una cabaña y se entrega a su infame empresa.

Y bien, ahí íbamos, en la diligencia más incómoda del mundo, codo a codo, por los tortuosos caminos. Un par de horas después de iniciar el trayecto, rompimos el silencio.

—No fue muy gentil aquello de "Ojalá el monstruo te estrangule con sus propias manos". No es precisamente lo

que desea leer un hombre cuando abre una misiva en prisión.

Pasaron unos cuantos minutos. El traqueteo del carruaje, sumado al calor, no hacía fácil ningún tipo de coloquio. Ya ni hablar del mal humor que llevábamos a cuestas.

—No fue muy gentil abandonar Ingolstadt sin mí.

Un minuto después...

—Temí que iniciaran alguna querella en mi contra. No me gustó cómo me vieron tú y Elizabeth cuando les di la noticia de la muerte de William.

Algunos segundos más tarde...

—A nadie le importaba lo que hicieras o dejaras de hacer, Frankenstein. Pero tienes que admitir que fue muy raro que supieras de la muerte de William antes de que ocurriera.

—Una muerte que de todos modos no ocurrió.

—Da lo mismo.

Por otro lado había que añadir lo incómodo que resultaba hablar con la mirada de un hombre calvo, malencarado y de gran corpulencia fija todo el tiempo sobre nosotros, en el asiento que confrontaba al nuestro.

—¡Por las barbas del profeta, Henry! ¡Ya te había mostrado mis hojas de "El trazo del destino"!

Entonces volví a enseñarlas, aunque no quiso tomarlas.

—Y yo ya te había dicho que era lo más deschavetado que había escuchado en toda mi vida.

—Mira quién habla, el que cree en duendes y hadas.

—No te metas conmigo, Frankenstein. Sabes que he dedicado mi vida al estudio de lo paranormal de la forma más seria posible. No es que "crea" —soltó con sorna—, es que "sé".

Aquel hombre calvo mordía con fruición una manzana, entre aburrido y divertido. Sin apartarnos la vista de encima, desde luego.

—Pues yo también "sé" —insistí— que estoy predestinado a grandes cosas.

—¿Estás o estabas? Porque allá en Ginebra no dejabas de cacarear que te dedicarías a poner una lavandería. O una herrería. Que te daba lo mismo mientras todo el mundo te dejara en paz.

Lo miré alarmado, al tiempo en que trataba de que nuestro acompañante no detectara algo que lo pusiera sobre aviso.

—No sé de qué hablas. Como te dije en Ginebra... —traté de ser enfático— iremos a Inglaterra y ahí montaremos un laboratorio para dar vida a otra criatura, esta vez femenina, pues es una misión de vida que no puedo dejar de cumplir.

El carruaje pasó por un enorme bache que nos hizo saltar de nuestros asientos.

—Pues temo por tu salud mental, Frankenstein... —espetó mi gran amigo—. Allá en Ginebra dijiste, tal cual, que si me acompañabas a Inglaterra era porque te daba lo mismo un lugar que otro para volverte un asceta o poner un negocio de reparación de sombreros.

—Agradecería que dejaras fuera el tonito mordaz. Lo que yo dije fue que me encantaría que me acompañaras a

Inglaterra a dar vida a una nueva criatura. Y que de paso podíamos hacer una visita a la sociedad del estudio de fenómenos si te apetecía. Porque somos amigos y porque nos apoyamos mutuamente.

El corazón de una manzana fue arrojado por la ventanilla del carruaje.

—¡Patrañas! —soltó Henry—. Vas conmigo porque me lo debes. Te mostré mis apuntes de todas las cosas que he hecho por ti, contraponiéndolas con las que has hecho tú por mí. Estás en números rojos, Frankenstein.

—Como sea. Iremos a Inglaterra. ¿Contento?

—No mucho. ¿Por qué tiene que acompañarnos él?

No creí necesario hacerle ver a Henry que tampoco es que hubiésemos tenido mucha alternativa, dado que el secuaz de William se había subido sin pagar boleto después de atenazar el cuello del cochero por varios segundos y preguntarle amablemente si le sobraba algún sitio en el transporte.

—No es que tenga que acompañarnos —refunfuñé—. Pero es un mundo libre y el señor puede recorrerlo si le da la gana.

Tercero hizo una reverencia, se cruzó de brazos y se quedó dormido.

En cuanto llegamos a la siguiente posta, donde podríamos tomar algunos alimentos mientras la diligencia que nos llevaba hacia Francia hacía el cambio de caballos, mi gran amigo Henry Clerval y yo aprovechamos para volver a hablar del asunto.

—Pues ya que has dejado de discutir, quiero decirte que me encanta el cambio de planes —soltó Henry, más entusiasta, mientras agotaba la loncha de jamón y el pan que nos sirvieron en el *restaurant* de la estación—. Había entendido que me acompañarías a Inglaterra y tratarías de convencer a los miembros de la Sociedad de la existencia de la criatura para conseguir mi admisión. Y que luego, te largarías a perderte en alguna cueva o pondrías un negocio de cualquier cosa. Pero me gusta más el nuevo plan, donde fabricas otra criatura. Así podremos llevarla a la sociedad y no habrá necesidad de convencer a nadie. ¿Sería posible que la hicieras aún más monstruosa que la anterior?

Tuve que refutarlo con la boca llena, mientras daba cuenta de mi propio piscolabis. Afortunadamente, Tercero había ido a estirar las piernas.

—No hay cambio de planes, Henry.

—¿Qué dices?

—Lo que oíste. Todo sigue como lo platicamos en Ginebra. Te acompaño a Londres y luego me largo a meter la cabeza en un agujero.

—¿Estás loco?

—Un poco, sí.

—¡Pero si acabas de decir que…!

—Sé lo que dije. Es sólo para evitar que el sujeto ese que me sigue a todos lados quiera hacerse una bufanda con mi piel.

—Maldita sea, Frankenstein.

—Lo sé, Henry. He de acompañarte a Londres porque es posible que tengas razón y te lo deba. Pero de hacer una criatura nueva, ni hablar. Ahora mi plan en la vida es poner un negocito y alcanzar una vejez tranquila. O vivir de raíces y moras en algún recóndito paraje. Ya lo decidiré.

Henry obsequió una mirada a Tercero, quien se estiraba a pocos pasos y comía de un pan que amablemente le había cedido un parroquiano, un hombre que prefirió no perder por completo la movilidad de su mano al momento en que Tercero se la estrechó.

—Naturalmente —continué—, tengo pensado que perdamos al sujeto en cuanto nos embarquemos a Inglaterra. Pero, mientras eso ocurre, tendrás que seguirme la corriente.

Vimos cómo Tercero ahora se hacía de una pinta de cerveza a cambio de la eficaz demostración de lo que era capaz de hacer con una mano a la herradura que tenían puesta sobre un clavo.

—Espero que seas muy convincente con la Sociedad, Frankenstein —gruñó Henry.

—Yo también, Henry. Yo también.

Lo siguiente fue continuar por varias diligencias más y algunos hostales hasta llegar al puerto de Calais, tratando de no hablar demasiado entre nosotros y no reparar mucho en ese hombre que, sin decir palabra, siempre se aparecía en el mismo transporte al que subíamos o en la misma calle por la que transitábamos o en el mismo sitio en el que nos alojábamos. Al final, lo bueno fue que Henry cambió su humor pues era yo quien financiaba el viaje, dado que él estaba en la inopia y yo no tenía problema en agotar mis últimos recursos en ese viaje que, de todos modos, ya había decidido que sería el último y sin retorno.

Fue en la posada de Calais donde, para mi infortunio, ya me estaba esperando una carta de claro-que-pueden-adivinar-ustedes-quién:

Querido Víctor:

¿Cómo estás? Espero que todo vaya muy bien y que no hayas tenido percances en el camino. Supe por Tercero que piensas embarcarte para Inglaterra. Según él, ahí es donde piensas "crearme" una novia. Por eso he enviado esta carta a todos los sitios de cama y desayuno de la costa francesa que encontré en una guía turística que me facilitó William para asegurarme de que la recibas. Solamente quiero decirte esto: Me parece que no es necesario que vayas tan lejos. Bien puedes "crearme" una novia francesa si así lo deseas. Puedes visitar algunas tabernas que te sugiero al otro lado de esta carta (la guía que conseguí es muy completa). En alguno de esos sitios tal vez puedas "crearme" alguna buena muchacha casadera. No necesita ser corista en el Moulin Rouge, pero si sabe cocinar te habrás lucido.

Con afecto,

Otto (la "criatura")

—¡Odio que haga eso!

—¿Qué? —preguntó Henry. Ambos estábamos frente al mostrador de la pensión, y justo nos acababan de entregar la misiva.

—Entrecomillar.

Arrojé la carta a un cesto de basura y comencé a analizar la conveniencia de nuestro siguiente movimiento. Apenas nos habíamos instalado en aquella pequeña posada pero era obvio que Tercero no sólo no nos perdía de vista sino que también nos llevaba la delantera. ¿Cómo había hecho para escribir a Ginebra respecto a nuestros planes si ni siquiera sabía deletrear su nombre? Pude imaginarlo coercionando a algún escribano en el camino y no fue una imagen en lo absoluto agradable.

—Lo siento, Henry, tendremos que volver al cuarto.

—¿Para qué?

—Para apresurar las cosas. Por el bien de nuestra misión.

Volvimos, en efecto, a la habitación que nos habían asignado y me puse a empacar enseguida.

—¿Perdiste el seso, Frankenstein? ¡Acabamos de llegar!

—Lo sé. Pero justo por eso es que creo que podemos anticiparnos a Tercero. Por cierto, ¿lo has visto?

—No.

—Ése es su mejor truco. Hacernos creer que no existe —sentencié al punto en que arrojaba mi única chaqueta de cambio en mi única valija.

—Pero... ¿ni siquiera vamos a hacer uso del desayuno gratis? Ya que siempre nos hospedamos en pocilgas, deberíamos al menos aprovechar al máximo lo que ofrecen.

—Mis recursos no dan más que para pocilgas, amigo mío, lo siento. Y ponte a empacar, si eres tan amable.

—¡Bah! —escupió al tiempo en que volvía a llenar su pequeño veliz con lo poco que llevaba—. Hubieras robado un poco más de las arcas de tu padre.

—Yo no lo llamaría robo. En realidad fue… un préstamo de calidad —dije, sintiéndome mal por ello, pues es verdad que aproveché un descuido del juez para hurgar en la caja de caudales abierta en su despacho y emular las mañas que cada día eran más comunes en la familia.

Aguardamos unos pocos minutos y saltamos por la ventana hacia la calle. Corrimos con la suerte de que el cuarto estaba en un primer piso, la rama de un árbol quedaba lo suficientemente cerca para descender por ella y la vista de nuestra habitación daba a un callejón lateral. Fuimos a toda prisa en dirección a los muelles por las calles más ocultas. Mi idea era negociar con el primer barco que encontráramos al cruce del canal, todo esto de la manera más pronta y anónima posible, con el fin de que Tercero se confiara en que seguíamos hospedados en aquella posada que recién abandonamos.

Para esa misma tarde ya estábamos levando anclas en dirección al puerto de Dover y sin agotar del todo nuestros recursos. Incluso nos dimos Henry y yo el pequeño gusto de compartir con los marinos una botella de buen whisky, justo como hago yo ahora con su vodka, queridos amigos.

Lo único memorable, acaso, fue el momento en que atracamos en Inglaterra y un hombre muy solícito, muy calvo, muy corpulento, muy mojado y muy malencarado, se ofreció a llevarnos las maletas.

—Cuánto tiempo sin verte, Tercero —solté tratando de ocultar mi decepción.

Intentó tomar nuestras valijas sin decir palabra.

—Te agradecemos mucho pero podemos llevar nuestras maletas nosotros mismos.

Tomó (o tal vez arrebató) nuestro exiguo equipaje y mi gran amigo Henry Clerval se ocultó tras de mí, temiendo lo peor.

Caminamos en dirección a la estación de diligencias para tomar una a Londres. Por un brevísimo instante dudé si debía comprar un pasaje a Tercero, pero preferí no poner en riesgo mi dentadura. O la integridad de mis huesos. Y así, partimos los tres en dirección a la capital del reino en confortables asientos contiguos.

En cuanto llegamos, una mañana gris como lo son casi todas ahí, traté de dar con un hostal que no fuera necesariamente una pocilga, pues seguía temiendo por mi integridad física. Pedí dos cuartos y entregué a Tercero su llave. Seguía sin sonreír pero al menos ya no me echaba el brazo al hombro como si quisiera medir la resistencia de mi cuello con el simple tacto. Henry recuperó el habla al momento en que subimos a nuestro cuarto.

—A decir verdad, Frankenstein... te agradezco mucho que hagas esto —exclamó mientras se arrojaba de espaldas sobre su cama—. Sabes que es el sueño de mi vida. Y es la primera vez que creo posible que se cumpla. Gracias, en verdad.

No supe qué decir. Todo eso era circunstancial. Yo había aceptado acompañarlo a Londres porque me daba lo mismo cualquier sitio en el mundo. Y de todos modos teníamos que tolerar al esbirro de mi hermano pegado a nuestras espaldas. No supe ni qué decir porque, en mi cabeza, ya se fraguaba un plan y no era, precisamente, el más altruista. No podía olvidar las palabras de mi prima: "¡Sería más fácil que me vieras vestida de alcachofa que vestida de blanco!" y eso reducía en gran medida mis esperanzas de ser feliz algún día. Si a eso le añadimos que mi "criatura" ahora era jefe de una banda de forajidos y me escribía cartas con letra estilizada y ningún tipo de gloria se percibía, ni siquiera de forma lejana, en mi horizonte, mi único proyecto de vida posible era aquél con el que abandoné Ginebra: recluirme en una cueva y esperar mi muerte contemplando la hierba crecer.

—Te prometo que si soy admitido en la Sociedad, te estaré en deuda por toda la eternidad, Frankenstein. Y de una vez te anticipo que ya no me debes nada.

Dicho esto, sacó su vieja libretita y fue a la sección que se intitulaba "Favores a V.F." Se puso a arrancar todas las hojas y las arrojó al cesto de la basura.

—No es para tanto, Henry. Yo…

—Lo es, Frankenstein. Lo es. ¿Te parece bien si vamos de una vez? No sé por qué, pero me siento optimista. Seguro que vamos a estar brindando en un buen pub londinense antes de que se ponga el sol.

Se puso de pie y yo no tuve corazón para oponerme. Sólo me eché en los bolsillos todo el dinero con el que contaba. Y no cargué con una sola cosa más.

Decidí que lo mejor sería avisar a Tercero que partíamos, a lo que el sujeto agradeció con un gruñido. A los cinco minutos de andar en la calle, advertimos que ya nos pisaba los talones. Henry, en su exacerbado entusiasmo, se permitió incluso un par de comentarios respecto al agradable clima. Y eso que sobre nosotros caía una molesta llovizna que cualquier otra persona habría tomado como un mal presagio. Pero no yo. No yo, que había pasado por tanto en mi agitada vida.

Al fin llegamos a la dirección que aparecía en el folleto al que estaba suscrito Henry desde su infancia. Y se trataba de una modesta casa bastante lejos del río, en un barrio un tanto desolado. Llamamos a la campanilla. Tercero fue a sentarse sobre la banqueta de enfrente, justo como hacía cuando me vigilaba en la casa de mi padre e insertó el índice usual en la fosa nasal de siempre. Henry se acicaló varias veces. No tardó en aparecer por la puerta una dama con delantal, anteojos y sonrisa bonachona que seguro tenía más de ochenta años.

—¿Sí? —preguntó cortésmente. Del interior se desprendía un agradable aroma a galletitas recién horneadas.

—Disculpe… tal vez nos equivocamos… —dijo Henry—, pero… dígame usted, ¿estuvo aquí alguna vez la sede de la Real Sociedad Universal del Estudio de Fenómenos Extraordinarios? ¿Sabe adónde se mudaron?

—Oh... no se ha mudado, joven. Sigue estando aquí. ¡HAAAAAROLD! —gritó a voz en cuello y dejó la puerta abierta, mientras se retiraba a sus ocupaciones—. ¡TE BUSCAN!

Durante los siete segundos que tardó Harold en bajar de su habitación sentí que la convicción de Henry flaqueaba.

Se trataba de un hombre de unos cuarenta años. En pijama y pantuflas. Con bigotes engominados muy similares a los de Henry. Y el aire circunspecto de quien está convencido de su propia importancia.

—¿Sí? —dijo, barriéndonos con la mirada.

—¿Es usted Harold Cuthbert, el presidente de la Real Sociedad Universal del Estudio de Fenómenos Extraordinarios? —preguntó Henry.

Y por un momento pensé que mandaba todo al diablo y me rogaba que fuéramos a un bar a emborracharnos.

—Sí, lo soy. ¿Quiénes son ustedes? —preguntó con desdén el tal Harold.

—¡Grandes admiradores, señor! —dejó escapar Henry, demostrando con ello que mi apreciación respecto a un posible titubeo era por completo errónea—. Mi nombre es Henry Clerval, y le he enviado muchas cartas.

—Oh... no puedo recordar a todas las personas que nos escriben. Lo siento.

—No importa. ¿Podríamos tener una mínima conversación con usted, señor?

Volvió a barrernos con la mirada.

—¿Exactamente de qué se trata? Si es una artimaña de la imprenta para sacarme otra promesa de pago, dígales que pienso liquidar el mes que entra, como les he estado diciendo todo el año.

—¿Imprenta? Nada de eso, señor —dijo Henry—. Tiene que ver con el mayor logro científico de los últimos tiempos. ¡Una hazaña de tal magnitud y de tan prometedores alcances que hará palidecer cualquier otra hazaña del mundo de la ciencia!

Harold bufó con enfado pero, al final, cedió.

—Pasen.

Entramos a la casa y Harold nos indicó que lo siguiéramos. Mientras subíamos al piso superior, pensé un par de cosas. La primera: que el asunto ese de la "Real Sociedad" era un completo fraude. La segunda: que si no aprovechaba esa oportunidad, me arrepentiría para siempre. Estábamos a la mitad de las escaleras cuando se escuchó el grito de aquella señora, desde la cocina:

—¡Harooold! ¿Se quedan tus amiguitos a cenar?

A lo que el estirado presidente de la sociedad replicó:

—No lo sé, madre. No lo creo. Y por favor trata de no importunar por unos minutos. Estaré ocupado.

—De acuerdo, mi amor. Prepararé limonada.

El piso superior era como el de cualquier casa común y corriente, aunque una de esas habitaciones tenía un letrero que decía "Real Sociedad Universal del Estudio de Fenómenos Extraordinarios" tallado en madera. Y debajo, una carpeta bordada, muy rococó, con flores y abejitas que ponía: "Habitación de Harold".

No pude resistir.

De pronto supe que si traspasaba esa puerta quedaría imposibilitado para realizar cualquier movimiento. Tenía que utilizar el factor sorpresa para conseguir mi propósito.

—Disculpe, señor Cuthbert... ¿podría usar la letrina?

A esto, Harold detuvo su andar, me miró como si fuese yo la peor y más vulgar de las molestias de su día y me indicó con una seña la puerta por la que se llegaba a la parte trasera de esa casa.

No me enorgullezco de mis actos, pero... ¿cómo habría podido tener éxito en mi empresa si no actuaba de esa manera? Salí a un patio posterior y llegué a una barda que no me costó ningún trabajo saltar. Luego corrí como alma que lleva el diablo. Mi único interés era conseguir perder a Tercero. Y desde luego que lamentaba profundamente tener que dejar a mi gran amigo Henry Clerval a su suerte. Pero era eso o ser asediado hasta el fin de mis días por aquel mandadero de William; era eso o no ver la mía hasta no "crear" una novia a (su ahora cómplice) Otto. ¡Y por todas las cortes angélicas del cielo y todas las hazañas científicas del mundo, ustedes y yo sabemos que quien esto cuenta era, y es, absolutamente incapaz de lograr algo así!

Subí al primer coche que conseguí y pedí que me llevaran lo más al norte que se pudiera.

Luego, cambié de carruaje para continuar del mismo modo.

Y así, hasta llegar a Escocia, un par de días después. Pero no me detuve en Glasgow ni en Edimburgo. Seguí de frente con la única esperanza de dejar toda mi vida pasada atrás. Ya no me interesaba ningún tipo de gloria, ningún matrimonio, ninguna otra cosa que no fuese una vida tranquila en el lugar más apartado del mundo.

Así, llegué al extremo más septentrional de la Gran Bretaña. Pero ni siquiera ahí me detuve. Alquilé una lancha y no descansé hasta que llegué a las islas Orcadas. Pedí que me dijeran en cuál podría yo darme a una vida de total aislamiento y contemplación de la naturaleza sin que necesariamente esto implicara tener que convertirme en un salvaje. Me dejaron en una isla donde sólo había tres chozas y cinco habitantes, algunas vacas escuálidas y un montón de cabras sin dueño. Era apenas una roca rodeada de acantilados a más de cinco millas de tierra firme.

No negaré que cuando estaba arribando a la cabaña vacía que me alquilaron por tres peniques (la verdad es que no había exceso de demanda y la mayoría de las ventanas ni siquiera tenían vidrios) temblaba de miedo ante la posibilidad de encontrarme a Tercero ahí dentro, pelando un banano y negando con la cabeza. Con todo, crucé la puerta y pude comprobar que la barraca estaba vacía, así que descansó mi alma por primera vez desde que abandoné Londres.

Me arrojé en la cama con los resortes salidos y las frazadas podridas como si fuese el santuario más acogedor de mi existencia.

El frío era poco menos que insoportable, al igual que la humedad. Pero al menos tenía tranquilidad de espíritu, y en esos días nada valoraba más que eso. No deber nada a nadie y que nadie me debiera nada, aunque tuviera que comer pescado crudo que le escamoteaba a las gaviotas, era como el perfecto estado espiritual. Incluso había perdido o abandonado las hojas de mi trazo destinal en algún punto de mi travesía, así que ya ni siquiera sentía la obligación de apegarme a ningún guion. La naturaleza y yo éramos uno solo, aunque ella llevara las de ganar, pues había noches en que juraba que me crecían líquenes en la espalda.

Puesto que tuve la precaución de comprar algunos libros en el camino, a sabiendas de que mi reclusión podría llevarme a la locura si no entretenía la mente en algo, me dediqué a leer y a buscar forma a las nubes cuando no estaban lloviéndome en la cara.

Así...

Pasaron los días y las noches.

Recuerdo que me encontraba leyendo en voz alta a un grupo de cabras de las que me había hecho amigo, cuando una figura se recortó contra el paisaje. Sentí miedo, pero éste no tardó en disiparse al advertir que se trataba del mismo viejo que me había alquilado la cabaña, míster Hardy.

—Camila —dije a una de las cabras—, retoma donde dejé, página treinta y nueve. Ahora vuelvo.

Fui al encuentro de aquel hombre, quien me saludó muy cortésmente.

—El último inquilino tenía un grupo de discusión política con pelícanos. Siempre he dicho que este aislamiento y la dieta de algas y pescado no hacen mucho bien a la mente. ¿Desea un poco de whisky?

Sacó una botella y nos sentamos sobre dos piedras a observar cómo el mar y el viento hacían lo que podían por desplazar la isla hacia el noroeste, sin demasiado éxito. Camila se comía el libro a partir de la página treinta y nueve. Un par de tejas mal enclavadas en el techo de la casa fueron arrancadas por el ventarrón y llevadas lejos de ahí. Después del tercer trago, sentí una paz como hacía mucho no experimentaba.

—Cuénteme su historia, Frankenstein. ¿Qué es lo que lo trajo por aquí? Algo debe atormentar su alma.

Y acaso sólo por poder charlar con alguien que no asintiera a todo con un sonoro "Meeeeeh", referí a aquel hombre mi historia y la razón exacta por la que había llegado hasta ese punto. Ya habíamos agotado media botella cuando él volvió a tomar la palabra.

—¿Y dice usted que es imposible conseguir una novia a su primo?

—Que me desuellen vivo si miento. El pobre es feo como para causarle pesadillas al Diablo, así que no hay modo de cumplir lo prometido. Por eso he venido a vivir aquí. Prácticamente estoy huyendo de él y de su banda de rufianes.

—¿Qué teme que le hagan si no le "crea" una novia?

—Prefiero no averiguarlo. Seguro el sicario que anda tras de mí estará ya pensando cómo restar movilidad a mis piernas de modo permanente. O en cómo hacerse un llavero con mi lengua o un collar con mis dientes. Comprenderá por qué prefiero seguir aquí, a pesar de la dieta y la compañía —levanté la vista hacia mi club de lectura—. ¡Ingrid, Melquíades! ¡No peleen! ¡Es el turno de Camila!

Míster Hardy dio un largo trago a su botella de whisky, luego la tapó y la dejó a un lado de la piedra, a manera de obsequio para mí. Se puso en pie. El furioso vendaval ya había conseguido que dejara de sentir mis orejas. Aunque eso, a decir verdad, había ocurrido desde el primer día.

—Va a pensar usted que le miento —sentenció de pronto el abuelo—, pero creo que tengo la solución a su problema.

—¡Camila, pon orden! ¿Cómo dijo?

—Que tengo la solución a su problema.

—¡Ingrid, por amor de Dios, espera tu turno!

—Y se llama Loretta.

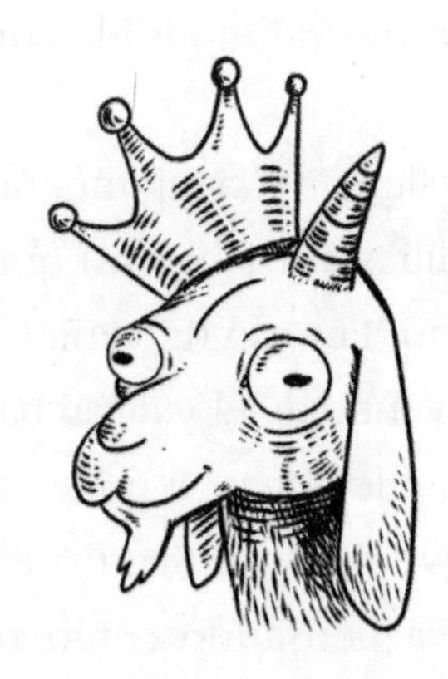

Capítulo 23

Víctor avanza en su horrenda creación, pero una noche vuelve a tener dudas. (¿Y si ambos monstruos deciden procrear y multiplicarse?) Ante tal posibilidad, destruye a su nueva criatura antes de dotarla de vida. El monstruo original, no obstante, lo descubre tras la ventana. Víctor se refugia en su habitación pero, al cabo de unos minutos, entra el monstruo en la casa y le reclama su osadía. Le recuerda que Víctor puede ser su creador pero Él es su dueño. Le promete que estará en su noche de bodas antes de marcharse a toda prisa.

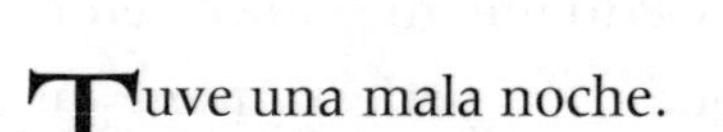

Tuve una mala noche.

Bueno…

En realidad no tenía ya de otro tipo.

Pero en esa ocasión, hubo cierto momento en el que me hundí por completo en el sueño más extraño y más abigarrado del mundo. Un aroma exquisito colmaba el ambiente. Y yo me sorprendí entrando a un gran salón, como de un enorme palacio. Había ahí muchos invitados, todos de lo más estrafalario, pintoresco y macabro. Había ahí brujas brindando, fantasmas chocando los cristales de sus copas, duendes, gnomos, ogros, diablillos... pero al fondo de tan espacioso recinto había una mesa de honor. Y en ella se encontraban ya, ocupando su sitio, los invitados más insignes de aquella extraña celebración. Frente a cada una de dichas celebridades se hallaba un rótulo de cartón con el nombre que las distinguía. Había una momia, un conde, una extraña criatura parecida a una iguana humanoide escurriendo agua... y casi al centro de dicha mesa, un lugar vacío que debía ocupar, nada menos... que yo mismo, pues así lo indicaba el letrerito: Frankenstein. Me asaltaba un peculiar júbilo en cuanto descubría esto. Y ya me disponía a ocupar tan honroso sitio cuando detrás de mí aparecía... mi primo Otto. Y, abriéndose paso, ¡se sentaba en el sitio que me correspondía! Todos lo recibían con abrazos y palmadas. Y yo... contemplando la escena con enorme confusión. Hasta que, claro, me atrevía a intervenir. ¡Oigan, hay una equivocación! ¡Ese lugar me corresponde! Y aunque es cierto que me concedieron un brevísimo silencio, en el que cupo perfectamente mi reclamo, todos se echaron a reír. Y no dejaban de referirse a Otto como si fuera yo. "¿Oíste eso? ¿Te imaginas a ese patán ocupando tu lugar? ¡El gran Frankenstein, un tipejo como ése!", entre otros etcéteras.

Y yo... hirviendo en rabia...

... desperté en cuanto me echaron de la fiesta.

Lo único que me acompañó a la realidad fue el delicioso aroma de la reunión.

—Está usted convertido en un verdadero salvaje —dijo una voz.

Me incorporé en la cama. En el sitio de la cabaña donde debería encontrarse la cocina estaba Tercero, preparando un guiso. Había encendido un fogón y removía algo en una sartén que olía exquisito.

—Oh. Es usted... —dije, acongojado—. Justo estaba pensando escribirle. Qué pena que no haya podido avisarle que salía para acá a atender una urgencia familiar.

No sé de dónde había sacado cubiertos y hasta una botella de vino, pero ya había preparado la mesa para sentarnos a comer. Me miró con suspicacia mientras descorchaba la botella.

—No me diga —repuso—. ¿Fabricar una novia para Otto? ¿Será ésa acaso la urgencia que tenía que atender?

Comprendí que tenía la batalla perdida. Me incorporé, sentándome en la orilla de la cama.

—Lo sé, lo sé... —suspiré—. Es sólo que sentí la necesidad de tener una vida tranquila, después de tanto alboroto por el que he pasado.

Sirvió vino en sendas copas que tampoco sé de dónde sacó, aunque siempre supe que era un hombre de recursos. Me sentí tentado a pellizcarme y ver si no seguía en algún deschavetado sueño, pues estaba un poco harto de comer escupiendo escamas, y aquello en verdad olía como un banquete imperial.

—Mire… —dijo Tercero—, no es asunto mío. Pero me encomendaron estar al pendiente de usted hasta que creara la novia de Otto. Y ya tuve bastantes problemas pues en la última carta mi jefe dijo que Otto está empezando a sentirse deprimido y ya no sale a trabajar si no le convencen con la mentira de que usted está haciendo buenos avances. Si por mí fuera, me largaba, pero jamás he dejado un trabajo sin terminar.

Sirvió aquel guisado en un par de platos, que llevó a la mesa.

—Coma.

Me senté, tomé una rebanada de pan de una cesta que puso en el centro. Comí con verdadero deleite.

—¿Qué es?

—Una receta de mi madre. Estofado de cabra.

Tuve un pequeño sentimiento de culpa. Muy pequeño.

—Mmmh… ¿Qué cabra?

—¿Importa?

—Un poco, sí —resolví con la boca llena.

—Una negra con manchas marrones.

—Minerva. Es una pena. Aunque lo nuestro no iba a llegar a ninguna parte. Se lo dije más de una vez.

—No lo comprendo.

—No importa.

—¿Está bueno?

—Buenísimo.

Comimos en silencio por un rato. Hasta que no sacié el apetito me sentí un poco apenado por mi aspecto. Los cabellos largos, la barba crecida, las uñas sin cortar, la ropa sucia... en contraparte con Tercero, quien, pese a su pinta de matón, siempre estaba relativamente bien arreglado.

—Coma a su gusto, no hay prisa —dijo de pronto.

—Muchas gracias.

—De nada.

—Pues... —me atreví a hablar—, aunque usted no lo crea, tengo ya a la criatura.

—¿En serio?

—Sí. Pero no aquí. Está en otra isla. Hoy mismo iré por ella.

—¿Es bonita?

—Lo es.

—Pues brindo por eso —y levantó la copa.

—Yo también.

Bebimos largamente y él volvió a llenar las copas.

—Tengo que confesarle... —dije— que una de las cosas que me motivó a trabajar a marchas forzadas fue el no tener que sentir las manos de usted apretando mi cuello. Es un gran aliciente, si lo piensa un poco.

Tomó con delicadeza de la copa. Luego la depositó sobre la mesa. Sonrió brevemente.

—Es curioso —soltó, rascándose detrás de la cabeza—. William me especificó que no podía tocarle un pelo.

—¿A mí?

—A usted.

—¿A mí?

—A usted.

—¿Puedo soltar una palabrota?

—Adelante.

Después de desahogarme a los gritos, me sentí un poco estúpido. Pero sólo un poco, por lo que vino a continuación.

—De cualquier modo… creo que, si lo pensamos —sentenció Tercero—, yo soy el menor de sus problemas en este momento.

—¿Por qué lo dice?

—¿Su amigo Henry Clerval? Debería verlo furioso. No es un espectáculo agradable. Y, si recuerdo con exactitud sus palabras, dijo que en cuanto pudiera lo sometería a usted en el suelo, lo tomaría de las orejas y le haría girar la cabeza hasta que se desprendiera de su cuerpo. Con sus propias manos.

Un escalofrío me recorrió el espinazo.

—¿Exactamente cuándo dijo eso? —necesité un poco más de vino.

—Déjeme recordar… ¿fue cuando abandonó aquella casa hecho una furia? ¿O fue en la posada? No. Ya recuerdo. En la posada sólo gritó que daría con usted, así fuera lo último que hiciera.

Un escalofrío me recorrió el cuerpo entero. Ida y vuelta. Volví a llenar mi copa.

—Cuando salió de aquella casa en la que ambos entraron —siguió Tercero su relato—, estaba tan molesto que me empujó con el hombro cuando le pregunté qué había pasado. Comprendí que usted había escapado y corrí en su busca, sin éxito. Así que fui a la posada a preguntarle a Clerval sobre su paradero. Sin motivo alguno me tiró un puñetazo, mismo que intenté responder... pero no pude. Ese amigo suyo es un tigre rabioso cuando algo le molesta en serio. Entendí entonces que ambos habíamos sido traicionados. Luego que dijo aquello de que daría con usted, así fuera lo último que hiciera, entré al cuarto que acababa de desocupar para ver si obtenía una pista. Y encontré esto.

En ese momento supe que en verdad hay cuestiones ineludibles en la vida de todo ser humano. Me extendió mi hato de folios, este mismo que tengo aquí ahora. Pero advertí un cambio. Donde decía "El trazo del destino", había sido alterado por la mano de William, para que dijera: "El trazo del desAtino", como ven ustedes.

—¿Ésta fue la pista? —pregunté no sin cierto temblor en las manos.

—Sí. Permítame mostrarle.

Volvió a tomar las hojas y las llevó a las concernientes a este mismo capítulo de nuestras vidas. O, para ser precisos, a un capítulo antes. Noté que Henry había circulado el sitio en el que yo había plasmado lo siguiente: *"Elige una de las islas Orcadas para concluir su trabajo, apenas una roca rodeada de acantilados, a cinco millas de tierra firme"*.

Me golpeé con la palma en la frente. ¿En verdad había sido incapaz de recordar que en mi ruta de vida estaban ya las islas Orcadas como destino y, no obstante, las elegí, según yo, para retirarme del mundo definitivamente? Me volví a pegar en la frente. Intenté tragar saliva pero fue como si tuviera atorado un enorme hueso de pollo en la garganta. Maldita angustia. ¡Maldita equivocación!

Comencé a toser. Se me fue el aire.

Un golpe en la espalda de Tercero lo resolvió todo. Una costilla de cabra fue lo que expulsé al cabo de varios porrazos.

—Le confieso… —dijo Tercero en cuanto tomé un poco de agua y me serené—, que intenté que viajáramos juntos, Clerval y yo, pero fue imposible. No dejaba de rumiar que usted lo había matado en esas mismas hojas, así que él haría lo mismo, pero fuera de ellas. Un par de veces volvió a golpearme por puro desahogo. Es una fiera incontrolable. Así que preferí hacer el viaje por mi cuenta.

—Y… —dudé en preguntar—, ¿cómo es que dio usted conmigo primero?

—Suerte, supongo. Son setenta islas.

Mi mente comenzó a revolucionarse. Era horrible. Si Henry daba conmigo no habría poder humano que le convenciera de que no lo había traicionado. ¿Tan mal la habría pasado en la Real Sociedad Universal del Estudio de Fenómenos Extraordinarios? ¿Se habrían burlado de él? Comencé a temblar de nueva cuenta. Me puse de pie, *ipso facto*.

—¡Tenemos que avisar a todo el mundo! ¡Nadie debe dar razón de mi existencia a ninguna persona que pregunte! Dígame. ¿Fue así como dio conmigo?

—El que renta los botes me aseguró que un hombre recién había alquilado una cabaña en esta isla. Pero he de decirle…

—¡Tenemos que pagarles, amenazarlos, lo que haya que hacer para que no den razón de mí! ¡Es de vida o muerte!

—Calma. Le digo que…

—¡No podemos tener calma! ¡No es su cabeza a la que darán vuelta hasta que se desprenda del cuerpo!

Tuvo que tomarme de los hombros y zarandearme. Un par de bofetadas lograron que dejara de forcejear.

—¡Escúcheme, Frankenstein! ¡Ya lo he resuelto! —conminó con voz firme—. Justo encargué a ese mismo hombre que diga que no nos ha visto. Ni a usted ni a mí. Y le pagué para que diera aviso a todos en los alrededores con el fin de que sostengan la misma historia.

Sentí deseos de abrazar a aquel hombre. Afortunadamente me contuve. Ya había pasado demasiadas vergüenzas en los últimos días.

—Gracias —dije, en cambio.

—No me las dé tan rápidamente. Usted no me sirve muerto para crear a la novia de Otto. En cuanto cumpla, quedará a su suerte.

—O huiré a tierras más remotas. No me importa.

Suspiré largamente. Agoté mi vino. Tal vez hubiera un final feliz, después de todo.

—Bueno. ¿Y qué sigue? —preguntó Tercero, comenzando a levantar la loza.

—Yo voy por la criatura. Usted, a dar parte.

Y así lo hicimos.

Subimos ambos al bote que alquiló Tercero para llegar a la isla con más población de los alrededores: 43 habitantes.

En tan sobrepoblado lugar había oficina postal, iglesia, cantina, tienda de provisiones... y una novia para Otto.

Decidí mantener la mentira para que las cosas no se estropearan, así que pedí a Tercero que volviéramos a encontrarnos en un par de días o algo así, para poder ir aleccionando a "la criatura" a que se ajustara a su nuevo destino como señora de Otto. Accedió, puesto que quería, personalmente, ir por Otto y traerlo, con miras a que todo eso terminara lo antes posible y poder dedicarse a lo que siempre había hecho, que era una tranquila vida dedicada al crimen.

Fui directamente a la casa de míster Hardy para que me llevase con aquella que había de salvarme la vida y terminar por fin con todas mis penurias.

He de contar aquí que Loretta, de acuerdo a la descripción del señor Hardy, era una dama muy hermosa con un único defecto: tenía ciento trece años. Y una maravillosa virtud: era aficionada a las bodas. Las suyas, de preferencia. Se había casado veintinueve veces. Y justo había enviudado la semana pasada de un hombre al que prácticamente había hurtado de la cuna, pues lo superaba en treinta y dos años. El recio pescador tenía apenas ochenta y un años al momento de morir, cayendo de su propia casa mientras arreglaba el tejado. ¿Cómo es que una dama de ciento trece años se mantenía activa y en forma y en plena belleza pese a su avanzada edad?

—El aire marino, la altura y la sana alimentación—fue la explicación que me dio el señor Hardy en cuanto cerró su casa para llevarme a conocer a aquella que, si corríamos con suerte, sería la próxima novia de Otto.

Yo seguía creyendo que todo se trataba de un timo. Aun durante el medio minuto que esperamos a que abriera la puerta de su casa. Pero en cuanto apareció Loretta supe que también el destino puede ser bondadoso cuando se lo propone.

Era una mujer bastante hermosa, si descontamos su cabello blanco y que seguramente pesaría unos veinticinco kilos en total, pues estaba literalmente en los huesos. Pero tenía el cutis perfecto y los ojos más azules que yo haya visto. Llevaba encima un vestido largo, sandalias y unos aretes circulares enormes.

—¿Sí? —dijo al aproximarse a nosotros, mirándonos de cerca y husmeándonos un poco—. Eres tú, Robert. ¿Qué es lo que deseas?

—Loretta. Hay un caballero que quiere conocerte. Y tiene firmes intenciones de proponerte matrimonio.

Me miró por tres segundos. Quizá cuatro.

—Acepto.

Entró en su casa de nueva cuenta, dejando la puerta abierta. El señor Hardy me miró como diciendo: "se lo dije" y se animó a entrar. Fui tras él.

—Loretta... —dijo en voz alta, pues ella se había perdido en el interior de la casa—, no se trata de este hombre, sino de otro.

—¿Es buen mozo? —gritó desde el fondo.

—Ummh... no mucho, la verdad —preferí ser honesto—. Pero es muy alto. Y fuerte. Y de buen corazón.

—Acepto —resolvió de nueva cuenta.

El señor Hardy se encogió de hombros, como diciendo: "¿se lo dije o no se lo dije?".

En breve apareció Loretta, vestida de novia, con ramo, velo y todo. Probablemente fuera el vestido más usado en la historia de la humanidad.

—Ehh... —soltó el señor Hardy—, no está aquí, Loretta. De hecho, tardará un par de días en llegar, si no es que un poco más.

—No quiero correr el riesgo de que se arrepienta —bufó, levantándose el velo del rostro—. Vamos a su casa.

—Está en el continente —aclaré yo—. Pero es mi primo. Y ya mandé traerlo.

—Bien. Me quedaré contigo entonces, muñeco —exclamó apretándome una mejilla. Y abandonó su casa sin siquiera cerrar la puerta. Fui yo quien tiró de la manija.

El señor Hardy me miró como diciendo: "No vaya a decir que no se lo dije porque se lo dije". Y echó a andar en dirección a su casa.

Así que yo volví a mi isla y mi cabaña con nueva compañía. Una mujer de ciento trece años que no dejaba de tararear cancioncitas infantiles.

—Dígame una cosa, Loretta —pregunté mientras remaba, arrostrando el viento y una pequeña llovizna—. ¿Cómo es que una mujer de su edad está tan activa y tan en forma y se mantiene tan bella? ¿Será acaso el aire marino y la...?

—Doce onzas de whisky todos los días, muñeco.

Y siguió cantando.

Loretta se llevó muy bien con las cabras. Y no demandó ningún tipo de atención especial. Ni siquiera le molestó ocupar la única cama, a la que se le salían todos los resortes y que olía peor que un chiquero. El verdadero problema ocurrió cuando se terminó el whisky, al tercer día.

—¡Me trajiste con engaños! ¡Eres ruin y miserable y te odio! ¡Ojalá murieras de una manera terrible y dolorosa!

Ésa fue su reacción cuando le dije que no quedaba más licor y que tendría que partir para conseguir un poco más.

—¡No tardes, puerco malnacido! —fue lo que dijo antes de sentarse en la misma silla en la que se sentaba todos los días abrazando su ramo de flores artificiales, mirando al océano y esperando a aquel que habría de desposarla.

Para mi espantosa suerte, esa misma tarde que partí por la medicina de Loretta se soltó una tormenta que a todas luces quería arrancar las islas de sus cimientos y hacerlas volar por los aires. No pude volver ese mismo día. O al siguiente. Tardé exactamente tres días en poder volver a hacerme a la mar sin el temor de morir despedazado contra algún acantilado. En mi favor diré que llevaba whisky como para un regimiento. Cinco botellas que, supuse, harían toda la diferencia. Incluso pensé que nos servirían para celebrar en grande cuando llegara Otto, pues ya había tomado la determinación de casarlos yo mismo, considerando que era hijo de un juez y podía tomarme las atribuciones especiales que hicieran falta, dadas las circunstancias especiales en las que nos encontrábamos.

—¡Hey, Loretta! ¡Adivina qué!

Grité en cuanto tuve a la vista la cabaña. Llevaba las botellas en un saco, junto con otros víveres. Pero tuve un mal presentimiento y dejé el saco a medio camino. Sólo tomé dos botellas de whisky, una en cada mano, y corrí a la cabaña.

En cuanto abrí la puerta, vi a Loretta en la misma silla y en la misma posición en que la había dejado, mirando al mar, vestida de novia, el velo revoloteando en el aire.

—¡Loretta! ¡A que ni te imaginas!

El que no se imaginaba era yo.

Bella como siempre había sido, se encontraba mirando el horizonte.

Rígida. Estática.

Muerta.

Como mi suerte.

Me hinqué y maldije al destino y a todos aquellos responsables de que éste se cumpliera. Grité de impotencia. Lloré de terror y desconsuelo. Me bebí una botella yo solo.

Cuando desperté, ya era de noche y estaba lloviendo de nuevo como si el cielo se ensañara conmigo por haber perjurado en su contra. El frío y el viento y el agua entraban por todas las ventanas. Loretta se encontraba en la misma posición y mirando hacia el mismo punto y sosteniendo las mismas flores.

Entonces un relámpago iluminó el firmamento y todo debajo de él. Incluyendo el campo. Y el mar. Y la casa. Y un rostro horripilante y demoníaco tras la ventana.

—¡AAAAAAAHHHHHHH!

(No pude evitar gritar de terror.)

Y cuando al fin sonó el trueno, creí que me desmayaría. Arrojé los restos de la botella de whisky hasta que se hicieron añicos contra una pared.

—¡Oh, espantosos delirios! ¡Dejadme en paz! ¡No merezco padecer visiones anticipadas del infierno, que lo que aquí ocurrió no fue del todo mi culpa!

Me tiré al suelo y me cubrí el rostro, esperando que todo fuera producto del alcohol y de alguna pesadilla que se negaba a abandonarme. Pero a los pocos segundos una mano me tocó el hombro. Y juro por lo más sagrado que mi espíritu me abandonó unos instantes, que mi corazón se paralizó y me vi tendido en el suelo de madera de la cabaña. Casi enseguida mi alma tomó la determinación de que era demasiado drama dos muertos en tan poco espacio y en tan poco tiempo, así que volvió a mi cuerpo, que respondió con una sacudida muy parecida a la de una descarga eléctrica.

—¡Oh! ¡Disculpa, primo! ¡No era mi intención asustarte!

Me arrastré hasta la pared más próxima y comencé a serenarme poco a poco.

—Otto… —dije en cuanto pude confirmar que no se trataba de un demonio real. O al menos no de uno que hubiese enviado Lucifer a reclamar mi alma—. ¿Cuánto tiempo llevas aquí?

—Un rato.

—¿Y Tercero?

—Se encontró un saco con comida y bebida en la pendiente y se fue a la orilla del acantilado a beber y comer. Me dijo que se lo merecía. Y creo que tiene razón.

—¿Así con lluvia y todo?

—Creo que está un poco harto de todo esto.

El fragor de la tormenta no fue impedimento para que ambos nos miráramos como sumidos en un gran silencio y en una gran tristeza. Fue Otto el primero que habló. Y estaba bañado en lágrimas.

—¡Oh, Víctor! ¡Es todo tan lamentable! ¡Era tan hermosa! ¿Por qué? ¿Por qué ocurrió algo como esto?

—El destino es cruel y nosotros somos sus juguetes, primo —exclamé con toda la convicción del mundo.

—¡Jamás podré agradecerte lo suficiente! ¡Era bellísima! ¡Y tenía los ojos llenos de esperanza! ¡Y quería ser mi esposa!

—Y tenía sólo veintisiete años, por si te lo preguntabas.

Me incorporé con el cuerpo entumido por la borrachera y el frío y la mala postura. La patética imagen de Otto llorando por sus fallidas nupcias me golpeó como un martillo. ¿Cómo habíamos llegado a eso? ¿Qué clase de patán irresponsable era yo para haber sacado a ese hombre de su apacible vida en las montañas y llevarlo a ese momento terrible y climático? Había que verlo maldecir al destino en medio de una tormenta con un cadáver vestido de blanco sirviéndole de comparsa para darse cuenta de que todos estábamos mejor antes de que se me ocurriera la locura de "dotar de vida a una criatura".

—Otto… todo esto es culpa mía —me animé a decir.

Y me recargué en la pared, tratando de poner orden a mis pensamientos, a mis sentimientos. En efecto, el crepitar de la lluvia sobre el desastrado techo, los constantes rayos y los ensordecedores truenos, el viento y la humedad... todo me hacía sentir que estábamos siendo arrojados a la cúspide de nuestra historia. Algún desenlace tendría que surgir de ello. Buscaba las palabras correctas para un momento como ése, pero Otto se me adelantó.

—¿Qué es lo que pasa con nosotros, primo? —exclamó, derrumbándose sobre una silla que de milagro no se vino abajo.

—¿De qué hablas?

—Acaso tú y yo no estamos hechos para la vida en pareja. Somos incapaces de tener una novia, pase lo que pase.

—Eh... bueno... no quisiera ser descortés, pero no creo que estemos en el mismo caso.

—A nuestra edad la mayoría de los hombres ya están casados o comprometidos. Y míranos. Más solos que un par de monjes.

—Bueno... como te decía...

—No es tu culpa, Víctor —añadió con clara desilusión—. De nadie es culpa. Pero acaso así es como tengan que ser las cosas.

La tormenta no amainaba; no había motivo para sentir que las cosas mejorarían, que la noche terminaría y de nuevo saldría el sol en algún momento. Pero todo adquiría tintes muy resolutivos. Otto parecía querer renunciar a su anhelo de formar una familia. Yo... bueno, yo hacía mucho que ya no tenía otra cosa en mente que hacerme de una vejez digna. Ni Elizabeth ni la fama ya figuraban mucho en mi horizonte. Y, no obstante… acaso picado por la (a mi parecer) injusta comparación de mi primo entre nosotros, me atreví a decir:

—Bueno… honestamente, yo sí conservo aún esperanzas de casarme algún día.

Me sonrió a la distancia. Una tristísima y muy dulce sonrisa.

—Me da gusto que pienses de esa manera, primo. ¡Y he de decirte que, de ser así, yo seré el primero en estar ahí para felicitarte y desearte mil parabienes!

Fue hacia mí, me estrechó con fuerza la mano, me otorgó un extraño abrazo y, enjugándose las lágrimas, fue hacia la puerta.

—¿Por qué siento como si te estuvieras despidiendo? —lo cuestioné.

—¿Yo? Imposible. ¡Si nos veremos en tu boda! —gritó, antes de salir corriendo.

No pude sino traer a mi mente la similitud con lo que estaba escrita en mi trazo destinal esa misma escena, aunque en este caso la sentencia de Otto no se parecía a una monstruosa amenaza, sino al sincero deseo de buena fortuna que te externaría alguien que te estima de corazón.

Creo que fue la primera vez que vi a mi primo con otros ojos. Acaso justo por la comparación que había hecho de nosotros. Y sí, comprendí que era injusta, aunque no en el sentido que yo lo había supuesto.

Corrí hacia él pero me detuve en medio de la lluvia, cegado por la fuerza del agua y el vendaval.

—¡Ottoooooo!

Alcancé a ver, con muchos trabajos, que iba en pos de la orilla del acantilado. Ahí donde estaba sentado Tercero bebiendo de la boca de una botella.

Luego, un furioso relámpago.

El rugido de un trueno que hizo añicos la noche, partiéndola por la mitad.

Viento con la fuerza de cien huracanes.

Lluvia como para hacer que los animales de la región sintieran la necesidad de organizarse por parejas y buscar un arca en el vecindario lo más pronto posible.

Y cuando otro rayo rasgó de luz el firmamento, ninguno de los dos, ni Otto ni Tercero se hallaban ya en la orilla donde, segundos antes, los había vislumbrado.

Capítulo 24

Víctor pasa la noche en vela pero ya está decidido a no ceder a los chantajes del monstruo. Recibe carta de Clerval pidiéndole que se reúna con él. Limpia el laboratorio y arroja los restos de la nueva criatura al mar desde una lancha. Pierde el rumbo y, después de temer por su vida, toca puerto en un lugar desconocido, donde es detenido sin explicación. Lo llevan con un magistrado culpándolo de asesinato. Ahí, le informan que unos pescadores hallaron el cadáver de un hombre joven, pero pronto se desestima que él haya sido el asesino pues varios declaran que el muerto fue hallado cuando él todavía estaba en el mar. Lo llevan con el cadáver y descubre con horror que se trata de Clerval. Víctor llora y se acusa en voz alta de ser el culpable de esta muerte y otras dos. Cae en fiebres y delirios y es llevado preso.

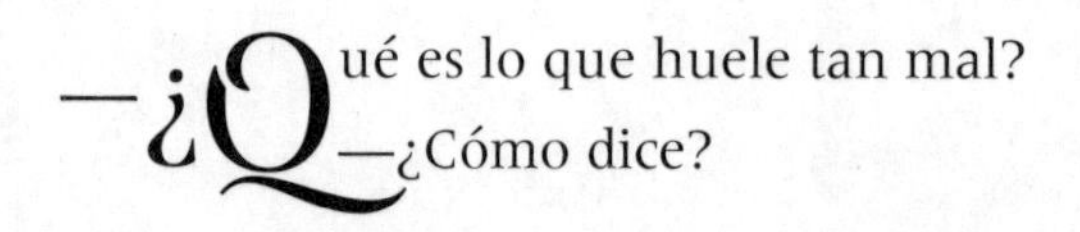

—¿Qué es lo que huele tan mal?

—¿Cómo dice?

—Que qué es lo que huele tan mal. ¿Hace cuánto que no se da un buen baño? En verdad se percibe un horrible aroma a cadáver rancio aquí dentro.

—Bueno... tal vez se deba justo al cadáver rancio que se encuentra aquí dentro.

No sabía si era muy temprano por la mañana. O casi la hora del crepúsculo. El caso es que los rayos que el sol arrojaba al interior de la cabaña eran casi horizontales. El día era apacible, sin viento y sin agua y sin meteoros dignos de consideración. Y yo me acababa de despertar, por eso no las tenía todas conmigo. Recuerdo que me encontraba tendido sobre el suelo de madera. Y que habían pasado ya varios días de que me quedase solo.

—Mírese, amigo... tiene usted el aspecto de una criatura malévola creada en el laboratorio de un científico loco —soltó, con sorna, aquel que acababa de llegar y que ya me ayudaba a incorporarme, un poco a mi pesar.

Cierto que mis ropas eran una total desgracia, lo mismo que mis barbas y mi greñero y mis uñas de animal salvaje, pero tampoco me parecía como para hacer chistes al respecto. Miré con curiosidad a aquel sujeto, alto y barbado, que me ayudó a sentarme en una de las sillas del comedor.

—¿Qué necesidad hay de tener a esa pobre mujer pudriéndose ahí mismo?

Me rasqué el cuero cabelludo, infestado de piojos, y obsequié una mirada a Loretta. Su faz ya era una calavera con una finísima película de piel grisácea. Sus ojos habían sido vaciados por los insectos. Y el cabello era un rastrojo aún peor que el mío. Pero sostenía su ramo de flores contra el regazo como toda una heroína de novela trágica.

—¿Quién es usted y qué hace aquí? —fue lo que me brotó de las entrañas.

Aquel hombre no iba vestido como un caballero pero, a mi lado, parecía un marqués. Y me recordaba a alguien, aunque no atinaba a decir quién. Llevaba ropas de color neutro y estilo neutro con calzado neutro cubriendo un cuerpo cuya complexión podía reportarse como estándar. O neutra.

—Se puede decir que soy el cartero —respondió extendiéndome, en efecto, una misiva.

Yo aún no despabilaba, además de que llevaba varios días sin comer ni beber, solamente dedicado a autocompadecerme y esperar a que la muerte me visitara, de preferencia sin hacer mucho artificio. La caída de Otto y Tercero por el precipicio me había hecho sentir una desazón tal, que ni siquiera al segundo día, cuando una cabra comenzó a masticar con parsimonia una de las perneras de mi pantalón hice algo por levantarme. Miré a aquel hombre y decidí que era una alucinación. ¿Quién demonios podría enviar una carta a aquel remotísimo rincón del mundo?

—Vamos, ábrala —me instó, al tiempo en que también se sentaba, cruzaba una pierna y me estudiaba con interés.

Me pasé una mano por la cara, tratando de recobrar un poco de lucidez, y abrí la carta. Reconocí la letra enseguida.

Sé que estás en algún lado y daré contigo, así sea lo último que haga. ¿Recuerdas aquella carta en la cual te decía que ojalá el monstruo te estrangulara con sus propias manos? Bien, pues las cosas han cambiado un poco. Ahora espero ser YO quien te estrangule con mis propias manos.

Con afecto (es una forma de hablar, claro),

Henry Clerval

Levanté la cara y entonces reconocí a aquel hombre. Justo por la coincidencia de la carta.

—Usted... ocupaba la celda contigua en aquella cárcel ginebrina —dije, sin más.

—Así es —confirmó, sonriente.

En aquella cárcel en la que cumplí una mínima condena, antes de ser liberado por la banda de ladrones de William y Otto, recibí también una escueta y resentida carta por parte de Henry. Y ese hombre barbado se encontraba encerrado en la celda contigua.

—¿Qué dice la carta? —preguntó, como por hacer plática.

—Pues... lo usual entre nosotros. Me desea la muerte.

—Oh.

Encendió un cigarro y dio una fumada. Me ofreció el pitillo y lo tomé. Luego él encendió otro, como si estuviésemos en algún salón europeo donde pudiéramos ordenar un par de coñacs y no en la última pocilga del mundo.

—Su amigo Henry Clerval emitió setenta cartas —explicó, soltando el humo con tranquilidad—, una por isla.

Sabía que alguna de sus misivas lo alcanzaría. Pero pierda cuidado... eso no significa que esté por dar con usted. Antes, al contrario. Cansado de ir de aquí para allá sin éxito, se estableció en Irlanda.

—¿Cómo sabe usted eso? ¿Tiene relación con él?

—No en realidad. Lo sé porque, digamos, tengo que saberlo.

Recordé entonces que aquel individuo no era precisamente el hombre más cuerdo del mundo. Y que nuestra conversación en aquella prisión había sido extraña y perturbadora. Me sentí tentado a salir corriendo pero las fuerzas no me daban para tanto.

—Pero... ¿es usted cartero o no lo es?

—No soy cartero. Pero sí le traigo un mensaje. Además del de su amigo, claro. Un mensaje acaso más importante.

—No me diga.

Me puse de pie. El hambre hacía estragos en mi cuerpo y de pronto sentí deseos de hincar el diente a lo que fuese mientras pudiera hacerlo bajar por el gañote. Para mi fortuna (creo) aquel hombre llevaba un emparedado de carne consigo, justo en una bolsa de su chaqueta. Y me lo extendió.

—Temo preguntar por qué es que trae un emparedado en una bolsa de su chaqueta.

—Era necesario. Para ayudarle a recuperar sus fuerzas e instarlo a continuar.

—¿Que continúe? —arrojé mi cigarrillo por la ventana—. ¿Con qué?

—Con lo que le toca.

—No me diga.

Comí con fruición porque, ya que aquel hombre había llegado a perturbar mi agonía, al menos disfrutaría de mi última cena, si es que de eso se trataba.

—Entonces... —se aclaró la voz con cierta elegancia—, el mensaje.

—Creo que puedo adivinarlo. Y tiene que ver con cierta señora cuyo nombre no recuerdo.

—Mary W. Shelley, en efecto.

—Ella. Seguro quiere decirme que "hay muchos modos de pelar un pollo".

—Exacto. Tantos como formas de contar una historia.

—¿Cómo?

—Lo que oyó.

—¿Y eso qué tiene que ver conmigo, si me permite la pregunta?

—Todo y nada.

Ahora era evidente que se trataba del crepúsculo, pues los colores se iban apagando y la luz poco a poco nos abandonaba.

—Todo y nada —continuó aquel sujeto—, porque usted forma parte de la historia, pero no está "realmente" obligado a ceñirse a ella —juro que entrecomilló—. Usted sólo tiene que obedecer a sus instintos, a su naturaleza, que es lo que debe hacer un personaje bien elaborado. El resto llega solo.

—Me da gusto escuchar eso porque en este momento tengo el apremiante instinto de mandar todo al demonio y quedarme aquí a convivir con las cabras hasta que se me pinte el pelo de blanco.

Aquel hombre sonrió a su muy enigmático modo, volvió a dar una fumada y añadió:

—Eso. Claro. O realmente seguir su instinto.

—¡Pero si le acabo de decir que...!

—Oiga, Frankenstein, no mate al mensajero —interrumpió—. No es culpa suya, amigo mío. Se lo acabo de decir. Nada de esto es su culpa. Pero sí es su historia. Y por el momento es lo único que tiene. Acaso en algún otro momento la señora Shelley lo llevará de la mano por esos derroteros que indican sus hojas, pero, por lo pronto, no tiene otra opción que aceptar su responsabilidad y vivir lo que le ha tocado. Aquí. Y ahora. Eso es todo. Y no hay más.

Dicho lo cual arrojó el cigarrillo también por la ventana y, escupiendo por última vez el humo, traspasó la puerta y se perdió para siempre.

Volví a sentirme tentado a tumbarme de espaldas sobre el piso a esperar que la muerte se fijara en mí, pero, en vez de ello, eché mano de un buen momento para reflexionar sobre lo que acababa de ocurrir.

Saqué mis hojas y les eché un vistazo. Era una completa locura reparar en lo mucho que me había distanciado del relato original y, a la vez, lo mucho que me había esforzado por que no ocurriera así. Ahí estaba, en las Orcadas, con un cadáver, con una carta de Henry Clerval, con la reciente partida de la "criatura" sobre mi conciencia.

Acaso todo tuviera que ver con otra cosa.

Acaso todo tuviera que ver con...

... con...

Un simple dejarse llevar.

Un simple actuar sin reflexionar.

Un simple "¡Que sea como tenga que ser y tráigame el menú de postres, si es usted tan amable!".

Volví a mirar mis hojas, todo aquello que "se suponía" tenía que ocurrir.

Y miré por debajo de mis raídas ropas el tatuaje que me había impulsado a llegar hasta donde estaba.

Fue entonces que tomé una determinación. Una real y contundente y definitiva.

Me propuse no mirar aquellas hojas hasta el final. No las rompería pero tampoco las obedecería. Y llevaría la trama hasta el final porque... ¡claro que habría un final! ¡Y ése, por fuerza, tendría que ser el que yo decidiera! No tenía por qué ser el que dictara alguna fuerza ulterior. O los caprichos de un supuesto destino. O autor, o autora, alguno. No, señor. Yo podía enmendar las cosas si me lo proponía en serio. Casarme con Elizabeth. Conseguir la fama y la fortuna. Dar a mi historia un final digno. ¡Yo y sólo yo podría hacerlo! ¡Y vaya que lo haría!

Sólo yo sería el supremo conductor de mi vida.

Me sentí exultante.

Lleno de brío.

Renovado y optimista.

Y deseoso de pedir el menú de postres, por cierto.

Al final habría un desenlace. Y sería el mejor de todos si yo, que era el principal protagonista, tiraba de las riendas de la trama para que así ocurriera.

Me imaginé desobedeciendo (literalmente) el trazo de mi destino y me sentí lleno de energía. No tenía por qué morir Clerval. O Elizabeth. No tenía por qué perseguir, al final, a la criatura hasta las más gélidas tierras del planeta. No, si yo no lo permitía.

Era la respuesta a todas mis interrogantes.

Era un milagro. Una epifanía.

O quizá que el emparedado estaba muy bueno y yo no había comido nada en varios días.

En todo caso puse manos a la obra, enseguida.

Tomaría rumbo a Irlanda y hablaría con mi gran amigo Henry Clerval.

¿Que lo había abandonado como un miserable desgraciado en el brete de convencer a los de la Sociedad de Brujas y Duendes y Demás Tonterías, a pesar de que yo sabía que eso era lo que más deseaba en la vida? Pues sí, pero si éramos realmente estrictos... nadie había muerto debido a mi ruin acción y, mientras haya vida, hay esperanza. Y, como dice el refrán, sólo la muerte es irremediable; lo demás, puede negociarse. ¡Hablaría con Henry e iniciaría por ese lado el reajuste de mi vida!

Y tal vez debido a ese pensamiento fue que no tuve corazón para dejar ahí a Loretta. Aunque no sentía culpa por su reciente deceso, pues finalmente ya tenía ciento trece años y es justo decir que a esa edad la mayoría de los seres humanos ya presumen su propia lápida, tampoco me parecía honorable dejarla ahí, ya que había aceptado ayudarme tan amablemente.

Haciendo de tripas corazón, la cargué hasta la orilla de la isla, tratando de no hacer mucho caso al aroma que ahora despedía y que despertaba en mí el deseo de devolver el emparedado con todas mis fuerzas. Por alguna razón sabía que encontraría un bote esperándome, seguramente suministrado por el mismo que me patrocinó un sándwich de carne, y así fue, para mi gran fortuna. Una pequeña lancha con remos, agua y víveres.

Estaba decidido. Enfilaría hacia la isla más cercana para llevar a Loretta al cementerio local y, de ahí, vería el mejor modo de llegar a Irlanda. Dublín, seguramente, sería el sitio en el que podría hallar a Henry tomándose una buena pinta de cerveza y confraternizando con algún pelirrojo con apariencia de gnomo.

Sí. Estaba decidido.

Pero el infame y porfiado destino, no lo olvidemos…

… a pesar de lo mucho que yo deseara ignorarlo…

… siempre tiene, ha tenido y tendrá la última palabra.

Y aunque yo no había vuelto a posar la mirada en mis hojas, recordaba vagamente que Víctor Frankenstein se hacía a la mar para desechar el cuerpo de su nueva criatura y luego ser arrojado por las aguas hacia una costa… irlandesa.

Y justo es lo que ocurrió.

Después de que me hice a la mar, se desató (claro) una tormenta. Que me impidió tomar rumbo. Que me obligó a arrojar a Loretta por la borda. Que me llevó por donde quiso y no vi la mía hasta un par de días después, que mi barca fue limpiamente arrastrada hasta la costa. Casi podía escuchar la risa malévola del destino, quien ahora, a todas luces, se encaprichaba conmigo y hacía todo lo posible por recordarme quién era el verdadero timonel del barco.

—Bonita hora para venir a enderezar tus entuertos —le hablé como si se tratara de una persona. O un autor.

Bajé de la barca y casi pude reproducir los diálogos de aquellos que iban a mi encuentro. El sol estaba en su cenit y las gaviotas volaban, suspendidas, en el cielo, pero yo lo único que quería era sacudirme ese nuevo episodio.

De pronto vislumbraba que no sería posible volver a hablar con mi amigo Henry Clerval, dado que el gran titiritero había tomado ya todas las decisiones.

—Amigos… —dije, arrastrando los pies a través de la playa—, ¿me pueden informar qué lugar es éste y si hay alguna buena taberna abierta a esta hora?

—Enseguida lo sabrá —respondió el primero—, pero es posible que no sea de su agrado.

—Qué fea forma de contestar. ¿No es costumbre inglesa ser hospitalarios?

—No sé los ingleses, pero aquí en Irlanda detestamos a los criminales.

—No me diga —resoplé, cansado—. ¿Ahora seguro querrán llevarme a la casa del señor Kirwin?

Se miraron entre ellos.

—¡¿Cómo lo supo?!

—Sólo digamos que lo sé. Pero de antemano les anticipo que soy inocente del homicidio que me imputan. Y ya lo verán si prestan atención a la historia.

Me miraron con gran recelo.

—¿Y espera que le creamos? —dijo, alarmado, otro hombre—. ¡Ni siquiera hemos mencionado homicidio alguno y usted ya lo sabe! ¡Seguro estará implicado!

—Sí, bueno… llévenme con el juez y ahí veremos cómo resulta este asunto. Sólo que preferiría pasar antes a echar un bocadillo y un trago al pub más cercano, si no les importa. Es lo menos que le ofrecerían, en Inglaterra, en Irlanda o en el sótano del mundo, a cualquier náufrago incidental.

—¡Ni lo piense! —soltaron, furiosos, y entre todos me llevaron a comparecer ante el señor Kirwin, quien de alguna manera ya ocupaba un lugar en mis "recuerdos".

Todo eso me parecía absurdo, pero decidí no oponerme y dejarme llevar. Si acaso, lo único que en verdad lamentaba es que, si los acontecimientos se seguían ajustando al relato original, mi gran amigo Henry Clerval ya estaría muerto y, muy probablemente, por estrangulamiento. Y considerando que Otto no podía haber sido, pues había caído por un acantilado (además de que todos sabemos que hubiese sido incapaz de cometer un acto de tal villanía), entonces sí me causaba verdadero interés en quién había pensado el autor, la autora, el destino, Dios o la suerte, como el perpetrador de tan horrendo crimen. ¡Y, ya que estamos, cuál es la necesidad de llevar las cosas por ese curioso curso si ninguna criatura asesina rondaba ya por estas páginas!

Resultó que, como yo ya sabía, el juez Kirwin era un tipo bondadoso y amable. En cuanto llegamos, se mostró solícito y, al contrario de los que me llevaban, dispuesto a hacer justicia y no encarnizarse con el primer extraño que le pusieran enfrente.

—Vamos a ver —dijo, en cuanto comparecí—. Si ya le informaron bien, ha sido hallado el cadáver de un hombre joven en la playa. Estrangulado, al parecer. Y puesto que aquí nadie tendría motivos de darle muerte, pues el joven no era vecino, todo parece indicar que un forastero es el candidato ideal. ¿Qué nos dice al respecto?

—Que es imposible —repuse—. Durante el tiempo en que fue hallado el cadáver, que por cierto aún se encontraba tibio, yo estaba todavía en altamar. Pregunte al señor Daniel Nugent, si no me cree.

Un rumor se levantó entre los presentes.

—¿Cómo conoce a Nugent si no es de aquí? —preguntó uno, suspicaz.

—No lo conozco en realidad. Sólo sé que por ahí deben ir los acontecimientos.

—¿Es usted una especie de vidente? —preguntó otro.

—No. Pero sé que el cadáver lo hallaron un hombre y su hijo. Y que Daniel Nugent, el cuñado, puede exculparme sin problemas.

—Dígame. ¿Me darán el crédito que pedí en el banco? —se adelantó un viejo.

—He pedido matrimonio a Molly Johnson —dijo otro—. ¿Aceptará?

—¿Puedo apostar a "Trueno" en la sexta? —dejó salir un policía, como si tal cosa.

—¡A callar! —gritó el juez—. Traigan a Nugent, a ver qué tiene por decir.

En un par de minutos arrastraron al juzgado al tal Nugent, un poco desorientado.

—Oiga, Daniel... —inició el juez.

—¡Sólo eran tres chelines! ¡Y todo se lo quedó mi cuñado!

—¿De qué habla?

—De lo que había en los bolsillos del muerto.

Por unos cuantos segundos todos lo miraron con extrañeza.

—¿No es eso por lo que me mandaron traer?

El juez vino en su defensa.

—No en realidad. Este hombre dice que usted lo puede exculpar de la muerte del forastero en la playa. ¿Es verdad?

—Bueno... —se rascó detrás de la cabeza—. Yo fui quien dijo a mi cuñado y su hijo, antes de que revisáramos sus bol... ummh... antes de que lo arrastráramos aquí, que se veía un bote con un hombre solitario a la distancia. Y es muy posible que fuera este hombre. Aunque también hice la observación de que, tanto podría estar arribando a la costa como podía estar huyendo.

Todos me miraron con extrañeza.

—Hey, un momento... —solté.

—Nugent tiene un punto —dijo el juez, acariciando su barba.

—No se supone que tenga que ser así —dije—. Usted debía decir que era imposible que estuviera huyendo por el fuerte viento del norte. Además... ¿qué caso volver a la misma playa si yo fuera el asesino?

—El hombre tiene un punto —añadió el juez.

—No sé. ¿Para despistar? —dijo Nugent.

Más miradas de extrañeza.

—Se me ocurre algo —dijo Kirwin—. Llevémoslo con el cadáver y juzguemos a partir de su reacción.

Para entonces yo ya estaba confiado en que no se trataría de Henry Clerval. ¿Qué necesidad tenía el destino (mi autora, autor, guionista, Dios, el Diablo, la madre naturaleza que nos parió a todos) de seguir, ahora sí, la ruta trazada en el papel? Si con William y Justine se había equivocado, no veía yo la razón de que con Henry, que además era mi gran amigo, respetara el funesto asunto de su muerte.

—Vamos —dije, temerario—. No tengo miedo.

La comitiva me llevó a un cuarto aparte. Ahí se encontraba un ataúd abierto. Me dejaron acercarme solo. Tragué saliva y atisbé al interior.

Ni duda cabía. Se trataba de Henry Clerval.

Volví a tragar saliva.

Recordé brevemente que, de acuerdo a mi trazo destinal, tenía que llorar e inculparme de su muerte. Y la de Justine. Y la de William. En vez de ello, tragué aún más saliva.

—Ni idea de quién es este señor.

Dije y me aparté.

—¿No le parece sospechoso que diga eso, señor Kirwin? —espetó uno de los hombres.

—¿Pues qué quiere que diga si no lo conozco? —me defendí.

—No sé —echó ahora Nugent—. Es justo lo que diría el asesino si lo confrontaran con su víctima.

—Nugent tiene un punto —exclamó el juez.

—¡Por amor de Dios! —grité, molesto—. ¡Yo ni siquiera estaba aquí, estaba en altamar! ¡Extraviado! ¡Sin brújula!

—Mmmh... me parece que eso es algo que también diría el asesino si le preguntaran dónde estuvo la noche del crimen —añadió otro hombre.

Todos asintieron.

—Por si las dudas, tendré que arrestarlo, amigo mío —dijo el juez—. Mientras hallamos alguna prueba de su inocencia.

—¿QUÉ? ¿Qué le parece si mejor me deja libre y busca alguna prueba de mi culpabilidad? —protesté, rabioso.

—No puedo hacer eso —dijo el afable y bondadoso juez Kirwin—. Le estaría dando la oportunidad de huir al posible homicida.

—¡No puedo creer que me esté pasando esto! ¡Y ni siquiera he desayunado! —me quejé amargamente. Aproveché entonces para sentarme al lado del ataúd, pues no había tenido oportunidad ni de descansar las posaderas desde que bajé del bote.

—No se preocupe por eso, amigo —dijo ahora el solícito y bonachón juez Kirwin—. Yo mismo le llevaré el almuerzo a su celda. Nuestros huevos con tocino son famosos en toda Irlanda. ¡Bien! ¡Aquí se terminó el espectáculo! ¡Todos a sus labores o a lo que sea que estuvieran haciendo!

—¿Qué hay de la propuesta que le hice a Molly Johnson, oiga? —gritó todavía un hombre antes de ser empujado por la policía hacia el exterior del juzgado.

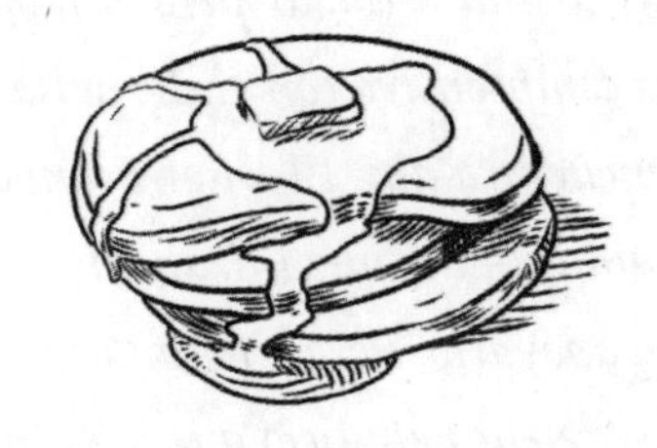

Capítulo 25

Dos meses después, Víctor recobra conciencia en prisión. Su cuidadora le avisa que lo van a colgar pero el magistrado, el señor Kirwin, se muestra comprensivo con él. Le avisa que envió por su padre y éste ya se encuentra ahí. El señor Frankenstein le notifica a Víctor, para su tranquilidad, que Elizabeth y Ernest están bien y que él está ahí para apoyarlo. Poco a poco Víctor recupera la salud y, a los tres meses, se celebra el juicio que lo exonera.

Ojalá pudiera afirmar que, en efecto, el drama de mi vida se ajustaba ahora al libreto que guardaba en mis bolsillos y que me negaba a revisar... pero todo eso era imposible si yo no caía enfermo de culpa. De acuerdo al trazo del destino, yo debía permanecer en prisión con constantes fiebres y delirios por lo menos dos meses, todo a causa de no poder soportar la muerte de mi gran amigo y el dolor que ésta producía en mi alma...

Pero no había modo de que cayera enfermo de culpa si no tenía ni idea de la causa del deceso de Henry y cuál podía ser mi relación con él... así que los dos meses que se suponía que debían pasar... en realidad se contrajeron en una sola noche.

Al cabo de esta primera noche en cautiverio, aunque los cuidados del señor Kirwin eran en verdad de no creérselos (me llevó las tres comidas él mismo y me obsequió de su reserva personal de vino, además de que consiguió algunos libros y un almohadón de pluma de ganso), yo ya estaba que no toleraba mi estancia. Al despuntar el alba, comencé a lamentarme, lo que consiguió que se despertara mi cuidadora, una señora que dormitaba en una silla.

—¿Se encuentra mejor? —me preguntó.

—Con la excepción de que me encuentro preso injustamente, sí, muchas gracias.

—Yo nada sé de eso. Yo sólo tengo la obligación de cuidarle, en caso de que quiera quitarse la vida.

—¿Y por qué habría de hacer eso?

—Algunos asesinos sienten un remordimiento indecible —se encogió de hombros.

—Tal vez los asesinos, pero no los hombres inocentes.

—Yo nada sé de eso. Pero si quiere que le diga algo, preferiría que se ahorcara usted mismo y así ahorrarle un poco de dinero a los contribuyentes de este país. Hay que montar el cadalso, pagar al verdugo y todo eso. Una lata, ¿sabe?

—En caso de que me sentenciaran a muerte, claro está. ¡Pero no será así!

Al fin se levantó de la silla, con gran pereza.

—Yo nada sé de eso. Pero ojalá lo cuelguen en martes y no en domingo. Se hacen unos tumultos imposibles. Que tenga un buen día.

Así, salió por la puerta y me dejó con mis cavilaciones. Al poco rato entró Kirwin con la bandeja del desayuno y una carpeta bajo el brazo.

—Buen día, señor Frankenstein. ¿Cómo le va en este bello día?

—Se lo dije a la señora que no sabe nada de nada y ahora se lo digo a usted. De no ser porque purgo una injusta condena, todo muy bien, muchas gracias.

Utilizando un gran manojo de llaves, abrió una pequeña rejilla, por donde introdujo la bandeja, a la que incluso había adornado con un florero.

—Me da gusto oír eso. Quisiera preguntarle... ¿tiene alguna preferencia en cuanto a la soga que rodeará su cuello? ¿Color, textura?

—En caso de que me sentencien a muerte, claro... ¡PERO NO SERÁ ASÍ!

Se sentó en la misma silla que la dama anterior y entrelazó sus manos, tomando la carpeta que antes había colocado ahí.

—Oh... espero no se moleste, pero tomé sus papeles personales mientras dormía —dicho esto, abrió la carpeta—. Y debo decir que esto lo incrimina bastante.

Sacudió, claro, "El trazo del destino" frente a mis ojos.

—¿Por qué? ¡Si no es más que una invención mía! ¡No me va a decir que se cree todo de lo que ahí se cuenta!

¿Una criatura hecha con partes humanas, dotada de vida en un laboratorio? ¿Un niño muerto a manos de dicho monstruo? ¿Una mujer bellísima comprometiéndose en matrimonio conmigo? ¡CONMIGO! ¡Vamos, señor Kirwin!

Sonrió bonachonamente. No sabía hacerlo de otro modo.

—Debo confesar que hay partes que parecen muy fantasiosas. Pero la muerte del señor Clerval y la relación que tiene con usted es de lo más realista. ¿No lo cree?

Por lo visto, ya habían develado la identidad del cadáver. Y efectivamente esas hojas me implicaban. O al menos hacían evidente que nos conocíamos.

—Bueno... no puedo negar que nos vimos un par de veces antes.

—¿Un par de veces antes? ¡Si fueron amigos toda la vida!

—De acuerdo, ésa es otra forma de mirarlo.

—¿Le digo la verdad? Creo que usted se inventó todo esto como medio para escurrir el bulto. Lo de la criatura y todo eso. Pero no pasa de ser una buena idea para una novela de terror. Como coartada es bastante mala. Y ya estamos montando el cadalso.

Se me atragantó el *omelette*, que por cierto estaba muy bueno.

—¡Hey! ¡No puede hacer eso! ¡Sentenciarme sin un juicio! ¡Conozco mis derechos! ¿No se le ocurrió enviar una carta a mi padre?

—¿Y por qué habría de hacer eso?

Sentí deseos de decirle que estaba justo ahí, en las hojas que sostenía. Si no me fallaba la memoria, en la parte que decía: "Kirwin le avisa que envió por su padre y éste ya se encuentra ahí." Preferí no insistir en esa salida. Ni en nada que tuviera que ver con mis hojas.

—Él también es juez. En Ginebra —sostuve.

—Ah —reaccionó. Del mismo modo que si le hubiese deseado los buenos días. Me pasó las hojas, de vuelta, junto con mis papeles de identidad, a través de los barrotes de la celda. Luego, añadió—: ¿Naranja, negra o marrón?

—¿Cómo?

—La cuerda.

—Oiga, Kirwin... hágame un favor. Mande traer a mi padre. Cortesía profesional, que le llaman, ¿no? Está a punto de colgar a su hijo.

Se rascó el cogote, un poquitín molesto. Pero no duró demasiado su mínimo enfado. Era un tipo muy afable, incluso cuando tenía que mandar a un hombre a la horca.

—Está bien —dijo, volviendo a sonreír.

Luego, quiso hablar del clima y de un dolor de rodilla que lo torturaba en días húmedos. Al fin, terminé mi desayuno y me dejó, como la otra señora, a solas con mis cavilaciones.

Fue un largo día, pues yo no tenía ninguna razón para sentirme esperanzado. Lo más seguro es que mi padre recibiera la carta de Kirwin respecto a que estaban a punto de colgar a su hijo por homicidio y él pensara: "Vaya monserga, ¿por qué no se consigue un buen abogado?", luego de echar la misiva al cesto y seguir leyendo el diario. ¿Por qué de pronto iba a transformarse en ese padre bueno y comprensivo que había yo soñado y plasmado en un puñado de hojas? Ni de broma.

Así, se vinieron encima la tarde y la noche. Yo ya estaba acostado, decidiéndome por el color marrón y una textura suave que me llevaron de prueba. La señora que se suponía debía cuidarme se había disculpado con una larga nota:

> Tengo otro compromiso y no podré estar con usted. Por favor, no se quite la vida. Puede que sea inocente. Puede que sea culpable. Yo nada sé de eso. Pero le aseguro que si se quita la vida a mí me tocará limpiar el cochinero. Cierto que le ahorraría mucho dinero a los contribuyentes pero tampoco es asunto mío. Como sea. Es su decisión. Haga lo que haga, no salpique demasiado.

Entonces escuché una voz en la penumbra que me heló la sangre.

—Víctor… mi gran amigo… Víctor Frankenstein…

Dijo la lúgubre voz. Y puesto que fue en el preciso momento en el que ya me estaba rindiendo el sueño, pensé que tenía que ser, por fuerza, mi imaginación. Así que volví a cerrar los ojos, cosa que no duró mucho.

—Mi gran amigo… Víctor Frankenstein… —dijo aquella pesada y grave y un poco impostada voz.

Justo a un par de centímetros de mi oído.

Tuve que sentarme de improviso. Hay que considerar que no deseaba hacerlo en lo absoluto, dado que el señor

Kirwin había ordenado que me llevaran a la celda una cama con cobertores, dosel y todo.

—¿QUÉ PASA?

—¿Te gusta? Estuve practicando.

Todos los cabellos de mi cuerpo, incluyendo los de longitud minúscula, decidieron que era buen momento para practicar la perpendicularidad con mi piel.

A un par de metros, ahí mismo, dentro de mi celda, se encontraba Henry Clerval. Ni más ni menos. Con su usual traje de cuadros, su bigote engominado, su calzado impecable. Y se le veía en buena forma. También se podía ver a través de él pero, considerando que en todo lo demás era él mismo, no me pareció gentil llamar la atención sobre ese particular detalle.

—¡Henry! ¿Qué demonios haces aquí?

Otro detalle increíble: se le veía contento. Hice un rápido cálculo y llegué a la conclusión de que la última vez que lo vi así de contento fue… fue… fue…

Nunca. Era la primera vez.

—Oye, Frankenstein. Cualquiera diría que no te da gusto verme.

—Pues… sí, sí que me da, Henry. Pero… no sé si has tomado en cuenta la posibilidad de que, ummh… cómo decirlo… la posibilidad de que…

—¿De qué, Víctor?

—Pues… de que… de que… no deberías de estar aquí porque… bueno, porque tal vez… estés… tú sabes… muerto.

—¿QUÉ? ¡¡NO ME DIGAS!! ¡¡NO PUEDE SEEEER!! —gritó, lo cual me espeluznó bastante, cosa que tampoco duró mucho pues enseguida se echó a reír como un loco—. ¡Ja, ja, ja! ¡Deberías ver tu cara! ¡Claro que estoy muerto!

—Te lo tomas muy bien.

—Pues claro. Si es lo mejor que me ha pasado en la vida. O después de la vida. No sé bien cuál sea la forma correcta de hablar de algo así —dijo frotándose el mentón.

No flotaba ni cosa parecida. De hecho, se sentó en la orilla de mi nueva cama de mullidos edredones y cruzó la pierna. Sonriente. En verdad parecía que llevaba, al fin, una vida plena. O lo que sea que se lleve después de llevar una vida, plena o no.

—¿Y se puede saber por qué te causa tanta alegría tu nueva... umh... condición?

—Primeramente —dijo, y en verdad que sus ojos chispeaban de gusto—, estás hablando con el vicepresidente de la Real Sociedad Universal del Estudio de Fenómenos Extraordinarios.

—¿Ah, sí? ¿Y cómo conseguiste eso si...?

—¿Recuerdas que para formar parte había que llevar pruebas de un fenómeno inexplicable?

—Sí.

—Pues bastó con que me presentara ante Howard en persona. O en fantasma. Como se diga. ¡Ja, ja, ja! ¡Debiste de ver su cara a medianoche! ¡Un poco como la tuya hace rato, sólo que él mojó las sábanas!

—Vaya...

Yo ya estaba completamente despabilado. No voy a relatar que me pellizqué un par de veces hasta sacar moretón, pero he de confesar que necesité estar seguro de no encontrarme dentro de un sueño. O que todo eso fuera producto de la excelente ternera que sirvieron para la cena y con la cual, naturalmente, me excedí.

—No hubo necesidad de llenar una solicitud ni cosa parecida. Howard estuvo de acuerdo con que era lo más impresionante que había visto… me concedió el título oficial… y me suplicó llorando que me marchara.

—Vaya…

No sabía qué decir. Pero me daba gusto, genuino gusto, ver a Henry en ese estado de exaltación.

—¿Sabes que estoy preso porque creen que yo te asesiné?

—Oh. Eso… Sí. Me enteré.

—¡Pero yo no fui! De hecho, sería muy bueno que contaras en el juzgado quién fue tu verdadero asesino.

—¿Mi verdadero asesino? Pues… no sé si quieran juzgar y condenar a un bollo, porque no hay más culpable.

—¿Un bollo?

Se puso en pie y se recargó en una pared, cruzado de brazos.

—Estaba muy enojado contigo, Frankenstein, por lo que me hiciste. Y pues… a veces comía como un demente. Me imaginaba que te destripaba y eran tus adentros lo que me llevaba a la boca, tú disculparás.

—No te fijes.

—Pues en esta ocasión me eché al gañote un bollo entero. A los pocos minutos ya estaba asfixiado en la arena.

—¿Nadie te auxilió?

—Bueno... me tenían bastante miedo cuando comía. Era como un perro salvaje. La idea de vengarme de ti me ponía en ese estado. Tú disculparás.

—No te fijes.

—Así que siempre comía solo. Me encontraron muerto en la playa, junto a un filete que no pude ni probar. Nadie vio cómo morí. Me trajeron aquí y yo, aunque al principio me sentí mal conmigo por haber cruzado el umbral de tan estúpida manera... después dije que al demonio. Al demonio con dar el siguiente paso si nadie me estaba urgiendo. Así que fui a un par de cantinas a echar un trago y luego a Londres. Y ahora estoy aquí. Es muy económico viajar como espectro, ¿sabes?

—De acuerdo, Henry, pero tú puedes hacer la diferencia para que me exoneren. ¡O tu cuerpo! ¡Cosa de que algún médico lo revise!

—Umh... respecto a mi cuerpo, el bollo se deshizo y continuó su camino hasta el estómago. Te lo puedo decir porque... bueno... antes de irme a Londres intenté el experimento de volver a ocuparlo. Mi cuerpo, ¿comprendes? Pero no funcionó. De hecho, desde el ataúd te escuché negar que me conocías.

—Tú disculparás.

—No te fijes.

—Pero entonces puedes, no sé, declarar en mi juicio y decir que todo es un malentendido.

—¿Un fantasma? ¿Declarando en un tribunal? ¿Cuándo se ha visto algo como eso? Mira, Frankenstein, no sé cómo opera esto todavía, pero no todos pueden verme. Durante la noche es más fácil, pero aún no le hallo el modo para hacerlo a placer.

—¿Por la noche, dices? Podríamos… entonces… tal vez… —tomé del buró un vaso, sobre el que vertí un poco de licor que me había dejado el señor Wilkins, ganando tiempo para pensar.

—No tan de prisa, Víctor. Aun si supiera cómo ayudarte, no lo haría.

—¿Por qué? —repuse, angustiado—. ¡Creí que ya no me guardabas rencor!

—¡Justamente! —se aproximó a mí. Esta vez sí flotaba—. ¿No te das cuenta de que si mueres puedes unírteme? ¡Haríamos lo que quisiéramos! ¡Entraríamos a donde nos diera la gana sin pagar un centavo!

Me aparté con temor.

—Ummh… no me lo tomes a mal, Henry, sigo pensando que eres mi mejor amigo y todo, pero no está en mis planes inmediatos volverme humo, por mucho que puedas viajar gratis y esas cosas.

—Supuse que dirías eso —reviró, confiado y sonriente—. Pero igual aquí te estaré esperando si cambias de opinión. O si no consigues un buen abogado.

Miró su fantasmal reloj de bolsillo y a la voz de "aún debe haber algún casino abierto a esta hora", se esfumó por completo.

A esas alturas de la noche, y de mi vida, ya poco o nada me sorprendía. Acaso por ello es que dormí a pierna suelta, aunque mi permanencia en el mundo siguiera pendiendo de un hilo.

Lo que me despertó fue la amable voz del señor Kirwin, sosteniendo la bandeja del desayuno.

—¡Muy buenos días! ¡Le traigo excelentes noticias!

—No me diga —dije, apoyándome en los codos—. ¿Está de oferta el modelo de cuerda que elegí para mi horca?

—¿Cómo adivinó? —dijo, sonriente, mientras recorría las cortinas de florecitas que había mandado instalar el día anterior, permitiendo así que el sol entrara, refulgente, a mi celda.

—Vaya… —me incorporé del todo—. Espero que al menos el desayuno sea bueno.

Destapó la tabla de la bandeja y me lo mostró. Digno del más fino de los restaurantes. El café humeaba y las tiras de tocino brillaban. Kirwin abrió la rejilla y lo introdujo a mi celda. Hecho esto, dijo sonriente:

—Bromeaba. Las verdaderas buenas noticias son otras.

—No me diga. ¿Se agotaron las localidades de mi ejecución pública?

—Je. Nada de eso. Alguien ha venido a verlo. Supongo que ya se imaginará quién. Y déjeme decirle que he quedado conmovido. Creo que nunca antes había visto tal cariño por un vástago. Es cierto que yo mandé la carta en el más rápido de los correos, pero jamás había visto una respuesta así de urgente.

Abandonó la habitación y no tardó en aparecer, nada menos que mi…

—¡Padre! ¡Pero si apenas ayer pedí que te escribieran!

—Partí en cuanto recibí el mensaje. Y viajé toda la noche. ¿Cómo estás? ¿Te están tratando bien? —dijo, aproximándose a los barrotes con gran preocupación.

—Pues… no me quejo.

—Me alegro. He venido por ti. ¿Ya te lo han dicho?

—¿Qué?

—Que eres un hombre libre. El juez Kirwin no quiso importunar tu desayuno en la cama, por eso no te ha abierto la reja, pero puedes salir cuando quieras.

—¡Vaya! —dije, contento en verdad y llevándome a la boca un panecillo con mantequilla y una rodaja de huevo duro—. ¿Y a qué se debe el milagro?

—Sólo digamos que entre gitanos no nos leemos la mano.

—Umh… no entiendo el chiste.

—No es un chiste. Es un dicho. Significa que si un día el hijo del señor Kirwin comete asesinato en Ginebra, es muy posible que se le exonere sin ningún juicio.

Tuve que fruncir el ceño.

—¡Pero yo soy inocente!

—Calma. Nadie ha dicho lo contrario. Sólo digo que si un día el hijo del señor Kirwin comete un horrible asesinato en Ginebra…

—Bueno. No insistamos en eso.

Seguí con mi desayuno mirando de reojo a mi padre. Quien se veía extremadamente solícito. No quería hacerlo quedar mal con Kirwin ensuciando la imagen del padre benevolente, pero algo ahí era muy raro.

—¿Y… qué nuevas me traes? —dije, con cierta suspicacia.

—Ummh… lo de siempre. Tus hermanos delinquiendo. Tu nana en los garitos. Justine Moritz, prófuga y con un alto precio pendiendo de su cabeza. Ahora es una especie de adalid de la lucha feminista. Una Robina Hood con faldas.

—Me da gusto que todo sea tan como siempre.

Seguí comiendo. Con toda la parsimonia de la que era capaz sin que pareciese que quería extender el desayuno por varios días.

—En cuanto termines —dijo— nos iremos. ¿Y sabes adónde? A tu propia boda.

Escupí el café, ensuciando los blanquísimos cobertores.

—¿Qué dices?

—Como oíste. Te espera una ceremonia matrimonial al lado de tu prima Elizabeth.

—Deja eso ya, por Dios, papá.

—¡Pero ella está de acuerdo!

Volví a escupir el café.

—¿Qué?

—Te lo juro.

Con cuidado hice a un lado la bandeja y me puse de pie. Me aproximé a la reja. Estudié con cuidado a mi padre.

—No te creo.

—Pero es verdad.

—¿Cuál es el truco?

Se echó atrás. Hizo gesto de sentirse ofendido. Encendió un cigarrillo.

—¿Sabes qué? No hagas nada. Por mí, no te cases. Pero es verdad que Elizabeth está dispuesta a cambiar su apellido por el de Frankenstein.

—Ya lo hizo, por si no lo recuerdas.

—Pero ahora legalmente.

Comencé a vestirme. Iba a extrañar el pijama de seda que me había conseguido el juez. Y los edredones. Y las flores en la repisa.

—Mira, papá… sólo como mero ejercicio de imaginación… ayúdame a pensar en un muy hipotético panorama en el que todos salimos beneficiados de mi boda con Elizabeth. Tú, ella, todos.

Me miró como lo haría un amoroso padre, triste y decepcionado por las palabras de su ingrato primogénito. Claro que él jamás había jugado ese rol. Pero si lo hubiera hecho una vez en la vida, tal vez lo habría hecho de esa manera. Escupió el humo del cigarro antes de decir:

—¿Te refieres al muy hipotético caso de que, por ejemplo, Elizabeth y yo estuviéramos confabulados para, no sé, despojarte de algún dinero, tal vez alguna herencia de la que todo ignoras, y así yo pagara deudas por las que me tiene amenazado de muerte el crimen organizado?

—Algo así —admití.

Volvió a negar. Volvió a escupir el humo.

—Bien. Pues ahí lo tienes —exclamó—. Todo esto es para aprovecharme de ti y salvar mi pellejo.

Terminé de vestirme y suspiré.

—Está bien, papá. No ahondemos en ello. Gracias por venir. Vayamos a casa.

Él mismo sacó de su chaqueta el manojo de llaves de Kirwin. Abrió la reja y en cuanto estuve fuera me apretó los cachetes con estudiado cariño. Traté de recordar cuándo había sido la última vez que me había favorecido con una muestra de afecto como ésa y llegué a la conclusión de que… de que…

Nunca. Era la primera vez que lo hacía.

—¿Y cuál era el nombre del muerto del que se te acusaba? —dijo. Sospecho que sólo para hacer conversación.

—Henry Clerval.

—Oh.

—…

—¿No era Henry Clerval aquel muchacho amigo tuyo de la infancia?

—Sí.

—Ah.

—…

—…

—Qué.

—Nada.

—Qué.

—Sólo iba a decir que peores cosas se han visto en la familia. Vámonos.

Capítulo 26

Víctor y su padre parten a Dublín pero en el barco, y en general durante todo el viaje, el primero tiene pensamientos ominosos, tiene que recurrir al láudano para poder dormir. Van a Le Havre y luego a París, donde le espera carta de Elizabeth; en ella su prima le pregunta si ama a otra y lo libera de su promesa de matrimonio. Él contesta que la ama y, al cabo de una semana, vuelve a Ginebra, donde refrenda su compromiso, aunque, por supuesto, lo atormenta la amenaza del monstruo: "Estaré contigo en tu noche de bodas".

Claro.

Desde luego que era un muy hipotético caso el que había sugerido mi padre.

Pero…

El simple hecho de que nos hubiésemos embarcado a Dublín en una lancha miserable me hizo pensar cuán posible sería que hubiera gato encerrado ahí. Quizá porque me tocó remar casi todo el recorrido.

—Papá… dime la verdad.

—¿Respecto a qué?

—Respecto a todo. Honestamente, no creo que hayas preferido que vayamos a Dublín por este medio… —dije, haciendo un ademán para mostrar que la barcaza que había conseguido estaba apenas un nivel por encima de ir nadando—, sólo para poder tener un "momento padre-hijo" como no hemos tenido en toda nuestra vida.

—Eres demasiado suspicaz. ¿Qué te hace pensar eso?

—No sé… tal vez porque no has abierto la boca desde que partimos excepto para decir dos cosas. "Me ha vuelto aquel viejo dolor de codo. ¿Podrías remar tú?" y "Trata de no meter tanta agua al bote".

—¿Estás insinuando que opté por este medio porque no tengo un centavo y sólo tu boda me salvará de la quiebra y de que el crimen organizado me arroje a un lago con los bolsillos llenos de piedras?

—Bueno… sí.

—Eres demasiado suspicaz. Echaré un sueñito.

De cualquier modo, ese momento "padre-hijo" nunca llegó. Ni en Dublín. Ni en Le Havre. Ni en París.

Cuando Alphonse no estaba leyendo el periódico, estaba mirando todo el tiempo por encima de su hombro. Como si… pues sí, como si el crimen organizado estuviera tras de sus huesos. Lo único bueno de ese viaje fue que en el hotel de París me esperaba una carta. Y aunque es verdad que yo seguía pensando que ahí había truco, el sólo ver mi nombre, del puño y letra de la persona que menos habría imaginado que me escribiera una carta, hizo dar un vuelco al corazón tal que casi se me sale el alma por la garganta.

Tal vez gracias a ello no me molestó que fuera tan evidente que mi padre había solicitado tal misiva, pues todo el tiempo insistió en que llegáramos a ese hotel en el que, de todos modos, no nos hospedamos.

—Bien, ya tienes la carta. Vámonos.

—Pero... ¿en verdad no descansaremos tampoco aquí?

—¿Para qué quieres dormir en una cama si puedes dormir en el asiento de una diligencia?

—O en un bote.

—Exacto. O en un bote.

Para entonces ya también era demasiado claro que mi padre no tenía, en verdad, un centavo. Y que saltaba con demasiada frecuencia cuando escuchaba un ruido a sus espaldas. Pero ya no quería hacerme mala sangre con eso. Todo parecía querer volver al curso de mi trazo destinal... aunque con matices abigarrados. Y preferí no pensar más en ello. Llegaríamos a Ginebra y yo trataría de plegar mis velas hacia donde me favoreciera el viento. Desde la muerte de Otto sentía que una electrizante ansiedad me consumía, una necesidad de conseguir corregir lo torcido, de casarme con Elizabeth y obtener un nombre entre los hombres y llevarlo todo a buen término.

O terminar poniendo una sastrería. Ya estaría por verse.

Fue hasta la diligencia que nos sacó de París que leí la misiva. Me conmovió ver mi nombre con trazo firme y sin titubeos. Estaba seguro y más que seguro de que mi padre estaba detrás de todo ello pero eso no aminoró el sentimiento de ternura que me invadió.

Estimado Víctor:

Bueno.

Casémonos.

Comprendo que esta respuesta a tu petición de mano puede llegar tarde y que tal vez ya ames a otra, pero no importa.

De hecho, espero que ames a otra.

Así podríamos dejar fuera del asunto las flores, los poemas y cursilerías similares.

Pero creo que no estaría mal que nos casáramos.

Incluso si amaras a otra.

Que espero sea así.

Pero bueno.

Casémonos.

Con afecto,

Elizabeth

—¿Estás llorando?

—¿Qué? ¡Claro que no!

—¡Claro que estás llorando! No vas a ir a ningún lado en ese matrimonio si resultas un llorón y un apocado, hijo.

—¿No hablas en todo el viaje y de repente abres la boca para algo como esto?

—Bueno, yo sólo decía.

¿Había truco? ¡Claro que había truco! Y yo lo desconocía por completo. Pero en ese momento nada me importaba. Ni siquiera si era cierto que mi padre y ella estaban confabulados para arruinarme por completo. Un extraño sentimiento de gratitud me invadió. Me casaría con la mujer de la que había estado enamorado toda mi vida. Por lo pronto eso me bastaba para imaginar una posible felicidad futura. Aun si eso implicaba mi muerte o algo aun peor.

"¿Algo aún peor que la muerte?", dije repentinamente, desperezándome. "Creo que exagera usted, mi buen amigo. El calor del relato lo ha llevado a esa tremenda hipérbole incomprensible."

"Bueno, Walton", machacó Frankenstein ocultando un gran bostezo. "Siempre he creído que cuando un hombre aspira a la fama, lo peor que le puede pasar no es la muerte… sino la infamia, el oprobio, la degradación."

"Mmhh… es posible. Aunque exagerado. Por cierto, ¿cree tardar todavía mucho? Somos los únicos despiertos".

Dije esto mirando en derredor. Todos mis marinos se encontraban ocupando el suelo de la cocina, completamente desmayados. Un par incluso se abrazaba, sabrá Dios con qué pretexto onírico.

"Ya es poco lo que falta", dijo Frankenstein. "Aunque creo que es buen momento para hacer otra pausa, morder un buen pedazo de pan y despertar a sus hombres. No creo que quieran perderse el final."

Así que se puso de pie, trajo una hogaza, que compartimos. Y luego hizo sonar un par de cacerolas para recuperar audiencia.

Mi boda con Elizabeth.

Toda una posibilidad.

Y sí. Se me estrujaba el corazón. Y no. No importaba que mi padre me viera llorar. O el hombre que nos ayudó a subir a la diligencia. O las tres señoras con las que compartimos el transporte. O el que nos ayudó a bajar en el primer sitio de postas.

—Lo digo en serio. No te va a llevar a ningún lado esa actitud tan blandengue y tan quejica…

—¡Papá!

Casi la felicidad completa.

Sin embargo…

Por alguna razón no dejaba de pensar en Otto. En la enorme esperanza y cariño con que me había dicho que, en caso de casarme, él sería el primero en estar ahí para felicitarme y desearme mil parabienes. No dejaba de pensar en su promesa de estar en primera fila. Sentí un enorme deseo de que no hubiese muerto. De que él fuera mi padrino de sortijas. De que todo terminara bien.

"¿Qué me perdí?", dijo el cocinero, rascándose el trasero y bostezando al mismo tiempo.

"Al parecer, tendremos una boda", resolvió uno de mis hombres, tal vez demasiado contento.

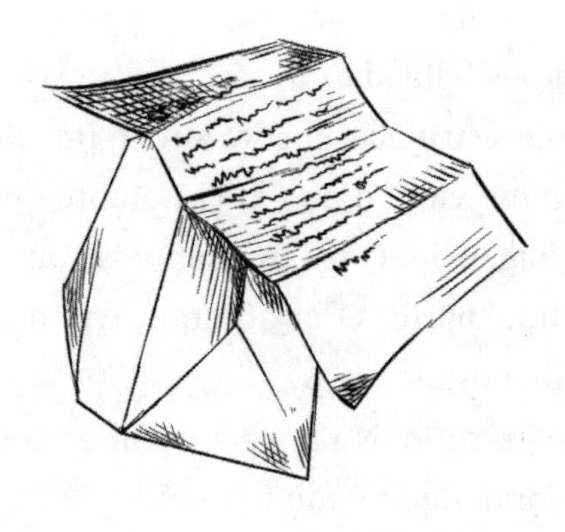

Capítulo 27

Una vez reunidos, Víctor y Elizabeth fijan la fecha de la boda para diez días después, y hacen los preparativos necesarios. Víctor, no obstante, está receloso y lo consumen los nervios; a todos lados lleva pistola y daga. Un mal presentimiento embarga a Elizabeth pero trata de desestimarlo.

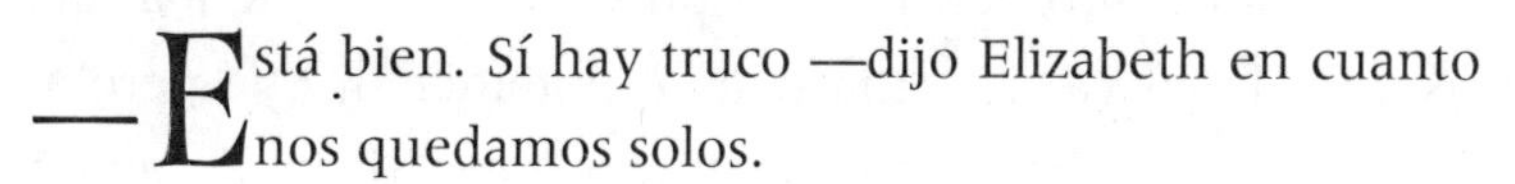

—Está bien. Sí hay truco —dijo Elizabeth en cuanto nos quedamos solos.

Recién habíamos llegado mi padre y yo, un par de horas antes a la casa familiar y ella, Elizabeth, ya se encontraba en su habitación de antaño. Era muy temprano en la madrugada gracias a la insistencia del juez en que viajáramos por la noche, así que nadie estaba despierto. A los pocos minutos de que volvimos llegaba mi nana de alguna juerga, saludó de mala gana y se encerró en su cuarto. Extrañé a Justine Moritz, lo confieso. No sólo porque hubiera tenido un café caliente a nuestra llegada, sino porque era la única persona de esa casa que era amable conmigo sin que yo sospechara que tramaba algo.

Me ofrecí a preparar yo mismo el café y a cocinar algo mientras mi padre abría con nerviosismo algunas cartas que encontramos en la alfombra y que habían sido arrojadas por debajo de la puerta; una de ellas hasta ostentaba una calavera trazada a mano. No tardó mucho en bajar Elizabeth, en bata. Hizo un par de ejercicios de calentamiento levantando un costal de harina que halló en la cocina y luego se sentó a la mesa. Mi padre se había encerrado en su despacho y hasta había corrido las cortinas. Fue entonces que Elizabeth hizo tan delicada declaración.

—¿De qué hablas, querida? —pregunté, sirviéndole un poco más de café.

—¿Ves? Ya empezamos. No es necesario que me digas "querida". De hecho, tampoco es necesario que conversemos en lo absoluto si no tenemos nada de qué hablar.

Me senté a comer. Y me dispuse a tomar las riendas del asunto. Igual ya no tenía nada que temer ni que perder. Desde que me había propuesto no ser el títere de algún mal sueño por indigestión de autor o autora algunos, conduciría el tren de mi vida por donde yo quisiese. Incluso si tenía que descarrilarlo.

—Nos vamos a casar, ¿no? Al menos en eso estamos de acuerdo.

Hizo una mueca. Tardó en deglutir la buena porción de desayuno que se había llevado a la boca con desgano. Asintió. Luego, volvió a decir:

—Pero sí hay truco.

Yo ni siquiera le había preguntado. Ni siquiera había mostrado rasgos de ningún tipo de suspicacia. Pero ella quiso poner las cosas en claro desde el principio.

—Sé que lo has pensado, Víctor. Y por eso es mejor que lo sepas.

Traté de mostrarme entero.

—Claro que lo sabía. ¿Crees que soy tonto?

Hice mi propia mueca. Tardé en deglutir la buena porción de desayuno que me había llevado a la boca con desgano. Negué.

—¿Y sabes exactamente dónde está el engaño? —me sostuvo la mirada, desarmándome por completo con esos hermosos ojos color violeta que eran más fuertes que toda ella y todo su espectáculo.

—Mi padre lo ha negado todo el tiempo.

—Es un asunto de dinero, claro.

—Sí, claro.

Entre nosotros edificamos una buena torre de silencio. Ambos masticando el desayuno y bebiendo de nuestras tazas y haciendo lo posible por mirarnos y no mirarnos. Al cabo de unos cuantos minutos apareció la nana, se sirvió café y desapareció de nueva cuenta, quejándose de una terrible jaqueca. Decidí que era mejor destruir esa torre. Principalmente si, de todos modos, nos íbamos a casar. Iba a abrir la boca pero Elizabeth se me adelantó.

—No me lo tomes a mal, Víctor. Me simpatizas. No todo el tiempo, pero la mayor parte sí. Y creo que es un arreglo que nos conviene a todos.

—¿Estás mal de tus finanzas?

—¿Sabes lo que cuesta alimentar a un león?

—¿Es eso un sí?

—No me va mal. Me va terriblemente mal.

Dio un sorbo a su café y sus ojos perdieron el brillo.

—No me digas que el truco gira en torno a una herencia de la que no tengo noticia —dije—. Y de una amenaza del crimen organizado que pesa sobre mi padre. Y de tu bancarrota. Y de una confabulación entre ustedes.

—Para haberlo negado todo el tiempo, tu padre se ha mostrado muy elocuente.

Volvió a dar un sorbo. Y sus ojos casi se apagaron.

Suspiré y traté de armarme de valor. No todo tenía por qué ser horrible.

—Mira, prima... —solté—. Comprendo que no quieres casarte conmigo, que lo mal que están tus finanzas te obligan a ello. Pero es posible... improbable, claro... pero posible... que en algún futuro podamos ser felices juntos. Yo te he querido toda mi vida. Y no veo tan improbable que en algún momento puedas corresponder a mi sentimiento. Yo te ayudaré con tu espectáculo. Y tal vez... tal vez...

Me miró con un brillo de inteligencia y algo que tomé por simpatía.

—Víctor... —sonrió levemente—, tú nunca me has querido. Te has encaprichado conmigo. Pero no me quieres. No puedes quererme. Y yo... yo no creo poder quererte tampoco.

Torcí la boca. Tardé en deglutir. Pensé por un momento en mandarlo todo y a todos al demonio. Pero presentía una luz al final del túnel. Y que la única forma de llegar a esa luz era continuando con los planes, aun esos planes que ya estaban decididos por otros y en los que yo participaba bastante poco. Seguir. Continuar de frente. Dinamitar el túnel para escapar por un costado... bueno, no parecía una opción muy razonable.

Negué con decepción.

—Pero me simpatizas —añadió—. No todo el tiempo, pero la mayor parte sí.

Aquella torre de silencio resurgió y se volvió portentosa. Y, con todo, sentí que necesitaba echarla abajo. Ésa era su opinión. Yo tenía otra. Y ya veríamos qué nos deparaba el futuro.

—Pero nos vamos a casar, ¿no? Al menos en eso estamos de acuerdo.

—Qué buenos te quedan estos panqueques —fue su respuesta—. Deberías pensar comercializarlos.

Y me dejó a solas.

Mi padre nunca se apareció en el desayuno. Ni siquiera cuando le llegó una nueva carta, ésta entregada con el eficaz método de atarla a una piedra y hacerla atravesar por el cristal de una ventana.

Luché contra la depresión todo ese día.

Y al irme a la cama, sentí que debía hacer un balance en torno a mi vida. Me acometía la certeza de que en nada había tenido éxito. Y que si me arrojaba de cabeza por un precipicio nadie lo tomaría a mal, empezando por mí.

Me senté a cavilar un rato, fingiendo que leía, a pesar de que me encontraba solo y no tenía por qué aparentar con nadie.

Luego de algunos minutos, dije en voz alta: "Cuán necesario se hace en la vida de todo hombre detenerse en algún momento a reflexionar sobre su buen o mal desempeño como hijo del creador". A pesar de que nadie podía oír esto más que yo.

Mirando hacia los lados, levanté la manga de mi bata de dormir para echar un ojo a mi tatuaje. "Hágase el destino, aunque yo perezca." Lo miré como quien mira con nostalgia un sueño de juventud.

—¿Siempre eres así de afectado? —dijo una voz a mis espaldas. Seguramente aquella que me hizo actuar de esa manera en principio.

—No —refunfuñé regresando la manga a su sitio—. Sólo cuando me siento observado. ¿Cuánto tiempo llevas ahí, si se puede saber?

—Un rato.

Flotó directamente al canapé que tenía en mi cuarto y se arrellanó en él. Comía de un fantasmal pocillo relleno con fantasmal maní.

—No sabía que los espectros pudieran hacer eso.

—¿Qué?

—Comer. No tiene mucho caso.

—Te sorprendería el montón de cosas que hacemos sólo por costumbre y entretenimiento. ¿Qué pesa sobre tu alma, Frankenstein? Te ves más abatido que todos en este cuarto. Y la mitad estamos muertos.

Decidí que si con alguien podía hablar de lo que fuera, ése tenía que ser mi gran amigo Henry Clerval, aunque se pudiese ver a través de él y ya no pudiera ayudarme a cargar un piano.

—Con toda sinceridad... —espeté— todo, Henry. Todo pesa sobre mi alma. Justo tres minutos antes de que me hablaras, pensaba seriamente si no sería buena idea terminar la labor que le escamoteé al verdugo y colgarme de una viga.

—Exageras. Hace tres minutos tomabas de aquella licorera. Y nada en tu semblante indicaba pesar.

—Bueno. Tal vez fue antes. O después. ¡No sabía que los espectros tuvieran tan buen cálculo, maldita sea! El asunto es que estoy seguro, a estas alturas de mi vida, de que si desaparezco en la nada... que si me atacara una combustión espontánea y no encontraran ni mis zapatos... nadie lo lamentaría, nadie me extrañaría. Mi vida y mi nombre no serían más que un borrón sin importancia en la historia de los hombres.

Henry terminó con su fantasmal cuenco de maní y, tronando los dedos, lo hizo desaparecer en el aire. Luego, se puso de pie, se limpió ambas manos en la ropa, se hurgó una basurita entre los dientes y sonrió socarronamente.

—Para variar, exageras. Si desaparecieras sin acatar el asunto de la herencia, tu padre y tu prima te extrañarían tanto que se oirían sus gritos hasta el Matterhorn.

Me cubrí la cara con el libro abierto, exasperado.

—Estoy deprimido, Henry. ¿Qué he logrado hasta ahora?

Por respuesta, Henry se acercó y tomó el libro. A los pocos segundos se le cayó de las manos.

—¿Te gusta? He estado practicando. Ya conseguí espantar algunas muchachas casaderas. Mi misión es poder arrojar cosas por los aires. Un amigo mío del siglo quince lo hace sin ningún esfuerzo. Tengo cita el jueves para mi primera lección.

Ante mi nula respuesta, continuó:

—No tienes ni veinticinco años, Frankenstein. ¿A qué se debe tanto gimoteo? Eres perfectamente libre de hacer lo que te venga en gana. Iniciar proyectos y hacerlos volar en mil pedazos. Y luego seguir adelante. ¿Que no resultó lo de dotar de vida a seres humanos con partes cosidas a mano? ¡Pues inicia una empresa naviera! O cultiva nabos. O haz teatro. O nada. O bien… déjame pensar. ¡Ya sé! ¡Cásate con una muchacha hermosa y hereda un dinero y sé feliz! ¿Que ella no te quiere? ¡Bah! ¿Sabías que mis padres compartieron el lecho apenas tres veces en su vida? Si hubieran sido sólo dos no estaría yo aquí.

El discurso de Henry empezaba a levantarme el ánimo. De pronto detectaba un rasgo de sabiduría que nunca le conocí.

—¿Sabes cuándo tendrías que sentarte a llorar como lo haces? Cuando te veas en mi situación. Antes puedes equivocarte mil veces, porque siempre puedes corregir mil y una.

En efecto. Ya comenzaba a sentirme mejor. Porque todo lo que decía Henry tenía sentido.

—¡Dedícate a vivir, Frankenstein! Y deja a un lado metas absurdas. Tal vez lo único que te toca hacer, realmente, es intentar ser feliz. Ni siquiera conseguirlo. Sólo intentarlo.

Miré con nueva melancolía mi tatuaje. Recordé mi visión del futuro, el nombre de mi familia inmortalizado, un ser de piel verde y cabeza aplanada causando espanto y diversión y alegría entre chicos y grandes. Acaso ni siquiera dependiera de mí. Acaso no dependiera de nadie.

—Te diré lo que haremos, Frankenstein. Seré tu padrino de invitaciones. ¿Quién quieres que esté presente en tu boda? Yo me encargo. Que sea un momento memorable. El primer día del resto de tu vida.

Me enterneció tanto que creí que sucumbiría al llanto.

—Bueno… no sé…

—Nadie se niega a la invitación proveniente de un ser de ultratumba en la oscuridad de su habitación a las tres de la mañana. Puedes creerme en esto. Ya sea una boda o un concurso de comer remolachas, seguro todo el mundo se presenta.

—Eh… bueno. Tal vez… entonces… no estaría mal que estuviera, efectivamente, todo el mundo. Todos aquéllos con los que quiero hacer las paces.

—¿Hacer las paces?

—Después de esto lo más probable es que me retire a hacer vida con las cabras. O tal vez ponga una barbería. O cultive nabos. No lo sé. Pero antes… antes creo que debo saber que estoy en paz con el Universo.

—Sin pro-ble-ma.

Y dicho esto…

Desapareció.

Creo que no exagero si digo que fue el único momento de mi vida en el que realmente sentí que todo valdría la pena al final. ¿Quién no quiere que la obra teatral de su vida termine con una boda para luego irse a beber y bailar y festejar hasta la mañana siguiente? Creo poder decir que ese sentimiento perduró en cada minuto de cada día de la preparación del evento y se quedó conmigo hasta el instante justo en el que el padre de la novia (en este caso el propio juez Frankenstein) la entregara en el altar.

Porque casi inmediatamente, con la certeza de que a mí el destino siempre me daba gato por liebre… llegó la correspondiente cruda.

Capítulo 28

Finalmente, Víctor y Elizabeth se casan y tiene lugar una gran fiesta en casa del padre de Víctor.

He de decir, antes que otra cosa, que mi gran amigo Henry Clerval cumplió con creces. Se encargó de que todo el mundo recibiera mi invitación. Y cuando digo "todo el mundo" no estoy exagerando. Al parecer es una especie de capacidad oculta de los espectros.

Y aunque quisiera decir que todo obedece a un complejo mecanismo de premonición intuitiva o una suerte de olfato de sabueso, en realidad se debe a un simple pero eficaz motivo: la afición por el chisme. Según Clerval, los fantasmas pueden hurgar en los sueños de quien deseen y enterarse de sus más oscuros secretos, acaso porque se aburren mucho, acaso por simple curiosidad. De ahí que extrajera Henry de mis recuerdos los nombres y rostros de aquéllos con los que había yo tenido alguna conexión en mi vida y de paso otras linduras que deberían permanecer en secreto hasta el fin de los tiempos.

—¿Cómo que una vez te probaste todos los vestidos de tu madre, Frankenstein?

—No molestes, Henry. Tenía catorce años. Y estaba pasando por una etapa.

—Bueno pero… ¿besar tu propia imagen al espejo?

—Dime lo que necesitas de una vez, que todavía tengo que ir a la pastelería y rentar el frac que he de ceñirme. Claro, no me sentiría tan presionado si no fuera por el insignificante detalle de que mañana es la boda.

—Sólo quería decirte que espero estés dispuesto a gastar con gusto, porque vendrá todo el mundo. Y no bromeo.

En ese momento terminaba yo de ordenar las facturas de los proveedores en el despacho de mi padre. Mi padre había insistido en que nos endeudásemos hasta las orejas, pues pronto la suerte nos sonreiría.

—¿En verdad invitaste a "todo el mundo"?

—Todo. El. Mundo. Sólo tuve problemas con un par de sujetos, que se encontraban escondidos en una cueva. Pero de que recibieron el mensaje, lo recibieron.

—¿Un par de…?

—Y Justine Moritz, quien tiene montado un campamento de amazonas fugitivas. Manda decir que puedes casarte si lo deseas, que no le importa en lo absoluto, que de hecho ella misma está lista para casarse cualquier día de éstos porque nunca jamás estuvo pensando en ti en estos días, claro que no, tiene cosas mucho más importantes que hacer que estar escribiendo poemas de amor o cosas parecidas en torno a un solo nombre, y ya que estamos hablando, ¿quién es ese tal Víctor Frankenstein? Bueno, eso. Palabras más, palabras menos.

—¿Un par de sujetos?

No me dio tiempo de indagar a quiénes se refería, pues desapareció enseguida. Al parecer había quedado con una tal señora Braun para ir a espantar. De hecho, me mandaba saludos. Dijo conocerme de mis años de "científico loco".

De cualquier modo, yo ya tenía bastante para sentirme ocupado. Me había metido hasta el cuello en la organización de la boda. Entre eso y las mil acrobacias que tenía que hacer para no encontrarme con Elizabeth viviendo ambos en la misma casa (todo el mundo sabe que es de mala suerte ver a la novia antes de la boda), mi mente no daba para más. Pero he de agradecer (a Dios, mi autora, los dados, quien sea) el trajín de esos días, pues fue la primera vez que en verdad descansé desde el momento de mi revelación trascendental en aquella diligencia a Ingolstadt. Por aquellos días maravillosos no fui sino una persona común con un propósito de vida de lo más común: casarme.

Puedo asegurar que, hasta que no me puse el frac de color blanco (Elizabeth se empeñó en vestir de negro y yo no quise romper la simetría), jamás tuve ningún motivo para sentirme pesimista. Por el contrario, a ratos me parecía que todo, a partir de ese momento, sería como un sueño hecho realidad.

Aclaremos. Dije "sueño", no "pesadilla". Aunque ya sabemos que a mí, el destino...

En fin, como sea.

Habíamos convenido que no habría boda religiosa pues en realidad sólo hacía falta el acuerdo legal "para proceder". De hecho, ésas eran las palabras justas que utilizaba mi padre siempre que hablábamos de la boda. "Que la ceremonia sea el sábado por la mañana, así podremos proceder cuanto antes." "Hay que asegurarnos que el banco central esté abierto, para así proceder enseguida."

Con todo, yo no me hacía mala sangre.

Habría una boda en la que yo sería el novio. También, tal vez, una borrachera. Y, muy posiblemente, algo de circulante al final. Ya ni siquiera me pasaba por la cabeza la posibilidad de que mi nombre, mi apellido, fuese relacionado con lo oscuro y lo macabro y demás inquietudes extrañas. Lo sentía por todos los niños que saldrían a pedir dulces en el futuro si contaban con una máscara menos en su inventario. Estaba resuelto a ser feliz mientras fuera, todavía, una posibilidad.

Pero no hay que olvidar la tan anunciada cruda. Que en ocasiones pega antes de la embriaguez. Aunque ya llegaremos a eso.

He de decir que, cuando salí por la puerta que daba al jardín, no cupe de la sorpresa. La primera persona que encontré entre los convidados era una mujer que ocupaba un lugar muy remoto en mi memoria. Una vieja con exceso de maquillaje que me guiñó el ojo.

—¿Quieres pasar un buen rato, bombón? —dijo con su boca casi carente de dientes.

Recordé que la había conocido en "Cola Espinosa de Cabra". Y a su lado, varios de mis condiscípulos en la universidad. Seguí avanzando y descubrí, más allá, nada menos que a Igor Waldman, charlando con algunos de sus colegas, Krempe entre ellos. Y el circo completo de Elizabeth Frankenstein, con su nómina entera de gitanos. Un montón de vecinos. La nana con toda su familia, los diecinueve. Desde luego, William, Ernest y el resto de su organización criminal, aquel hombre ciego, el hombre con el tatuaje en el cuello que decía "Coma en Joe's", la bruja y aquella mujer tan poco agraciada. Sólo faltaban Otto y Tercero, de quienes sólo yo conocía su trágico final. En efecto se encontraba ahí, para fines prácticos, todo... el... mundo. Mis hermanos, por cierto, se encontraban esposados. Y un policía los custodiaba. Supuse que por ello no los había visto recientemente.

Cuando al fin alcancé a llegar al frente de la congregación, donde se encontraba el escritorio para el juez, miré atrás. El panorama entero se borró de mi vista cuando advertí a la novia, de pie al inicio de aquel pasillo entre las dos secciones de invitados.

Jamás la había visto más hermosa. Utilizaba un maquillaje de color morado oscuro que resaltaba su palidez y sus enormes ojos color púrpura. El atuendo quitaba el aliento. Un traje negro brillante pegado al cuerpo que delineaba sus formas. (Formas, he de decir, por las que varios de los invitados del género masculino, según pude apreciar, sintieron una súbita inclinación a la licantropía.) Además, una capa negra atada al cuello. Botas de montar con tacones altos. El cabello suelto. La belleza más oscura en su personificación más precisa.

El silencio se tragó a toda la concurrencia.

Elizabeth caminó hacia mí del brazo de mi padre.

Un enano de su circo perdió la cabeza y corrió en pos de ella. Se abrazó a sus piernas, llorando, y Elizabeth tuvo el gentil gesto de levantarlo y arrojarlo por encima de la barda. Luego, continuó hacia mí.

Mi padre la dejó a mi lado y ella, lo juro, me sonrió. No demasiado, pero lo hizo.

—Bien... —resolvió entonces el juez Frankenstein al ocupar su sitio detrás del escritorio.

Para luego continuar con lo siguiente:

—¿El testaferro de Caroline... ya llegó?

Un hombre de calva pronunciada, de la primera fila, se puso de pie con un portafolios en la mano. Y volvió a sentarse.

—Bienvenido, señor Leinz —resolvió mi padre.

Se aclaró la garganta y, con un no muy convincente aire de gravedad, sosteniendo un libro enorme que sospecho no era más que utilería, dijo:

—Víctor Frankenstein... Elizabeth Lavenza... los declaro marido y mujer.

Y ya.

Eso fue todo.

Después de un brevísimo silencio, los asistentes prorrumpieron en aplausos, mismos que mi padre acalló con un movimiento de su mano.

—Ahora podemos proceder.

—¿Proceder a qué? —refunfuñé—. ¿Qué pasó con la parte de "puede besar a la novia"?

—Lo siento, no tenemos tiempo para eso —soltó el juez.

Miré de reojo a Elizabeth, quien parecía estar padeciendo un severo ataque de pena ajena.

No obstante, tampoco dio pie a mi petición.

—Abogado... —insistió mi padre, invitando a aquel hombre que había sido convocado también a la boda—. ¿Podríamos proceder?

—¿A la lectura del testamento? —respondió el hombrecillo—. Imposible. Ha de hacerse en presencia de la familia.

—¡Pero si todos están aquí! —gritó mi padre—. ¿No es cierto? ¡Levanten la mano los miembros de la familia!

Varias manos se alzaron, incluso algunas que se encontraban esposadas.

—¿Qué más da uno o dos testigos extras? —reclamó el juez con molestia.

Considerando que ahí había por lo menos uno o dos centenares de testigos extras, no parecía muy convincente lo que solicitaba mi padre. El abogado se limitó a fruncir el ceño, y en su rostro se leía una especie de: "¿Es en serio?".

—¡Vamos! —conminó mi padre—. ¡A nadie le importará si se lleva a cabo la lectura aquí!

Hasta ese momento noté que un par de hombres muy malencarados, el tipo de sujetos que utilizarías para intimidar a alguien o para partir leña con las manos, se encontraba entre la concurrencia, mirando a mi padre. Y él mirándolos también, intermitentemente.

—¡Me importa a mí! —gruñó el abogado—. ¡Y le importaría a la difunta Caroline Beaufort!

El juez mostró, con un desinflón, que se veía obligado a ceder.

—Está bien. ¿Qué sugiere?

—Que vayamos a mi despacho a hacer la lectura.

—De acuerdo —soltó mi padre, claramente decepcionado.

A estas alturas yo ya sentía todos los síntomas de una buena resaca: dolor de cabeza, malestar general, principios de volver el estómago y unas tremendas ganas de meter la cabeza entre los cojines de algún sofá. Sabía que el idilio con mi prima había llegado a su fin. Y ni siquiera había comenzado. Con todo, era evidente que en aquello mi papel todavía era determinante. Y que no podría zafarme de ninguna manera. Al menos no una que no nos llevara a la violencia explícita.

—¡Hey! ¿Qué hay de la fiesta? —gritó uno de los payasos del circo de Elizabeth.

—¡Sí! ¡Nos prometieron un banquete de miedo! —arguyó un profesor de la universidad.

El juez Frankenstein declaró a voz en cuello:

—¡Hay treinta cajas de vino francés, cincuenta kilogramos de bocadillos y una orquesta pagada hasta el día de mañana! ¡Siéntanse como en su casa! Nosotros tenemos que partir por un momento. Pero ya volveremos.

La gente aplaudió y vitoreó a mi padre. Y yo supe, porque son cosas que, en ocasiones, un personaje literario debe saber... que el resto de nosotros tenía una cita en Evian. Porque claro, no podía estar en ningún otro lugar sobre la Tierra el despacho de aquel curioso testaferro de mi madre.

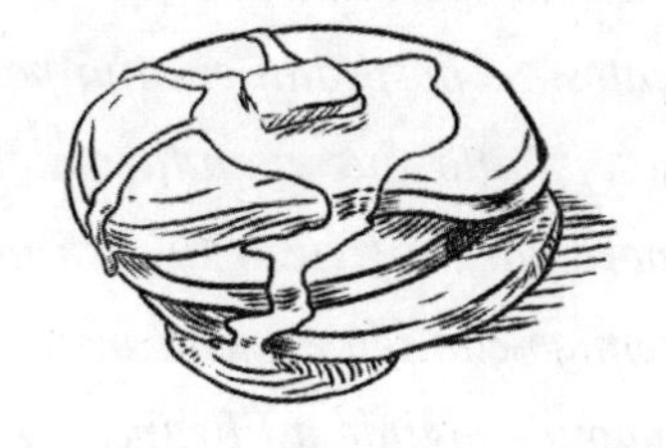

Capítulo 29

Después de los esponsales, el mismo día viajan hacia Evian en barco por el lago Léman pero durante el trayecto no faltan los malos presentimientos. Se hospedan en una posada y Víctor está sumamente nervioso, tanto que manda a dormir a Elizabeth mientras él se prepara para enfrentar su destino. Vaga por la casa buscando a su enemigo cuando escucha un terrible grito proveniente del cuarto adonde mandó a Elizabeth. Acude y la encuentra muerta sobre la cama. Ante tal horror, pierde el conocimiento.

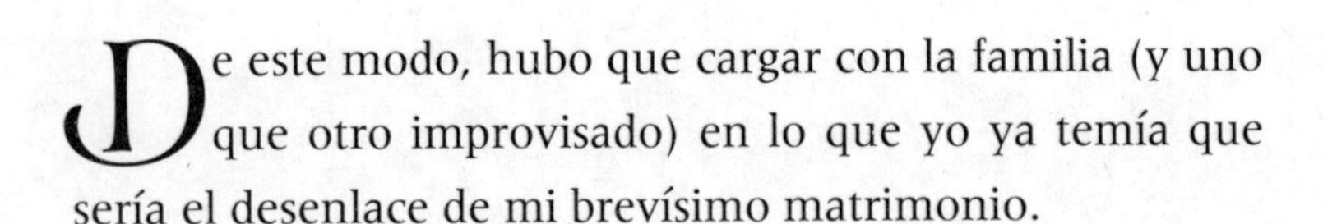

De este modo, hubo que cargar con la familia (y uno que otro improvisado) en lo que yo ya temía que sería el desenlace de mi brevísimo matrimonio.

En total éramos dieciocho: el testaferro, William, Ernest, sus dos custodios, DeLacey, Ágata, Safie, Félix, Primero, Segundo, mi padre, sus dos custodios, la nana, Igor Waldman, Elizabeth y yo, aunque hubo que dividirnos en dos pequeñas goletas de dos mástiles que pudieron hacernos espacio entre la carga que llevaban hacia Evian.

En la que yo abordé, que era la más pequeña, sólo íbamos Elizabeth, Waldman, la nana y yo. No que fuera en extremo importante que yo viajara al lado de mi esposa, pero sí estuvimos a punto de embarcarnos separados. Fue gracias a Safie, la bruja, que no ocurrió así. "¡Por los cuernos del mismísimo Satanás", adujo. "¡Si los novios no van en el mismo barco, este miserable mundo no tiene remedio y tal vez lo único que valga la pena sea echar una maldición sobre ambos botes para que zozobren y todos nos vayamos al cochino infierno!"

Hubo algunos intercambios de miradas ante tan elocuente discurso.

Al final fue Segundo, sentado a mi lado, quien cambió de bote y cedió su lugar a Elizabeth.

Tal vez fue que el ánimo era ominoso. O tal vez fue que la brisa nos empujaba suavemente y, por mucho que Elizabeth se empeñó en remar, no pudo hacerlo. Tal vez fue que algunas nubes comenzaron a cubrir la bóveda celeste. El caso es que, al cabo de varios minutos, ya adentrados en el lago Léman, nadie se animaba a decir "esta boca es mía". Fue Waldman quien, después de un muy buen rato de sólo escuchar el viento en nuestros oídos, se decidió a romper el silencio.

—Número uno —dijo—. No vine porque tenga algún interés en el supuesto dinero que hay al final de esta aventura; vine porque ustedes son lo más parecido a una familia que tengo. Número dos, es cierto que las cosas no han ido muy bien entre nosotros, Víctor, pero igual es gracias a ti que, aunque perdí mi empleo en la universidad, ahora trabajo para el espectáculo de Elizabeth. Y eso es mucho decir en estos tiempos. Número tres, me enteré que te has aficionado a la receta de panqueques que desarrollamos juntos; si crees que le puedes sacar buen provecho, adelante, es toda tuya. Y número cuatro, ¡habla con tu esposa, maldita sea! ¿A qué viene este estúpido silencio de muerte? ¡Tal vez no tengas otra oportunidad en el día!

En cierto modo me sentí liberado. Probablemente porque, aunque estaba dirigiéndose a mí, Elizabeth también atendía. Y al escuchar a Igor soltar aquel último punto de su lista, me miró y forzó una sonrisa.

—Gracias, Igor —dije, palmeándolo en la giba de su espalda—. Me da gusto verte. Y que hayas recuperado tu ojo de vidrio.

Me aproximé a Elizabeth a través de la carga y me senté a su lado. La nana canturreaba una canción. El hombre que conducía la goleta se le unió. La brisa era benigna, el clima frío pero apacible.

Antes de abrir la boca advertí que mi gran amigo Henry Clerval mondaba una espectral manzana que había sacado de un costal sobre el que se había sentado. Me guiñó un ojo como diciendo: "tampoco es que fuera a perderme este espectáculo".

—Hola —dije, al notar que Elizabeth no se ponía a la defensiva.

—Hola —respondió, confirmando mis sospechas.

Pensé por algunos segundos cómo continuar la plática pero nada me parecía conveniente. ¿Te parece si miramos folletos para el viaje de luna de miel? ¿Qué lado de la cama te gusta más? ¿Una buena escuela católica para los niños o que crezcan a su aire?

Nada. Seguramente porque yo mismo presentía que ese fraude terminaría aun antes de comenzar. Fue ella quien habló primero.

—En verdad lo siento, Víctor… —exclamó. Y en sus ojos se adivinaba un genuino pesar—. No me habría prestado a esto si no necesitara en verdad del dinero.

Aunque yo ya lo adivinaba, aún no estaba seguro de lo que en realidad acontecía ahí, así que preferí indagar.

—Sí, bueno… ya me lo habías dicho. Aunque… ¿exactamente qué es eso a lo que te prestaste?

Suspiró. Me miró. Luego miró sus manos.

—Tu padre nunca atendió la lectura del testamento de tu madre porque siempre creyó que ella había muerto sin un centavo. Pero apenas empezó a tener problemas de dinero y a recibir amenazas de muerte por parte de sus deudores, empezó a buscar hasta debajo de los muebles cualquier ayuda. Así, dio con el interior de un jarrón que contenía un sobre del testaferro en el cual se pedía que convocara a la familia a la lectura. Tu padre es hombre de recursos, eso lo sabes, por eso pudo sonsacarle al menos un par de cosas al abogado sin la presencia de la familia. Una: que tu madre tenía una considerable fortuna, misma que había ganado en una última racha de suerte al póker... y dos: que todo se lo había dejado a una sola persona en el mundo.

La miré completamente asombrado. Y lleno de preguntas.

Ella aprovechó para recalcar:

—Una sola persona en el mundo.

—Pero...

—Tu padre está seguro de que esa persona eres tú.

—¿Qué?

—¡Piénsalo! ¿A quién más le dejaría el dinero? El resto de nosotros no fuimos más que motivos de disgusto para ella. Además...

—¿Qué?

—Además... Ernest asegura haber escuchado a tu madre decir, pocos minutos antes de su muerte, que tú eras su predilecto.

—Es verdad —dijo Ernest.

Padecí, como siempre, un microataque al corazón.

—¡Maldita sea, Ernest! ¡Deja de hacer eso! ¿En qué momento subiste al barco? ¿Escapaste de la policía?

El muchacho, a mis espaldas, se encogió de hombros y se fue a otra sección de la goleta. Ya no llevaba esposas y se puso a leer un librito de bolsillo.

Todo eso me parecía una completa locura. Pero al menos adquirían sentido los más recientes acontecimientos.

—De acuerdo —admití con Elizabeth—. Lo dijo. Pero estoy seguro de que, si hubiese sido William quien hubiera atendido su llamado en la noche, también se lo habría dicho a él. Estaba enferma, era presa de delirios, no era dueña de sí. ¡Acababa de vomitar un líquido verde espantoso! ¡Hubiera podido decir que era la emperatriz de Francia y nadie lo habría cuestionado!

—Como sea —concedió Elizabeth—. Sigues siendo el candidato más idóneo. Y por eso tu padre me pidió que me casara contigo, porque soy la única persona, según él, que puede persuadirte de que repartas la herencia entre todos. O al menos entre nosotros tres: él, tú y yo.

La brisa seguía teniendo dotes de caricia. Repentinamente todo eso me parecía tan deliciosamente absurdo que hasta me hizo sonreír.

—¿Por eso tanto alboroto? —repuse—. Tal vez habría bastado que me lo pidieran.

—Según tu padre… no. Y creo que tiene razón. Ninguno de nosotros se lo merece.

Pensé en mis hermanos, en ella, en mi padre. En mi madre misma.

En mí.

A decir verdad… ¡Todos éramos bastante horribles! Nadie se merecería un centavo. Ni siquiera yo, claro. Pero igual comprendí el miedo del juez a quedarse sin nada. Siempre había sido un padre ruin. ¿Por qué habría yo de concederle algo?

El canturreo de la nana y el timonel, la siesta que echaba Waldman entre dos costales, el ánimo despreocupado de Henry Clerval plantando cara a barlovento, todo eso me convenció de que había un final feliz en algún lugar de todo ese embrollo. Y acaso me tocara a mí también.

—Así que te casaste conmigo porque… —le dije a Elizabeth, deliberadamente dejando la frase sin terminar.

Me miró, comprendiendo.

—… porque serías incapaz de negarle nada a tu esposa —concluyó.

Y al decir esto me fulminó con sus hermosos ojos violeta y una sonrisa inédita, una que jamás me había dedicado a mí.

—Y en eso tienes toda la razón —me atreví a afirmar.

Estoy seguro de que no fue siquiera un minuto. Pero en ese brevísimo recuento de segundos, ella no apartó la mirada de mí ni yo de ella. Y la sonrisa se mantuvo. Y la distancia entre nosotros. Y todas mis vísceras estallaron, las partes de mi cuerpo se separaron una a una, quedé reducido a una pulpa informe. La felicidad que sentí fue de tal magnitud que me volví etéreo y pude ver mis despojos desde fuera, y ser uno con el lago y el cielo y el Universo. Y luego, de nueva cuenta, estaba a su lado, reconstruido. Y tomé su mano y ella no la retiró. Ni tampoco hizo por romperme una falange. Mi corazón, mi mente, mis músculos… todo era un carnaval, pese a que no se escuchaban más que nuestras respiraciones y un leve murmullo musical a pocos metros.

—No sé… —dije de pronto, sorprendido de mi propia temeridad—, no sé a qué nos llevará esto, Elizabeth, pero lo mismo ya estamos casados. Y no veo problema en estar aquí para ti.

Volvió a sonreír. Había algo de feliz resignación en ella.

Luego dijo, encogiéndose de hombros:

—Tal vez no sea tan mala idea. De todos modos yo nunca creí encontrar al hombre correcto.

—Sé que tu sueño es sostener tu espectáculo. Y aunque sé que disto mucho de ser el hombre "correcto"... puedo apoyarte perfectamente con eso.

Unos cuantos segundos más, ella asintió y el barco siguió su curso.

Y yo, al igual que Henry, flotaba.

—Dime una cosa, Víctor... en esas hojas que me mostraste el otro día, donde según tú está plasmado el curso de nuestra historia...

—¿Qué con ellas?

—En esas hojas... ¿al final somos felices? Aunque sea de un modo más hogareño, tranquilo y pacífico, sin una boa y un cañón y un espectáculo... con niños y una mascota y una vida sin sobresaltos... sin la música de los gitanos, sin experimentos científicos, sin ir de pueblo en pueblo y de país en país... dime, ¿somos felices?

¿Cómo decirle que esas hojas se suponían el guion de una historia de terror y no de un cuento de hadas? ¿Cómo decirle que, en mi opinión, ni en una casa con niños ni en la búsqueda de la fama y la fortuna se encuentra asegurada la felicidad? ¿Cómo?

—Sí, Elizabeth, lo somos —mentí como el peor de los farsantes.

Porque, como bien sostuve hace unos momentos, yo todavía...

Como Henry, flotaba.

Y no dejé de hacerlo ni siquiera cuando llegamos al muelle y descendimos de ambos barcos. Ernest fue recapturado en cuanto puso pie en tierra, cosa que no pareció importarle demasiado. Y fuimos todos, en procesión silente detrás del señor Leinz, el abogado, en dirección a su despacho. La mayoría, caminando… Henry y yo, como ya lo dije, flotando.

Quisiera poder decir en qué momento empezó a llover con furia, pero no lo sé. Mi cabeza estaba en las nubes, o por encima de ellas, y por ello no me di cuenta. Para mí todo era día soleado y aves cantando y mariposas aleteando, por eso no reparé en el momento en el que se desató una tormenta como yo ya había visto antes al menos un par de veces: en las islas del norte de Escocia cuando murió Loretta, o cuando "creé" una criatura e Ingolstadt. (Y que, aunque debió, no me hizo pensar en un mal presagio.)

Pese a la lluvia, yo no dejaba de fantasear en una posible luna de miel ahí en Evian, en algunos de los hoteles o posadas que dejábamos atrás mientras recorríamos las calles.

Conformábamos una comitiva bastante peculiar. Dieciocho personas de lo más disímiles a paso veloz, todos arrostrando la inclinada lluvia. Dieciocho más un espectro, al que sólo yo veía.

—¡Habrá que darse prisa! ¡No me gusta esta tormenta! —gritó el señor Leinz, apurando el paso.

Completamente empapados, llegamos al fin al despacho, que se encontraba en una casita al pie de una apartada colina.

Me sorprendió que nadie se atreviese a decir palabra. Ni William, ni Ágata, ni mi padre, ni los matones que seguían a mi padre... nadie, nada. Se respiraba un ambiente funesto y ávido de llegar a una resolución. Todos estaban ahí con la intención de obtener algo. Y sólo mi padre, Elizabeth y yo sabíamos la verdad.

El abogado no quiso siquiera ir por una toalla. Así, escurriendo agua, fue directamente a su oficina y, de una gaveta que previamente abrió con unas llaves, extrajo una carpeta de piel. Ante la mirada de todo el mundo, que lo observaba desde el vestíbulo, dijo:

—Estaremos más cómodos en la sala grande.

Encendió una lámpara y, con ella en mano, nos condujo a un salón con una enorme mesa de madera lustrosa y doce sillas de altivo respaldo. Nadie, excepto él, tomó asiento. Todos permanecíamos expectantes. Aún no oscurecía pero ya eran pocos los minutos que nos separaban de la noche. El sonido de la lluvia cambió a golpeteo de granizo. Henry Clerval no dejaba de comer manzanas. Me acomodé a un lado de Elizabeth y, haciendo a un lado su capa, me atreví a tomarla de la mano.

—Bien... —dijo el abogado levantando la voz, acomodándose unos anteojillos redondos—. Constatando que están todos los interesados aquí... más uno o dos testigos extras... procederemos a la lectura del testamento de Caroline Beaufort, finada esposa del aquí presente juez Alphonse Frankenstein.

Mi padre hizo una reverencia y se levantó el cuello de la levita, como dándose importancia.

El testaferro se aclaró la garganta y, a la luz de la lámpara, leyó.

—"Yo, Caroline Beaufort, estando en pleno uso de mis facultades, quiero legar mi total fortuna, que está conformada por cinco talegas llenas de monedas de oro..."

El hombre hizo una pausa dramática. Yo di un apretón a la mano de Elizabeth, en señal de complicidad.

—"... a..."

Igor soltó un flato.

—"... a..."

—¡Por las ladillas del vello más indecente de Belcebú! —se quejó Safie—. ¡Dígalo de una maldita vez!

—"Justine Moritz." —sentenció, sin más, el abogado.

Se hizo un silencio tal, que la granizada del otro lado de las ventanas pareció detenerse, como si la apagaran. O acaso sólo fuera una impresión que nos acometió a todos, pues literalmente nos quedamos pasmados.

—¿Quién? —preguntó uno de los policías que llevaban a William y a Ernest esposados.

—Justine Moritz —repitió el abogado.

—¿Y ésa quién es? —gruñó DeLacey—. ¿Alguna hija perdida de la señora o qué demonios?

Para entonces Elizabeth ya había soltado mi mano. Y no con delicadeza, he de admitir muy a mi pesar.

—¡No puede ser! —soltó mi padre, en un tono muy poco amable—. ¡Es imposible!

—Pero aquí está plasmado —dijo el abogado, señalando con el dedo índice el escueto papel firmado por mi madre.

—¡Le di los mejores años de mi vida y me hace eso! —gritó el juez, ya sin elegancia alguna—. ¡Habrase visto tamaña porquería! ¡Y pensar que siempre me gustó más la vecina de al lado!

Elizabeth se apartó de mí, muy a mi pesar. Henry Clerval reía a carcajadas, pero sólo yo lo oía. La nana también reía a carcajadas, aunque a ella la escuchaban todos.

Yo no dejaba de decir, para mis adentros, que ésa era la verdadera conclusión lógica. Justine Moritz era la única persona de toda la casa que no encajaba en la definición de "miserable, bellaco y sinvergüenza". Me sentí un poco decepcionado, pero tampoco podía afirmar que mi madre y yo hubiésemos tenido una relación especialmente cariñosa. Aunque, pensándolo bien, tampoco ellas dos. Deduje entonces que mi madre, al sentirse morir y darse cuenta de que no podría disfrutar de su dinero, debía al menos legárselo a alguien. Y entre la galería de truhanes con los que convivía, Justine le pareció la mejor opción. O la menos horrible, tal vez.

—¿Puede la señorita Moritz dar un paso al frente? —dijo el abogado.

—No puede —respondió mi padre con una sonrisa malévola en el rostro—. Tengo entendido que es prófuga de la ley. No ha venido. Ni vendrá. Así que eso la deja fuera de todo esto, ¿no es cierto?

Los congregados aprobaron el dictamen de mi padre armando un barullo de indignación, mismo que el abogado acalló levantando la mano.

—Bien… —repuso—. Es evidente que la señora Caroline temía algo así. Por ello… no termina ahí su testamento.

Dio vuelta entonces a la hoja y continuó leyendo:

—"No me cuesta ningún trabajo imaginar que despidieron a la muchacha o la pusieron en un paquete a Rusia o acaso la inculparon por la muerte de alguien y fue ejecutada injustamente después de cumplir una horrible condena en la cárcel" —el juez miró en derredor y creo que varios sentimos la mirada de mi madre escrutándonos—. "Si ése es el caso, hagan lo que quieran con la herencia. Repártansela. Peléensela. Quémenla. Me da lo mismo."

Hubo un estallido de júbilo que coincidió con un terrible estruendo. Un relámpago había caído muy cerca y el trueno consiguió que retumbaran las paredes de la casa. Pero eso no impidió que la mayoría brincara y bailara de contento. Los matones chocaron palmas con los policías. Ágata dio un largo beso a Primero.

Lo que en verdad aplacó la fiesta fue la mano alzada del abogado.

Todos callaron al advertir que el asunto no había terminado. Y en ese momento noté que sólo Elizabeth no se sumaba a la alegría. Quizá la resolución de mi madre la había hecho reflexionar. O tal vez se lamentaba de tener que haber pasado por todo eso sin ninguna razón.

—"No me importa…" —gritó el abogado, de nuevo en voz de mi madre—, "porque todavía tienen que dar con el dinero".

Los convocados se miraron entre sí, confundidos.

—¿Qué %&$#* dice? —soltó el juez, indignado—. ¿Es decir que no tiene usted las bolsas de oro?

Como respuesta, el abogado continuó leyendo.

—"Ésta va por ti, Alphonse" —sentenció Leinz.

Y juro que escuché a mi madre hablar tan claramente que se me erizaron los cabellos de la nuca.

Todos miraron ahora a mi padre, quien pasó trabajos para tragar saliva.

—"¿Recuerdas que te rogué hasta las lágrimas que fuésemos un día de vacaciones al sur? ¿Recuerdas, maldito miserable? Un día, solamente. Ya no digamos una semana. ¡Un mísero e insignificante día!"

—No sé de qué hablas —respondió el juez, dejándose llevar por el drama que estábamos viviendo.

—"¡Un solo día de tu ruin vida!"

Alphonse Frankenstein se encogió de hombros, como diciendo: "¿A quién le van a creer? ¿A ella, que está muerta, o a mí?".

—"Un buen paseo por las playas del Mediterráneo hubiera bastado. Pasaríamos la noche y volveríamos al amanecer. Pero no. Nunca quisiste gastar medio centavo en mí. Pues bien… dado que nunca me quisiste llevar al sur, ahora yo te haré ir al norte. Al norte, sí. ¡Lo más al norte que puedas imaginar… pues ahí están las cuatro talegas de oro que yo les lego!"

—¿Cuatro? —preguntó suspicazmente William, quien tenía cabeza para eso de las finanzas.

A lo que respondió Leinz con la voz de mi madre, nuevamente.

—"Cuatro, porque me ha costado una bolsa entera el conseguir que alguien haya querido ir hasta el punto más septentrional del mundo entero a enterrar el dinero en pleno hielo. ¡Que tengan suerte! ¡Nos vemos en el infierno!"

Nuevo silencio. Nueva quietud.

Nueva pausa.

Que nos fue de enorme utilidad. Pues el estruendo que habíamos escuchado con el relámpago de hacía unos minutos parecía haberse quedado colgado del ambiente. Y se transmitía por el suelo a las plantas de nuestros pies. Y a nuestras piernas. Y a todo el cuerpo.

Tardamos en admitir que en realidad se trataba de un temblor de tierra.

—Abogado... ¿Esto es normal en esta región del país? —preguntó Igor con gentileza.

Cuando cayó al suelo un pesado busto de Sócrates que el abogado tenía sobre un anaquel todos concluimos que eso era tan normal como puede serlo el fin del mundo el día que ocurra.

Y echamos a correr atropellándonos.

Es penoso admitir cómo varios pasamos por encima del más viejo del grupo, es decir, el propio abogado Leinz, en la carrera por salvar el pellejo, pero es verdad que por ese brevísimo instante fuimos fulminados por la certeza de que hay cosas más importantes en la vida que cuatro talegas de oro. La vida misma, por poner un ejemplo.

En menos de lo que cuento esto ya estábamos fuera de la casa, viendo cómo se desgajaba un pedazo de la montaña para caer encima de la casa y sepultarla, no a causa de un terremoto sino de la fuerza del agua, que había aflojado la tierra. La lluvia seguía siendo torrencial y la tormenta eléctrica, brutal. La noche aún no caía por completo sobre nosotros pero ya sólo se distinguían siluetas monocromáticas a través de la cortina vertical del diluvio. En pie, los dieciocho (más un fantasma) mirábamos con terror lo que había ocurrido. Sé que éramos dieciocho (más un fantasma) porque nos conté, aunque uno de ellos me pareció ligeramente fuera de sitio.

—¡Qué horror! ¿Están todos bien? —dijo justamente aquel que, por alguna razón, no encajaba.

De inmediato comprendí por qué no lo hacía.

No formaba parte del grupo original. Además, iba vestido con un traje de etiqueta que le venía corto, tanto de las mangas como de los pantalones. Y medía más de dos metros de estatura.

—¡Otto! —exclamé al reconocerlo, pese a la tenue luz de la tarde en picada—. ¿Eres tú?

—Sí, Víctor. Disculpa que no llegara a tu boda, pero me enteré tarde. Y eso sin contar que nadie quería darme lugar en su barco cuando supe que partieron hacia aquí. Tuve que rentar un bote y remar. ¿Están todos bien?

—Me da gusto que no hayas muerto.

—A mí también. Cuando caímos por aquel despeñadero, Tercero y yo no paramos hasta el océano. Afortunadamente el lodo amortiguó nuestra caída. ¿Están todos bien?

—¿Y dónde estuviste todo este tiempo?

—En una de las islas. Tercero encontró el verdadero amor. Y yo aprendí a tocar el contrabajo. ¿Están todos bien?

En verdad me alegraba verlo, aunque fuese en tales circunstancias. Eso significaba que todo aquello terminaba sin muertes y sin...

Me detuve un segundo a reflexionar.

Sin muertes y sin...

Y sin...

Había contado dieciocho siluetas. Dieciocho (más un fantasma) contando a Otto.

—Me da gusto verlo de nuevo, jefe —le estrechó la mano DeLacey a mi primo—. Aunque hubiera sido mejor recibirlo en un día soleado y con una buena cerveza para compartir.

—En eso tienes razón, DeLacey. Pero no importa. Lo bueno es que volví. ¿Están todos bien?

El estallido de un nuevo relámpago iluminó la tarde moribunda. Varios de los que no conocían a mi primo lo miraban con una mezcla de fascinación y miedo, principalmente aquellos matones que no se despegaban aún de mi padre. Y los policías. Y la nana familiar.

—No quisiera alarmarte, Frankenstein —dijo de pronto Henry Clerval, a mi oído—. Pero tu novia se quedó en la casa.

—¿Quéeee?

—Quisiera poderte decir que es una conjetura —añadió Henry— que se desprende del hecho de que no se le ve aquí afuera, pero no. Ya entré y lo comprobé. Está haciendo todo lo posible por que no la aplaste la casa mientras sostiene una viga.

Capítulo 30

Cuando Víctor despierta, está en otro lado, rodeado de la gente de la posada. Corre de vuelta a la habitación y nota marcas de dedos en el cuello de Elizabeth. Contempla entonces al monstruo del otro lado de la ventana, sonriente y sardónico. Le dispara con la pistola pero éste huye arrojándose al lago. Lo persiguen con barcos y redes pero en vano.

Corrí a la casa. O quizá sea mejor decir que corrí al cúmulo de rocas y troncos y tierra que cubría la casa.

—¡ELIZABETH! ¿Estás ahí?

El único que me acompañó fue Otto.

—¿Se quedó alguien atrapado, primo?

—Sí. Mi esposa.

—¡Válgame!

Sin pensarlo dos veces, comenzó a retirar las piedras.

Ustedes no creerían esto aun si lo vieran con sus propios ojos, pero les juro que fue así. Tomaba con sus manos piedras tan enormes que por lo menos debían pesar media tonelada y, si no las levantaba por encima de su cabeza, las empujaba para retirarlas del paso. La lluvia no le facilitaba el trabajo pero él no cejaba. Afortunadamente la tierra no había conseguido cubrir por completo el edificio colapsado y sólo tenía que arrojar objetos, no excavar en el lodo. Así, se deshizo de un par de troncos y muchas rocas hasta llegar al escombro de la casa. Arrancó un pedazo de muro para poder mirar al interior. Y aunque yo no estaba muy convencido de que fuese buena idea, me acerqué también, atisbando por el mismo hueco.

Otto tuvo que acceder a la casa a gatas, por debajo de la vencida marquesina del frente.

Entonces fui testigo de un milagro…

… que hizo que el corazón me diera un vuelco. El mismo vuelco que padecería un buen pedazo de bistec colocado sobre una parrilla ardiente.

Vi, con los últimos estertores de luz del atardecer moribundo, cómo los ojos de Elizabeth se encendían. (Es una metáfora, claro, pero en este caso una que bien podría reemplazar a los precarios rudimentos de la realidad.)

La mujer más fuerte del mundo, sosteniendo la casa que amenazaba con vencerse sobre ella, contempló al hombre más fuerte del mundo entrando a rescatarla. Y sus ojos se encendieron. Lo miraron como estoy seguro no había visto jamás a nada o a nadie en el mundo. (Dejémonos de metáforas. Los ojos de Elizabeth en verdad despedían una luz incandescente.)

—Señora… —dijo Otto—. ¿Está usted bien?

—Más o menos —dijo Elizabeth. Y creo haber detectado también un poco de rubor en sus mejillas—. Si dejo de soportar esta viga, la casa se vencerá por completo y lo más probable es que acabe conmigo.

—Permítame —dijo Otto acercándose.

Recuerdo que fue ahí cuando pensé: "Ahora lo verá y sus ojos se apagarán".

Y sí. Lo vio.

De cerca.

Pero de apagarse, nada.

Acaso ése fue el verdadero milagro, pues el brillo de su mirada no mermó. Y el rubor de su tez tampoco. Elizabeth Frankenstein, antes Lavenza, la mujer más fuerte del mundo tanto de cuerpo como de carácter, oficialmente había sido fulminada por Otto A Secas como nunca antes en la vida, por nada o por nadie en el Universo entero. Lo sé porque he estado pendiente de ella por una buena cantidad de años, cosa que ustedes saben muy bien.

Otto se puso de rodillas, pues de ninguna otra manera hubiera podido llegar a la altura en la que ella sostenía la viga. Liberó la capa de Elizabeth, atrapada debajo de un librero que había caído. Levantó los brazos y liberó del peso a mi prima. Quien al fin dejó la viga. Pero no de mirar a Otto.

—Ahora puede usted salir —dijo él, pasados unos instantes, al notar que Elizabeth no se movía.

—Pero… ¿qué pasará con usted? —preguntó ella, verdaderamente preocupada.

—Ya me las arreglaré.

—Tal vez podamos traer algo con qué apuntalar el techo y…

—Le suplico que salga, antes de que esto se venza y todo se venga abajo.

Elizabeth dudó pero echó a correr hacia fuera. Me hice a un lado para que pasara. La lluvia, repentinamente, comenzaba a perder fuerza. Fui a su lado pero, para Elizabeth, me había vuelto tan fantasmal como Clerval. Aunque, a decir verdad, lo mismo parecía haber pasado con el resto de la concurrencia. Y el Universo entero. Pues su atención estaba puesta, por completo, en la casa y en ese pequeño hueco por donde todavía había podido salir.

Conteníamos el aliento. Todos.

Y mirábamos hacia el mismo punto. Supongo que, aunque nos negábamos a admitirlo, ya sabíamos el desenlace.

Un par de minutos pasaron antes de que escampara.

Otro para que la casa se derrumbara por completo.

Y uno más para que yo notara que las lágrimas de Elizabeth eran genuinas, no lluvia en sus mejillas.

Y que la luz en sus ojos se había apagado por completo.

Quise tomarla del antebrazo pero ella se apartó con gentileza.

—Vaya acto de heroísmo —exclamó Ernest, aquel niño que había tardado tanto en decir sus primeras palabras que, cuando abría la boca, siempre hacía la diferencia.

Un par de manos comenzó a aplaudir. Pertenecían a uno de los matones en pos de mi padre. Se le unió su compañero. Al poco rato, todos aplaudían. Todos menos Elizabeth y yo. Ella porque parecía traspasada por un súbito dolor. Yo, porque me sentía entumido por el frío. Y también un poco, ciertamente, porque me atenazaba las manos un horrendo demonio inesperado. Uno que hasta ese momento yo no conocía en lo absoluto. El monstruo de los celos.

Con todo, sabía que eso había terminado. No de la mejor manera, pero había terminado.

Intenté tomarla del antebrazo y volvió a apartarse.

—Trescientos veintitrés —dijo.

—¿Cómo?

—Los conté, Víctor.

—¿Qué contaste?

—Los segundos que pasaron antes de que gritaras mi nombre.

Me sentí tentado a preguntarle si siempre que estaba en una situación de peligro como ésa se ponía a contar para matar el tiempo, pero comprendí que no resolvería nada. Me esforcé por dar con las palabras correctas.

En verdad me esforcé, lo juro.

—Se rompió tu capa. Es una lástima. Conozco un sastre que...

Viró el rostro para mirarme. Y no había rencor o cosa parecida en él. Pero tampoco luz.

—Te dije que lo tuyo era sólo un capricho.

Torcí la boca y pensé en una nueva salida. No la hallé. Evidentemente.

—Hay un buen hotel en Evian, me han contado. El desayuno incluye una copa de cortesía. Curioso, ¿no? Una copa en el desayuno. ¿Quién lo diría? Debe de ser por esa gente que tiene muchos motivos para festejar desde temprano. No sé… Se me ocurre que…

El abogado Leinz, como había hecho en el interior de su ahora destrozado despacho, levantó la mano. Y todo el mundo calló.

—¡Escuchen!

Yo, la verdad, no escuché nada. Probablemente porque tenía los oídos cubiertos por las terribles garras del horrendo monstruo de los celos, quien se encarnizaba conmigo.

Apareció Henry Clerval. Frente a todos. Surgía de entre los escombros. La noche ya nos cubría. Acaso por eso es que todos pudimos verlo perfectamente.

—¡Está vivo! —gritó—. ¡Ayuden!

Había sido un día tan lleno de prodigios que nadie quiso cuestionar por qué de pronto un espectro aparecía de la nada para pedir ayuda. Henry volvió a meterse entre las ruinas de la casa y todos acudieron a hacer lo que pudieran. Todos, excepto yo, claro, que seguía entumido. Y un poco paralizado por el abrazo inmovilizador del horrendo monstruo de los celos, ciertamente.

Fue Elizabeth la que acudió en primer lugar. Ya se disponía a levantar un buen pedazo del vencido piso superior, cuando se escuchó el ruido de algo que crujía.

Luego, algo que se agrietaba y rompía.

Luego, algo que, casi con música triunfal… surgía.

Así que no fue necesaria ninguna ayuda.

Otto, por sí mismo, apareció entre los escombros como haría una bestia milenaria que vive en el cobijo de la tierra y ha despertado de un sueño de mil eras.

No exagero.

Emitió un rugido y todo.

Logró desprenderse de todo aquello que lo apresaba. Y de entre la piedra, la madera, el vidrio, el metal, la tierra y el lodo pudo, al fin, salir. Lastimado pero en una pieza.

Todos volvieron a aplaudir. Yo, aunque seguía entumido por las razones que ustedes ya conocen… también me uní. Y mi corazón volvió a dar un vuelco. El mismo que padece un pedazo de bistec en la parrilla cuando ya ha adquirido buen color de un lado y se le da vuelta para que se dore bien del otro lado. Los ojos violetas de Elizabeth volvieron a emitir fulgores. Brillaban como para dejar ciego incluso a DeLacey. Y estaba en primera fila para recibir al héroe.

Otto caminó por encima de las ruinas con sus pesados zapatones y su ridículo traje que le venía chico, lleno de polvo y tierra. Ahora era la Luna la que nos alumbraba. Hasta las nubes me traicionaban en un momento como ése, he de decir con amargura.

Cuando al fin bajó mi primo de entre todo aquel cascajo, sonreía. Y agradecía, benevolente, ante los aplausos, que se apagaron poco a poco.

La Luna no ocultaba en lo absoluto su fealdad, pero Elizabeth no dejaba de mirarlo como si fuese un ángel y no un demonio. Me vi en la necesidad de acercarme. E interponerme entre ellos, claro.

—¿Se encuentra usted bien? —ya le preguntaba Elizabeth a Otto.

—Sí, muchas gracias, señora —ya le contestaba Otto a Elizabeth.

—Señorita.

—No la comprendo. ¿Qué no, acaso...?

Apenas pude interrumpir la charla.

—Oh, qué descortés de mi parte. Permítanme presentarlos. Otto es aquella criatura horrible y espantosa que creé en un laboratorio, querida. ¿Recuerdas que lo mencioné? Un experimento fallido que ojalá jamás hubiera ocurrido. Vete, Otto.

—Eso significa que es usted nuevo en el mundo y no está comprometido o cosa parecida —dijo Elizabeth—. ¿Verdad?

—No estás captando el punto, querida —volví a intervenir, pero me sentía más invisible que Clerval en esos instantes—. Vete, Otto.

—Ummh... no, no estoy comprometido, señora...

—Veeeeteeeee, Otto —hacía yo todo lo posible por empujar a mi primo, pero no conseguía sacarlo de sitio un solo centímetro.

—Oh. Llámame Elizabeth. Y yo tampoco tengo compromiso alguno —se apresuró a aclarar ella.

Para entonces, todos rodeaban a la extraña y peculiar pareja. Que no se quitaba la vista de encima. Y que ejercía sobre todos un extraño embrujo.

—No creo que eso sea tan exacto, querida, pues... —dije, molesto.

—Ninguno de nosotros firmó —volvió a decir ella—. Y tu padre ni siquiera ofició una ceremonia. Apenas hizo una declaración a la carrera que no creo que tenga ninguna validez.

—Por mí —dijo mi padre—, como si éste hubiera sido un día completamente perdido. Lo único que puede salvarlo aún es que pueda volver a casa a emborracharme antes que los invitados terminen por completo con el vino. Con su permiso.

Había sido un día tan lleno de prodigios que nadie quiso cuestionar la decisión de mi padre cuando, sin decir más, emprendió el camino de vuelta bajo la luz de la Luna. Aquellos dos custodios que originalmente tendrían el encargo de ahorcarlo con su propia corbata si no pagaba, quizás hartos de tanto desbarajuste, simplemente se le unieron. Incluso comenzaron a entonar una canción mientras andaban a su lado.

Casi enseguida se les unió también la nana. Y los dos policías.

Y Primero.

Y Segundo.

Y el embrujo de Elizabeth y Otto sobre el resto de la comitiva continuó ejerciendo su poder. Yo no dejaba de hacer el ridículo, intentando mover la enorme mole de mi primo, sin éxito. En realidad el asunto entero se fue al demonio cuando él, el monstruo, la criatura, el engendro, tomó el cuello de mi prima con sus enormes manazas y dijo:

—"Acto quinto. Escena primera. Mantua. Una calle. Entra Romeo. Romeo: Si puedo fiarme de la lisonjera sinceridad del sueño, mis sueños presagian que se aproximan algunas gozosas noticias: el soberano de mi pecho está alegremente sentado en su trono, y durante todo el día, un espíritu desacostumbrado me eleva por encima del suelo con pensamientos animosos."

Elizabeth sólo lo miraba como si lo último que deseara en la vida fuese que le quitase las manos de encima.

—En toda mi vida, hasta el día de hoy —continuó Otto—, jamás creí sentir por alguien lo que siento en este momento.

Todos los rubores acudieron al rostro de Elizabeth. Todos. Absolutamente todos.

—Bueno... tampoco es que hayas tenido una larga vida, ¿no, Otto?

—Jamás hablé más en serio en toda mi vida. Corta o larga.

—Bueno. Entonces permíteme decirte, Otto, que durante toda mi vida, larga o corta, hasta el día de hoy, jamás creí que conocería al hombre correcto.

Definitivamente ése fue el momento en que el asunto entero se fue al demonio.

—¡Bien hecho, jefe! —vitoreó Ágata.

—¡Bravo! —se le unieron los demás.

Literalmente me escurrí hasta el suelo, completamente vencido. Derrotado. Si en ese momento algún mapache hubiera acudido a robarme la cartera o algún oso a hacerse un emparedado con mi hígado, no habría opuesto ninguna resistencia.

—Te parecerá extraño, Otto… —dijo Elizabeth con dulzura—, pero tengo planes de ir al Polo Norte. ¿Te gustaría acompañarme?

—Nada me gustaría más que eso —soltó el monstruo, la criatura, el engendro, el espantajo, el adefesio, el hijo de Lucifer, la aberración de aberraciones, la abominación de abominaciones, la deformidad de deformidades, el…

En fin.

Ahí, tirado, en el camino desierto, con el blanco frac lleno de porquería, contemplé a Elizabeth, a Otto, a DeLacey, a Ágata, a William, a Ernest, a Safie, a Félix y a Igor Waldman marcharse como una partida de locos. Todos contagiados por la luz del amor repentino. Todos deseosos de formar parte. Todos anhelantes de compartir un futuro. Y el mismo propósito de vida. Y el mismo destino. Todos. Juntos. Como una partida de malditos locos insensatos.

Me deprimí enseguida, claro. Porque ninguno de ellos miró hacia atrás. Ninguno.

O bueno… tal vez uno.

—Espero no te importe, Frankenstein, pero…

Se trataba de Henry Clerval. Quien flotaba a pocos metros de mí. Y se mordía las espectrales uñas de sus espectrales dedos. Parecía un poco apenado. Sólo un poco.

—Suena como un buen plan.

—"¿Tú también, Bruto, hijo mío?" —exclamé.

—¿Cómo?

—Nada. No te fijes. Sólo cito a Shakespeare, como parece haberse puesto de moda. Es de una de sus obras más románticas, ¿sabes? Es lo que le dice César a su hijo Bruto ¡CUANDO ÉSTE TAMBIÉN LO APUÑALA POR LA ESPALDA!

—No me lo tomes a mal, Frankenstein. Considera que yo ya estoy muerto. Y necesito de este tipo de aventuras para no aburrirme.

—También podrías, no sé, quedarte conmigo y leer los libros que yo lea sobre mi hombro. Y comentarlos. Puede ser toda una aventura.

—Lo siento.

—Vete ya, Henry.

—Gracias.

Así, mi gran amigo voló en dirección al grupo de traidores que acababa de dejarme ahí tirado. Para quedarme solo.

Completamente solo.

Absoluta e irremediablemente…

—¿No le ha pasado, Frankenstein? —dijo el testaferro, a pocos metros de mí, también tirado en el lodo, mirando su despacho destruido en su totalidad—. ¿No le ha pasado que hay días en los que siente que su vida entera no ha servido absolutamente para nada?

—Supongo que no tendrá un arma en estos momentos consigo. ¿Verdad, abogado?

—Oh… no se preocupe. No me quitaría la vida. Aunque tuviera una pistola en mi poder ahora mismo, no lo haría.

Preferí no aclararle que el arma la estaba pidiendo para mí. Y no para quitarme la vida. Sino para ir en pos de un hatajo de traidores.

Con todo... no dejó de parecerme curioso. Ahí estaba aquel hombre que tal vez me triplicaba la edad, tirado en el suelo, lamentándose por el curso de una vida que, de todos modos, no abandonaría por iniciativa propia así tuviera los medios para hacerlo.

—¿Y qué es lo que lo hace desistir?

—¿De pegarme un tiro? —acertó en preguntar.

—Eso.

—¿En verdad desea saberlo?

—Claro.

—¿Quiere saber qué es lo que me hace desistir de pegarme un tiro si hoy el deslave acabó con el fruto de décadas de arduo, muy arduo trabajo y lo más probable es que tenga que volver a empezar desde cero a pesar de mis setenta y cuatro años de edad?

—Si no es mucho pedir.

—Mi esposa hace un cerdo en salsa bechamel como para morirse, amigo mío. Y mañana toca.

—Oh. Comprendo. Un cerdo... en salsa... ¿Y mañana toca?

—Mañana toca.

Capítulo 31

Cuando los perseguidores del monstruo vuelven, después de horas, Víctor se refugia en el hotel; la gente continúa la búsqueda por los bosques. A pesar de sentirse afiebrado, como suele ocurrirle, decide volver cuanto antes a Ginebra por el lago. Su padre y Ernest están bien, pero el viejo muere pocos días después incapaz de sobreponerse a tan terribles sucesos.

Volví a Ginebra apenas para encontrar la casa completamente saqueada, desmantelada y despellejada hasta el hueso debido a tres razones: la fiesta, los acreedores y los amantes de lo ajeno. Espero que en ese orden. Los buitres no dejaron más que el cadáver de mi padre, muerto por congestión alcohólica, y apenas con lo que traía puesto. La nana apareció a los tres días, con una cruda de miedo, y se quedó conmigo sólo para enterrar a mi padre, vender la casa, cobrar sus salarios caídos y despedirme con un beso en la frente.

"Siempre fuiste mi favorito, Víctor", dijo al partir.

No le creí, por supuesto.

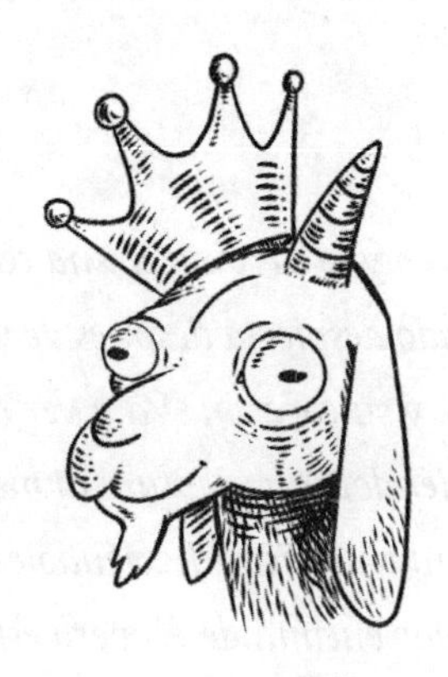

Capítulo 32

Víctor enloquece un poco y lo arrojan a una celda solitaria en calidad de demente. Cuando despierta después de varios meses sólo hay venganza en su mente y su corazón. Va a ver a un magistrado y le cuenta su historia pidiéndole que capture al monstruo y lo castigue. El juez intenta desalentar a Víctor haciéndole ver que el engendro ha demostrado estar por encima de él, pero éste está obsesionado y sale a toda prisa a dar inicio a su persecución. Se propone abandonar Ginebra pero antes jura ante las tumbas de William, Elizabeth y su padre, que dará con el demonio. Una carcajada se burla de él, lo que delata que el monstruo está al pendiente de sus actos.

Comprendí que lo único que podía hacer ya, en la vida, era dar cauce a mi venganza, así que decidí utilizar el poco dinero que me había quedado después de pagar a la nana su pensión para enfilarme hacia el Polo Norte a dar caza al monstruo y sus esbirros.

Cuando tomé la decisión, una sonora carcajada consiguió sacarme de mis abstractos pensamientos. Por un momento creí que se trataría de él, de la criatura, acechándome, lo que me hizo sentir un terror como no había sentido uno igual antes.

Luego recordé que me encontraba en la butaca de un teatro observando una comedia bufa con el fin de distraerme y me dejé de tonterías.

Pero puse mi plan en marcha de inmediato.

Bueno…

En realidad después de que cayera el telón y una de las actrices de la obra se negara a aceptar mi invitación para llevarla a cenar.

Capítulo 33

Inicia una persecución que lo lleva hasta los confines del mundo, donde ocurrirá el terrible desenlace.

Pues eso.

Diario de Robert Walton (continuación)

*26 de agosto de 17***

Querida Margaret, estarás de acuerdo conmigo en que es un relato como para helarte la sangre.

Bueno... es un decir.

Finalmente tú estás entre los mullidos cojines de tu salón con chimenea mientras yo sigo aquí, escribiéndote con dedos completamente entumecidos y habiendo perdido la sensibilidad en el rostro. Justo hoy en la mañana me corté al afeitarme y no sentí absolutamente nada, cosa que no mencionaría si no fuese porque vi caer un pedazo de mi nariz a la escudilla. Te lo menciono por si nos volvemos a ver y notas algún cambio en la faz de tu querido hermano.
En todo caso, el relato de Frankenstein culminó con las siguientes palabras, tan extrañas como enigmáticas:

"A fin de cuentas, amigos... ¿Qué hay de malo en que un pollo corra feliz por los campos?"

Dicho esto, suspiró y miró en derredor.

Los marinos y yo lo contemplamos largamente, esperando el remate, que nunca llegó.

Fue el contramaestre quien levantó la mano para hablar.

"¿Las cuatro bolsas son chicas, grandes o de tamaño regular?"

A lo que Frankenstein respondió.

"Lo desconozco, pero estoy un treinta y tres punto tres por ciento seguro de que son de tamaño regular."

Luego, se puso en pie y se desperezó, estirando el cuerpo en todas direcciones.

"Ésa fue la versión breve del relato. Cualquier otro día les cuento la versión extendida, si se sienten con ánimos. ¿Qué hora es, por cierto?"

El jefe de la cocina sacó un reloj de un cajón y lo miró. Al devolverlo a su sitio dijo:

"Son… casi una semana después."

"Ah", soltó Frankenstein. Y salió de la cocina para volver a cubierta, donde se quedó fumando un rato.

Para mi suerte, su historia hizo más real la promesa de una fortuna si continuábamos en dirección de aquellos trineos que habíamos visto pasar tres semanas atrás. Así que los marinos no tuvieron problema en seguir dirección norte y hasta volvió la cordialidad a la nave.

No obstante, yo sentía que algo había cambiado en el tono y el semblante de nuestro invitado una vez que terminó su relato. Parecía ser otra persona que la que había subido al barco, así que me propuse interpelarlo en cuanto tuviera oportunidad.

2 de septiembre

En efecto, querida hermana. Víctor Frankenstein ha estado bastante inmerso en sus propios pensamientos. Acaso el contarnos su vida lo hizo replantearse algunas cosas.

Con todo, no suelta la sopa. Pero sí come de ella cada vez que convocamos a la cena.

La nueva noticia es que volvimos a quedar atrapados entre icebergs. No hay modo de continuar ni hacia el norte ni hacia ningún otro lugar.

Dos marinos, ciegos por la ambición, saltaron la borda y decidieron continuar a pie, sobre el hielo. A los veinte metros de avance tuvimos que ir a rescatar sus petrificadas figuras recortando el horizonte.

De Frankenstein no obtenemos más que frases aisladas de este corte:

"¿Qué hay de malo en que un pollo quiera conocer a sus nietos o poner un delikatessen?"

Sólo dejó de preocuparnos porque empezó a ayudar en ciertas labores del barco, como los libros contables, a los que les hizo unos márgenes muy derechos.

5 de septiembre

Ocurrieron un par de incidentes que vale la pena mencionar, Margaret.

El primero es que tuvimos un nuevo conato de motín.

"¡Nos rehusamos a continuar! ¡Es una empresa sin esperanza alguna! ¡Volvamos a Inglaterra antes de que la muerte nos visite!"

Me hubiese preocupado si el motín no hubiese estado conformado por un solo hombre, aunque hablara en plural con tanta vehemencia.

"Oiga, Frankenstein... ¿no era usted el que quería llegar al Polo a dar muerte a los que lo traicionaron?", repuse. "Además, como verá, la nave no puede moverse un centímetro en ninguna dirección."

"¿Cuál es el problema de que un pollo desee poner una granja de vacas, becerros y pollos si así le apetece?", fue su respuesta.

"Usted nos prometió una cuantiosa fortuna", gritaron varios de los valientes marinos que lo confrontaron, cosa que no requería demasiada valentía considerando que Frankenstein, al amotinarse, blandía un pescado.

"Serénese, amigo mío", lo conminé. "Tenemos vodka y un propósito en la vida. ¿Qué más se puede pedir?"

Él repuso algo sobre un pollo estudiando el movimiento de los astros antes de echarse a correr a su camarote.

El otro incidente que quería contarte es que una terrible ventisca nos envolvió durante la tarde. No podías ver más allá de tu nariz. Y el frío te hacía sentir que si abrías por completo los ojos, jamás podrías volver a cerrarlos.

Bueno, ése no es el incidente en realidad, sino este otro: justo hoy se cumplió un mes del último pago de abrigo de oso, y los cobradores vinieron puntuales a buscarme.

7 de septiembre

La suerte está echada. Ya no tenemos muchas provisiones. Aun así, he consentido que, en cuanto ceda el glaciar, seguiremos adelante. Los marinos no dejan de hablar de aquello en lo que gastarán el oro cuando lo tengan en su poder.

Por la mañana me acerqué a Frankenstein y le ofrecí mi "a-pollo emocional". No captó el chiste, así que lo repetí varias veces, sin éxito. Decepcionado, volví a cubierta.

12 de septiembre

Todo se acabó. Los hielos comenzaron a moverse desde el 9 de septiembre, lo que significa que podremos partir cuanto antes.

He perdido toda esperanza de realizar una hazaña útil y gloriosa. Al demonio. Una buena cantidad de dinero lo suple todo. Ayer comimos un tablón asado y no nos pareció tan de mal gusto.

Desde el día 11, cuando el hielo se desprendió por completo y fuimos arrastrados en dirección al norte, los marinos empezaron a cantar y bailar sin motivo alguno. Un par de ellos incluso inició una relación sentimental.

Al oír la algarabía, Frankenstein me preguntó qué pasaba. Llevaba varios días sin salir del camarote.

"Gritan, cantan, bailan y hacen pirámides humanas porque seguimos hacia el Polo Norte", respondí.

"Entonces", repuso Frankenstein. "¿Quiere usted continuar?"

"Desgraciadamente no puedo impedirlo. No puedo negarles ir al peligro y tal vez hasta a una muerte segura contra su voluntad. No me queda más remedio que seguir."

"Hágalo, si lo desea, pero yo no lo haré."

Un arrebato lo obligó a saltar por la cubierta como si con la frase anterior tuviese que cerrar una puerta de golpe, lo cual habría estado muy bien de estar en un edificio con puertas.

En cuanto lo devolvimos al barco y lo reanimamos lo suficiente, pudimos al fin tener la conversación que no sostuvimos desde que terminó su relato y comenzó a desvariar respecto a la vida secreta de los pollos.

"Gracias por el té caliente", me dijo apresando la tacita que le ofrecí en mi camarote.

"Ummh… hace días que nos quedamos sin té", admití. "Pero uno de los marinos accedió a prepararle una bebida caliente."

"Oh."

"Creo que será mejor si desconoce su origen"

“Oh.”

“Lo importante es que lo ha reanimado. Ahora dígame, Frankenstein. ¿Cuál es el final? Porque sus hojas prometen un terrible desenlace. Y usted no deja de perorar que si los pollos esto o los pollos lo otro.”

Miró la tacita humeante y, encogiéndose de hombros, volvió a tomar.

“Hay muchas maneras de desplumar un pollo”, soltó. “Tantas como formas de contar una historia.”

Creí saber por dónde quería ir. Finalmente, yo también había escuchado el relato. Así que se lo dije:

“No está usted obligado a obedecer designio alguno, Frankenstein. Si es usted un personaje, simplemente viva lo que tenga que vivir. No se ciña a nada. Atrévase, simplemente, a ser feliz. Ya se lo dijo su gran amigo, Henry Clerval. Ahora se lo repito yo, su gran amigo Robert Walton: sea feliz, si puede.”

Quise dar dramatismo al asunto y saqué de entre los libros de contabilidad las hojas que le habían servido para contar su vida.

“El trazo del desAtino”, decían. Ahí estaban, súbitamente. Lo habían acompañado por años y años y ahí, en el punto más perdido del planeta, estaban. En mi poder.

Las rompí.

En minúsculos pedacitos.

Al tiempo en que aduje:

“¿Quiere saber qué habría pasado si el pequeño Wolfgang, en vez de practicar todos los días el piano se hubiese dedicado a corretear por los jardines? Tal vez su hermana habría tomado la iniciativa y tendríamos cien sinfonías en vez de cuarenta y una. Tal vez habríamos llegado ya a la Luna. Tal vez Catalina la Grande habría huido con el jardinero. No lo sabemos. Nadie lo sabe ni lo puede saber. ¡Y maldito sea el Universo entero y todos los siglos desde la creación del hombre si eso nos tiene que quitar el sueño!"

Confeti. Sólo quedó confeti en el suelo. Pero Frankenstein no pareció mostrarse afectado.

Me sentí desilusionado.

Esperaba que gritara, que se arrojara al suelo, que me insultara. En cambio, se levantó la manga del brazo derecho y me mostró. Había cambiado el tatuaje aquel por un borrón negro que pretendía ser un tiburón con la boca abierta.

"No está mal. ¿Quién se lo hizo?"

"El contramaestre. Diez kopeks. ¿Le gusta?"

"Bastante. Qué bueno que le pagó por anticipado. El hombre tiene la horrible costumbre de tatuar lo que le venga en gana si no le pagan por adelantado. Hubo un hombre que conoció en un viaje y quería un lobo. El contramaestre le tatuó un letrero que ponía 'Coma en Joe's'. Pero eso, claro, usted ya lo sabía."

"El asunto...", continuó Frankenstein en cuanto terminé mi perorata (el baño de agua helada le había sentado bien), "el asunto... es que cuando me subí en el tren de la venganza, cuando empeñé mi dinero y mi voluntad en venir en pos de Otto y su cuadrilla de ingratos, acariciaba todavía la posibilidad de esa fama que le comenté al subir al barco. ¿Recuerda? Aún me parecía que podía, mi apellido, ser parte de la grandeza humana, aunque fuese como emblema de lo oscuro y lo terrible. Pero el recuento de mi vida me permitió darme cuenta de una cosa. Una cosa fundamental".

"¿Y cuál es, si se puede saber?"

"Que tal vez haya cien formas de desplumar un pollo. Pero hay un millón de formas de no desplumarlo. Y es en ese millón de posibilidades donde están las verdaderas y más maravillosas decisiones de la vida. Aprender pintura. Poner una barbería. Hacerse de un tatuaje de tiburón. O de serpiente. O de payaso..."

Colocó la tacita a un lado y se aproximó a mí. Sus ojos echaban chispas.

"Sé que la señora Shelley, en su momento, hará grandes cosas conmigo. Lo presiento. Sé que en algún relato alternativo soy capaz de crear un engendro terrible y monstruoso, un ser capaz de sembrar la muerte y la desolación. Pero en éste, amigo Walton... en éste, acaso simplemente pido renunciar a la grandeza porque me apetece más fabricar queso de cabra y conocer a mis nietos. ¿Comprende usted?"

Me pareció que algo se gestaba ahí. Algo importante. Aunque no alcanzaba a dilucidarlo con exactitud, Margaret, para serte honesto.

Por un lado, la conquista del Polo Norte. Por el otro, llevar a los niños de la mano a la escuela.

"¿Comprende usted?"

Yo no sabía si en realidad comprendía.

Tomé la tacita y también le di un buen trago reparador.

Entonces ocurrió algo en verdad imprevisto. Una voz a nuestras espaldas dijo:

"Yo sí que te comprendo, primo."

Me giré y contemplé al hombre más alto y más poco agraciado que haya yo visto en vida, encorvado en la puerta de mi camarote. Vestía un traje que le venía corto. Y lucía una sonrisa que te hacía olvidar su, digamos, falta de apostura por un par de segundos.

"Hola, Otto", dijo Frankenstein.

"Hola, Víctor", dijo la criatura.

Entró y se sentó en una silla. Que rompió al instante. "¡Qué descuido! Perdóneme, capitán. ¿Está bien si permanezco de pie?"

"Está muy bien", dije, haciendo a un lado los trozos de madera. Pensé que tal vez podríamos comerlos en los días siguientes.

"¿Cómo supiste que estaría aquí, primo?"

"Compré un anillo de compromiso a plazos. El hombre que vino ayer a cobrarme al campamento que instalamos a algunas millas del Polo me contó de la existencia de este barco y de su tripulación. Le compraste una loción para después de afeitar y una suscripción a una enciclopedia, ¿no es así?"

"Gracias por venir, Otto."

"De nada. Creo que teníamos..."

"...una conversación pendiente. Sí."

Ambos guardaron un respetuoso silencio mientras yo los contemplaba con interés. ¡Quién lo dijera! ¡Protagonista y antagonista, juntos en el mismísimo desenlace de una obra! Aunque tengo que admitir que era difícil decir quién era quién.

"Te debo una disculpa, Víctor. Te robé a la novia."

"No me robaste nada. La verdad es que sólo estaba encaprichado con ella. Nunca la quise. Y ella a mí, menos."

"Haces que descanse mi alma, primo. Sentí que me había comportado como un monstruo."

Frankenstein le sonrió de un modo peculiar. Tan peculiar que me hubiera gustado poder ser un maestro extrarrápido del pincel y plasmarlo de esa manera en un lienzo, porque hay gestos que merecen ser inmortales.

"Escúchame bien, Otto. En este embrollo de historia hubo un montón de espantajos y alimañas. ¡Monstruos hasta decir basta! Y, con todo... el más humano siempre fuiste tú. Que eso te quede claro. ¿Entendiste?"

Víctor apretó la mano de Otto y éste le correspondió de igual manera.

Finalmente, un par de nuevas sonrisas replicadas.

"Fue divertido, ¿no, primo? El 'Teatro sin paredes' y todo eso."

"Algo así, primo"

"¿Qué harás ahora?"

"No lo sé. Tal vez me dedique a escribir novelas. Me dieron ganas de hacer pasar a otros por lo que pasamos nosotros dos. ¿Y tú?"

"Pues... Elizabeth tiene interés en hacer crecer su espectáculo. Tal vez aparezca yo. Podría ser 'el Príncipe de las Tinieblas', ya ves que me sale muy bien. Por lo pronto, la estoy convenciendo de que, si damos con el dinero de tu madre, lo usemos para devolver todos los préstamos de calidad que tomó nuestra banda. Ya le dije que, entre todos, bien podemos sacar adelante el circo sin echar mano de ese oro. ¿Sabías que ya hasta contamos con un espectro real?"

"No. No sabía, pero me da gusto."

Otto extendió su mano y estrechó la de Víctor de nueva cuenta.

"Por cierto... ¿tienes algún inconveniente en que ocupe tu cabaña en Cola Espinosa de Cabra? De pronto le he tomado cariño a esos cuadrúpedos cornudos."

"Ningún inconveniente, primo. Salúdalos de mi parte. Espero en verdad que algún día encuentres una novia que te quiera."

"Oh... no es importante en realidad. Puedo perfectamente envejecer solo", dijo Frankenstein, pensativo.

Quise intervenir para decirle que así sería prácticamente imposible que conociera a sus nietos, pero preferí no ensuciar el momento.

"Creo recordar que haces unos panqueques como para morirse", dijo Otto. "Tal vez no sería mala idea que te dedicaras a eso."

Y, dicho eso, desapareció por la puerta.

Siguió entonces un incómodo silencio que nos tuvo atenazados por un rato a Frankenstein y a mí.

Un silencio que, afortunadamente, fue aniquilado por un estruendo.

Específicamente, un estruendo de cañón.

"¡Capitán!", se escuchó el grito de alguno de mis hombres. "¡Nos atacan!"

Víctor y yo nos miramos con el mismo signo de interrogación dibujado en la cara.

"¡Capitán! ¡Piratas!"

Nos levantamos al instante y salimos del camarote para acceder a cubierta, donde ya estaba la tripulación mirando por encima de la baranda del *Piggyback*. El mismo Otto se encontraba aún ahí, entre los marinos, también contemplando el extraño espectáculo con curiosidad.

No se trataba propiamente de piratas, pero dadas las circunstancias...

Cinco pequeños botes nos rodeaban.

Los cinco, tripulados por mujeres. Todas ellas con aspecto de matronas que han trabajado duro toda su vida, robustas y de tez curtida por el sol. Todas menos una.

Entre la singular tropa de damas con abrigos y espadas que apuntaban hacia nosotros se encontraba una muchachita escuálida con una pañoleta amarrada al cabello. Y un parche en el ojo. Y que a leguas se apreciaba que era la lideresa.

La bandera con la calavera y las tibias cruzadas de cada barco estaba bordada a mano, por cierto. Eso se apreciaba perfectamente.

"¡Frankie! ¡Gracias a Dios! ¡Creí que no volvería a verte!", gritó la muchachita.

Víctor no dijo nada, pero a leguas también se notaba que algo en su mirada se encendía.

"¡Justine! ¿Qué demonios haces aquí?"

"¡Te rescato! ¡Supe que te tenía secuestrado una punta de bribones! ¿Es eso cierto?"

"Eh... no exactamente."

La chica no bajaba la espada. Ni tampoco mostraba temor alguno.

"¡Una palabra tuya y los haré pasar a todos por el filo de mi acero!"

"No es para tanto, Justine. ¿Cuándo perdiste un ojo?"

"Eh... no lo perdí. Pero estaría feliz de perderlo si con ello salvo tu vida. En realidad es para estar a tono. ¿Te gusta?"

La brisa refrescaba. La tarde caía. Y aquello podía terminar en una verdadera masacre, lo podías decir por las caras con que nos veían aquellas corsarias domésticas.

"¿Exactamente qué pretendes, Justine?", dijo Víctor al cabo de un rato.

Ahora sí pareció temer un poco aquella delgadísima amazona. Titubeó al sostener en alto su espetón, aunque sólo un poco.

"Frankie...", dijo. "Yo sé que no tengo mucho para ofrecer. Sé que tú eres un reconocido científico, capaz de hacer verdaderos prodigios en un laboratorio y yo sólo soy una chica que tiende bien las camas y que nunca ha dejado de quererte. Pero te aseguro que aventuras nunca te van a faltar si vienes conmigo. Y un buen baño caliente siempre que lo necesites. ¿Qué me dices?"

Frankenstein podrá negarlo, pero sus ojos destellaban todas las luces del crepúsculo en ese momento. Te lo puedo jurar sobre la tumba de nuestra madre, Margaret.

"Bueno... también podríamos poner una cafetería donde la especialidad de la casa sean los panqueques en un pueblo apartado del mundo. ¿Qué te parece, Justine?"

Aquella muchacha sonrió de tal forma que se derritió un par de témpanos que todavía nos estorbaba el paso al Polo Norte, lo cual fue una gran fortuna.

"Claro, también eso, Frankie. Si tú quieres."

Fue entonces que Frankenstein saltó veloz por la cubierta del barco hacia ese pequeño bote que minutos antes había hecho tronar su único cañón contra nosotros y que, como por arte de magia, las olas se llevaron rápidamente, perdiéndose en la oscura lejanía.

Otto aprovechó esto para subir a la borda y declamar, no sé si a nosotros o a alguna especie de espectador inexistente:

"Si nosotros, sombras, os hemos ofendido, pensad esto, y todo queda arreglado: que no habéis sino soñado mientras estas visiones surgieron."

Hizo una reverencia y saltó al hielo.

Poco antes de que un muchacho...

(Podría apostar mi brazo izquierdo a que se trataba de Ernest Frankenstein y que sólo Dios, la suerte, el destino o algún autor o autora podrían decir de dónde demonios salió…)

… subido en el puente del barco…

… exclamara a los cuatro vientos, como si no hiciese falta saber nada más para quedar todos contentos y complacidos:

"¡Telón! ¡Fin de la novela! *¡La commedia è finita!*"

—Percy… tuve un sueño de lo más extraño.

—Vuelve a dormir, Mary. Seguro es porque cenaste demasiado. ¡Diecisiete con doble ración de miel! ¡A quién se le ocurre!

Esta obra se imprimió y encuadernó
en el mes de octubre de 2021, en los talleres
de Impregráfica Digital, S.A. de C.V.
Av. Coyoacán 100-D, Col. Del Valle Norte,
C.P. 03103, Benito Juárez, Ciudad de México.